建党百年百篇文学短经典

第三卷

劈波斩浪 新征程

上

贺绍俊
李云雷
丛治辰
主编

人民文学出版社

图书在版编目(CIP)数据

建党百年百篇文学短经典. 第三卷,劈波斩浪新征程:上下/贺绍俊,李云雷,丛治辰主编. —北京:人民文学出版社,2021
ISBN 978-7-02-015721-1

Ⅰ. ①建… Ⅱ. ①贺… ②李… ③丛… Ⅲ. ①中国文学—当代文学—作品综合集 Ⅳ. ①I217.1

中国版本图书馆 CIP 数据核字(2021)第 104608 号

责任编辑 徐晨亮 谢 欣
装帧设计 刘 远
责任印制 宋佳月

出版发行 人民文学出版社
社 址 北京市朝内大街 166 号
邮政编码 100705

印 刷 三河市宏盛印务有限公司
经 销 全国新华书店等

字 数 709 千字
开 本 680 毫米×960 毫米 1/16
印 张 63.75 插页 3
版 次 2021 年 6 月北京第 1 版
印 次 2021 年 6 月第 1 次印刷

书 号 978-7-02-015721-1
定 价 168.00 元(全二册)

出版说明

为庆祝中国共产党成立一百周年，以符合广大读者欣赏习惯的内容和形式，弘扬红色传统，传承红色基因，凝聚爱党爱国之情，砥砺强国兴邦之志，我社策划推出了这套“建党百年百篇文学短经典”，邀请密切关注和深刻了解现当代文学发展的专家，经反复讨论，从反映建党百年光辉历程的优秀文学作品中，精选出思想精深、艺术精湛、篇幅精悍的中短篇小说与散文纪实类作品共一百篇。

“建党百年百篇文学短经典”按作品发表时间分为四卷：第一卷《开天辟地新航船》，收入中华人民共和国成立之前作品；第二卷《崛起东方新中国》，收入中华人民共和国成立至改革开放之前作品；第三卷《劈波斩浪新征程》、第四卷《走进辉煌新时代》，收入改革开放以来作品。这些作品政治性、思想性和艺术性高度统一，其中既有经过时间考验、读者广为传诵的“红色经典”，也有以饱满的热情书写“十八大”以来党领导下各项事业历史性成就的新篇，既有以艺术手法刻画革命战争时期和社会主义建设阶段英烈楷模形象的精品，也有聚焦普通党员群众生活、展现社会全方位变革的佳作，从不同角度反映了百年来中国共产党团结带领全国各族人民不懈奋斗，争取民族独立、人民解放，实现国家富强、人民富裕这一波澜壮阔进程，也代表了中国现当代文学创作的高度与成就。

编者简介：

贺绍俊，1951 年生于湖南长沙。毕业于北京大学中文系。现为沈阳师范大学特聘教授，中国当代文学研究会副会长。著有《文学的尊严》《重构宏大叙述》《铁凝评传》《建设性姿态下的精神重建》《当代文学新空间》等。曾获鲁迅文学奖等多种奖项。

李云雷，1976 年生于山东冠县。北京大学中文系博士。现为《小说选刊》副主编。著有评论集《如何讲述新中国的故事》《重申"新文学"的理想》，小说集《父亲与果园》《再见，牛魔王》《到姐姐家去》等。曾获冯牧文学奖等多种奖项。

丛治辰，1983 年生于山东威海。北京大学中文系博士。现为北京大学中文系副教授，中国当代文学研究会副秘书长。著有《世界两侧：想象与真实》，译有《电脑游戏：文本、叙事与游戏》等。曾获唐弢青年文学研究奖等多种奖项。

目　录

（上）

小　说

（下）

散文纪实

小说

“漏斗户”主

高晓声

欠债总是要还的。现在又该考虑还债了。有得还,倒也罢了,没有呢?

陈奂生背了一身债,不是钱债,是粮债。近十年来,他年年亏粮,而且越亏越多。他约摸估计,等今年口粮分下来后,还清债,连做年夜饭的米都不会有。但是,宁可没有吃,还是一定要还的。他总是这样对老婆说:“我们已经是‘漏斗户’了,还能再失掉信用吗?”

他说这些话的时候,脸色很平板,但心里却禁不住要颤抖,他真愧对老婆孩子,自己没有养家活口的本事。他力气不比人家小,劳动不比别人差,可他竟落到了这个地步,在人面前连头也抬不起。

同他相好的一些人,都替他着急,常常忍不住要替他叹息说:“奂生呀,到哪一年你才够吃呢?”

陈奂生听了,总是默不作声,别人也就不说了。因为这个问题,没有人能够回答。

年轻的时候,陈奂生有个绰号,叫“青鱼”。这是赞美他骨骼高大,身胚结实;但也有惋惜他直头直脑,只会劳动,没有打算的含义在里面。他往往像青鱼一样,尾巴一扇,向前直穿,连碰破头都不管。性格未免有点危险。这几年来,在“青鱼”上面,又被加上了“投煞”两个字,成了“投煞青鱼”。这就不仅突出了他的性格,而且表明了他的处境;他确实像围在网里的青鱼,心慌乱投了。常有这样的情形:他和社员们一起从田里劳动归来,别人到家就端到饭碗了;而他呢,揭开锅一看,空空如也,老婆不声不响在纳鞋底,两个孩子睁大眼睛盯住看他,原来饭米还不知在哪家米囤里,他能不心慌乱投吗!

“漏斗户”主是不好当的,哪个“漏斗户”主不是“投煞青鱼”呢？亏了粮,要能借得着吃也真不容易。每年分配,各人都有自己的一份粮,谁也不特殊;若要借,不肯的人会说:“你不够吃,我就够吃吗?”这句话,陈奂生不知听过多少遍了。集体的储备粮,年年有得借一些,但是有时间性,总要到快要农忙的时候才借。其他时候想借就难了,有的干部会说:“别人够吃,为什么独你不够?”这句话,陈奂生也不知听过多少遍了。这些人似乎都认为陈奂生是傻瓜,连这样简单的道理都不懂。而陈奂生却奇怪他们为什么老爱念这种“紧箍咒”,却不肯看一看简单的事实。世界上每一个人的情况本来不是一样的,为什么竟说成是应该一样的呢?

但是,他总是体谅他们,他们是有他们的难处。大多数干部通常是为他尽力的,曾经替他豁免过一百五十斤借粮,年底里也往往有一点经济照顾;不过他们只能做职权范围内能做的事。他们有时候对他态度不好,其实也有替他烦恼的情绪在里边。现在粮食没有过关,无法满足他的要求啊。有的人这样对他说:“亏粮不是你一个人的问题,有一大批人呢。如果光是你一个人,倒又容易解决了。”这种话虽然并不实惠,他听了却也有些心安,不但不埋怨“也有这个问题”的那一批人连累了自己,倒反欣慰有许多同伴。

此外,心底里也有一个模糊的疑问,却又塞在胸口说不清楚而不惬意。那疑问大概是说:“为什么牵涉到了一批人的问题倒反不去努力解决?”

一九七一年本来大有希望,因为这一年又重新搞“三定”了。当时陈奂生还只是个“新生”的缺粮户,仅仅是因为老婆过门时娘家“忘记”把她的口粮带过来造成的。那时候,关心他的人劝他说:“奂生,你应该去把口粮要过来,不好客气哪!”他却极动感情地回答说:“他们连人都肯给我,这点粮叫我怎好开口呢?”这句话把劝说的人也打动了。他们都清楚,奂生确实是一无所有,他父母生下四男四女,女的嫁了不说,三个男的都和女的一样嫁了,单留他一个养老。而他尽了一切责任以后,父母却只遗留给他一间破屋,拖到三十四岁才算找到了这个对象,他对岳家感激不尽,还提什么粮不粮呢?况且岳家并非故意为难新女婿,也是实在拿不出来啊!可是想不到,老婆生过脑炎,有后遗症,不大灵活,不大能劳动,这就成了大问题。但事已如此,奂生却能想得通,他觉得这个女人如果十全十美,他也没有条件同她配对了。因此,有些关心的人劝他应该钳制老婆下田劳动时,他为难地说:“她是个没用的人,嫁了个我这样的男人,也算得可怜了,我怎能再去勉强她呢。”如此,别人除了感动以外,就只有叹息了。女人呢,也晓得体贴奂生,虽然不大会做,但据岳母来后的观察,则说:“比做姑娘的时候会多了。”这已足够他高兴。以后就是生孩子,三年两个,不巧又都生在正月里,按当地的规定当年的口粮没有供应,于是粮食又亏了一层。七一年是增产的,按年初的“三定”分配,生产队除了公粮、余粮、平均口粮、饲料粮和种子以外,还多四万六千斤超产粮。照“四六”开的办法,国家购去四成,计一万八千四百斤,其余的二万七千六百斤,应该留队作为社员的劳动奖粮。陈奂生的工分是五百四十七工，占总工分的百分之二点三，得到的奖粮数是六百三十四斤八两，已经足够使他踢开“缺粮户”的帽子了。想不到这竟是骗骗人的，结果仍旧照“有一斤余粮就得卖一斤”的公式处理了。真是吊足了胃口，骗饱了肚皮。

“为什么说话不算数呢？”陈奂生心里有疑问，但是不肯说出来，怕人家笑他饿昏了，连这样简单的道理都不懂。

可是毕竟也还有不买账的人提出来了。得到的答复却更不买账：你们要这么多粮食做什么？吃不掉还卖黑市吗？还是贡献给国家好！

陈奂生听到了，心里并没有服，他明明是不够吃，为什么偏要冤枉他吃不掉呢？

这也罢了。偏还有雪上加霜的事情来。公社派到生产队里来的那位“包队干部”（好大的口气，惊人的名称，眼里还有群众吗？）为了争取产量达到一千斤，稻子轧下后不晒太阳就分给了社员，等到晒干可以上机加工的时候，一百斤只剩下八十九斤。面对这个事实，陈奂生毛骨悚然，他不愁自己少分了粮食，而是担心这样一来，大家的口粮更加紧张，他就更难借到了。

于是，他禁不住要叹口气：“唉——！”

这一声长叹，偏偏被他的堂兄、小学教师陈正清听见了。

“还叹什么气？”陈正清似恼非恼地说，“现在，‘革命’已进入改造我们肚皮的阶段，你怎么还不懂？连报纸也不看，一点不自觉。”

“改造肚皮？”陈奂生惊异了。

“当然。”陈正清泰然道，“现在的‘革命’是纯精神的，非物质的，是同肚皮绝对矛盾而和肺部绝对统一的，所以必须把肚皮改造成肺，双管齐下去呼吸新鲜空气！”

“能改造吗？”陈奂生摇摇头。

“不能改造就吃药。”

“什么药？”

“蛊药，是用毒虫的口水炼成的，此药更能解除人体的病痛，你吃下去就发疯，一疯，就万事大吉！”

“唉，老哥，你真是……还有兴趣寻我的开心！”

“是正经话。”正清大声说，“就是我们办不到！”

是的，办不到。那就做“漏斗户”吧。

可是，使陈奂生耿耿在心的，偏偏就是某干部在拒绝借粮后骂了他一句：“你这个‘漏斗户’！”

“这个帽子是哪里来的？”他常常愤愤地想，“这是富人嘲笑穷人，地主嘲笑农民。共产党的干部，能这样看待困难户吗？我种了一世田，你倒替我定了个‘漏斗户’的罪名。你就只晓得我粮食不够吃，却不晓得我一生出了多少力！”然而，时间一长，这种愤愤也没有了，陈奂生彻底认输，当上了“漏斗户”主。

陈奂生越来越沉默了，表情也越来越木然了。他总是低着头，默默地劳动，默默地走路。他从不叫苦，也从不透露心思，但看着他的样子，没有一个人不清楚，他想的只有一件东西，就是粮食。有些黄昏，他也到相好的人家去闲逛，两手插在裤袋里，低着头默默坐着，整整坐半夜，不说一句话，把主人的心都坐酸了，叫人由不得产生“他吃过晚饭没有？”的猜测，由衷地发出一声轻微的叹息。而他则猛醒过来，拔脚就走，让主人关门睡觉。这样的时候，总给别人带来一种深沉的忧郁，好像隔着关了的大门，还听得到夜空中传来他的饥肠辘辘声。

陈奂生的思想虽然并不细密，但也能感受到这种无言的同情，他和相好的人一同默默坐着的时候，他总觉得别人也在想着他心里想的事情。如果这时候他说一句“再借几斤米给我”的话，他总是发觉对方早就准备好了尽量使他满意的答复。他又是感动，又是惭愧。他和他们都是从旧社会过来的，他们的经历（包括他们自己和祖辈）使他们的感情都早同旧社会决裂了。现在，在新社会里，许多人都找到了自己的位置，而他却愚蠢地没有找到。尽管这样，他还是一点没有办法怀念过去，能够寄托希望的只有现在。所以他一刻也没有失去信心，即使是饿得头昏目眩，他还是同社员们一起下田劳动，既不松劲，也不抱怨。他仍旧是响当当的劳动力，仍旧是像青鱼一样，尾巴一扇，往前直穿的积极分子，这使同情他的人十分心痛。但是，也并非所有的人都能理解这种美德，刻薄的人却说：“他还能不做吗，不做就更没有吃了。”

而且还不止此！陈奂生本来是勤快而乐于助人的，别人央求他帮忙做一点事情，他几乎从未推诿过，历来如此。谁也不否认这一点。可是他也有一点嗜好——吸烟。在他有钱买烟的时候，别人请他做事，请他吸支烟，谁也不以为奇，绝没有人认为他帮助别人做事是为了一两支香烟；因为他劳动的代价绝不是那几支烟能够抵销的。但是，到他当了“漏斗户”主，无钱买烟的时候，刻薄的人却竟会这样说：“只要给他一支烟，他能跟你转半天。”甚至一个星期只烧一顿米饭，背后也有人指责他“有了就死吃”，“饿煞鬼一样，吃相真难看”。因而就说这种人不值得同情，是“提不起来了”的。为了使这个结论有绝对的权威，就牵牵拉拉地说到“猪也养不壮”，“鸡鸭养不大”，“新衣裳穿上了身也不晓得换，一直到穿破了才歇”等等。真同一个笑话里责怪穷人“没有米吃为什么不吃肉”

的那种混蛋逻辑一样。

看来，当了“漏斗户”主，名誉也能轻易毁掉的。

陈奂生能说什么呢，自己吃苦果，自己最晓得滋味。他的思想本来是简单的，当了“漏斗户”主之后，这简单的思想又高度集中在一个最简单的事情——粮食上，以至于许多人都似乎看透了他的脑筋。可是，谁也没有意识到，正因为他想粮食的事情想得比别人多，他的见解也就很丰富，只不过是没有能力把那些萌动的思想表达清楚罢了。他不相信“粮食分多了黑市就猖獗”的说法，认为像自己这样的人家也有了余粮的话，就不会再有黑市了。在口粮紧张的情况下，他不相信用粮食奖励养猪是积极的办法，因为大部分社员想方设法养猪的目的已是为了取得奖粮来弥补口粮，小耳朵盼大耳朵的粮食吃，养猪事业是不会有多大发展的。他不相信“有一斤余粮就得卖一斤”的办法是正确的，因为它使农民对粮食的需要，同收成的好坏几乎不发生关系，生产的劲头低落了。他不了解国家究竟困难到了什么程度，为什么到了已经有许多人家寅吃卯粮的情况下还不放宽尺度？这样下去，农业生产不会上，只会落。最后，他还不相信分配口粮的办法是完全合理的，因为它只考虑了一般情况而不考虑特殊情况。他自己就是一个明显的例证。假使他能无粮食之忧——哪怕稍微紧一点也无妨——那么，他就会有成倍成倍的力气去进行劳动。他做梦也指望自己能像英雄那样去大干一场，爹娘生就他一副好身材就是为了和大地搏斗的；当然也希望鸡鸭成群，猪羊满圈。却想不到竟被“漏斗”箍住了手脚，窝囊得血液都发霉了。用不到别人说闲话，他自己都觉得不争气，自己都觉得穷困在拖着他堕落。他向来心地光明，从不偷偷摸摸；可是，这几年来，忙于奔走借粮，工分比别人少做了一些，负担又重，分配时不大有现金收入了；因此不得不从不够吃的粮食里面再拿出一点来，卖了黑市价，换几斤盐回来煮菜吃。他做这种事，真觉得比做偷儿还心虚，万一被人发觉，他就再也借不到粮食了。就会被许多人更看成是“提不起来”的户头了。但不干又不行，粮不够，瓜菜代，瓜菜里总得放点盐啊！所以，为了稳当起见，仅仅卖五斤米，他得天不亮就动身，赶到远离家乡的市场上去出售，以免碰到熟人。他做这种事情的时候，总觉得像有人拿着保险刀片在一小块一小块地割他的心，但又有什么办法呢，否则盐钱哪里来？搞副业吗，已被判为资本主义道路了，他还有点自尊心，不肯犯这个“错误”呢。

“漏斗户”主真难啊！特别是那些还有自尊心的“漏斗户”主。

有一天晚上，陈奂生终于忍不住了，他跑到小学里去找堂兄陈正清老师，想请他写封信给报社，反映反映他的情况。

陈正清一本正经地摇摇头说：“不能写。”

“为什么？”

“在社会主义社会里，根本就没有你说的这种事实。”

“这是我自己的事情，还会骗你吗？”

“我知道你不骗我，”陈正清忽然生气道，“可是你不懂，事实是为需要服务的，凡是事实，都要能够证明社会主义是天堂，所以你说的都不是事实，我若替你写这种信，那就是毒草，饭碗敲碎不算，还会把我打翻在地，再踏上一只脚，叫我永世不得翻身的！”

陈奂生吓了一跳，忙说：“不写就不写吧，你别恼，我不害你。”说着，拔脚要走。

陈正清一把拉住了他，原想笑着向他道歉，却忽然湿了眼，悲怆地说：“熬不下去啊，特别是我也懂一点……”

艰难的岁月啊，只有那些不仅关注上层的斗争，而且也完全看清陈奂生他们生活实情的人们，才会真正认识到林彪、“四人帮”把国家害到了什么程度。

陈奂生没有这种觉悟，他也没有心思去考虑这样大的大事，但陈正清也终于努力使他懂得一点，他比以往更明白，他是不该吃这样的苦头的。他弄不清也没有能力追究责任，但听了那么多谎言以后，语言终究也对他失去了魅力。他相信的只有一样东西，就是事实。

“四人帮”粉碎了，他的平板的脸上也出现过短暂的笑容，但跟着肚子里一阵叽咕就消失了。他还是当他的“漏斗户”主，最相信的还是事实。

尽管陈正清的情绪变好了，同他讲了好几次充满希望的话；也尽管陈奂生信任他，但却实笃笃地问道：“现在你能替我写信了吗？”

这就把陈正清难倒了，即使形势变得如此之好，他也还没有胆量把陈奂生的情形在社会上摊出来。因为有许多的人还不肯承认这种现实，而且似乎也和当前的大好形势不相称了。尽管中央领导同志已经明白地指出我们的国民经济已濒于垮台，但一个小人物也说这样的话却照样会被某些人指责是对社会主义的攻击。这就是当代的玄学。

看到正清如此为难，陈奂生平板的脸上自信地笑了，他说：“还是再看看吧。”

这句话，使他有足够的资格当“漏斗户”的代表。

一九七六年冬季分配过去了，一九七七年又过去了，一九七八年夏季分配又过去了，双季稻的前季稻又分配了，一切如旧，政策不动。陈奂生的“漏斗”里又增亏了一个数字。唉，有什么仙法能改变他的情况呢，从前不是有人已经对他讲过吗，这不是他一个人的问题，而是一大批人的问题啊。

陈奂生认为这是可以原谅的，因为他自己也想不出解决的办法。可是有一点，只是一点点，陈奂生却又着实不满，大家明明知道，双季稻的出米率比粳稻低百分之五到十，为什么从来没有一个人替农民算算这笔账。他陈奂生亏粮十年，至今细算算也只亏了一千三百五十九斤。如果加上由于挨饿节省的粮食也算这个数字，一共亏二千七百十八斤。以三七折计算，折成成品粮一千九百零二斤六两。可是十年中称回双季稻六千斤，按出米率低百分之七点五计算，就少吃了四百五十斤大米，占了总亏粮数的百分之二十三。难道连这一点都还不能改变吗？

陈奂生却不想说出来，因为这太小算了，真是只有他这样饿慌了的人才会这样小算。而且这又不是欺他一个人。按照他历来的看法，只要不是欺他一个人的事，也就不算是欺他。就算是真正的不公平，也会有比他强得多的人出来鸣冤，他有什么本事做出头椽子呢。

“还是再看看吧。”他肚里寻思，不敢再想下去，也看不到希望。

他看不到希望是对的。原来希望竟在他身后追赶着他，不在他的前面要他去追赶。

有一次，陈正清告诉他说：“要搞三定了。”他马上想起了七一年，坚决地摇摇头说：“空心汤团。”

“你不相信吗？”

“还是再看看吧。”他说，心里想：饿倒也罢，别再引诱我去想肉的味道了。

“你看好了，这次是一定的。”陈正清努力要说服他。

奂生闷闷地回答说：“再饿一年看。”这意思是说，“三定”作为计划，也只有到七九年春才会制订，制订后会不会兑现，要到七九年冬才见分晓。远着呢，猪还没有生下来，倒想吃肉了！

秋忙过去了，分明是继夏熟大丰收以后的又一个大丰收，一大堆一大堆的粮食耀花了大家的眼睛，可是，陈奂生却在想着今年的年夜饭米去向哪家借。

一个星期六的傍晚，陈正清从学校回家，兴奋地大声对奂生说：“看你再不相信吧，今年就要照七一年的三定办法分配！”

这个声响是巨大的，即使不能把奂生心头的冰块融掉，也该把它震碎了。但震碎的冰块仍旧是坚硬的，他不愿意上当，也高声回答说：“说得太好听了！”

陈正清笑了：“我不来和你争，横竖是眼前的事情了。”

“看看再说吧。”他还是那句话。

可是，晚上他睡不着觉了。“要是真的呢？”这个念头缠住了他。但在别人面前却不肯问起，怕给人家笑。

谣传却愈来愈多，终于很快就证实了，队长传达三级干部会议公布的分配办法，同陈正清说的一模一样。陈奂生的心激动了，甚至一想到这件事就颤抖，他的希望炽烈地猛烧起来，又怕万一再被冷水泼灭。十年来颠三倒四，倏忽万变的政策在他心上的投影还那么清晰而乱七八糟，使他迷信地感到“七一年”这三个字不像好兆。生怕再被一场噩梦缭绕。他强忍住心底的艳羡，告诫自己说：“还是再看看吧。”

几天之内，生产队的方案造好了。在造方案的那几天，会计家里出出进进的人流整日不断，有的人一天去了七八次，最后会计只得把自己锁在房间里工作。但是一个总的数字大家都知道了,照七一年“三定”算,今年生产队超产了六万七千一百斤粮食。

“六——万——七——千——一百斤”,这个庞大的数字立即成为统治全体社员思想的权威,成为田间、场头、饭桌上、枕头边的唯一话题。每一个当家人都在灯光下拨着算盘珠子约摸估道计算着自家将会分到多少粮食,算完一遍又一遍,一遍一次惊怪地诧异是不是算错了,似乎不是他们自己在拨动算珠,而是有一个童话里那样可爱的神仙在暗中帮他们加到了一个巨额的数字。就这样他们反反复复地做着这个游戏直到深夜,在普遍的喜悦中共同忧愁着没有足够的容器盛放那么多的粮食。

酷热的炎夏被人们认为将有一个严寒的隆冬,但是到现在为止却一直很温暖,天气的变化当然也难预料,说不定也会出现冻结大地的酷冷;可是不管它冷到什么程度,也不能影响人们心中早开的鲜花了。大家感到现在已是春天,大自然只得无可奈何。

就在这样的暖冬里,一天上午,在背风向阳的地方,社员们被召集来听取会计造好的分配方案。这是一个难得见到的社员会议,不管是男的女的、老的小的,都没有一点声音,都没有一点动作,他们都聚精会神地伸长脖颈、睁大眼睛静静地听讲,有些则张大嘴巴似乎想把会计的声音吃进肚里。会计的平静的语调像一支魔笛吹响的神曲,攫住了全体听众的灵魂。他们在享受如此美妙的音乐的同时,直感到一个新的时期已经具体地来到了自己的面前,不仅看得见而且摸得着了。

他们心底的激动和欢乐,用文字来描摹是徒劳的,可是在几亿社员随着这支乐曲的节奏迈开舞步时,大家会惊异地看到我们的远景忽然一下子推近到身边,将马上发现我们伟大的农民无一不是耍弄粮食的超级杂技演员，能够用他们各自特有的方式将它变出千百万种无穷无尽的奇珍异宝。

现在，乐曲还在演奏着，陈奂生的那个音键捺响了。在陈奂生名下，一共分配到三千六百零五斤粮食，比去年的二千二百五十九斤多了一千三百四十六斤，这个标准同大多数社员比较起来还显得低了一点，因为他缺乏饲料，全年只养了二百九十斤猪，仅仅超额完成任务九十八斤而没有得到更多的超产奖，即使如此，光是这二百九十斤猪，也比去年多分到三百六十五斤粮食。

会计把方案读完了。停了三分钟以后，大家才知道他真的读完了。这才哗啦啦地吵闹起来，就像早晨打开了鸭棚，嘈嘈杂杂，已经无法听清哪一个在说哪一些话了。但也有天生喉咙大的，在喊着：

"大解决了。年年巴望粮食宽一点，宽一点，一直巴不到，现在一下子宽得叫我们想也想不着！"

"养猪养鸡尽养吧。"

"拔光了毛的翅膀这一回又会长出毛来高飞了！"……

陈奂生什么也没有说，他静静地坐在那儿不动，像是傻了。一会儿，他决然站起来，朝主持会议的队长走近去，闪雷似的问道："凿定了吗？"

"当然。"

"不变了吗？"

"还变到哪里去！"

"那么，"陈奂生挑战地说，"现在就分给我。"

生产队长惊讶地看了他一眼，明白了。"好。"他爽快地说，"大家回去拿箩担，马上就分。"

禾场上，晒干扬净的金黄稻谷堆成山。大家聚拢了，队长说："开秤吧！"他向人丛里看了看，瞧见了奂生，喊道："奂生，第一个称给你！"

这时候，人群忽然静下来，几百只眼睛静静地看着陈奂生，让路给他走上来，好像承认只有他有权第一个称粮。

陈奂生走到过秤处，司秤员开始工作起来，一箩箩过了秤的粮食堆放到陈奂生指定的另一块干净的空地上，堆得越来越高，越来越大。陈奂生默默看着，看着……他心头的冰块一下子完全消融了；泪水汪满了眼眶，溢了出来，像甘露一样，滋润了那副长久干枯的脸容，放射出光泽来。当他拭着泪水难为情地朝大家微笑时，他看到许多人的眼睛都润湿了，于是他不再克制，纵情任眼泪像瀑布般直泻而出。

注释：

① 漏斗户，指常年负债的穷苦人家。

（原载《钟山》1979 年第 2 期）

作者简介：高晓声（1928—1999），江苏武进人。著有长篇小说《青天在上》，短篇小说《李顺大造屋》《陈奂生上城》等。

信 任

陈忠实

一

一场严重的打架事件搅动了罗村大队的旮旯拐角。被打者是贫协主任罗梦田的儿子大顺，现任团支部组织委员。打人者是“四清”运动补划为地主成分、今年年初平反后刚刚重新上任的党支部书记罗坤的三儿子罗虎。

据在出事的现场——打井工地——的目睹者说，事情纯粹是罗虎寻衅找碴儿闹下的。几天来，罗虎和几个“四清”运动挨过整的干部的子弟，漂凉带刺，一应一和，挖苦臭骂那些“四清”运动中的积极分子；参与过“四清”运动的贫协主任罗梦田的儿子大顺，明明能听来这些话的味道，仍然忍耐着，一句不吭，只顾埋头干活。这天后晌，井场休息的时光，罗虎一伙骂得更厉害了，粗俗的污秽的话语不堪入耳！大顺臊红着脸，实在受不住，出来说话了：“你们这是骂谁啊？”

“谁‘四清’运动害人就骂谁！”罗虎站起来说。

大顺气得呼呼儿喘气，说不出话。

罗虎大步走到大顺当面，更加露骨地指着大顺臊红的脸挑逗说:“谁脸发烧就骂谁!”

“太不讲理咧!”大顺说,“野蛮——”

大顺一句话没说完,罗虎的拳头已经重重地砸在大顺的胸口上。大顺被打得往后倒退了几步,站住脚后,扑了上来,俩人扭打在一起。和罗虎一起寻衅闹事的青年一拥而上,表面上装作劝解,实际是拉偏架。大队长的儿子四龙,紧紧抱住大顺的右胳膊,又一个青年架住大顺的左胳膊,一任罗虎拳打脚踢,直到大顺的脸上哗地蹿下一股血来,倒在地上人事不省……这是一场预谋的事件,目睹者看得太明显了。

一时间,这件事成为罗村街谈巷议的中心话题。那些参与过“四清”运动的人,那些“四清”运动受过整的人,关系空前地紧张起来了。一种不安的因素弥漫在罗村的街巷里……

二

春天雨后的傍晚,山清水秀,空气清新;块块云彩悠然漫浮;麦苗孕穗,油菜结荚;南坡上开得雪一样白的洋槐花,散发着阵阵清香。在坡下沟口的靠茬红薯地里,党支部书记罗坤和五六个社员,执鞭扶犁,在松软的土地上耕翻。

突然,罗坤的女人失急慌忙地颠上塄坎,颤着声喊:“快!不得了……了……”

罗坤喝住牛,插了犁,跑上前。

“惹下大……祸咧……”

罗坤脸色大变:“啥事?快说!”

“咱三娃和大顺……打捶,顺娃……没气……咧……”

"现时咋样?"

"拉到医院去咧……还不知……"

"啊……"

罗坤像挨了一闷棍,脑子嗡嗡作响,他把鞭子往地头一插,下了塄坎,朝河滩的打井工地走去,衣褂的襟角,擦得齐腰高的麦叶唰唰作响。

打井工地上,木柱、皮绳、镢、锨胡乱丢在地上,临近的麦苗被攘践倒了一片,这是殴斗过的迹象。打井工地空无一人,井架悄然耸立在高空中。

从临时搭起的夜晚看守工具的稻草庵棚里,传出轻狂的说话声。罗坤转到对面一看,三儿子罗虎正和几个青年坐在木板床上打扑克哩。

罗坤盯着儿子:"你和大顺打架来?"

儿子应道:"嗯!"

罗坤问:"他欺负你来?"

儿子不在乎:"没有。"

"那为啥打架?"

于是,儿子一五一十地述说了前后经过,他不隐瞒自己寻事挑衅的行动,倒是敢做敢当。

罗坤的脸铁青,听完儿子的述说,冷笑着说:"是你寻大顺的事,图出气!"

儿子拧了一下脖子,翻了翻眼睛,没有吭声,算是默认。那神色告诉所有人,他不怕。

罗坤又问:"我在家给你说的话忘咧?"

"没!"儿子说,"他爸'四清'时把人害扎咧!我这阵不怕他咧!

他……”

罗坤再也忍不住，听到这儿，一扬手，那张结满茧甲的硬手就抽到儿子白里透红的脸膛上——“啪！”

儿子朝后打个闪腰，把头扭到一边去。

罗坤转过身，大步走出井场，踏上了暮色中通往村庄的机耕大路。

这一架打得糟糕！要多糟糕有多糟糕！罗坤背着手，在绣着青草的路上走着，烦躁的心情急忙稳定不下来。

贫协主任罗梦田老汉在“四清”运动中，是工作组依靠的人物，在给罗坤补划地主成分问题上，盖有他的大印。在罗坤被专政的十多年里，他怨恨过梦田老汉：你和我一块儿耍着长大，一块儿逃壮丁，一块儿搞土改，一块儿办农业社，你不明白我罗坤是啥样儿人吗？你怎么能在那些胡乱捏造的证明材料上盖下你的大印呢？这样想着，他连梦田老汉的嘴也不想招了。有时候又一想，“四清”运动工作组那个厉害的架势，倒有几个人顶住了？他又原谅梦田老汉了。怨恨也罢，原谅也罢，他过的是一种被专政的日子，用不着和梦田老汉打什么交道。今年春天，他的问题终于平反了，恢复了党籍，支部改选，党员们一口腔又把他拥到罗村大队最高领导位置上，他流了眼泪……

他想找梦田老汉谈谈，一直没谈成。倔得出奇的梦田老汉执意回避和他说话。前不久，他曾找到老汉的门下，梦田婆娘推说老汉不在而谢绝了。不仅老贫协对他怀有戒心，那些“四清”运动中在工作组“引导”下对干部提过意见的人，都对重新上台的干部怀有戒心。党支书罗坤最伤脑筋的就是这件事。想想吧，人心不齐，你防我，我防你，怎么搞生产？怎么实现机械化？正当他为罗村的这种复杂关系伤脑筋的时候,他的儿子又给他闯下这样的祸事……

三

罗坤径直朝梦田老汉的门楼走去。当他跨进木门槛的时候,心里做好了最坏的准备,准备承受梦田老汉最难看的脸色和最难听的话。

小院停着一辆自行车,车架上挂着米袋面包和衣物之类,大约是准备送给病人的。上房里屋里,传出一伙人嘈嘈的议论声:

"这明显是打击报复……"

"他爸嘴上说得好,'保证不记仇恨',屁!"

"告他!往上告!这还有咱的活处……"

说话的声音都是熟悉的,是几个"四清"运动的积极分子和梦田的几个本家。罗坤停了步,走进去会使大家都感到难堪。他站在院中,大声喊:"梦田哥!"

屋里谈话声停止了。

梦田老汉走出来,站在台阶上,并不下来。

罗坤走到跟前:"顺娃伤势咋样?"

"死了拉倒!"梦田老汉气哼哼地顶撞。

"我说,老哥,先给娃治病要紧!"罗坤说,"只要顺娃没麻达,事情跟上处理!"

"算咧算咧!"梦田老汉摇着手,"棒槌打人手抚摸,装样子做啥!"说着,跨下台阶,推起车子,出了门楼。

罗坤站在院子当中,麻木了,血液涌到脸上,烧臊难耐,他是六十开外的人了,应当是受人尊重的年龄啊!他走出这个门楼的时光，竟然不小心撞在门框上。

走进自家门，屋里围了一圈人，男人女人，罗坤溜了一眼，看出站在这儿的，大都是“四清”运动和自己一块儿挨过整的干部或他们的家属。他们正在给胆小怕事的老伴宽解：

“甭害怕！打咧就打咧！”

“谁叫他爸‘四清’运动害了人……”

“他梦田老汉，明说哩，现时臭着咧！”

这叫给人劝解吗？这是煨火哩！罗坤听得腻烦，又一眼瞥见坐在炕边上的大队长罗清发，心里就又生气了：你坐在这里，听这些人说话听得舒服！他和大队长搭话，大队长却奚落他说：“你给梦田老汉回话赔情去了吧？人家给你个硬顶！保险！你老哥啊，太胆小咧，简直窝囊！”

罗坤坐在灶前的木墩上，连盯一眼也不屑。他最近以来对大队长很有意见：大队长刚一上任，就在自己所在的三队搞得一块好宅基地。这块地面曾经有好几户社员都申请过，队里计划在那儿盖电磨磨房，一律拒绝了。大队长一张口，小队长为难了，到底给了。好心的社员们觉得大队长受了多年冤屈，应该照顾一下，通过了。接着，社办工厂朝队里要人，又是大队长的女儿去了，社员一般地没什么意见，也是出于照顾……这该够了吧？你的儿子伙着我的三娃，还要打人出气，闯下乱子，你不收拾，倒跑来给女人撑腰打气。“把你当成金叶子，原来才是块铜片子！”

罗坤黑煞着脸，表示出对所有前来撑腰打气的好心人的冷淡。他不理睬任何人，对他的老伴说：“取五十块钱！”

老伴问：“做啥？”

“到医院去！”

大队长一愣，眼睛一瞪，明白了，鼻腔里发出一声重重的嘲弄的响声，跳下炕，竟自走出门去了。屋里的男人女人，看着气色不对，也纷纷低着眉走出去了。

罗坤给缩在案边的小女儿说："去，把治安委员和团支书叫来！叫马上来！"

老伴从箱子里取出钱和粮票，交给老汉："你路上小心！"

罗坤安慰老伴："你放心！自个也甭害怕！怕不顶啥！你该睡就睡，该吃就吃！"

治安委员和团支书后脚跟着前脚来了。

罗坤说："你俩把今日打架的事调查一下，给派出所报案。"

治安委员说："咱大队处理一下算咧！"

"不，这事要派出所处理！"罗坤说，"这不是一般打架闹仗！"

团支书还想说什么，罗坤又接着对她说："你叔不会写，你要多帮忙！"说罢，罗坤站起身，拎起老伴已经装上了馍的口袋，推起车子，头也不回，走出门去。朦胧月光里，他跨上车子，上了大路。

四

整整五天里，老支书坐在大顺的病床边，喂汤喂药，端屎端尿，感动得小伙子直流眼泪。

梦田老汉对罗坤的一举一动都嗤之以鼻。做样子罢了！你儿子把人打得半死，你出来落笑脸人情，演的什么双簧戏！一旦罗坤坐下来和他拉话的时候，他就倔倔地走出病房了。及至后来看见儿子和罗坤亲亲热热，把挨打的气儿跑得光光，"没血性的东西！"他在心里骂，一气之下，干脆推着车子回家了。

大顺难受地告诉罗坤，说他爸在“四清”运动中被那个整人的工作组利用了。“四清”后，村里人在背后骂，他爸难受着哩！可他爸是个倔脾气，错了就错下去。“四清”运动的事，你要是和他心平气和说起来，他也承认冤枉了一些人；你要是骂他，他反硬得很：“怪我啥？我也没给谁捏造咯！‘四清’也不是我搞的！盖了我的章子吗？我的头也不由我摇！谁冤了谁寻工作组去……”

罗坤给小伙子解释，说梦田老汉苦大仇深，对新社会、对党有感情，运动当中顶不住，也不能全怪他。再说老汉一贯劳动好，是集体的台柱子……

第七天，伤口拆了线，大顺的头上缠着一圈白纱布出院了。罗坤执意要小伙子坐在自行车后面的支架上，小伙子怎么也不肯。“你的伤口不敢挣！医生说要养息！”罗坤硬把小伙子带上走了。

“大叔！”大顺在车后轻轻叫，声音发着颤，“你回去，也甭难为虎儿……”

罗坤没有说话。

“在你受冤的这多年里，虎儿也受了屈。和谁家娃耍恼了，人家就骂‘地主’，虎儿低人一等！他有气，我能理解……”

罗坤心里不由一动，一块硬硬的东西哽住了喉头。在他被戴上地主分子帽子的十几年里，他和家庭以及孩子们受的屈辱，那是不堪回顾的。

小伙子在身后继续说：“听说你和俺爸，还有大队长清发叔，旧社会都是穷娃，解放后一起搞土改，合作化，亲得不论你我……前几年翻来倒去，搞得稀汤寡水，娃儿们也结下仇……”

罗坤再也忍不住，只觉两股热乎乎的东西顺着鼻梁两边流下来，嘴角里感到了咸腥的味道。这话说得多好啊！这不就是罗坤心里的话吗？他真想抱住这个可爱的后生亲一亲！他跳下车子，拉住大顺的手："俺娃，说得对！"

"我回去要先找虎儿哩！他不理我，我偏寻他！"小伙子说，"我们的仇不能再记下去！"

俩人再跨上车子，沿着枝叶茂密的白杨大路，罗坤像得了某种精神激素，六十多岁的人了，踏得车子飞快地跑，后面还带着个小伙子哩。

可以看见罗村的房屋和树木了。

五

罗坤推着自行车，和大顺并肩走进村子的时候，街巷里，这儿一堆人，那儿一堆人，议论纷纷，气氛异常，大队办公室外，人围得一大伙儿。路过办公室的时候，有人把他叫去了。

办公室里，坐着大队委员会的主要干部，还有派出所所长老姜和两个民警，空气紧张。大队长清发须毛直竖，正在发言："我的意见，坚决不同意！这样弄的结果，给平反后工作的同志打击太大！他爸含冤十年……"

罗坤明白了。他瞥了一眼清发，说："同志，法就是法！那不认人，也不照顾谁的情绪！"

罗清发气恼地打住话，把头拧到一边。

罗坤对姜所长说："按法律办！那不是打击，是支持我工作！"

姜所长告诉罗坤，经上级公安部门批准，要对罗虎执行法律：行政拘留半个月。他来给大队干部打招呼，大队长清发坚持不服判处。

“执行吧,没啥可说的!”罗坤说,“法律不认人!”

民兵把罗虎带进办公室里来,小伙子立眉竖眼,直戳戳站在众人面前,毫不惧怕。直至所长拿出了拘留证,他仍然被一股气冲击着,并不害怕。

清发重重地在大腿上拍了一巴掌,把头歪到另一边,脖上青筋暴起,突突跳弹。

罗坤瞧一眼儿子,转过脸去,摸着烟袋的手,微微颤抖。

就在民警把虎儿推出门的一刹那,一直坐在墙角,瞪着眼、噘着嘴的贫协主任梦田老汉,突然立起,扑到罗坤当面,一扑踏跪了下去,哭了起来:“兄弟,我对不住你……”

罗坤赶忙拉起梦田老汉,把他按坐在板凳上。梦田老汉又扑到姜所长面前,鼻涕眼泪一起流:“所长,放了虎娃,我……哎哎哎……”

这当儿,在门口,大顺搂着虎儿的头流泪了。虎儿望着大顺头上的白纱布,眼皮耷拉下来,鼻翼在急促地扇动着。

虎儿挣脱开大顺的胳膊,转进门里,站在爸爸面前,两颗晶莹的泪珠滚了出来:“爸,我这阵儿才明白,罗村的人拥护你的道理了!”说罢,他走出门去。

六

罗村的干部们重新在办公室坐下,抽烟,没人说话,又不散去。社员们从街巷里、大路上也都围到办公室门前和窗户外。他们挤着看党支部书记罗坤,那黑黑的四方脸,那掺着一半白色的头发和胡楂儿,那深深的眼眶,似乎才认识他似的。

罗坤坐在那里，瞧着已经息火而略显愧色的大队长，和干部们说：

“同志们，党给我们平反，为了啥？社员们又把我们拥上台，为了啥？想想吧！合作化那阵儿咱罗村干部和社员之间关系怎样？即便是三年困难时期，生活困苦，咱罗村干部和群众之间关系怎样？大家心里都清白！这十多年来，罗村七扭八裂，干部和干部，社员和社员，干部和社员，这一帮和那一帮，这一派和那一派，沟沟渠渠划了多少？这个事不解决，罗村这一摊子谁也不好收拾！想发展生产吗？想实现机械化吗？难！人的心不是操在正事上，劲儿不是鼓在生产上，都花到钩心斗角，你防备我，我怀疑你上头去了嘛！

“同志们，我们罗村的内伤不轻！我想，做过错事的人会慢慢接受教训的，我们挨过整的人把心思放远点，不要把这种仇气，再传到咱们后代的心里去！

“罗村能有今天，不容易！咱们能有今天，不容易！我六十多了，将来给后辈交班的时候，不光交给一个富足的罗村，更该交给他们一个团结的罗村……”

办公室门里门外，屏声静气，好多人，干部和社员，男人和女人，眼里蓬着泪花，那晶莹的热泪下，透着希望，透着信任……

（原载1979年6月3日《陕西日报》）

作者简介：陈忠实（1942—2016），陕西西安人。著有长篇小说《白鹿原》，中短篇小说《蓝袍先生》《李十三推磨》等。

小镇上的将军

陈世旭

在我们这个偏远的小镇上,任何一点极细微的变化,都会引起人们莫大的关注。

“喂,哪位晓得啵,癞痢山脚下,喏,就是看守所右面,又在做屋。这是哪个单位的基建呢?莫非又扩大看守所么?”

离小镇中心约二里许的癞痢山,实际上是座长满了乱石头的大土堆。

“看你们,真憨。”随着一声讪笑,出现了剃头佬那秃了顶,但剩余的头发梳理得油光水滑的脑袋。

他是本镇的骄傲,是那种土话叫作“百晓”的角色。所谓“百晓”,即“天知一半,地下全知”是也。那些从中学毕业回来的人,则用新闻界的语言称之为“消息灵通人士”。他在理发店里,把握着全镇的脉搏,以及它同外部世界联系的最新动向。从上街头到下街头,经常传着“剃头佬说……”之类的最新要闻。当然,他决不满足于用一种刻板的方式,来处理分量差异极大的各种消息。碰到令人耸听的超级新闻,理发店这个不足十平方米的新闻中心就未免太狭窄了,他就会像现在这样,跨出门槛,来到十字街口这些五花八门的摊子中间。

“你们都不知道吧,那是给一位将军做的屋。他就要到这里来，跟我们作伴了。”

“什么？将军？将军要住到我们中间来？”这个消息立刻就引起了不小的震动。我们这样的小乡镇居然会降下这样大的喜讯，这对我们是多么大的荣幸啊。在我们看来，不论一位将军还是一位国家元首，他所给予我们的神秘感，是没有什么太大的差别的。街中心好像起了一阵旋风，人们都像树叶一样，被卷到这个了不起的剃头佬身边。

“可是你们不消高兴得过头了。事实上，没有什么值得欢喜的事情。”剃头佬清了清喉咙，给喜形于色的人们，兜头泼了一瓢冷水。但是，这反而更加刺激了他们的好奇心理。人们一下伸长脖子：“为什么？”

“为什么？哼！说给你们听，可别乱传，这事是由内部掌握的。他早就给拉下了马，受审查。现在，是来这里充军的！”

“充军？为什么充军？”

“他是叛徒。”

“啊！”人们愕然得张口结舌。这对于刚刚浮动起来的虚荣心，不啻是一声晴天霹雳。大家觉得失望，有点泄气了。

“不过，他是挂了个休养的名儿来的。将军，倒还跟先前一样是将军，没有变。”剃头佬不愧是天生的宣传家。谁见了这种峰回路转、波澜起伏的宣传手法，不惊叹佩服呢！差点就要涣散的注意力，马上又被高度集中起来。而他也更加压低了声音：

“告诉你们，在处理他的时候，让他留一个籍。哦，不说你们不知道，像他这种人，都比我们多两个籍，我们只有个家乡籍，他还有一个党籍，一个军籍。那么，各位说说看，除家乡籍外，他该留哪个籍呢？”剃头佬突然把话打住，出其不意地提了个问题。屏声静气的人们一下子面面相觑起来。

“我看,应该保留党籍。在党光荣。”小镇搬运队那个莽后生把板车丢在一边,挤进人堆里打破了沉默。很多人跟着一迭声附和他。

剃头佬不以为然地撇了撇嘴。

“依我说,”这是老裁缝小心翼翼的声音,“还是留军籍合适,总要糊嘴呀。要是没有军籍,凭什么拿钱呢?没有钱怎么糊嘴呢?他未见得有什么手艺,难道还做得动田么?”

“哎,这就算得有点经济头脑了。”剃头佬一巴掌拍到老裁缝的肩上,一团白沫从他松黄的牙缝里,飞落到老裁缝红红的鼻头上。老裁缝受宠若惊,脸涨得通红。

“上面正是这个意思,留个军籍,让他养老了事。”剃头佬说到这里,拿眼睛瞄了瞄那个后生,接下去说,“嘿,你们晓得啵,军级干部,一个月二三百块哩。”

这又引起了一阵啧啧声。剃头佬忽然由此想起自己一上午的生意还没有开张,拔脚就走。

有人拽住他的衣角:“哎,你知道他何时来么?”

“哎,你们真憨。”剃头佬有点不耐烦,“不会看那屋子么,屋子何时做好,他不就何时来了么!”

于是,人们恋恋不舍地散开去。嗡嗡地,嘤嘤地,把对这位背时的将军的种种猜测、种种预见、种种嗟叹,带到每个角落。

这个新闻是这样惊人,以致吸引住了我们全部的听觉和视觉。现在,趁着人们散去的时候,我们来浏览一下这个可爱的小镇吧。

镇上有两条呈十字状交叉的大街。这两条街宽得足以驰过一辆吉普车，加起来足有六百米长。零零落落地嵌着青石板的路面（青石板据传是明代官道的遗迹），以及从两边的门头上伸出来的、油漆斑驳的小吊楼，都在向人们炫耀着自己的长寿。

一条小河环绕着这美丽的乡镇。它所以叫作河，是因为它具备河的一般特点：有从地面凹下去的河床，还有水。这些在河床中间弯弯曲曲地流淌的河水，足以浸过你的脚背。这条河，给小镇的人们带来了无穷的好处。比如，把垃圾倒在这里，那是再方便不过的了。美中不足的是，如果每年春末夏初的山洪，没有咆哮着把这些垃圾冲干净的话，那么，一到干燥的刮风天气，垃圾就飞飘起来，同从路面上卷起来的尘土一起，在小镇的天空上，快活地旋舞着，然后纷纷扬扬地又落回到各家各户的门前、院内。

老天作证，我决不是一个吹牛好手。当我似乎有点言过其实地描述着我的家乡的时候，读者们千万不要以为我使用了文学的夸张。对于那个即将到来的倒运的将军，有这样一个豪华的舞台，恐怕已经是他的幸运了。

啊，真太出人意外了。

人们第一眼看见将军的时候，都吃惊得呆若木鸡。不约而同地心里叫起来："难怪，他这个样子，怎么配作一个将军呢！"

将军是什么样子？我们虽然没见过，可谁也骗不了我们。将军应该是那种有着可敬的白发、威严的剑眉、魁梧的身躯、腹部腆起……总之，是威风凛凛的样子。而他，这样矮小干瘪，一脸打皱的老皮，身子佝偻着，还跛着一条腿！

也许是不愿向不争气的命运低头吧，他似乎为了弥补这种种仪表上的不足而很注意打扮自己。当然，如果我们不用这种刻薄的语言,从善意的角度上去认识这一点的话,那也可以说,这是使他牢固地保持着军人风度的唯一的方式:他出现在街头的时候,一身军服从来都是笔挺的,几乎没有皱褶;帽徽、领章鲜艳夺目;不管天气多么炎热,从不解开风纪扣;尽管跛了一条腿(那显然是战争留下的标记),但脚步却始终保持着均匀的节奏。而这些,恰恰使我们时刻都感到,他是个不幸的人。他这个将军,似乎不是真实的,只是在领军饷的时候才有意义。不过,在公开或私下的谈话里,我们仍然把他称作"将军"。

我们就用这种既不敬畏也不轻视、既好奇又冷淡的眼光,满不在乎地打量他。而他对这些毫不在意。从到我们这儿来的第二天开始,他就不知疲倦地在我们小镇各处走来走去。

他拄着一根闪闪发亮的茶木拐棍,一瘸一跛地迈着节奏均匀的步子,从这条街的东头走到西头,又从那条街的南头走到北头。或者,在满是砾石的河床中,长久地徘徊。他这样不停地运动,有人挖苦道,这可能是因为他曾经用双脚丈量过全中国的土地而形成的一种惯性。

逐渐地,不管人们是否愿意,他对我们已经幸福地生活了多少年代的小镇,发表起种种不客气的议论来了。比如,"你们不能花点钱,铺两条水泥路吗?""不能在河对面的田里挖个窖,把垃圾送到那里沤肥吗?"等等。而被问的镇上的干部,也就用我们小镇人特有的机巧和智慧,客客气气地回答他:"哪来的钱呢?我们都是低工资啊!"或者:"哪有那么多闲工夫呢?"于是,围成一圈听着这类回答的人们,也就聪明地笑起来。因为,除非呆子,才会听不出这种回答下面的潜台词呢。

对这个古怪的将军,我们的感觉是复杂的。他是一个受着处分的人，但是又领取高薪；谁都怕同他过于接近，但又觉得，他力图干预我们的生活，是出于好心好意。总之，我们不打算解除心理上的戒备。好奇而不轻信，原是我们小镇人的天性。

他显然很快就觉察到了这一点，不再使慎于防范的人们为难了。但是，他又无法离开这个古旧的、嘈杂的、灰蒙蒙的乡镇。于是，他在镇上给自己选择了一个固定的立足点，就是十字街口剃头铺对面那棵被雷轰了顶的老樟树下。他常常拄着拐棍，挺直身板，不断地眨着那双有点昏花的眼睛，一声不响地在那里一连站上好几个时辰。既不同谁交谈，也不知在想些什么。

这副神态，使人觉得好笑，那蹲在他附近摆摊子的人，不时抬头看他一阵；打街上走过的人，要过好长时间才把眼睛从他身上移开。而剃头铺的玻璃窗后面，剃头佬则饶有兴致地同人们讨论着，这样呆立在尘雾中的将军，有什么可以相比呢？"像站岗的"，剃头佬摇摇头；"像城里的交通警"，他还是摇摇头。撇着嘴唇品评了好大一阵以后，他才郑重其事地开口道："你们到过汉口么？汉口三民路口有一尊铜像，站得笔挺，拄着拐棍，就是这个样子。对了，全像，不走二样……"

时间长了，站立在老樟树下的将军，好像真的成了汉口三民路口的铜像，不再引人注目了。人们习惯这点，就像习惯十字街口每个突出的墙角前，都分别有一个铜匠、鞋匠、白铁匠一样。如果一连几天没有见到他，人们反而会觉得少了点什么。

但是，他毕竟不是铜像。他有血有肉有思想。而人们有一天终于看到，他还有很厉害的火气。

那一天是个假日。在开得刚刚能伸进一只手臂的肉铺门前，人头汹涌，乱哄哄地吵得震天响。一些把恶作剧当过年的后生，把菜篮斜挎在背上,在人群里横冲直撞。那年头,人们习惯了"乱中求治"的新秩序。

将军站在老樟树下盯着这一切,额上的青筋扑扑地跳,按着拐棍的手微微地抖。突然,他跛得很厉害地穿过大街,走到沸腾的人群后面,举起那根茶木棍,在一个穿着绿军装的人背上敲了敲。这个满头大汗的人,大声嚷嚷着,想从人群中分出一条路来。他是按照优先权领取机关配给的。现在他猛一回头,看到了一双血红的眼睛,马上就从人缝里退出来。"老、老首长,有事吗?"他刚入伍到此地不久,根据一般的常识来断定将军的身份。

"整好军风纪再说话。"

这个一脸孩子气的小兵,惶惑地看着将军,迅速戴正军帽,扣好风纪扣,捋下挽起的袖子,最后垂下眼睛看自己的脚尖。

"哪个单位?干什么的?"

"驻军炊事班的。"

一阵沉默。

"立正——"将军突然一声大喊。这完全规范化的严厉的口令声,一下就压倒了整个街口乱嗡嗡的噪音。人们蓦地回过头来,看着这两个精神高度集中的军人。

口令继续从将军急迫的呼吸中迸发出来:

"向左——转!"

"起步——跑!"

将军对着小兵跑去的方向,以标准的立正姿势挺立着,胸脯强烈起伏。

十字街口霎时鸦雀无声。好像出现了一股神奇的约束力量,刚才忘我地拥挤着、冲撞着、喧嚣着的人群,鱼贯地排起了队形。

人们忽然之间,感觉到了这个曾经号令千军万马的人的赫赫声威。

不久,镇上发生了一桩极其重大的事件。这桩文化革命中本镇建立新政权以来最富爆炸性的事件,简直就等于一次“暴乱”。而经过这次“暴乱”,总是把怜悯放在失败者一边的小镇人,忽然觉得,有一个“位置”应该调换过来。

像将军这种年龄、这种经历的人,患有某种严重的痼疾,是难免的。对此,除了由跟他一起离职的老婆子(她在这之前是某军区医院的护士长)日常护理以外,按宽大为怀的慈悲规定,他还能定期到离小镇五十里开外的一家军医院诊察。如果毛病突然发作,没有药,也可临时到镇医院就诊。

那天,他就遇上了这种情况。当他蜡黄的脸上淌着冷汗,由老婆子搀着就要走进镇医院的诊疗室的时候,门外长椅上呆坐着的一个农村妇女突然拉住他,哀求道:“解放军老伯,救救我的伢吧,我赶了三十里路,天没亮就到了,可现在……”走廊里黑乎乎的,人的面孔很难看得十分清楚。将军伸手触到孩子的额角,立刻缩回来,喊道:“快,快把他抱进来!”随着,他自己一阵风似的扑到医生的桌前:

“医生!急诊病人!”

桌子后面,本镇最高贵的女人、镇长夫人、医院负责人、主治医生,无论从职业、地位和派头上看都毫不逊色的本镇皇后,正在给一个远房的亲戚听诊。这位亲戚正眉飞色舞地给她数着一笔账——他女儿这次订婚的收入。女医生听得如此入迷,以至于听诊器老半天没有挪动了。听见将军的呼喊,她斜了一下眼:“再快,也得挂号。”马上又正视着眼前的交谈者,舒开了满脸笑纹。

“挂号了,她早就挂号了!”

“挂号了也要排队……哦,这么样养女儿倒也值得。”

“她挂的是一号!”

女医生狠狠扭过头:“小王,一号你喊了吗?”

“洞洞幺(〇〇一)当然喊了。”一个正弯腰打针的小护士应道。

“喊过了,她不在,得从头来。”

“谁说我不在哩,唔唔……大队医生说,伢儿得的是急性肺炎,不是痛痛腰。唔唔……”抱着孩子的妇女,不知是紧张还是失望,哭起来。

“你该明白了,她没听懂!”将军吼道。

“那就更得让她学会照章办事。国有国法,院有院规,不然,还得了?”女医生把听诊器往桌上一摔,阴沉地乜了将军一眼。

“照章办事就好。我问你,这个人挂的几号?”将军指着女医生的远房亲戚。

“嗬嗬嗬,你今天是专门寻老娘的烙壳来了啊。我问你,你是这伢子的公还是爸?”

“无耻!”

“什——么?我无耻?你这个不识趣的老东西!我无耻什么?我反党了吗?我是叛徒吗?嗯?”

“唰”的一声,将军挥起了他的茶木拐棍。

狂妄的女人尖叫一声,抱起鸡窝似的脑袋。

诊疗室里静得连银针落地的声音都听得出来。除了那个惊呆了的女医生的亲戚外,屋里的人,没有一个打算从将军手上夺下拐棍。拐棍在半空中巍巍地颤抖着、颤抖着。人们巴望它痛痛快快地落下来，猛击到那个布满了肮脏雀斑的塌鼻梁上。

但是，拐棍终于没有落下来。将军伸出另一只手，抓住拐棍的另一头，紧接着“咔叭”一声，结实的茶木棍断成两截。

将军艰难地转过身，问自己的老婆子：“家里有药么？”

老婆子明白他指的是治孩子病的药，点点头。

于是，将军对那位农村妇女颤声问道：“你，信得过我们么？要信得过，跟我们走吧。”

这件事，立刻就传遍了全镇。一向树叶掉下来也怕打破脑壳的小镇人，脸上居然也有了一种不怎么安分的愠怒之色了。

是的，尽管我们孤陋寡闻，胆小怕事，但这也正使得我们爱凭直觉来作种种判断。如果一个“叛徒”以救人于危难为己任，而一个“共产党员”却置人民于死地，那么他们的位置，不是正好应该调换一下吗？

一连几天，街口的老樟树下，没有出现将军的身影了。人们开始用一种莫名的焦虑和怜悯，暗中议论他。有消息说，他病倒了。可是自从那次对镇长夫人“行凶未遂”以后，用镇政府的吉普车送他上军医院的优待取消了。

一群热血汉子，由那个曾在街头上说“在党光荣”的搬运队莽后生领头，在一个漆黑的夜晚，悄悄摸到二里外癞痢山上那个孤独的新房子里，把将军扶上担架，连夜抬往五十里外的军医院。

人们也许从来没有见过，一九七六年那个令人难以忍受的年头。它一开始，就用阴霾、酷寒和泥泞把小镇掩埋住了。本来就不怎么景气的小镇，好像一个奄奄一息的垂暮者。

但是，小镇上的人似乎得天独厚。恶劣的气候给他们带来的，并不都是坏消息。

这天,剃头佬又神气活现地来到了五光十色的十字街口,清了清喉咙,拿出了架势。毫无疑问,将要听到最不寻常的消息了。满街口的人们立刻振奋起来。

“告诉你们,将军,已经不是叛徒了,他的问题,搞清了!”

“真的?你听谁说的?”

“我的话还会假么?”剃头佬不屑地瞪了那个提问者一眼。他生平最恨的,也许莫过于对他的新闻的可信性表示怀疑了。不过,他还是接下去解释说:“你要不信,问他。”

“是我说的。”搬运队那个莽后生脸一红,他不像剃头佬,不习惯在大庭广众前说话,“在军医院住院的时候,将军原来的单位来了两个人,他们说,将军参加红军部队前的历史查清了,没有叛变行为……”

“哼,让老革命背黑锅背这么久。”剃头佬一下把话头截过来,继续他没完没了的述评,“我早就说嘛,把将军从脚板看到头发梢,也找不出一丝孬包的影子来呀!真……”

“真是,贵人多磨……”人们好像自己身上卸掉了什么负担,兴奋而又不免唏嘘感叹将军受过的委屈。

“那么,这一来,将军不是很快就得走了么?”这是老裁缝小心翼翼的声音。

真是深谋远虑。这个顺理成章的问题是这样令人猝不及防。大家心里“咯噔”一响,都沉思起来。

“咳,是也是,我们小镇庙小,怎么装得下偌大个菩萨!”剃头佬搔了搔稀疏的头发,叹了口气。这在人们中引起了一种莫名其妙的伤感情绪。

通常是这样的：当你将要失去什么的时候，你才忽然感到了它无上的价值。

“看你们！党、国家，有几多事在等将军……成天巴望人家交好运，现在好了，你们又……真是……自私！”搬运队的那个莽后生忽然愤愤然地责备起来。

什么？自私？是自私。将军有将军的岗位。那个岗位，重要极了，了不起极了。一句话，总不能叫他做我们的镇长吧？他要走了，这是值得庆贺的事。

于是，大家伸长了颈，眺望将军每天从那儿走来的路口，希望他能像以前一样，到街口这棵老樟树下来。人们觉得比任何时候都更想仔细看看他。如果将军不见怪他们先前的胆小怕事，他们还想同他攀谈。

要同将军亲热的欲望是这样强烈。忽然有个人提出来：将军昨天才出院，一时不会出来走动，我们为什么不可以去呢？

对，为什么不可以？完全可以。于是人们一呼百应，向镇外二里的癞痢山拥去。

荒凉而寂寞的癞痢山热闹起来。

这个只有黑色的岩石和杂乱的荆棘丛的荒坡，原是小镇人最忌讳的地方。这儿打柴无树，牧牛无草，古往今来，一直是死囚的葬身之地。据说阴雨晦暗时，还听得到怨鬼的啾啾悲声。这么个晦气的地方，小镇人即使路过这里，也宁愿绕个大圈子避开它。

可是现在，山上这所与牢房为邻的“新房子”，成了一座香烟鼎盛的圣庙。人们朝圣来了。

当人们拥上台阶，一眼看见精瘦、佝偻的将军时，突然收住了步子，谁也不敢第一个迈进门槛。人们的心头交织着羞赧和敬畏。

伶牙俐齿的剃头佬，如簧巧舌也好像失灵了。但是，许多人在背后用手捅他的腰眼。他慌乱而笨拙地用自己也没听清的声音喊了一声：

“将军！”

有好大一阵子，将军吃惊地睁大着昏花的眼睛，说不出话来。后来，他明白了。枯黄的脸上，两行混浊的老泪，顺着密集的皱纹，弯弯曲曲地流下来。

癞痢山同小镇相隔二华里，并存了无数个年头，而小镇人现在才第一次用喜悦的目光来光顾它了。

人们最先惊喜地发现，将军在屋后坡上的石头缝里，挖了许多树洞。

“打算栽这么多树吗，将军？”

“是的。我想在见马克思之前，至少治好这个癞痢头。可惜，这石头壳上种果树希望不大，只好种松树。”

“莫非，将军先前想在这儿隐居一辈子？”

“隐居？”

“是呀，就是像晋朝时候，离这儿三十里开外的面阳山下隐居的陶公渊明先生哪。他先前是彭泽县令，后来不为五斗米折腰，弃官归田，就像这样。不过，你种的是松，他喜的是柳，光门前就种了五棵柳树，故号‘五柳先生’。”剃头佬抓住机会，大大卖弄了一番。

“哎呀呀，你扯到哪里去了。人家是古代名士，我算个什么？儿喝，儿喝……”将军放声大笑，呛得直咳嗽，“我最大的奢望就是让山上的树早点成林。以后有了机会，大伙动手把山脚下的那条河改造一下，给它筑上几道拦洪坝，蓄住水。那样一来，附近农田得到灌溉之利不说，小镇也就有了有树的山，有水的河，再弄点花呀草呀，鸟哇兽哇，不就成公园了吗！然后，我呐，就来做个看公园的老家伙。那时候哇，小伙子，”将军举起巴掌在搬运队那个莽后生厚实的胸脯子上拍了拍，“你就领着你的美人儿，尽兴在这里逛吧，我老头子保险不提前关门！”

“要是他们躲在你屋子后头亲嘴，你老见了，可别拿茶木棍子打他的屁股啊！”人们笑得上气不接下气，剃头佬还在火上加油。

啊，笑吧，将军！好多年，你没有笑得这么畅快了！

笑吧，小镇人！但愿你们笑得永远这样高尚！

小镇到处都在盘算和议论着，怎样像模像样地给将军送行，送给他点什么和让他留下点什么永久性的纪念，今后怎样同将军保持联系，等等。有几个人，还为争给将军饯行的先后次序吵了起来。

但是忽然之间，一个巨大的阴影，笼罩了整个小镇。

敬爱的周总理——这个寄托着人民全部希望的伟大生命，在人民最需要他的时候，消逝了。当这个令人难以置信的噩耗宣布的当天上午，将军由老婆子搀扶着，突然出现在街口的老樟树下。

太阳升起来，苍白而无力。天气出奇地寒冷。小镇更加灰暗、沉闷、悄无声息，仿佛在酷寒和悲哀中僵木了。

在料峭的冷风中，将军显得异常憔悴。深陷的眼睛周围蒙着一圈黑晕，脸上闪着铁青的冷光。但是，他站立得比任何时候都挺拔，更像一尊铜雕。

“同志们……”他喊着，喑哑的声音听起来觉得陌生。人们默默站住了。他弯下腰，吃力地拉开一个硕大的提包拉链，露出了一整袋黑纱。然后，他又抬起头，突出的喉结艰难地抽动了一下：

“请吧……”

不需要解释。人们不假思索地一个跟着一个,从将军脚前的提包里拿起黑纱,佩戴起来。

“谁叫你这样做的?唉?”镇长的一只被香烟熏得焦黄的手,从后面按到将军的肩上。

将军一声不响。

“我们已经传达通知,基层和民间一律不搞任何形式的悼念活动。你这样做,目的是什么?”

将军纹丝不动。

镇长暴怒地转过身,面对街口,大喝一声:

“你们都给我站住!把黑纱摘下来!”

人们站住了,但谁也没有动手摘黑纱。

“你们要造反吗?老裁缝,你先摘!”

老裁缝打了个愣怔。看看臂上的黑纱,又看看镇长的黑脸,身上又抖了一下。

早上天没明,将军敲开了他的门,把一大卷黑布交给他。当时,那个巨大的不幸使他一下子感到全身冰凉。立刻,他就同将军一起,带着一种痛苦的庄严,忙碌起来。

现在,这个咆哮着的掌权人,强迫他做的是:把自己虔诚的良心,丢到街口的灰尘中,当众践踏。还有什么比这更使人感到屈辱。在这个小镇上,他生活了大半辈子,他精明、谨慎、安分守己,从来没有妨碍过别人。尽管如此,他还是有过被侮辱与被蔑视的痛苦记忆,但是,他觉得,面前的这场屈辱,特别不能忍受。

他的目光碰上了镇长身后将军的目光,那两团无声但炽烈的火苗,使他火辣辣的心口更加灼痛起来。他嘴唇抽搐了一下,缓缓说道：

“莫非给周总理吊孝，犯了王法么？算啦，反正到哪里也一样，天下饿不死手艺人，你看着办吧。黑纱，我是不摘的。”

“给周总理吊孝不犯法！”

“不摘黑纱！不摘！不摘！……”

小镇上，这些个在灰蒙蒙的岁月风尘中，从来是逆来顺受、庸庸碌碌的小百姓们，真的发疯了，真的造反了！他们的首领，是一位被放逐的将军。他唤起了他们心灵深处的正义力量。这股力量，把他们自己传统的怯懦和自卑，打得粉碎。

镇长惊惶地朝将军转过身来。

将军连眼珠也没朝他转一下。他脸上有一种漠然的平静，这种神情，有点像他在视察一场由他指挥的战役。

但是，只有一个人，就是他的老伴知道，精神和肉体的巨大痛苦，正在残酷地折磨着、摧残着这个衰老的病体。冰冷的虚汗，已经浸透了他的内衣。他全部的神经和肌肉都在紧张地痉挛。他顽强地挺立着。老婆子不敢惊动他，但她的心在暗暗地哭泣。

“你这样做是要付出代价的！”镇长扭歪了嘴脸，呻吟似的说道。紧接着，他从街口消失了。

一直到完全看不见镇长丑恶的影子了，将军突然张开嘴，艰难而紧张地喘息起来，然后，颓然倒下了……

几天以后，剃头佬又得到了一个惊人的消息：将军要永远留在小镇上当他的“名誉”将军了。因为他给自己惹了新的麻烦，剃头佬有生以来第一次将这件新闻闷在了肚子里。他不能站到街口去说，那样不会给他带来一点心头上的舒畅。

小镇人的心情,就像这早春的天气,才晴几天,又阴了。

癞痢山重新被一片死一样的寂静包围了。虽然每天都有络绎不绝的人群来看望将军,但他们脸上不再有笑容。

将军从那天倒下去以后,再也没有从床上爬起来。他在昏睡中,体温有时候升得很高。这时候,他无神的眼睛就直定定地瞪着天花板,时而狂怒地吼叫,时而梦呓般呢喃。

突然有一天,将军完完全全清醒过来。他轮流巡视着一张张悲伤、呆滞而忽然现出慌乱神色的脸,一边喘息,一边微笑,用十分清晰的声音,艰难地说:“你们,不要赶我走……我要在这儿看园子……不过,你们得种树……修路……挖河……你们不会赶我走吧?啊,这就好……”

将军死了。他把崇高的荣誉,永久地留给了小镇人。

立刻就传来了上面的指令:将军的遗体,就地火葬;不通知亲友;不发讣告;不举行任何形式的吊唁。但是,这种自信,实在愚蠢极了。因为,他们企图左右的这件事,根本就没有他们插手的可能。

小镇人用一种沉着的蛮横和平静的狂热,垄断了将军的后事。

人们一下子就把治理丧事的领导班子推举出来。这个班子立刻就作出了决议:依照最古老、最隆重的传统乡土风俗,为将军举行葬礼。这个决议没有遭到任何异议立刻就被大家接受了。

哀悼一个最现代的革命者,却要沿袭最古老的传统,最蒙昧、迷信的方式,对此,我不敢妄加评论。赞成吧,有复旧的嫌疑;如果反对,那简直就要冒被本镇人当作仇敌的风险。

镇上一个最老的长者,献出了整个小镇唯一的一具柏木棺材;老裁缝连夜赶制了全套的寿服寿被;遗体入殓的时候,焚起了高香，点亮了长明灯。因为剃头佬整容整得太慢，这个工夫花得很长。“八仙”①由搬运队十六名强悍的后生组成。在起棺的那一刻，他们宰了雄鸡祭杠。那个被将军从垂危中挽救下来的孩子，由他的父母领着，从三十里外赶来，担任了将军的孝子之职，披麻戴孝，向所有来吊孝的人，下跪叩头。停丧的日子，癞痢山突然生出了一片“森林”，这是小镇人和小镇周围四面八方的乡村送来的孝幛和花圈。由那个将军呵斥过的炊事班小兵送来的当地驻军的巨大花圈，显得特别引人注目。

出丧是在一个阴暗的早晨。整个小镇和四方乡野，天低云垂，悲声大恸。尽管按照将军的遗嘱，他的墓茔就落在癞痢山上，但浩浩荡荡的送殡队伍还是来到小镇的街上。“八仙”们抬着将军的灵柩，依次经过每家每户门前。每经过一家，就停顿下来，等到这一家长长的一串“千字头”炮仗响完，再移向另一家。这就使得丧队的行进近乎蠕动。全长不足六百米的两条街道，竟走了整整一个上午。灵柩最后在街口那棵老樟树下，将军一向站立的位置上停了很久。人们一个跟着一个泣诉了满含着忏悔、悲痛、追挽、誓言的悼词。

对这次最肆无忌惮的“复旧”行动，加以强烈反对的主要代表者有两个：一个是将军的老伴。她一再劝阻说，将军是共产党人、是革命军人，他有遗嘱，要火化，不要打扰大家……小镇人没有等她说完，流着泪哀求她：将军懂得我们，不会生气的。火化的事，我们同意，但以后再说，先让我们遂顺遂顺一下心愿吧。将军的老伴只好用力合起眼睛，尽力不让泪水流出来。另一个反对者是镇长。不过他全部的反对行为，只是半掩在办公室窗前的布帘后面，瞪着一双冒火的眼睛，把牙齿咬得咯吱咯吱地响：

“等着吧，等着我来打发你们！”

历史有个坏脾气，喜欢嘲弄极力要驾驭它的人。这一年十月发生的那场惊天动地的巨变以后，的确有一些人被打发了。不过，不是镇长所预言过的剃头佬、老裁缝们，而恰恰是镇长本人和同他一起靠打、砸、抢上来的权贵们。

当小镇人按照新世纪的蓝图，着手小镇建设的时候，首先想到的，是把将军的宿愿付诸实现。

在十月以后的这一年最后三个月里，癞痢山以及附近的几个山包挖满了树洞；镇外河岸边的垃圾堆清除了；镇上的两条街铺上了水泥；河的改造也列入了小镇附近社队的水利建设规划，几千名劳动力在春节前完成了第一期工程。

这一切进行得就像新婚大典一样热烈，偶然也发生了一次不幸的争吵。这次争吵爆发得很激烈，引起了全镇的震动。

争吵是由要在街口的老樟树下，为将军建立一个纪念碑的提议引起来的。搬运队的后生们以那个莽后生领头，竭力赞同。剃头佬则模棱两可。最后，老裁缝在人们争得不可开交的时候，小心翼翼地挤到圈子中间，把他枯瘦的手颤巍巍地举起来，指着那棵老樟树，说：

“好人们啊，什么纪念能比得上它呢？它老皮斑驳，叫雷轰了顶，但是它根不死！看看吧，这碧绿鲜亮的新枝枝、新叶叶……”

在老裁缝哽咽着说完这些话以后，人们忽然觉得这棵树变成了将军：一身笔挺的军装、鲜艳夺目的帽徽领章、风纪扣扣得紧严。他拄着茶木拐棍，挺直身板，不时眨一眨有点昏花的眼睛，一声不响地注视小镇的种种变迁。

谁都确信:这不是幻觉。于是,争吵停止了。

注释:

① 八仙:旧俗指抬棺材的杠夫。

(原载《十月》1979 年第 3 期)

作者简介:陈世旭(1948—),江西南昌人。著有长篇小说《梦洲》《裸体问题》《将军镇》,小说集《带海风的螺壳》《天鹅湖畔》等。

乔厂长上任记

蒋子龙

“时间和数字是冷酷无情的，像两条鞭子，悬在我们的背上。

“先讲时间。如果说国家实现现代化的时间是二十三年，那么咱们这个给国家提供机电设备的厂子，自身的现代化必须在八到十年内完成。否则，炊事员和职工一同进食堂，是不能按时开饭的。

“再看数字。日本日立公司电机厂，五千五百人，年产一千二百万千瓦；咱们厂，八千九百人，年产一百二十万千瓦。这说明什么？要求我们干什么？

“前天有个叫高岛的日本人，听我讲咱们厂的年产量，他晃脑袋，说我保密！当时我的脸臊成了猴腚，两只拳头攥出了水。不是要揍人家，而是想揍自己。你们还有脸笑！当时要看见你们笑，我就揍你们。

“其实，时间和数字是有生命、有感情的，只要你掏出心来追求它，它就属于你。”

——摘自厂长乔光朴的发言记录

出　山

党委扩大会一上来就卡了壳，这在机电工业局的会议室里不多见，特别是在局长霍大道主持的会上更不多见。但今天的沉闷似乎不是那种干燥的、令人沮丧的寂静，而是一种大雨前的闷热、雷电前的沉寂。算算吧，“四人帮”倒台两年了，七八年又过去了六个月，电机厂已经两年零六个月没完成任务了。再一再二不能再三，全局都快要被它拖垮了。必须彻底解决，派硬手去。派谁？机电局闲着的干部不少，但顶戗的不多。愿意上来的人不少，愿意下去，特别是愿意到大难杂乱的大户头厂去的人不多。

会议要讨论的内容两天前已经通知到各委员了，霍大道知道委员们都有准备好的话，只等头一炮打响，后边就会万炮齐鸣。他却丝毫不动声色，他从来不亲自动手去点第一炮，而是让炮手准备好了自己燃响，更不在冷场时赔着笑脸絮絮叨叨地启发诱导。他透彻人肺腑的目光，时而收拢合目沉思，时而又放纵开来，轻轻扫过每一个人的脸。

有一张脸渐渐吸引住霍大道的目光。这是一张有着矿石般颜色和猎人般粗犷特征的脸：石岸般突出的眉弓，饿虎般深藏的双睛；颧骨略高的双颊，肌厚肉重的阔脸；这一切简直就是力量的化身。他是机电局电器公司经理乔光朴，正从副局长徐进亭的烟盒里抽出一支香烟在手里摆弄着。自从十多年前在“牛棚”里一咬牙戒了烟，从未开过戒，只是留下一个毛病，每逢开会苦苦思索或心情激动的时候，喜欢找别人要一支烟在手里玩弄，间或放到鼻子上去嗅一嗅。仿佛没有这支烟他的思想就不能集中。他一双火力十足的眼睛不看别人,只盯住手里的香烟,饱满的嘴唇铁闸一般紧闭着,里面坚硬的牙齿却在不断地咬着牙帮骨,左颊上的肌肉鼓起一道道棱子。霍大道极不易觉察地笑了,他不仅估计到第一炮很快就要炸响,而且对今天会议的结果似乎也有了七分把握。

果然,乔光朴手里那支珍贵的“郁金香”牌香烟不知什么时候变成一堆碎烟丝。他伸手又去抓徐进亭的烟盒,徐进亭挡住了他的手:“得啦,光朴,你又不吸,这不是白白糟蹋吗。要不一开会抽烟的人都躲你远远的。”

有几个人嘲弄地笑了。

乔光朴没抬眼皮,用平稳的显然是经过深思熟虑的口吻说:“别人不说我先说,请局党委考虑,让我到重型电机厂去。”

这低沉的声调在有些委员的心里不啻是爆炸了一颗手榴弹。徐副局长更是惊诧地掏出一支香烟主动地丢给乔光朴:“光朴,你是真的,还是开玩笑?”

是啊,他的请求太出人意料了,因为他现在占的位子太好了。“公司经理”——上有局长,下有厂长,能进能退,可攻可守。形势稳定可进到局一级,出了问题可上推下卸,躲在二道门内转发一下原则号令。愿干者可以多劳,不愿干者也可少干,全无凭据;权力不小,责任不大,待遇不低,费心血不多。这是许多老干部梦寐以求而又得不到手的“美缺”。乔光朴放着轻车熟路不走,明知现在基层的经最不好念,为什么偏要下去呢?

乔光朴抬起眼睛,闪电似的扫过全场,最后和霍大道那穿透一切的目光相遇了,倏地这两对目光碰出了心里的火花,一刹那等于交换了千言万语。乔光朴仍是用缓慢平稳的语气说:“我愿立军令状。乔光朴,现年五十六岁,身体基本健康,血压有一点高,但无妨大局。我去后如果电机厂仍不能完成国家计划，我请求撤销我党内外一切职务，到干校和石敢去养鸡喂鸭。”

这家伙，话说得太满、太绝。这无疑是一些眼下最忌讳的语言。当语言中充满了虚妄和垃圾，稍负一点责的干部就喜欢说一些漂亮的多义词，让人从哪个方面都可以解释。什么事情还没有干，就先从四面八方留下退却的路。因此，乔光朴的“军令状”比它本身所包含的内容更叫霍大道高兴。他激赏地抬起眼睛，心里想，这位大爷就是给他一座山也能背走，正像俗话说的，他像脚后跟一样可靠，你尽管相信他好了。就问：“你还有什么要求？”

乔光朴：“我要带石敢一块去，他当党委书记，我当厂长。”

会议室里又炸了。徐副局长小声地冲他嘟囔：“我的老天，你刚才扔了个手榴弹，现在又撂原子弹，后边是不是还有中子弹？你成心想炸毁我们的神经？”

乔光朴不回答，腮帮子上的肌肉又鼓起一道道肉棱子，他又在咬牙帮骨。

有人说：“你这是一厢情愿，石敢同意去吗？”

乔光朴：“我已经派车到干校去接他，就是拖也要把他拖来。至于他干不干的问题，我的意见他干也得干，他不干也得干。而且——”他把目光转向霍大道，“只要党委正式做决议，我想他是会服从的。我对别人的安排也有这个意见，可以听取本人的意见和要求，但也不能完全由个人说了算。党对任何一个党员，不管他是哪一个级别的干部，都有指挥调动权。”

他说完看看手表，像事先约好的一样，石敢就在这时候进来了。猛一看，这简直就是一位老农民。但从他走进机电局大楼、走进肃穆的会议室仍然态度安详，就可知这是一位经过阵势，以前常到这个地方来的人。他身材短小，动作迟钝，仿佛他一切锋芒全被这极平常的外貌给遮掩住了。斗争的风浪明显地在他身上留下了涤荡的痕迹。虽然刚交六十岁，但他的脸已被深深的皱纹切破了，像个胡桃核。看上去要比实际年龄大得多。他对一切热烈的问候和眼光只用点头回答，他脸上的神色既不热情，也不冷淡，倒有些像路人般的木然无情。他像个哑巴，似乎比哑巴更哑。哑巴见了熟人还要呀呀咿咿地叫喊几声，以示亲热；他的双唇闭得铁紧，好像生怕从里边发出声音来。他没有在霍大道指给他的位子上坐下，好像不明白局党委开会为什么把他找来，随时准备离开这儿。

乔光朴站起来："霍局长，我先和老石谈一谈。"

霍大道点点头。乔光朴抓住石敢的胳膊，半拥半推地向外走。石敢瘦小的身材叫乔光朴魁伟的体架一衬，就像大人拉着一个孩子。他俩来到霍大道的办公室，双双坐在沙发上，乔光朴望着自己的老搭档，心里突然翻起一股难言的痛楚。

一九五八年，乔光朴从苏联学习回国，被派到重型电机厂当厂长，石敢是党委书记。两个人把电机厂搞成了一朵花。石敢是个诙谐多智的鼓动家，他的好多话在"文化大革命"中被人揪住了辫子，在"牛棚"里常对乔光朴说："舌头是惹祸的根苗，是思想无法藏住的一条尾巴，我早晚要把这块多余的肉咬掉。"他站在批判台上对造反派叫他回答问题更是恼火，不回答吧态度不好，回答吧更加倍激起批判者的愤怒，他曾想要是没有舌头就不会有这样的麻烦了。而和他常常一起挨斗的乔光朴，却想出了对付批斗的"精神转移法"。刚一上台挨斗时，乔光朴也和石敢一样，非常注意听批判者的发言，越听越气，常常汗流浃背，毛发倒竖，一场批判会下来筋骨酥软，累得像摊泥。挨斗的次数一多，时间一长就油了。乔光朴酷爱京剧,往台上一站,别人的批判发言一开始,他心里的锣鼓也开场了,默唱自己喜爱的京剧唱段,以转移自己的注意力。此法果然有效,不管是几个小时的批斗会,不管是“冰棍式”,还是“喷气式”,他全能应付裕如。甚至有时候还能触景生情,一见批判台搭在露天,就来一段“我正在城楼观山景,耳听得城外乱纷纷……”。他得意洋洋地把自己的经验传授给石敢,劝他的伙伴不要老是那么认真,暗懋暗气地老是诅咒本来无罪的舌头。无奈石敢不喜好京剧,乔光朴行之有效的办法对他却无效。六七年秋天一次批判会,台子高高搭在两辆重型翻斗汽车上,散会时石敢一脚踩空,笔直地摔下台,腿脚没伤,舌头果真咬掉了一半。他忍住疼没吭声,血灌满了嘴就咽下去。等被人发现时已无法再找回那半个舌头。从那天起,两个老伙伴就分开了。石敢成了半哑巴,公共场合从来不说话。治好伤就到机电局干校劳动,局里几次要给他安排工作,他借口是残废人不上来。“四人帮”倒台的消息公布以后,他到市里喝了一通酒,晚上又回干校了,说舍不得那大小“三军”。他在干校管着上百只鸡,几十只鸭,还有一群羊,人称“三军司令”。他表示后半辈子不再离开农村。今天一早,乔光朴派亲近的人借口有重要会议把他叫来了。

乔光朴把自己的打算,立“军令状”的前后过程全部告诉了石敢,充满希望地等着老伙伴给他一个全力支持的回答。

石敢却是长时间的不吭声,探究的、陌生的目光冷冷地盯着乔光朴,使乔光朴很不自在。老朋友对他的疏远和不信任叫他心打寒战。石敢到底说话了,语言低沉而又含混不清。乔光朴费劲地听着:

“你何苦要拉一个垫背的?我不去。”

乔光朴急了："老石，难道你躲在干校不出山，真的是像别人传说的那样，是由于怕了，是'怕死的杨五郎上山当了和尚'？"

石敢脸上的肌肉颤抖了一下，但毫不想辩解地点点头，认账了。这使乔光朴急切地从沙发上跳起来替他的朋友否认："不，不，你不是那种人！你唬别人行，唬不了我。"

"我只有半个舌……舌头，而且剩下的这半个如果牙齿够得着也想把它咬下去。"

"不，你是有两个舌头的人，一个能指挥我，在关键的时候常常能给我别的人所不能给的帮助；另一个舌头又能说服群众服从我。你是我碰到过的最好的党委书记，我要回厂你不跟我去不行！"

"咳！"石敢眼里闪过一丝痛苦的暗流，"我是个残废人，不会帮你的忙，只会拖你的手脚。"

"石敢，你少来点感伤情调好不好，你对我来说，重要的不是舌头，你有头脑，有经验，有魄力，还有最重要的——你我多年合作的感情。我只要你坐在办公室里动动手指，或到关键时候给我个眼神，提醒我一下，你只管坐镇就行。"

石敢还是摇头："我思想残废了，我已经消耗完了。"

"胡说！"乔光朴见好说不行，真要恼了，"你明明是个大活人，呼出碳气，吸进氧气，还在进行血液循环，怎说是消耗完了？在活人身上难道能发生精力消耗完的事吗？掉个舌头尖思想就算残废啦？"

"我指热情的细胞消耗完了。"

"嗯？"乔光朴一把将石敢从沙发上拉起来，枪口似的双睛瞄准石敢的瞳孔，"你敢再重复一遍你的话吗？当初你咬下舌头吐掉的时候，难道把党性、生命连同对事业的信心和责任感也一块儿吐掉了?”

石敢躲开了乔光朴的目光,他碰上了一面无情的能照见灵魂的镜子,他看见自己的灵魂变得这样卑微,感到吃惊,甚至不愿意承认。

乔光朴用嘲讽的口吻,像是自言自语地说:“这真是一种讽刺,‘四化’的目标中央已经确立,道路也打开了,现在就需要有人带着队伍冲上去。瞧瞧我们这些区局级、县团级干部都是什么精神状态吧,有的装聋作哑,甚至被点将点到头上,还推三阻四。我真纳闷,在我们这些级别不算小的干部身上,究竟还有没有普通党员的责任感?我不过像个战士一样,听到首长说有任务就要抢着去完成,这本来是极平常的事,现在却成了出风头的英雄。谁知道呢,也许人家还把我当成了傻瓜哩!”

石敢又一次被刺疼了,他的肩头抖动了一下。乔光朴看见了,诚恳地说:“老石,你非跟我去不行,我就是用绳子拖也得把你拖去。”

“咳,大个子……”石敢叹了口气,用了他对乔光朴最亲热的称呼。这声“大个子”叫得乔光朴发冷的心突地又热起来了。石敢立刻又恢复了那种冷漠的神情:“我可以答应你,只要你以后不后悔。不过丑话说在前边,咱们订个君子协定,什么时候你讨厌我了,就放我回干校。”

当他们两个回到会议室的时候,委员们也就这个问题形成了决议。霍大道对石敢说:“老乔明天到任,你可以晚几天,休息一下,身体哪儿不适到医院检查一下。”

石敢点点头走了。

霍大道对乔光朴说:“刚才议论到干部安排问题,你还没有走,就有人盯上了你的位子。”他把目光又转向委员们，“你们是不是还有别人写的条子，或是受了人家的托付？我看今天彻底公开一下，把别人托你们的事都摆到桌面上来，大家一块儿议一议。”

大家面面相觑，他们都知道霍大道的脾气，他叫你拿到桌面上来，你若不拿，往后在私下是决不能再向他提这些事了。徐进亭先说：“电机厂的冀申提出身体不好，希望能到公司里去。”接着别的委员也都说出了曾托付过自己的人。

霍大道目光像锥子一样，气色森严，语气里带着不想掩饰的愤怒：“什么时候我们党的人事安排改为由个人私下活动了呢？什么时候党员的工作岗位分成了‘肥缺’‘美缺’和‘废缺’‘苦缺’了呢？毛遂自荐自古就有，乔光朴也是毛遂自荐，但和这些人的自荐是完全不同的两种性质。冀申同志在电机厂没搞好，却毫不愧疚地想到公司当经理，我不相信搞不好一个厂的人能搞好一个公司。如果把托你们的人的要求都满足，我们机电局只好安排十五个副局长，下属六个公司，每个公司也只好安排十到十五个正副经理，恐怕还不一定都满意。身体不好在基层干不了到机关就能干好，机关是疗养院？还是说在机关干好干坏没关系？有病不能工作的可以离职养病，名号要挂在组织处，不能占着茅坑不屙屎。宁可虚位待人，不可滥任命误党误国。我欣赏光朴同志立的‘军令状’，这个办法要推行，往后像我们这样的领导干部也不能干不干一个样。有功的要升、要赏，有过的要罚、要降！有人在一个单位玩不转了就托人找关系，一走了之。这就助长干部身在曹营心在汉，骑着马找马。难怪工人反映，厂长都不想在一个厂里干一辈子，好则订个三年计划，少则是一年规划，打一枪换一个地方，这怎么能把工厂搞好！”

徐进亭问:“冀申原是电机厂一把手,老乔和石敢一去不把他调出来怎么安排?”

霍大道说:“当副厂长嘛。干好了可以升,干不好还降,直降到他能够胜任的职位止。当然,这是我个人的意见,大家还可以讨论。”

徐进亭悄悄对乔光朴说:“这下你去了以后就更难弄了。”

乔光朴耸耸肩膀没吭声,那眼光分明在说,“我根本就没想到电机厂去会有轻松的事。”

上　任

一

机电局党委扩大会散后,乔光朴向电器公司副经理做了交接,回到家已是晚上了。屋里有一股呛鼻的潮味,他把门窗全部打开。想沏杯茶,暖瓶是空的,就吞了几口冷开水。坐在书桌前,从一摞书的最底下拿出一本《金属学》,在书页里抽出一张照片。照片是在莫斯科的红场上照的,背景是列宁墓。前面并肩站着两个人,乔光朴穿浅色西装,伟美潇洒,显得很年轻,脸上的神色却有些不安。他旁边那个妩媚秀丽的姑娘则神情快乐,正侧脸用迷人的目光望着乔光朴,甜甜地笑着。仿佛她胸中的幸福盛不下,从嘴边漫了出来。乔光朴凝视着照片,突然闭住眼,低下头,两手用力掐住太阳穴,照片从他手指间滑落到桌面上——

一九五七年,乔光朴在苏联学习的最后一年,到列宁格勒电力工厂担任助理厂长。女留学生童贞正在这个厂搞毕业设计,她很快被乔光朴吸引住了。乔光朴英目锐气，智深勇沉，精通业务，抓起生产来仿佛每个汗毛孔里都是心眼，浑身是胆。他的性格本身就和恐惧、怀疑、阿谀奉承、互相戒备这些东西时常发生冲突，童贞最讨厌的也正是这些玩意儿，她简直迷上这个比自己大十多岁的男人了。在异国他乡同胞相遇分外亲热，乔光朴像对待小妹妹，甚至是像对待小孩一样关心她，保护她。她需要的却是他的另一种关怀，她嫉妒他渴念妻子时的那种神情。

乔光朴先回国，五八年底童贞才毕业归来。重型电机厂刚建成正需要工程技术人员，她又来到乔光朴的身边。一直在她家长大的外甥郗望北，是电机厂的学徒工，一次很偶然的机会，他发现了小老姨对厂长的特殊感情。这个小伙子性格倔强，有蔫主意，恨上了厂长，认为厂长骗了他老姨。他虽比老姨还小十多岁，却俨然以老姨的保护人的身份处处留心，尽量阻挡童贞和乔光朴单独会面。当时有不少人追求童贞，她一概拒之门外，矢志不嫁。这使郗望北更憎恨乔光朴，他认定乔光朴搞女人也像搞生产一样有办法，害了自己老姨的一生。

七年过去了，“文化大革命”一开始，郗望北成为一派造反组织的头头，专打乔光朴。他只给乔光朴的“走资派”帽子上面又扣上“老流氓”“道德败坏分子”的帽子，但不细究，不深批，免得伤害自己的老姨。可是他的队员们对这种花花绿绿的事很感兴趣，捕风捉影，编出很多情节，反倒深深地伤害了童贞。在童贞眼里，乔光朴是搞现代化大生产难得的人才，过去一直威信很高，现在却名誉扫地。犯路线错误的人群众批而不恨，犯品质错误的人群众最厌恶。可在那种时候又怎能把真相向群众说清呢？童贞觉得这都是由于自己的缘故，使乔光朴比别的走资派吃了更多的苦头，她给乔光朴写了一封信,想一死了事。细心的郗望北早就留了这个心眼,没让童贞死成。这使乔光朴觉得一下子同时欠下了两个女人的债。

乔光朴的妻子在大学当宣传部长,虽然听到了关于他和童贞的议论,但丝毫也不怀疑自己的丈夫,直到六八年初不清不白地死在“牛棚”里,她从未怀疑过乔光朴的忠诚。乔光朴为此悔恨不已,曾对着妻子的遗像坦白承认,他在童贞大胆的表白面前确实动摇过,心里有时也很喜欢她。他表示从此不再搭理童贞。当最小的一个孩子考上大学离开他以后,他一个人守着几间空房子,过着苦行僧式的生活,似乎是有意折磨自己,向死去的妻子表明他对她和儿女感情的纯洁无瑕和忠贞不渝……

可是,下午在公司里交接完工作,乔光朴神差鬼使给童贞打了个电话,约她今晚到家里来。过后他很为自己的行动吃惊,责问自己:这是什么意思呢?如果自己不再回厂,事情也许永远就这样过去了。现在叫他俩该怎样相处?十年前厂子里的人给他俩的头上泼了那么多脏水啊!他这才突然发现,他认为早被他从心里挖走的童贞,却原来还在他心里占着一个位置。他没有在痛苦的思索里理出头绪,他不想再触摸这些复杂而又微妙的感情的琴弦了。得振作一下,明天回厂还有许多问题要考虑。忽然,觉得有什么东西落到头上,他抬起头,心里猛地一缩——童贞正依着他的膀子站着,泪眼模糊地望着那张照片。滴落到他头上的,无疑就是她的眼泪。他站起身抓住她的手:“童贞,童贞……”

童贞身子一颤,从乔光朴发烫的大手里抽出自己的手,转过身去,擦干眼角,极力控制住自己。童贞的变化使乔光朴惊呆了。她才四十多岁,头上已有了白发;过去她的一双亮眼燃烧着大胆而热情的光芒,敢于火辣辣地长久地盯着他,现在她的眼神是温润的、绵软的,里面透出来的愁苦多于快乐。乔光朴的心里隐隐发痛。这个在业务上很有才气的女工程师,她本来可以成为国家很缺少的机电设备专家,现在从她身上再也看不见那个充满理想、朝气蓬勃的小姑娘的影子了。使她衰老这么快的原因,难道只是岁月吗?

两人都有点不大自然,乔光朴很想说一句既得体又亲热的话来打破僵局:"童贞,你为什么不结婚?"这根本不是他想要说的意思,连声音也不像他自己的。

童贞不满地反问:"你说呢?"

乔光朴懊丧地一挥手,他从来不说这样没味道的话。突然把头一摆,走近童贞:"我干吗要装假。童贞,我们结婚吧,明天,或者后天,怎么样?"

童贞等这句话等了快二十年了,可今天听到了这句话,却又感到慌乱和突然。她轻轻地说:"你事先一点信也不透,为什么这么急?"

乔光朴一经捅破了这层纸,就又恢复了他那热烈而坚定的性格:"我们头发都白了,你还说急?我们又不需要什么准备,请几个朋友一吃一喝一宣布就行了"

童贞脸上泛起一阵幸福的光亮,显得年轻了,喃喃地说:"我的心你是知道的,随你决定吧。"

乔光朴又抓起童贞的手,高兴地说:"就这样定,明天我先回厂上任,通知亲友,后天结婚。"

童贞一惊:"回厂?"

"对,今天上午局党委会决议,石敢和我一块儿回去,还是老搭档。"

“不,不!”童贞说不清是反对还是害怕。她早盼着乔光朴答应和她结婚,然后调到一个群众不知道他俩情况的新单位去,和所爱的人安度晚年。乔光朴突然提到要回厂,电机厂的人听到他俩结婚的消息会怎样议论?童贞一想到能强奸人的灵魂、把刀尖捅到人心里将人致死的群众舆论,简直浑身打战。况且郗望北现在是电机厂副厂长,他和乔光朴这一对冤家怎么在一块儿共事?她忧心忡忡地问:“你在公司不是挺好吗,为什么偏要回厂?”

乔光朴兴致勃勃地说:“搞好电器公司我并不要怎么费劲,也许正因为我的劲使不出来我才感到不过瘾。我对在公司里领导大集体、小集体企业,组织中小型厂的生产兴趣不大,我不喜欢搞针头线脑。”

“怎么,你还是带着大干一番的计划,回厂收拾烂摊子吗?”

“不错,我对电机厂是有感情的。像电机厂这样的企业如果老是一副烂摊子,国家的现代化将成为画饼。我们搞的这一行是现代化的发动机,而大型骨干企业又是国家的台柱子。搞好了有功,不比打江山的功小;搞不好有罪,也不比叛党卖国的罪小。过去打仗也好,现在搞工业也好,我都不喜欢站在旁边打边鼓,而喜欢当主角,不管我将演的是喜剧还是悲剧。趁现在精力还达得到,赶紧抓挠几年。我想叫自己的一辈子有始有终,虎头豹尾更好,至少要虎头虎尾。我们这一拨的人虎头蛇尾的太多了。”

是惊?是喜?是不安?童贞感慨万端。以前她爱上乔光朴,正是爱他对事业的热爱,以及在工作上表现出来的才能和男子汉特有的雄伟顽强的性格。现在的乔光朴还是以前她爱的那个人,但她却希望他离开他眷恋的事业。难道她爱不上战场的英雄,离开骏马的骑手?她像是自言自语地说:“没见过五十多岁的人还这么雄心勃勃。”

“雄心是不取决于年岁的，正像青春不一定就属于黑发人，也不见得会随着白发而消失。”乔光朴从童贞的眼睛里看出她衰老的不光是外表，还有她那棵正在壮年的心苗，她也害上了正在流行的政治衰老症。看来精神上的胆怯给人造成的不幸，比估计到的还要多。这使他突然意识到自己的责任。他几乎用小伙子般的热情抱住童贞的双肩，热烈地说：“喂，工程师同志，你以前在我耳边说个没完的那些计划，什么先搞六十万千瓦的，再搞一百万的、一百五十万的，制造国家第一台百万千瓦原子能发电站的设备，我们一定要揽过来，你都忘了？”

童贞心房里那颗工程师的心热起来。

乔光朴继续说：“我们必须摸准世界上最先进国家机电工业发展的脉搏。在五十年代、六十年代，我们是面对世界工业的整个棋盘来走我们电机厂这颗棋子的，那时各种资料全能看得到，心里有底，知道怎样才能挤进世界先进行列。现在我心里没有数，你要帮助我。结婚后每天晚上教我一个小时的外语，怎么样？”

她勇敢地、深情地迎着他的目光点点头。在他身边她觉得可靠，安全，连自己似乎也变得坚强而充满了信心。她笑着说：“真奇怪，那么多磨难，还没有把你的锐气磨掉。”

他哈哈一笑：“本性难移。对于精神萎缩症或者叫政治衰老症也和生其他的病一个道理，体壮人欺病，体弱病欺人。这几年在公司里我可养胖了，精力贮存得太多了。”他狡黠地望望童贞，正利用自己特殊的地位，不放过能够给这个娇小的女人打气的机会。他说：“至于说到磨难，这是我们的福气，我们恰好生活在两个时代交替的时候。历史有它的阶段，人活一辈子也有他的阶段，在人生一些重大关头，要敢于充分大胆地正视自己的心愿。俗话说，石头是刀的朋友，障碍是意志的朋友。”

他要她陪他一块儿到厂里去转转，童贞不大愿意。他用开玩笑的口吻说：“你以前骂过我什么话？噢，对，你说我在感情上是粗线条的。现在就让我这个粗线条的人来谈谈爱情。爱情，是一种勇敢而强烈的感情。你以前既是那么大胆地追求过它，当它来了的时候就用不着怕它，更用不着隐瞒它以欺骗自己、苦恼自己。我真怕你像在政治上一样也来个爱情衰老病。趁着我还没有上任，我们还有时间谈谈情说说爱。”

她脸红了：“胡说，爱情的绿苗在一个女人的心里是永远不会衰老的。”做姑娘时的勇气又回到她的身上，她热烈地吻了他一下。

在去厂的路上，她却说服他先不能结婚。她借口说这件事对于她是终生第一次也是最后一次，而且她为这一天比别的女人付出了更多的代价，她要好好准备一下。乔光朴同意了。当然，童贞推延婚期的真正原因根本不是这些。

二

两个人走进电机厂，先拐进了离厂门口最近的八车间。乔光朴只想在上任前冷眼看看工厂的情况。走进了熟悉的车间，他浑身的每一个筋骨眼仿佛都往外涨劲，甚至有一股想亲手摸摸摇把的冲动。他首先想起了“十二把尖刀”。十年前他当厂长时，每一道工序都培养出一两个尖子，全厂共有十二个人，一开表彰先进的大会，这“十二把尖刀”都坐在头一排的金交椅上。童贞告诉他说：“你的尖刀们都离开了生产第一线，什么轻省干什么去了。有的看仓库、守大门，有的当检验员，还有一个当了车间头头。有四把刀在批判大会上不是当面控诉你用物质刺激腐蚀他们,你真的一点不记仇?”

乔光朴一挥手:“咳,记仇是弱者的表现。当时批判我的时候,全厂人都举过拳头,呼过口号,要记仇我还回厂干什么?如果那十二个人不行了,我必须另磨尖刀。技术上不出尖子不行,产品不搞出名牌货不行!”

乔光朴一边听童贞介绍情况,一边安然自在地在机床的森林里穿行。他在车间里这样溜达,用行家的眼光打量着这些心爱的机器设备,如果再看到生产状况良好,那对他就是最好的享受了。比任何一对情人在河边公园散步所感到的滋味还要甘美。

外行看热闹,内行看门道,乔光朴在一个青年工人的机床前停住了,那小伙子干活不管不顾,把加工好的叶片随便往地上一丢,嘴里还哼着一支流行的外国歌曲。乔光朴拾起他加工好的零件检查着,大部分都有磕碰。他盯住小伙子,压住火气说:“别唱了。”

工人不认识他,流气地朝童贞挤挤眼,声音更大了:“哎呀妈妈,请你不要对我生气,年轻人就是这样没出息。”

“别唱了!”乔光朴带命令的口吻,浑有那威严的目光使小伙子一惊,猛然停住了歌声。

“你是车工还是捡破烂的?你学过操作规程吗?懂得什么叫磕碰吗?”

小伙子显然也不是省油的灯,可是被乔光朴行家的口吻,凛然的气派给镇住了。乔光朴找童贞要了一条白手绢,在机床上一抹,手绢立刻成黑的了。乔光朴枪口似的目光直瞄着小伙子的脑门子:“你就是这样保养设备的?把这个手绢挂在你的床子上,直到下一次我来检查用白毛巾从你床子上擦不下尘土来,再把这条手绢换成白毛巾。”这时已经有一大群车工不知出了什么事围过来看热闹，乔光朴对大伙说：“明天我叫设备科给每台机床上挂一条白毛巾，以后检查你们的床子保养情况如何就用白毛巾说话。”

人群里有老工人，认出了乔光朴，悄悄吐吐舌头。那个小伙子脸涨得通红，窘得一句话也没有了，慌乱地把那个黑乎乎的手绢挂在一个不常用的闸把上。这又引起了乔光朴的注意，他看到那个闸把上盖满油灰，似乎从来没有被碰过。他问那个小伙子：“这个闸把是干什么用的？”

“不知道。”

“这上边不是有说明。”

“这是外文，看不懂。”

“你在这个床子上干了几年啦？”

“六年。”

“这么说，六年你没动过这个闸把？”

小伙子点点头。乔光朴左颊上的肌肉又鼓起一道道棱子，他问别的车工：“你们谁能把这个闸把的用处告诉他？”

车工们不知是真的不知道，还是怕说出来使自己的同伴更难堪，因此都没吱声。

乔光朴对童贞说：“工程师，请你告诉他吧。”

童贞也想缓和一下气氛，走过来给那个小伙子讲解英文说明，告诉他那个闸把是给机床打油的，每天操作前都要捺几下。

乔光朴又问：“你叫什么名字？”

“杜兵。”

“杜兵，干活哼小调，六年不给机床膏油，还是鬼怪式操作法的发明者。嗯，我不会忘记你的大名的。”乔光朴的口气由挖苦突然改为严厉的命令，“告诉你们车间主任，这台床子停止使用，立即进行检修保养。我是新来的厂长。”

他俩一转身，听到背后有人小声议论：“小杜，你今个算碰上辣的了，他就是咱厂过去的老厂长。”

“真是行家一伸手便知有没有！”

乔光朴直到走出八车间，还愤愤地对童贞说：“有这些大爷，就是把世界上最尖端的设备买进来也不行！”

童贞说：“你以为杜兵是厂里最坏的工人吗？”

“嗯？”乔光朴看看她，“可气的是他这样干了六年竟没有人发现。可见咱们的管理到了什么水平，一粗二松三马虎。你这位主任工程师也算脸上有光啦。”

“什么？”童贞不满地说：“你们当厂长的不抓管理，倒埋怨下边。我是不在其位不谋其政。”

“在其位就谋其政吗？不见得。”

他俩一边说着话，走进七车间，一台从德国进口的二百六镗床正试车，拨挡试车的是个很年轻的德国人。外国人到中国来还加夜班，这引起了乔光朴的注意。童贞告诉他，镗床的电器部分在安装中出了问题，西德的西门子电子公司派他来解决。这个小伙子叫台尔，只有二十三岁，第一次到东方来，就先飞到日本玩了几天。结果来到我们厂时晚了七天，怕我们向公司里告发他，就特别卖劲。他临来时向公司讲七到十天解决我们的问题，现在还不到三天就处理完了，只等试车了。他的特点就是专、精。下班会玩，玩起来胆子大得很；上班会干，真能干；工作态度也很好。

“二十三岁就派到国外独当一面。”乔光朴看了一会儿台尔工作，叫童贞把七车间值班主任找了来，不容对方寒暄，就直截了当布置任务:“把你们车间三十岁以下的青年工人都招呼到这儿来,看看这个台尔是怎么工作的。也叫台尔讲讲他的身世,听听他二十三岁怎么就把技术学得这么精。在他临走之前,我还准备让他给全厂青年工人讲一次。”

值班主任笑笑,没有询问乔光朴以什么身份下这样的指示,就转身去执行了。

乔光朴觉得身后有人窃窃私语,他转过身去,原来是八车间的工人听说刚才批评杜兵的就是老厂长,都追出来想瞧瞧他。乔光朴走过去对他们说:“我有什么好值得看的,你们去看看那个二十三岁的西德电子专家,看看他是怎么干活的。”他叫一个面孔比较熟的人回八车间把青年都叫来,特别不要忘了那个鬼怪式——杜兵。

乔光朴布置完,见一个老工人拉他的衣袖,把他拉到一个清静的地方,呜噜呜噜地对他说:“你想拿外国人做你的尖刀?”

天呐,这是石敢。他不知从哪儿搞来一身工作服,还戴顶旧蓝布工作帽,简直就是个极普通的老工人。乔光朴又惊又喜,石敢还是过去的石敢,别看他一开始不答应,一旦答应下来就会全力以赴。这不也是不等上任就憋不住先跑到厂里来了。

石敢的脸色是阴沉的,他心里正后悔。他的确是在厂子里转了一圈,而且凭他的半条舌头,用最节省的语言,和几个不认识他的人谈了话。人家还以为他正害着严重的牙疼病,他却摸到了乔光朴所不能摸到的情况。电机厂工人思想混乱,很大一部分人失去了过去崇拜的偶像,一下子连信仰也失去了,连民族自尊心、社会主义的自豪感都没有了,还有什么比群众在思想上一片散沙更可怕的呢?这些年,工人受了欺骗、愚弄和呵斥,从肉体到灵魂都退化了。而且电机厂的干部几乎是三套班子，十年前的一批，“文化大革命”起来的一批，冀申到厂后又搞了一套自己的班子。老人心里有气，新人肚里也不平静，石敢担心这种冲突会成为党内新的斗争的震心，等着他和乔光朴的岂止是个烂摊子，还是一个政治斗争的旋涡，往后又得在一夕数惊的局面中过日子了。

石敢对自己很恼火，眼花缭乱的政治战教会了他许多东西，他很少在人前显得激动和失去控制，他对哗众取宠和慷慨激昂之类甚为反感。他曾给自己的感情涂上了一层油漆，自信能抗住一切刺激。为什么上午乔光朴一番真挚的表白就打动了自己的感情呢？岂不知陪他回厂既害自己又害他，乔光朴永远不是个政治家。这不，还没上任就先干上了！他本不想和乔光朴再说什么话，可是看见童贞站在乔光朴身边，心里一震，禁不住想提醒他的朋友。他小声说：“你们两个至少半年内不许结婚。”

“为什么？”乔光朴不明白石敢为什么先提出这个问题。

石敢简单地告诉他，关于他们回厂的消息已经在电机厂传遍了，而且有人说乔光朴回厂的目的就是为了和童贞结婚。乔光朴暴躁地说：“那好，他们越这样说，我越这样干。明天晚上在大礼堂举行婚礼，你当我们的证婚人。”

石敢扭头就走，乔光朴拉住他。他说：“你叫我提醒你，我提醒你又不听。”

乔光朴咬着牙帮骨半天才说：“好吧，这毕竟是私事，我可以让步。你说，上午局党委刚开完会，为什么下午厂里就知道了？”

“这有什么奇怪，小道快于大道，文件证实谣传。现在厂里正开着紧急党委会，我的这根可恶的政治神经提醒我，这个会不和我们回厂无关。”石敢说完又有点后悔，他不该把猜测告诉乔光朴。

感情真是坑害人的东西，石敢发觉他跟着乔大个子越陷越深了。

乔光朴心里一激灵，拉着石敢，又招呼了一声童贞，三个人走出七车间，来到办公楼前。一楼的会议室里灯光通明，门窗大开，一团团烟雾从窗口飘出来。有人大声发言，好像是在讨论明天电机厂就要开展一场大会战。这可叫乔光朴着急了，他叫石敢和童贞等一会儿，自己跑到门口传达室给霍大道打了个电话。回来后拉着石敢和童贞走进了会议室。

三

电机厂的头头们很感意外，冀申尖锐的目光盯住童贞，童贞赶紧扭开头，真想退出去。冀申佯装什么也不知道似的说："什么风把你们二位吹来了？"

乔光朴大声说："到厂子来看看，听说你们正开会研究生产就进来想听听。"

"好，太好了。"冀申瘦骨嶙峋的面孔富于感情，却又像一张复杂的地形图那样变化万端，令人很难琢磨透。他向两个不速之客解释："今天的党委会讨论两项内容：一项是根据群众一再要求，副厂长郗望北同志从明天起停职清理。第二项是研究明天的大会战。这一段时间我抓运动多了点，生产有点顾不过来，但是我们党委的同志有信心，会战一打响被动局面就会扭转。大家还可以再谈具体一点。老乔、老石是电机厂的老领导，一定会帮着我们出些好主意。"

冀申风度老练，从容不迫，他就是要叫乔光朴、石敢看看他主持党委会的水平。下午，当他在电话里听到局党委会决议的时候，猛然醒悟当初他主动要到机电局来是失算了。

这个人确实像他常跟群众表白的那样，受“四人帮”迫害十年之久，但十年间他并没有在市委干校劳动，而是当副校长。早在干校作为新生事物刚筹建的时候，冀申作为市文革接待站的联络员就看出了台风的中心是平静的。别看干校里集中了各种不吃香的老干部，反而是最安全的，也是最有发展的，在干校是可以卧薪尝胆的。他利用自己副校长的地位，和许多身份重要的人拉上了关系。这些市委的重要干部以前也许是很难接近的，现在却变成了他的学员，他只要在吃住上、劳动上、请销假上稍微多给点方便，老头子们就很感激他了。加上他很善于处理人事关系，博得了很多人的好感。现在这些人大部已官复原职，因而他也就四面八方都有关系，在全市是个有特殊神通的人了。

两年前，冀申又看准了机电局在国家现代化中所占的重要地位。他一直是搞组织的，缺乏搞工业的经验，就要求先到电机厂干两年。一方面摸点经验，另外“大厂厂长”这块牌子在国家工作重点转移到经济建设上来以后一定是非常用得着的。而后再到公司、到局，到局里就有出国的机会，一出国那天地就宽了。这两年在电机厂，他也不是不卖力气。但他在政治上太精通、太敏感了，反而妨害了行动。他每天翻着报刊、文件提口号，搞中心，开展运动，领导生产。并且有一种特殊的猜谜的酷好，能从报刊文件的字里行间念出另外的意思。他对中央文件又信又不全信，再根据谣言、猜测、小道消息和自己的丰富想象，审时度势，决定自己的工作态度。这必然在行动上迟缓，遇到棘手的问题就采取虚伪的态度。诡谲多诈，处理一切事情都把个人的安全、自己的利益放在第一位。工厂是很实际的，矛盾都很具体，他怎么能抓出成效？在别的单位也许还能对付一气，在机电局，在霍大道眼皮底下却混不过去了。

但是，他相信生活不是凭命运，也不是赶机会，而是需要智慧和斗争的无情逻辑！因此他要采取大会战孤注一掷。大会战一搞起来热热闹闹，总会见点效果，生产一回升，他借台阶就可以离开电机厂。同时在他交印之前把郗望北拿下去，在郗望北和乔光朴这一对老冤家、新仇人之间埋下一根引信，将来他不愁没有戏看。如果乔光朴也没有把电机厂搞好，就证明冀申并不是没有本事。然而，他摆的阵势，石敢从政治上嗅出来了，乔光朴用企业家的眼光从管理的角度也看出了问题。

电机厂的头头们心里都在猜测乔光朴和石敢深夜进厂的来意，没有人再关心本来就不太感兴趣的大会战了。冀申见势不妙，想赶紧结束会议，造成既定事实。他清清嗓子，想拍板定案。局长霍大道又一步走了进来。会场上又是一阵惊奇的唏嘘声。

霍大道没有客套话，简单地问了几句党委会所讨论的内容，就单刀直入地宣布了局党委的决议。最后还补充了一项任命："鉴于你们厂林总工程师长期病休不能上班，任命童贞同志为电机厂副总工程师。同时提请局党委批准，童贞同志为电机厂党委常委。"

童贞完全没有想到对她的这项任命，心里很不安。她不明白乔光朴为什么一点信也没透。

冀申不管多么善于应付，这个打击也来得太快了。霍大道简直是霹雳闪电，连对手考虑退却的时间都不给。他极力克制着，并且在脸上堆着笑说："服从局党委的决定，乔、石二位同志是工业战线上的大将，这回真是百闻不如一见。好了，明天我向二位交接工作，对今天大家讨论的两项决定，你二位有什么意见？"

石敢不仅不说话，连眼也眯了起来，因为眼睛也是泄露思想上机密的窗口。

乔光朴却不客气地说："关于郗望北同志停职清理，我不了解情况。"他不禁扫了一眼坐在屋角上的郗望北，意外地碰上了对方挑战的目光。他不容自己分心，赶紧说完他认为必须表态的问题："至于要搞大会战，老冀，听说你有冠心病，你能不能用短跑的速度从办公大楼的一楼跑到七楼，上下跑五个来回？"

冀申不知他是什么意思，漠然一笑没有作答。

乔光朴接着说："我们厂就像一个患高血压冠心病的病人，搞那种跳楼梯式的大会战是会送命的。我不是反对真正必要的大会战。而我们厂现在根本不具备搞大会战的条件，在技术上、管理上、物质上、思想上都没有做好准备，盲目搞会战，只好拼设备，拼材料，拼人力，最后拼出一堆不合格的产品。完不成任务，靠月月搞会战突击，从来就不是搞工业的办法。"

他的话引起了委员们的共鸣，他们也正在猜谜，不明白冀申明知要来新厂长，为什么反而突然热心地要搞大会战。可是冀申嘴边挂着冷笑，正冲着他点火抽烟，似乎有话要说。

本来只想表个态就算的乔光朴，见冀申的神色，把话锋一转，尖锐地说："这几年，我没有看过真正的好戏，不知道我们国家在文艺界是不是出了伟大的导演；但在工业界，我知道是出现了一批政治导演。哪一个单位都有这样的导演，一有运动，工作一碰到难题，就召集群众大会，做报告，来一阵动员，然后游行，呼口号，搞声讨，搞突击，一会儿这，一会儿那，把工厂当舞台，把工人当演员，任意调度。这些同志充其量不过是个吃党饭的平庸的政工干部，而不是真正热心搞社会主义现代化的企业家。用这种导演的办法抓生产最容易，最省力，但贻害无穷。这样的导演，我们一个星期，甚至一个早上就可以培养出几十个，要培养一个真正的厂长、车间主任、工段长却要好几年时间。靠大轰大嗡搞一通政治动员,靠热热闹闹搞几场大会战,是搞不好现代化的。我们搞政治运动有很多专家,口号具体,计划详尽,措施有力。但搞经济建设、管理工厂却只会笼统布置,拿不出具体有效的办法……”

乔光朴正说在兴头上,突然感到旁边似有一道弧光在他脸上一烁一闪,他稍一偏头,猛然醒悟了,这是石敢提醒他住嘴的目光。他赶紧止住话头,改口说:“话扯远了,就此打住。最后顺便告诉大伙一声,我和童贞已经结婚了,两个多小时以前刚举行完婚礼,老石是我们的证婚人。因为都是老头子、老婆子了,也没有惊动大伙,喜酒后补。”

今天电机厂这个党委会可真是又“惊”又“喜”,惊和喜又全在意料之外,还没宣布散会,委员们就不住地向乔光朴和童贞开玩笑。

童贞、石敢和郗望北这三个不同身份的人,却都被乔光朴这最后几句话气炸了。童贞气呼呼第一个走出会议室,对乔光朴连看都不看一眼,照直奔厂大门口。

唯有霍大道,似乎早料到了乔光朴会有这一手,并且看出了童贞脸色的变化,趁着刚散会的乱劲,捅捅乔光朴,示意他去追童贞。乔光朴一出门,霍大道笑着向大家摆摆手,拦住了要出门去逗新娘的人,大声说:“老乔耍滑头,喜酒没有后补的道理,我们今天晚上就去喝两杯怎么样……”

乔光朴追上来拉住童贞。童贞气得浑身打战,声音都变了:“你都胡说些什么?你知道明天厂里的人会说我们什么闲话?”

乔光朴说:“我要的正是这个效果。就是要造成既定事实,一下子把脸皮撕破,你可以免除后顾之忧,扑下身子抓工作。不然,你老是嘀嘀咕咕,怕人说这,怕人说那,跟我在一块儿走,人家看你一眼,你也会多心,你越疑神疑鬼,鬼越缠你,闲话就永远没个完,我们俩老是谣言家们的新闻人物。一个是厂长,一个是总工程师,弄成这种关系还怎么相互合作?现在光明正大地告诉大伙,我们就是夫妻。如果有谁愿意说闲话,叫他们说上三个月,往后连他们自己也觉得没味了。这是我在会上临时决定的,没法跟你商量。”

灯光映照着童贞晶亮的眼睛,在她眼睛的深处似乎正有一道火光在缓缓燃烧。她已经没有多大气了。不管是作为副总工程师的童贞,还是作为女人的童贞,今天都是她生命沸腾的时刻,是她产生力量的时刻。

刚才还是怒气冲冲的石敢也跟着霍大道追上来了,他抢先一步握住童贞的手,冲着她点点头。似乎是以证婚人的身份祝愿她幸福。

童贞被感动了。

霍大道身后跟着两个电机厂党委的女委员。他对她们说:“你们二位坐我的车陪新娘到她娘家,收拾一下东西,换换衣服,然后送她到自己的新家。我们在新郎家里等你们。”

女委员问:“你们还要闹洞房?”

霍大道说:“也可能要闹一闹,反正喜糖少不了要吃几块的。”

大家笑了。

乔光朴和童贞感激地望着霍局长,也情不自禁地笑了。

主　角

一

你设想吧,当舞台的大幕拉开,紧锣密鼓,音乐骤起,主角威风凛凛地走出台来，却一声不吭，既不说，也不唱，剧场里会是一种什么局面呢？

现在重型电机厂就是这种状况。乔光朴上任半个月了，什么令也没下，什么事也没干，既没召开各种应该召开的会议，也没有认真在办公室坐一坐。这是怎么回事？他以前当厂长可不是这样作风，乔光朴也不是这种脾气。

他整天在下边转，你要找也找不到；你不找他，他也许突然在你眼前冒了出来。按照生产流程一道工序一道工序地摸，正着摸完，倒着摸。谁也猜不透他的心气。更奇怪的是他对厂长的领导权完全放弃了，几十个职能科室完全放任自流，对各车间的领导也不管不问。谁爱怎么干就怎么干，电机厂简直成了没头的苍蝇，生产直线跌下来。

机电局调度处的人戗不住劲了，几次三番催促霍大道赶紧到电机厂去坐镇。谁知霍大道无动于衷，催急了，他反而批评说："你们咋呼什么，老虎往后坐屁股，是为了向前猛扑。连这个道理都不懂？"

本来被乔光朴留在上边坐镇的石敢，终于也坐不住了。他把乔光朴找来，问："怎么样，有眉目没有？"

"有了！"乔光朴胸有成竹地说，"咱们厂像个得了多种疾病的病人，你下这味药，对这一种病有利，对那一种病就有害。不抓准了病情，真不敢动大手术。"

石敢警惕地看看乔光朴，从他的神色上看出来这家伙的确是下了决心啦。石敢对电机厂的现状很担心，可是对乔光朴下狠心给电机厂做大手术，也不放心。

乔光朴却颇有点得意地说："我这半个月撂挑子下去，还有一个很重要的收获：咱们厂的干部队伍和工人队伍并不像你估计的那样。忧国忧民之士不少，有人找到我提建议，有人还跟我吵架，说我辜负了他们的希望。乱世出英雄，不这么乱一下，真摸不出头绪，也分不出好坏人。我已经选好了几个人。”说着，眯起了双眼，他仿佛已经看见电机厂明天就要大翻个儿。

石敢突然问起了一个和工厂完全不相干的问题：“今天是你的生日？”

“生日？什么生日？”乔光朴脑子一时没转过来，他翻翻办公桌上的台历，忽然记起来了，“对，今天是我的生日。你怎么记得？”

“有人向我打听，你是不是要请客收礼。”

“扯淡。你要去当然会管你酒喝。”

石敢摇摇头。

乔光朴回到家，童贞已经把饭做好，酒瓶、酒杯也在桌子上都摆好了。女人毕竟是女人，虽然刚结婚不久，童贞却记住了乔光朴的生日。乔光朴很高兴，坐下就要吃，童贞笑着拦住了他的筷子：“我通知了望北，等他来了咱们就吃。”

“你没通知别人吧？”

“没有。”童贞是想借这个机会使乔光朴和郗望北坐在一块儿，和缓两人之间的关系。

乔光朴理解童贞的苦心，但对这做法大不以为然，他认为在酒席筵上建立不了真正的信任和友谊。他心里也根本没有把对方整过自己的事看得太重，倒是觉得，郗望北对过去那些事的记忆比他反倒更深刻。

郗望北还没有来，却来了几个厂里的老中层干部。乔光朴和童贞一面往屋里让客，一面感到很意外。这几个人都是十几年前在科室、车间当头头的，现在有的还是，有的已经不是了。

他们一进门就嘻笑着说："老厂长，给你拜寿来了。"

乔光朴说："别搞这一套，你们想喝酒我有，什么拜寿不拜寿。这是谁告诉你们的？"

其中一个秃头顶的人，过去是行政科长，弦外有音地说："老厂长，别看你把我们忘了，我们可没忘了你。"

"谁说我把你们忘了？"

"还说没忘，从你回厂那一天起我们就盼着，盼了半个月啦，什么也没盼到。你看锅炉厂的刘厂长，回厂的当天晚上，就把老中层干部们全请到楼上，又吃又喝，不在喝多少酒，吃多少饭，而是出出心里的这口闷气。第二天全部恢复原职。这厂长才叫真够意思，也算对得起老部下。"

乔光朴心里烦了，但这是在自己家里，他尽力克制着。反问："'四人帮'打倒快两年多了，你们的气还没出来？"

他们说："'四人帮'倒了，还有帮四人呢。说停职，还没停一个月又要复职……"

不早不晚就在这时候郗望北进来了，那几个人的话头立刻打住了。郗望北听到了他们说的话，但满不在乎地和乔光朴点点头，就在那帮人的对面坐下了。这哪是来拜寿，一场辩论的架势算拉开了。童贞急忙找了一个话题，把郗望北拉到另一间屋里去。

那几个人互相使使眼色也站了起来，还是那个秃顶行政科长说："看来这满桌酒菜并不是为我们预备的，要不'火箭干部'解脱那么快，原来已经和老厂长和解了。还是多少沾点亲戚好啊！"

他们说完就要告辞。童贞怕把关系搞僵，一定留他们吃饭。乔光朴一肚子火气，并不挽留，反而冷冷地说，"你们跑这一趟的目的还没有达到,就这么两手空空地回去了?”

“表示了我们的心意,目的已经达到了。”那几个人心里感到不安,秃顶人好像是他们的打头人,赶紧替那几个人解释。

“老王,你们不是想官复原职,或者最好再升一两级吗?”乔光朴盯着秃顶人,尖锐地说,“别着急,咱们厂干部不是太多,而是太少,我是指真正精明能干的干部,真正能把一个工段、一个车间搞好,能把咱们厂搞好的干部。从明天起全厂开始考核,你们既然来了,我就把一些题目向你们透一透。你们都是老同志了,也应该懂得这些,比如:什么是均衡生产?什么是有节奏的生产?为什么要搞标准化、系列化、通用化?现代化的工厂应该怎么布置?你那个车间应该怎么布置?有什么新工艺、新技术?……”

那几个人真有点蒙了,有些东西他们甚至连听都没有听见过、更叫他们惊奇的是乔光朴不仅要考核工人,对干部还要进行考核。有人小声嘟囔说:“这办法可够新鲜的。”

“这有什么新鲜的,不管工人还是干部,往后光靠混饭吃不行!”乔光朴说,“告诉你们,我也一肚子气,甚至比你们的气还大,厂子弄成这副样子能不气!但气要用在这上面。”

他说完摆摆手,送走那几个人,回到桌前坐下来,陪郗望北喝酒。喝的是闷酒,吃的是哑菜,谁的心里都不痛快。童贞干着急,也只能说几句不咸不淡的家常话。一直到酒喝完,童贞给他们盛饭的时候,乔光朴才问郗望北:“让你停职并不是现在这一届党委决定的,为什么老石找你谈,宣布解脱,赶快工作,你还不干?”

郗望北说:“我要求党委向全厂职工说清楚,根据什么让我停职清理?现在不是都调查完了吗,我一没搞过打砸抢,二和‘四人帮’没有任何个人联系,凭什么整我?就根据我曾经当过造反派的头头？就根据我曾批判过走资派？就因为我是个所谓的新干部，就凭一些人编笆造模的议论？"

乔光朴看到郗望北挥动着筷子如此激动，嘴角闪过一丝冷笑。心想："你现在也知道这种滋味了，当初你不也是根据编笆造模的议论来整别人。"

郗望北看出了乔光朴的心思，转口说："乔厂长，我要求下车间劳动。"

"嗯？"乔光朴感到意外，他认为新干部这时候都不愿意下去，怕被别人说成是由于和"四人帮"有牵连而倒台了。郗望北倒有勇气自己要求下去，不管是真是假，先试试他，就说："你有这种气魄就好，我同意。本来，作为领导和这领导的名义、权力，都不是一张任命通知书所能给予的，而是要靠自己的智慧、经验、才能和胆识到工作中去赢得。世界上有许多飞得高的东西，有的是凭自己的翅膀飞上去的，有的是被一阵风带上去的。你往后不要再指望这种风了。"

郗望北冷冷一笑："我不知道带我上来的是什么风，我只知道我若会投机的话，就不会有今天的被停职。我参加工作二十年，从学徒工当到生产组长，管过一个车间的生产，三十九岁当副厂长，一下子就成了'火箭干部'。其实火箭这个东西并不坏，要把卫星和飞船送上宇宙空间就得靠火箭一截顶替一截地燃烧。搞现代化也似乎是少不了火箭的。岂不知连外国的总统有不少也是一步登天的'火箭干部'。我现在宁愿坐火箭再下去，我不像有些人，占了个位子就想一直占到死，别人一旦顶替了他就认为别人爬得太快了，大逆不道了。官瘾大小不取决于年龄。事实是当过官的比没当过官的权力欲和官瘾也许更大些。"

这样谈话太尖锐了，简直就是吃饭前那场谈话的继续。老的埋怨乔光朴袒护新的，新的又把乔光朴当老的来攻。童贞生怕乔光朴的脾气炸了，一个劲地劝菜，想冲淡他们间的紧张气氛。但是乔光朴只是仔细玩味郗望北的话，并没有发火。

郗望北言犹未尽。他知道乔光朴的脾气是吃软不吃硬，但你要真是个松软货，永远也不会得到他的尊敬，他顶多是可怜你。只有硬汉子才能赢得乔光朴的信任，他想以硬碰硬碰到底，接着说："中国到什么时候才不搞形而上学？'文化大革命'把老干部一律打倒，现在一边大谈这种怀疑一切的教训，一边又想把新干部全部一勺烩了。当然，新干部中有'四人帮'分子，那能占多大比例？大多数还不是紧跟党的中心工作，这个运动跟得紧，下个运动就成了牺牲品。照这样看来还是滑头好，什么事不干最安全。运动一来，班组长以上干部都受审批，工厂、车间、班组都搞一朝天子一朝臣，把精力都用在整人上，搞起工作来相互掣肘。长此以往，现代化的口号喊得再响，中央再着急，也是白搭。"

"得了，理论家，我们国家倒霉就倒在批判家多、空谈家多，而实干家和无名英雄又太少。随便什么场合也少不了夸夸其谈的评论家。"乔光朴嘴上这么说，但郗望北表现出来的这股情绪却引起了他的注意。他原以为老干部心里有些气是理所当然的，原来新干部肚里也有气。这两股气要是对干起来那就了不得。这引起了乔光朴的警惕。

二

第二天，乔光朴开始动手了。

他首先把九千多名职工一下子推上了大考核、大评议的比赛场。通过考核评议，不管是干部还是工人，在业务上稀松二五眼的，出工不出力、出力不出汗的，占着茅坑不屙屎的，溜奸滑蹭的，全成了编余人员。留下的都一个萝卜顶一个坑，兵是精兵，将是强将。这样，整顿一个车间就上来一个车间，电机厂劳动生产率立刻提高了一大截。群众中那种懒洋洋、好坏不分的松松垮垮劲儿，一下子变成了有对比、有竞争的热烈紧张气氛。

工人们觉得乔光朴那双很有神采的眼睛里装满了经验，现在已经习惯于服从他，甚至他一开口就服从。因为大伙相信他，他的确一次也没有辜负大伙的信任。他说一不二，敢拍板也敢负责，许了愿必还。他说扩建幼儿园，一座别致的幼儿园小楼已经竣工。他说全面完成任务就实行物质奖励，八月份电机厂工人第一次接到了奖金。黄玉辉小组提前十天完成任务，他写去一封表扬信，里面附了一百五十元钱。凡是那些技术上有一套，生产上肯卖劲，总之是正儿八经的工人，都说乔光朴是再好没有的厂长了。可是被编余的人呢，却恨死了他。因为谁也没想到，乔光朴竟想起了那么一个“绝主意”——把编余的组成了一个服务大队。

谁找道路，谁就会发现道路。乔光朴泼辣大胆，勇于实验和另辟蹊径。他把厂里从农村召用来搞基建和运输的一千多长期“临时工”全部辞掉，代之以服务大队。他派得力的财务科长李干去当大队长，从辞掉临时工省下的钱里拿出一部分作为给服务大队的奖励。编余的人在经济收入上并没有减少，可是有一些小青年却认为栽了跟头，没脸见人。特别是八车间的鬼怪式车工杜兵，被编余后女朋友跟他散了伙，他对乔光朴真有动刀子的心了。

在这条道路上乔光朴为自己树立的“仇敌”何止几个“杜兵”。一批被群众评下来成了“编余”的中层干部恼了。他们找到厂部，要求对厂长也进行考核。由于考核评判小组组长是童贞,怕他们两口子通气,还提出立刻就考。谁知乔光朴高兴得很,当即带着几个副厂长来到了大礼堂。一听说考厂长,下班的工人都来看新鲜,把大礼堂挤满了。任何人都可以提问题,从厂长的职责到现代化工厂的管理,乔光朴滔滔不绝,始终没有被问住。倒是冀申完全被考垮了,甚至对工厂的一些基本常识都搞不清,当场就被工人们称为"编余厂长"。这下可把冀申气炸了,他虽然控制着在考场上没有发作出来,可是心里认为这一切全是乔光朴安排好了来捉弄他的。

当生产副厂长,冀申本来就不胜任,而他对这种助手的地位却又很不习惯,简直不能忍受乔光朴对他的发号施令,尤其是在车间里当着工人的面。现在,经过考核,嫉妒和怨恨使他真的站到了反对乔光朴的那些被编余的人一边,由助手变为敌手了。他那青筋暴露的前额,阴气扑人的眼睛,仿佛是厂里一切祸水的根源。生产上一出事准和他有关,但又抓不住他大的把柄。乔光朴得从四面八方防备他,还得在四面八方给他堵漏洞。这怎么受得了?

乔光朴决定不叫冀申负责生产了,调他去搞基建。搞基建的服务大队像个火药桶,冀申一去非爆炸不可。乔光朴没有从政治角度考虑,石敢替他想到了。可是,乔光朴不仅没有听从石敢的劝告,反而又出人意料地调上来郗望北顶替冀申。郗望北是憋着一股劲下到二车间的,正是这股劲头赢得了乔光朴的好感。谁干得好让谁干,乔光朴毫不犹疑地跨过个人恩怨的障碍,使自己过去的冤家成了今天的助手。但是,正像石敢所预料的,冀申抓基建没有几天,服务大队里对乔光朴不满的那些人,开始活跃起来,甚至放出风,要把乔光朴再次打倒。

千奇百怪的矛盾，五花八门的问题，把乔光朴团团困在中间。他处理问题时拳打脚踢，这些矛盾回敬他时，也免不了会拳打脚踢。但眼下使他最焦心的并不是服务大队要把他打倒，而是明年的生产准备。明年他想把电机厂的产量数字搞到二百万千瓦，而电力部门并不欢迎他这个计划，倒满心希望能从国外多进口一些。还有燃料、材料、锻件的协作等等都不落实，因此乔光朴决定亲自出马去打一场外交战。

如果说乔光朴在自己的厂内还从来没有打过大败仗，这回出去搞外交，却是大败而归。他没有料到他的新里程上还有这么多的“雪山草地”，他不知道他的宏伟计划和现实之间还隔着一条组织混乱和作风腐败的鸿沟。厂内的“仇敌”他不在乎，可是厂外的“战友”不跟他合作却使他束手无策。他要求协作厂及早提供大的转子锻件，而且越多越好，但人家不受他指挥，不买他的账。要燃料也好，要材料也好，他不懂得这都是求人的事，协作的背后必须有心照不宣的互通有无，在计划的后面还得有暗地的交易。他这次出去总算长了一条见识：现在当一个厂长重要的不是懂不懂金属学、材料力学，而是看他是不是精通“关系学”，乔光朴恰恰这门学问成绩最差。他一向认为会处关系的人，大都成就不大。他这次出差的成果，恰好为自己的理论得了反证。

而他还不知道，当他十天后扫兴回来的时候，在他的工厂里，又有什么窝火的事在等着他呢！

三

乔光朴回厂先去找石敢。石敢一见是他进了门，慌忙把桌上的一堆材料塞到抽屉里。乔光朴心思全挂在厂里的生产上，没有在意。但和石敢还没有说上几句话,服务大队队长李干急匆匆推门进来,一见乔光朴,又惊又喜:"哎呀,厂长,你可回来了!"

"出了什么事?"乔光朴急问。

"咱们不是要增建宿舍大楼吗,生产队不让动工。郗望北被社员围住了,很可能还要挨两下打。"

"市规划局已经批准,我们已经交完钱啦。"

"生产队提出额外再要五台拖拉机。"

"又是这一套!"乔光朴恼怒地喊起来,"我们是搞电机的,往哪儿去弄拖拉机!"

"冀副厂长以前答应的。"

"扯淡! 老冀呢,找他去。"

"他调走了。把服务大队搅了个乱七八糟,拔脚就走了。"李干不满地说。

"嗯?"乔光朴看看石敢。

石敢点点头:"三天前,上午和我打了个招呼,下午就到外贸局上任去了,走的上层路线,并没有征求我们党委的意见。他的人事关系、工资关系还留在我们厂里。"

"叫他把关系转走,我们厂不能白养这样不干活的人。"乔光朴朝李干一挥手,"走,咱俩去看看。"

乔光朴和李干坐车去生产队,在半路就碰上了郗望北骑着自行车正往厂里赶。

李干喊住了他:"望北,怎么样?"

"解决完了。"郗望北答了一声,骑上车又跑,好像有什么急事在等着他。

李干冲郗望北赞赏地点点头:"真行,有一套办法。"他叫司机开车追上郗望北，脑袋探出车外喊：“你跑这么急，有什么事？乔厂长回来了。”

郗望北停下自行车，向坐在吉普车里的乔光朴打了招呼，说：“一车间下线出了问题。”

郗望北把自行车交给李干，跳上吉普车奔一车间。李干在后边大声喊：“乔厂长，我找你还有事没说完哩。”

是啊，事儿总是不断的，快到年底了，最紧张也最容易出事。可这会儿乔光朴最担心是一车间出问题影响全厂的任务。

他和郗望北走进一车间下线工段，只见车间主任正跟副总工程师童贞一个劲讲好话。童贞以她特有的镇静和执拗摇着头。车间主任渐渐耐不住性子了。这种女人，真是从来没见过。她不喊不叫，脸上甚至还挂着甜蜜蜜的笑容，说话温柔好听，可就是在技术问题上一点也不让步。不管你跟她发多大火，她总是那副温柔可亲的样子，但最后你还得按她的意见办。

车间主任正在气头上，一眼看见乔光朴，以为能治住这个女人的人来了，忙迎上去，抢了个原告：“乔厂长，我们计划提前八天完成全年任务，明年一开始就来个开门红。可是这个十万千瓦发电机的下部线圈击穿率只超过百分之一，童总就非叫我们返工不可。您当然知道，百分之一根本不算什么，上半年我们的线圈超过百分之二十、三十，也都走了。”

乔光朴问：“击穿率超过的原因找到了吗？”

车间主任：“还没有。”

童贞接过来说：“不，找到了，我已经向你说过两次了，是下线时掉进灰尘，再加鞋子踩脏。叫你们搭个塑料棚，把发电机罩起来。工人下线时要换上干净衣服，在线圈上铺橡皮，脚不直接踩线圈。可你们嫌麻烦!”

“噢。嫌麻烦。搞废品省事,可是国家就麻烦了。”乔光朴看看车间主任,嘲讽地说,“为什么要文明生产,什么是质量管理制度,你在考试的时候答得不错呀。原来说是说,做是做呀! 好吧,彻底返工。扣除你和给这个电机下线的工人的奖金。”

车间主任愣了。

童贞赶紧求情:“老乔,他们就是返工也能完成任务,不应该扣他们的奖金。”

“这不是你的职责!”乔光朴看也不看童贞,冷冷地说,“因返工而造成的时间和材料的损失呢?”说完他头也不回地拉着郗望北走出了车间。

车间主任苦笑着对童贞说:“服务大队的人反他,我们拼命保他,你看他对我们也是这么狠。”

童贞一句话没说。对技术问题,她一丝不苟,对这种事情,她插不上手。她所能做的,只是设法宽慰车间主任的心。

四

童贞知道乔光朴心情不好,就买了四张《秦香莲》的京剧票,晚上拉着郗望北夫妇一块儿去看戏。郗望北还没有回家,他们只好把票子留下,先拉上外甥媳妇去了戏院。

三个人要进戏院门口的时候,李干不知从什么地方钻出来。乔光朴一见他那样子,知道有事,便叫童贞她们先进场,自己跟着李干来到戏院后面一个清静的地方。站定以后,乔光朴问:“什么事?”

他态度沉着,眼睛里似有一种因挫折而激出来的威光。李干见厂长这副样子，像吞了定心丸，紧张的情绪也缓和下来了，说："服务大队有人要闹事。"

"谁？"

"杜兵挑头，行政科刷下来的王秃子在后边使劲，他们叫嚷冀申也支持他们。杜兵三天没上班，和市里那批静坐示威的人可能挂上钩了。今天下午，他回厂和几个人嘀咕了一阵子，写了几张大字报，说是要贴到市委去，还要到市委门口去绝食。"

乔光朴看看精明能干的李干，问："你有点害怕了？"

李干说："我不怕他们。他们的矛头主要是朝你来的。"

乔光朴笑了："那些你别管，你就严格按制度办事。无故不上班的按旷工论处。不愿干的、想退职的悉听尊便。"

一个领导，要比被他领导的人坚强。乔光朴的态度鼓舞了李干，他也笑了："你散戏回家的道上要留神。我走了。"

乔光朴回到剧场刚坐下，催促观众安静的铃声就响了。像踩着铃声一样，又进来几个很有身份的人，坐在他们前一排的正中间座位上，冀申竟也在其中。他那灵活锐利的目光，显然在刚进场的时候就已经看见这几个人了。他回过头来，先冲童贞点点头，然后亲热地向乔光朴伸出手说："你回来啦？收获怎么样？你这常胜将军亲自出马，必定会马到成功。"

乔光朴讨厌在公共场合故意旁若无人地高声谈笑，只是摇摇头没吭声。

冀申带着一副俯就的样子，望着乔光朴说："以后有事到外贸局，一定去找我，千万不要客气。"

乔光朴觉得嗓子眼里像吞了只苍蝇。在人类感情方面，最叫人受不了的就是得意之色。而乔光朴现在从冀申脸上看到的正是这种神色。他怎么也想不通冀申这种得意之情是从哪儿来的。是无缘无故的高升？还是讥笑他乔光朴的吃力不讨好？

冀申的确感到了自己现在比乔光朴地位优越，正像几个月前他感到乔光朴比自己地位优越一样。他曾对乔光朴是那样的妒忌过，但是如果今天让他和乔光朴掉换一下，让他付出乔光朴那样的代价去换取电机厂生产面貌的改观，他是不干的。他认为一个人把身家性命押在一场运动上，在政治上是犯忌的，一旦中央政策有变，自己就会成为牺牲品。搞现代化也是一场运动，乔光朴把命都放在这上面了，等于把自己推到了危险的悬崖上，随时都有再被摔下去的可能。电机厂反他的火药似乎已经点着了，冀申选这个时候离开电机厂，很为自己在政治上的远见卓识得意。今晚在这个场合看见了乔光朴，使他十分得意的心情上又加了十分。他悠然自得地看着戏，间或向身边的人发上几句议论。

可是坐在他后边的乔光朴，却无论怎样强制自己集中精神，也看不明白台上在演什么。他正琢磨找个什么借口离开这儿，又不至于伤那两个女人的心。郗望北在服务员手电光的引导下坐在了乔光朴的身边。童贞小声问他为什么来晚了，他的妻子问他吃晚饭没有，他哼哼叽叽只点点头。他坐了一会儿，斜眼瞄瞄乔光朴，轻声说："厂长，您还坐得下去吗？咱们别在这儿受罪了！"

乔光朴一摇脑袋，两个人离开了座位。他们来到剧场前厅，童贞追了出来。郗望北赶忙解释："我来找乔厂长谈出差的事。乔厂长到机械部获得了我们厂可能得到的最大的支持，又到电力部揽了不少大机组。下面就是材料、燃料和各关系户的协作问题。这些问题光靠写在纸面上的合同、部里的文件和乔厂长的果断都是不能解决的。解决这些是副厂长的本分。"

乔光朴没有料到郗望北会自愿请行，自己出去都没办来，不好叫副手再出去。而且，他能办来吗？郗望北显然是看出了乔光朴的难处和疑虑。这一点使他心里很不舒服。

童贞问："这么仓促？明天就走吗？"

"刚才征得党委书记同意，已经叫人去买车票了，也许连夜出发呢。"郗望北望着童贞，实际是说给乔光朴听。他知道乔光朴对他出去并不抱信心，又说，"乔厂长作为领导大型企业的厂长，眼下有一个致命的弱点，不了解人的关系的变化。现在人与人之间的关系不同于战争年代，不同于五八年，也不同于'文化大革命'刚开始的那两年。历史在变，人也在变。连外国资本家都懂得人事关系的复杂难处，工业发展到一定程度，就大量搞自动化，使用机器人。机器人有个最大的优点，就是没有血肉，没有感情，但有铁的纪律，铁的原则。人的优点和缺点全在于有思想感情。有好的思想感情，也有坏的，比如偷懒耍滑、投机取巧、走后门等等。掌握人的思想感情是世界上最复杂的一门科学。"他突然把目光转向乔光朴，"您精通现代化企业的管理，把您的铁腕、精力要用在厂内。有重大问题要到局里、部里去，您可以亲自出马，您的牌子硬，说话比我们顶用。和兄弟厂、区社队、街道这些关系户打交道，应交给副厂长和科长们。这也可以留有余地，即便下边人捅了娄子，您还可以出来收场。什么事都亲自出头，厂长在外边顶了牛叫下边人怎么办？霍局长不是三令五申，提倡重大任务要敢立军令状吗，我这次出去也可以立军令状。但有一条，我反正要达到咱们的目的，不违犯国家法律，至于用什么办法，您最好别干涉。"

乔光朴左颊上的肉棱子跳动起来，用讥讽的目光瞧着郗望北，没有说话。

这下把郗望北激恼了:“如果有一天社会风气改变了,您可以为我现在办的事狠狠处罚我,我非常乐于接受。但是社会风气一天不改,您就没有权利嘲笑我的理论和实践。因为这一套现在能解决问题。”

“你可以去试一试。”乔光朴说,“但不许你再鼓吹那一套,而且每干一件事总要先发表一通理论。我生平最讨厌编造真理的人。”他要童贞继续陪外甥媳妇看戏,自己去找石敢了。

童贞同情地望着丈夫的背影,乔光朴不失常态,脚步坚定有力。她知道他时常把自己的痛苦和弱点掩藏起来,一个人悄悄地治疗,甚至在她面前也不表示沮丧和无能。有人坚强是因为被自尊心所强制,乔光朴却是被肩上的担子所强制的。电机厂好不容易搞成这个样子,如果他一退坡,立刻就会垮下来,他没有权利在这种时候表示软弱和胆怯。

郗望北却望着乔光朴的背影笑了。

童贞忧虑地说:“我一听到你们俩谈话就担心,生怕你们会吵起来。”

“不会的。”郗望北亲切地扶住童贞的胳膊说,“老姨,我说点使您高兴的话吧,乔厂长是目前咱们国家里不可多得的好厂长。您不见咱们厂好多干部都在学他的样子,学他的铁腕,甚至学他说话的腔调。在这样的厂长手下是会干出成绩来的。我不能说喜欢他,可是他整顿厂子的魄力使我折服。他这套作风,在五八年以前的厂长们身上并不稀少,现在却非常珍贵了。他对我也有一股强大的吸引力,不过我在拼命抵抗,不想完全向他投降。他瞧不起窝囊废。”

他看看手表:“哎呀,我得赶紧走了。说实话,给他这样的厂长当副手，也是真辛苦。”说完匆匆走了。

五

石敢在灯下仔细地研究着一封封控告信，这些信有的是直接写给厂党委的，有的是从市委和中央转来的。他的心情是复杂的，有恼怒，有惊怕，也有愧疚。控告信告的全是乔光朴，不仅没有一句控告他这个党委书记的话，甚至把他当做了乔光朴大搞夫妻店，破坏民主，独断专行的一个牺牲品。说乔光朴把他当成了聋子耳朵——摆设，在政治上把他搞成了活哑巴。这本来是他平时惯于装聋作哑的成绩，他应该庆幸自己在政治上的老谋深算。但现在他却异常憎恨自己，他开脱了自己却加重了老乔的罪过，这是他没有料到的。他算一个什么人呢？况且这几个月他的心叫乔光朴燎得已经活泛了。他的感情和理智一直在进行争斗，而且是感情占上风的时候多，在几个重要问题上他不仅是默许，甚至是暗地支持了乔光朴。他想如果干部都像老乔，而不像他石敢，如果工厂都像现在电机厂这么搞，国家也许能很快搞成个样子；党也许能返老还童，机体很快康复起来。可是这些控告信又像一顿冰雹似的劈头盖脸砸下来，可能将要被砸死的是乔光朴，但是却首先狠狠地砸伤了石敢那颗已经创伤累累的心。他真不知道怎样对付这些控告信，他生怕杜兵这些人和社会上那些正在闹事的人串联起来，酿成乱子。

石敢注意力全集中在控告信上，听见外面有人喊他，开开门见是霍大道，赶紧让进屋。

霍大道看看屋子：“老乔没在你这儿？”

“他没来。”

"嗯?"霍大道端起石敢给他沏的茶喝了一口,"我听说他回来了,吃过饭就去看他,碰了锁,我估计他会到你这儿来。"

"他们两口子看戏去了。"石敢说。

"噢,那我就在这儿等吧,今天晚上不管有多好的戏,他也不会看下去。可惜童贞的一片苦心。"霍大道轻轻笑了。

石敢表示怀疑地说:"他可是戏迷。"

"你要不信,咱俩打赌。"霍大道今晚上的情绪非常好,好像根本没注意石敢那愁眉苦脸的样子,又自言自语地说,"他真正迷的是他的专业、他的工厂。"

霍大道扫了一眼石敢桌上的那一堆控告信,好像不经意似的随便问道:"他都知道了吗?"

石敢摇摇头。

"出差的收获怎么样,心情还可以吗?"

石敢又摇摇头,刚想说什么,门忽然开了,乔光朴走进来。

霍大道突然哈哈大笑,使劲拍了一下石敢的肩膀。

这下把乔光朴笑傻了。石敢赶紧收藏控告信。这一回他的神情引起了乔光朴的注意。乔光朴走过去抓起一张纸看起来。

霍大道向石敢示意:"都给他看看吧。"

心里并不畅快的乔光朴,看完一封封控告信,暴怒地把桌子一拍:"混蛋,流氓!"

他急促地在屋里走着,左颊上的肌肉不住地颤抖。突然,嘴里咯嘣一声,一个下槽牙碎成了两半。他没有吱声,把掉下来的半块牙齿吐掉。他走到霍大道跟前,霍大道悠闲而专心地看报,没有看他。他问石敢:"你打算怎么办?"

石敢扫一眼乔光朴说:"现在你可以离开这个厂了,今年的任务肯定能完成,你完全可以回局交令。我一个人留下来,风波不平我不走。”

乔光朴吼起来:“你说什么?叫我溜?电机厂还要不要?”

“你这个人还要不要?你要再完蛋了,要伤一大批人的心,往后谁还干!”石敢实际也是说给霍大道听。

霍大道静静看着他们俩,就是不吭声。

乔光朴怒不可遏,在屋里来回溜达,嘴里嚷着:“我不怕这一套,我当一天厂长,就得这么干!”

石敢终于忍不住走到霍大道跟前说:“霍局长,你说怎么办?”

霍大道淡淡地说:“几封控告信就把你吓成这个样子。不过你还够朋友,挺讲义气,让老乔先撤,你为他两肋插刀顶上一阵子,然后两人一块儿上山。嗯,真不错。石敢同志大有进步了。”

石敢的脸腾一下红了。

霍大道含笑对乔光朴说:“老乔,你回电机厂这半年,有一条很大的功绩,就是把一个哑巴饲养员培养成了国家的十二级干部。石敢现在变化很大了,说话多了,以前需要别人绑上拖着去上任,现在自己又想当书记又想兼厂长。老石同志,你别脸红,我说的是实话。你现在开始有点像个党委书记了。不过有件事我还得批评你,冀申调动,不符合组织手续,没有通过局党委,你为什么放他走?”

石敢脸一红一白,这么大老头子了,他还没吃过这样的批评。

霍大道站起来走到乔光朴身边,透彻肺腑的目光,久久地盯住对方:“怎么把牙都咬碎了,不值得。在我们民族的老俗话中,我喜爱这一句:宁叫人打死,不叫人吓死!请问:你的精力怎么分配?”

“百分之四十用在厂内正事上,百分之五十用去应付扯皮,百分之十应付挨骂、挨批。”乔光朴不假思索地说。

“太浪费了。百分之八十要用在厂里的正事上，百分之二十用来研究世界机电工业发展状态。”霍大道突然态度异常严肃起来，“老乔，搞现代化并不单纯是个技术问题，还要得罪人。不干事才最保险，但那是真正的犯罪。什么误解呀，委屈呀，诬告呀，咒骂呀，讥笑呀，悉听尊便。我在台上，就当主角，都得听我这么干。我们要的是实现现代化的‘时间和数字’，这才是人民根本的和长远的利益所在。眼下不过是开场，好戏还在后头呢！”

霍大道见两个人的脸色越来越开朗，继续说：“昨天我接到部长的电话，他对你在电机厂的搞法很感兴趣，还叫我告诉你，不妨把手脚再放开一点，各种办法都可以试一试，积累点经验，存点问题，明年春天我们到国外去转一圈。中国现代化这个题目还得我们中国人自己做，但考察一下先进国家的做法还是有好处的……”

三个人坐下，一边喝着茶，一边谈起来，越谈兴致越高。霍大道突然对乔光朴说：“听说你学黑头学得不错，来两口叫咱们听听。”

“行。”乔光朴毫不客气，喝了一口水，把脸稍微一侧，用很有点裘派的味道唱起来：

> 包龙图，打坐在开封府！
> ……

（原载《人民文学》1979 年第 7 期）

作者简介：蒋子龙（1941— ），河北沧县人。2018 年获“改革先锋”称号。著有长篇小说《蛇神》《农民帝国》，中短篇小说《乔厂长上任记》《开拓者》《赤橙黄绿青蓝紫》等。

布　礼

王　蒙

一

一九五七年八月

奇热的天气。P 城气象台预报说，这一天的最高气温是摄氏三十九度。这是一个发烧、看急诊的温度，一个头疼、头晕、嘴唇干裂、食欲减退、舌苔变黄而又畏寒发抖、颜面青白、嘴唇褐紫、捂上双层棉被也暖和不过来的温度。你摸一摸桌子、墙壁、床栏杆，温暾暾的。你摸一摸石头和铁器，烫手。你摸一摸自己的身体，冰凉。钟亦成的心，更冷。

这是怎么回事？忽然，一下子就冻结了。花草、天空、空气、报纸、笑声和每一个人的脸孔，突然一下子都硬了起来。世界一下子降到了太空温度——绝对零度了吗？天空像青色的铁板，花草像杂乱的石头，空气液化以后结成了坚硬的冰块，报纸杀气腾腾，笑声陡地消失，脸孔上全是冷气。心，失去血色，硬邦邦的了。

事情是从七月一日开始的。七月一日，多么美好，多么庄严，多么令人热血沸腾的日子！在这一天以前，中共 P 城市中心城区委员会的青年干部、办公室调查研究组的组长钟亦成,正像在解放后的历次政治运动中一样,积极热情,慷慨激昂,毫无保留地参加着反右派斗争,他还是办公室领导运动的三人小组的成员呢。然而,七月一日,首都出版的一家报纸上,刊登了一位文艺评论界的新星写的批判文章,这篇文章批判了钟亦成发表在一个小小的儿童画报上的一首小诗。小诗的题目是《冬小麦自述》,拢共不过四句:

野菊花谢了,
我们生长起来;
冰雪覆盖着大地,
我们孕育着丰收。

可怜的钟亦成,他爱上了诗(有人说,写诗是不会有好下场的,不论拜伦还是雪莱,普希金还是马雅可夫斯基,不是决斗中被杀就是自杀,要不也得因为乱搞男女关系而坐牢)。他读了,背诵了那么多诗,他流着泪,熬着夜,哭着、笑着、叨念着、喊叫着、低语着写了那么多,那么多诗,就是这首《冬小麦自述》也写了那么多、那么多行,最后被不知是哪一位学识渊博、德高望重、近视度数很深的编辑全给砍掉了。截至这时为止,钟亦成发表出来的诗只有这四句,而且是配在一幅乡村风景画的右下角。然而这也光荣,这也幸福,这是大地的一幅生生不已的画面,抖颤的小黄菊花,漫天遍地的白雪,翠绿如毡的麦苗和沉甸甸的麦穗……这四句也蓄积着他的许多爱,许多遐想。他在对千千万万的儿童说话。读了他的诗,一个穿着小海军服的胖小子问他的妈妈:“什么叫小麦?小麦比大麦小多少?”“我的孩子,小的不见得比大的小啊,你明白吗?”烫头发的、含笑的妈妈说,她不知道该选择怎样的词句。还有一个梳着小辫子的小姑娘,读了他的四句诗,她就想到农村去,想看一看田野、庄稼、农民、代谢迭替着的作物，还有磨坊，小麦在那里变成了雪白的面粉……多么幸福，多么光荣！

然而它受到了评论新星的批评。那是一颗新星，正在红得透紫。评论文章的题目是：《他在自述些什么》。新星说，这首诗发表在五七年五月，正是反党反社会主义的右派分子向党猖狂进攻的时刻，他们叫嚣要共产党“下台”，“让位”，“杀共产党”，他们用各种形式，包括写诗的形式发泄他们对党和人民的刻骨仇恨，变天的梦想，反攻倒算的渴望。因此，对于《冬小麦自述》这首诗，必须从政治斗争的全局加以分析，切不可掉以轻心，被披着羊皮的豺狼、化装成美女的毒蛇所蒙骗。“野菊花谢了”，这就是说要共产党下台，称共产党为“野”，实质上与美国驻联合国代表奥斯汀污蔑我们党毁灭文化遥相呼应。“我们生长起来”，则是说资产阶级顽固派即右派要上台，“我们”就是章罗联盟，就是黄世仁和穆仁智，蒋介石和宋美龄。“冰雪覆盖着大地”，表达了对我们社会主义祖国的强大的无产阶级专政的极端阴暗、极端仇视、极端恐惧的即将灭亡的反动阶级的心理，切齿之声，清晰可闻，而且作者的影射还不限于此，“我们孕育着丰收”，其实是号召公开举行反革命叛乱。

载着这篇文章的报纸下午才运到 P 城，临下班以前来到了中心城区委员会。文章像炸弹一样地爆炸了，有的人惊奇，有的人害怕，有的人发愁，有的人兴奋。钟亦成只看了几句，轰的一声，左一个嘴巴，右一个嘴巴，脸儿烫烫地发起烧来了，评论新星扭住了他的胳臂，正在叭、叭、叭、叭左右开弓地扇他的嘴巴。你怎么不问问我是什么人呢？怎么不了解了解我的政治历史和现实表现，就把我说成了这个样子呢？钟亦成想抗议，但是他发不出声音，新星已经扼住他的脖子。新星的原则性是那么强，提问题提得那么尖锐、大胆、高超,立论是那么势如破竹,不可阻挡,指责是那样严重,那样骇人听闻,具有一种摧毁一切防线的强大火力,具有一种不容讨论的性质。文艺批评是可以提出异议的,政治判决,而且是军事法庭似的从政治上处以死刑的判决,却只能立即执行,就地正法。

然而他不能接受,他非抗议不可。一辆汽车横冲直撞,开上了人行道,开进了百货商场;一个强盗大白天执斧行凶,强奸幼女;挖一个三十米深的大坑,把一座大楼推倒在坑里;抱起一挺重机枪,到小学课室里扫射。即使发生了这样的事,也不见得比这篇批判文章更令钟亦成吃惊。白纸黑字,红口白牙,我们自己的报纸上怎么会出现这样的弥天大谎?所有的那些吓死人的分析,分析的是他和他的小小的诗篇吗?他听见了自己的骨渣声,那位评论新星正把他卷巴卷巴放到嘴里,正在用门齿、犬齿和臼齿把他嚼得咯吱咯吱作响。

他去找区委书记老魏,老魏的家就在区委会的后院,老魏的妻子就在这个区工作,但是老魏多数情况下仍然住在办公室。灯光下,老魏拿过了那张报纸,越看,眉头就皱得越紧,没有听完钟亦成的激动的申辩,他说:“你这个同志呀,不要紧张嘛,要沉得住气嘛,要经得起考验嘛。好好工作!有什么想法,可以谈嘛。”

区委书记的话,主要是区委书记的态度,使他安心多了。但当他从走廊走过的时候,无意中看到办公室主任、三人小组组长宋明正在认真阅读评论新星的文章,手捏着红铅笔,圈圈点点。宋明同志,不知为什么一想起他来就有点发怵。宋明长着一副小小的却是老人一样的多纹络的面孔,戴着一副小小的、儿童用品一样的眼镜,最近刚与老婆离了婚,从早到晚板着面孔,除去报刊和文件上的名词他似乎不会别的语言。给钟亦成印象最深的是一年以前,钟亦成曾经发现，在宋明的工作台历上，和密密麻麻的“催××简报”“报××数字”“答复××询问事项”“提××名单”等事项并列的还有“与淑琴共看电影并谈话”（淑琴是他妻子的名字，当然，那时候他们还没有离婚）以及“找阿熊谈说谎事”（阿熊是他的儿子的名字，现年六岁）。现在，评论新星的文章引起了宋明的注意，肯定，他的工作台历上将要出现新的项目，如“考虑钟亦成《自述》一诗”之类，这令人未免发毛。

钟亦成找了自己的恋人凌雪。凌雪说：“这简直是胡扣帽子！是赤裸裸的陷害和诽谤，是胡说八道！”又说：“也不能他说什么就算什么啊，不用理他！别发愁，劳驾，走，咱们上街喝一杯冷牛奶！”

凌雪的话使钟亦成的心活动了些，抬起头，天没有塌下来，跺跺脚，地没有陷下去。钟亦成还是钟亦成，爱情还是爱情，区委会还是区委会。但他觉得凌雪把问题看得简单了，她怎么体会不到，“新星”的咄咄逼人的架势和语言后面，隐藏着多么巨大的危险！

什么危险？他不敢想。他可以想象自己生命的终止，可以想象太阳系的衰老和消亡，却不能想象这危险。但他从七月一日这一天产生了一种如此令人懊恼又令人羞辱的心理：他非常注意旁人对他的态度，注意别人的眼和脸。可能是他神经过敏，也可能确是事实，他觉得绝大多数人在这一天以后程度不同地对他改变了态度——他知道，这是“新星”的文章的效应。有人见了他习惯地一笑，但笑容还未完全显露出来就被撤销了，脸部肌肉的这种古怪的运动可真叫人难受！有人见了他照例伸出了手，匆匆地一握——眼睛却看着别处。有些特别熟悉的同志，见了他不好不说几句话，但说的话颠三倒四，显然是心不在焉。只有宋明，见了他以后态度似乎比往日更好一些，宋明的彬彬有礼和从容不迫后面包含着一种自负，一种满足，却绝没有虚伪。

八月，形势急转直下。先是上级批评了这个区的反右运动，说是这里的运动有三多三少：声讨社会上的右派多，揪出本单位的右派少；揪出来的人当中留用人员多，混在革命队伍内部的特别是党内的少；基层里揪出来的多，区委领导机关里揪出来的少。接着宋明在各种会议上发动了攻势，并贴出了大字报，指出这里的运动所以迟迟打不开局面，是由于老魏手软，温情，领导人本身就右倾，还能搞好反右派斗争吗？例如，首都某报纸已经对钟亦成的反党诗进行了严厉的批判，区委这里却按兵不动，甚至还让钟亦成继续混在办公室的三人小组之中，这难道不能说明老魏在政治上已经堕落到了何种地步了吗？果然，在上级和宋明的夹攻之中，老魏作了一次又一次的检讨，钟亦成也被"调"出了"三人小组"。紧跟着，各部门的运动进入了新阶段，呼啦呼啦地揪出了许多人。揭发钟亦成的大字报一张又一张地出现了。真奇怪，一个好好的人只要一揭就会浑身都是疮疤。钟亦成曾经嘲笑过某个领导同志讲话啰唆，钟亦成曾经说过许多文件、简报、材料无用，钟亦成曾经说过我们的党群关系有问题……越揭越多，使钟亦成自己也完全蒙了。终于，在奇热的这一天，他被叫去谈话，和他谈话的主要领导人是宋明，老魏也在场。

从此，开始了他一生的新阶段，而一切的连续性，中断了。

一九六六年六月

红袖章的火焰燃烧着炽热的年轻的心。响彻云霄的语录歌声激励着孩子们去战斗。冲呀冲，打呀打，砸烂呀砸烂，红了眼睛去建立一个红彤彤的世界，却还不知道对手是谁。

但是有标签。根据标签，钟亦成被审问道：

“说，你是怎么仇恨共产党的？你是怎样梦想夺去你失去的天堂的？”

“说，你过去干过哪些反革命勾当，今后准备怎样推翻共产党？”

“说，你保留着哪些变天账，你是不是希望蒋介石打回来，你好报仇雪恨，杀共产党？”

集体念语录：

“在拿枪的敌人被消灭以后，不拿枪的敌人依然存在……”

“革命不是请客吃饭，不是做文章……”

飕，一皮带，嗡，一链条，喔噢，一声惨叫。

“说，说，说！”

“我热爱党！”

“放屁！你怎么会热爱党？你怎么可能热爱党？你怎么敢说你热爱党？你怎么配说你热爱党？你这是顽固到底！你这是花岗岩脑袋！你这是向党挑战！你这是不肯认输，不肯服罪！你这是猖狂反扑！我们就是要把你打翻在地再踏上……”

飕和嗡，皮带和链条，火和冰，血和盐。钟亦成失去了知觉，在快要失去知觉的一刹那，他看到了那永远新鲜、永远生动、永远神圣而且并不遥远的一切。

二

一九四九年一月

一九四九年一月十一日，人民解放军向P城发动了总攻击。

两天之后，P城党的地下市委通知各秘密支部：决定性的时刻已经到来，为了防止国民党军灭亡前的疯狂破坏，防止地痞流氓、社会渣滓利用新旧历史篇章迭替中可能出现的空白页进行抢劫和其他犯罪活动，各支部要按照近两个月来反复研究和制定了的迎接解放的部署，立即付诸行动。

P城省立第一高中的学生、三个平行支部之一的支部书记、入党已经两年半的十六岁的候补党员钟亦成，在接到上级联系人的通知以后，打破秘密工作的常规，连夜把他所联系的四名党员（其中有一名是年逾五十的数学教师）、十三名盟员召集到一间早已弃置不用的锅炉房地下室里，在闪烁着微弱的光焰的蜡烛照明之下（发电厂早就不发电了），传达了上级的指示，然后用短促有力的话语为这十七个人分配了任务。十七个人第一次聚在一起，为党员和盟员队伍的壮大兴旺而欢欣鼓舞，为有钟亦成这样干练、这样聪明、这样富有忘我精神的指挥员而感到放心和自豪。回到宿舍，正是午夜沉沉的时刻，他们叫醒了北斋所有的住校生，钟亦成说道：

"同学们，现在，解放大军已经攻进了城，国民党反动派的罪恶统治就要结束了！中国的几千年的人吃人的历史就要结束了！天亮了！繁荣、富强、自由、平等、人民当家做主的新中国，就要诞生了！根据华北学联的要求，我们要组织护校、护城，防止破坏，保护国家名胜古迹和人民的生命财产……凡愿意参加的，到这边来领袖标……"

钟亦成亮出了早已准备好了的学联的旗帜和袖标，同学们各自的脸上分别呈现出了惊喜、诧异、迷惘、恐惧的表情。学生当中本来还有少数的特务分子和从解放区逃出来的反动地富的子弟，他们已在前不久被"剿总"招到"自救先锋队"里，准备和共产党决一死战去了。这样，学生宿舍里剩下的大多还是比较正派的学生。很快，在秘密党员和盟员的带动之下，在“国家兴亡，匹夫有责！”“我们是新时代的主人，新社会的先锋！”等豪言壮语的鼓动之下，除了少数几个嘴唇哆嗦的胆小鬼以外，大多数同学都响应了号召，他们佩戴上了红袖标，他们撬开了体育室的门（学校行政负责人已经不知去向），每人拿了一根“童子军”军棍作武器，列队向校外走去。至于那位党员教师，他以教联的名义组织在校的教职员工护校。

天色微明了，冷风料峭，炮声停止了，枪声还在时紧时慢地鸣响着，有远处传来的炒豆般的噼噼啪啪的声音，也有近处子弹划破空气所发出的尖厉的“啾”“啾”声，四处充满了硝烟的气味。街道上阒无一人。所有的商店都关紧了门窗，上着厚重的木板。日常行驶在大街上的仅余的几辆破破烂烂、叮咣作响的有轨电车和改装烧木柴的、烟气刺鼻的公共汽车根本没有出场，洋车（黄包车）、三轮和排子车也失去了踪迹。连在这个一切都日渐紧缩和衰败的城市唯一急速膨胀、扩大着的乞丐队伍也不知道收缩到哪里去了。只有街头堆置的、散发着刺鼻的腐臭气味的、五颜六色的垃圾，使你能够想起这个城市的居民，想到他们的正在腐烂、正在死亡、正在沉沦、正在蜕变和正在新生的生活。

钟亦成带领着一支由三十多个年轻的中学生组成的队伍走过来了。他们当中，最大的二十一岁，最小的十四岁，平均年龄不到十八岁。他们穿得破破烂烂，冻得鼻尖和耳梢通红，但是他们的面孔严肃而又兴奋，天真、好奇而又英勇、庄重。他们挺着胸膛，迈着大步，目光炯炯有神，心里充满着只有亲手去推动看得见、摸得着的历史车轮的人才体会得到的那种自豪感。

路是我们开哟，
树是我们栽哟，
摩天楼是我们亲手造起来哟，
好汉子当大无畏，
运着铁腕去消灭旧世界，
创造新世界哟，创造新世界哟！

钟亦成的耳边似乎响起了他最喜爱的这首歌的雄强有力的合唱。“跟紧！”“站齐！”“向左转！”钟亦成神态凛然地指挥着队伍，向他们负责保卫的金波河石桥进发。在接近这座古老的、成为联结河东河西两岸的交通要冲的石桥的时候，从十字路口的南侧，又出现了一支由女中的学生组成的队伍，她们衣着朴素，面黄肌瘦，好像生在贫瘠干旱的山坡的树苗一样长得都不怎么舒展，但一个个也是神采奕奕，动作迅速而且整齐，俨然是一支训练有素的女兵队伍。钟亦成立即认出了带队的女孩子——凌雪。

凌雪是私立静贞女中初三的学生，圆脸，窄额头，短发，长着一双目光非常沉稳和善的眼睛，一个端正、秀美、光泽和神气的鼻子，一张总是带着笑意的、却又常常是闭得紧紧的嘴。一九四七年，在五个大学的学生自治会联合举办的反内战、反饥饿营火晚会上，一九四八年抗议伪参议会主使屠杀东北流亡学生的游行中，以及后来在苏联对外文化协会举办的一些电影晚会上，他们见过几次面而且交谈过。今天，在这个历史转折的时刻，在即将属于人民所有的城市的街头邂逅，而且各自带着一支队伍——这说明了他们的即将公开的政治身份，两个人脸上都显出了明朗的、会心的笑容，一种比爹娘、比兄弟姐妹还亲的革命感情暖热了他们的心胸。“天亮了！”钟亦成向凌雪扬起手，喊道。

凌雪正要回答钟亦成的招呼，一阵枪声传来，沿着干涸了的旧河道，仓皇逃过来两个国民党败兵，有一个显然是腿部负了伤，绿裹腿被血迹染得殷红，一跛一拐。另一个是个大个子，满脸络腮胡子，手里端着步枪，像个凶神。钟亦成连思索都没思索，大喝一声“站住！”就从两米高的桥端向着这个大个子扑了过去，他和大个子一起摔倒在地上，他闻到了大个子身上的哈喇和霉锈的气味，他举起了“童子军”军棍，又喝了一声：“缴枪，举起手来！”这时，男学生和女学生也都冲了过来，形成了一个包围圈。

两个国民党败兵慌忙举起了手，那个跛子还跪到了地上。败兵们根本没有分析他们的对手的实力，他们没有想到抵抗也无法抵抗，正像年轻的孩子们没有想到危险也并不存在危险。革命正在胜利，他们也正在胜利，就连从两米高蹿下来的钟亦成，不但没有摔坏，甚至也没有磕碰着一块皮肤。“押到那边去！”他下令说，像战场上的指挥员。“祝贺你！一来就成功了。”凌雪笑着走过来，像大人那样地与钟亦成握了一下手，然后集合起自己的队伍，转身前进了。

“你们负责哪里？”望着女学生们的背影，钟亦成发问说。

“鼓楼。”凌雪回过头来，答道，她又高高举起右手，向钟亦成挥了一挥，她喊道：

“致以布礼！”

什么？布礼？这就是说，布尔什维克的敬礼，康姆尼斯特——共产党人的敬礼！钟亦成听说过，在解放区，在党的组织和机关之间来往公文的时候，有时候人们用这两个字相互致意，但是在现实生活中，这还是头一次从一个活着的人，一个和他一样年轻的好同志口里听到它。这真是烈火狂飙一样的名词，神圣而又令人满怀喜悦的问候。布礼！布礼！黄钟大吕般的声音在耳边响起……

一九六六年六月

他苏醒过来了。

他看见了戴红袖章的青年们。绿军装，宽皮带，羊角一样的小辫子，半挽起来的衣袖……他们有多大年纪？和我在一九四九年一样，同样是十七岁吧？十七岁，这真是一个革命的年岁！一个戴袖标的年岁！除了懦夫、白痴和不可救药的寄生虫，哪一个十七岁的青年不想用炸弹和雷管去炸掉旧生活的基础，不想用鲜红的旗帜、火热的诗篇和袖标去建立一个光明的、正义的、摆脱了一切历史的污垢和人类的弱点的新世界呢？哪一个不想移山倒海，扭转乾坤，在一个早上消灭所有的自私、虚伪和不义呢？十七岁，多么激烈、多么纯真、多么可爱的年龄！在人类历史的永恒的前进运动中，十七岁的青年人是一支多么重要的大军呀！如果没有十七岁的青年人，就不会有进化，不会有发展，更不会有革命。

“亲爱的革命小将们！”他喃喃地说。

“放屁！你竟敢拉拢我们，快闭住你的狗嘴！”

又是一阵疼痛和晕眩。为什么这样灼热呢，难道他们点起了一把火，把他投到火焰里？难道在他身上浇了汽油，要点燃他的身体？他们那样热情，那样富有献身精神，那样相信革命的号令，他们本来可以做多少事情！

“致以布礼！”再一次失去知觉的时候，钟亦成突然这样喊了一句，带血的嘴角上现出了发自内心的笑意。

“什么？他说什么？置之不理？他不理谁？他这条癞皮狗敢

不理谁?”

“不,不,我听他说的是之宜倍勒喜,这大概是日语,是不是接头的暗号?他是不是日本特务?”

“报告,他醒不过来了。他是不是——死了?”

“不要慌。一个敌人。一条癞皮狗。革命无罪,造反有理!”

一九七〇年三月

在“清队”学习班。宣传队的一位刚刚长出了一圈黑胡子的副队长,斜叼着烟,乜着眼,用含混不清的(他认为大舌头、结巴、沙哑和说话不合语法乃是老资格和有身份的表现)语言,对钟亦成说道:

“你的历史,彻头彻尾的伪造,不老实,你的问题很严重。本来,像你这样的,交给公安局专政,条件满够,比你轻的都有枪毙的。一群什么样的牛鬼蛇神,乌龟王八蛋,你们自己清楚。什么十五岁入党,十七岁候补党员当支部书记,骗谁?你填表了么?谁批准的?在哪里宣的誓?为什么只有一个介绍人……”

“那是在地下,特殊情况……”

“什么特殊情况!我看那是假共产党!”

“您不能这么说,您怎么能这么说!”

“你老实点!”

“我……”

“我们打败了日本侵略者,我们消灭了蒋介石的八百万中央军,你一个小小的钟亦成,还敢不老实吗?”

“……”

三

一九四九年一月

这是一个濒于死亡的城市。古老的历史,悠久的文明,昔日的荣华,留下的只有灰色的虚影。矗立在你眼前的却是大街小巷直到闹市路口上的成山的垃圾。穷人的孩子整天蠕动在垃圾山上,用特制的粗铁丝爪子扒拉着,刨着,寻找还有什么宝贝能被自己捡起——一点没有烧透的煤核,一团菜叶,一把蚕豆皮或者是一堆招惹了无数绿头苍蝇的鱼头。报纸上多次报道过吃了腐坏的鱼头的贫民家庭,全家中毒,“大小十三口一时毙命”之类的消息,但是穷孩子们还是视之如珍宝。“行好的老爷太太,有剩的给一口吃吧!”到处都是这样的凄婉的行乞哀号,组成了这个城市的主旋律。与之相呼应的,则是警笛、吵架、斗殴、哑声叫卖耗子药和千奇百怪的像叫春的猫和阉了尾巴的狗的合唱一样的流行歌曲。三岁的小孩在那里唱“这样的女人简直是原子弹”,二十岁的大小伙子唱“我的心里两大块”……冬天,赤身露体的叫花子为了激起一些人的怜悯,故意用大砖头照着自己的凹陷的胸肋拼命砸下去,还有的干脆用一把利刃割破颜面上的血管,把鲜血涂得满脸都是。就在他们的身边,从著名的饭馆珍馐楼的明光闪闪的玻璃门里,走出来脑满肠肥的官员、富商和挽着他们的胳臂的身穿翻毛皮大衣、涂着血红的嘴唇的女人……

但就在这个腐烂的、散发着恶臭的躯体里,生长着新的健康的细胞,新的活力。它就是党,党的地下组织,许多地下党员,以及党的外围组织——民主青年联盟的盟员们。这些在敌人的心脏里，在军、警、宪联合组成的有权就地处决“匪谍”的执法队的刺刀尖下，在牛毛般的特务的追踪之下，在监狱、大棒、老虎凳的近旁进行革命活动，配合解放军的作战的革命家们当中，有许多年轻人，有许多像钟亦成这样年龄甚至更小的严肃的孩子。他们是孩子，他们不带任何偏见地去接受生活这个伟大的教师的塑造。他们来到世间以后上的第一课是饥饿、贫困、压迫、侮辱和恐怖，他们学到手的自然就是仇恨和抗争。我们党的城市工作——地下工作干部在这些孩子们的充满仇恨和抗争的愿望的心灵上点燃起了革命真理的火炬。一开始用邹韬奋和艾思奇的著作，用新知书店、生活书店和读书出版社的社会科学小册子，用香港和上海出版的某些进步书籍来启发他们的思想，使他们看到了光明，听到了另一种强有力的、符合人民的心愿的、召唤着他们去斗争、去争取自己的自由和幸福的声音。然后，他们进一步得到了在《老残游记》《金粉世家》的书皮下面的新华社电讯稿、陕北广播记录稿、土地法大纲直到《论联合政府》和《新民主主义论》。于是他们变得严肃了，长大了，他们自觉地要求为埋葬旧王朝和创造新世界而献出自己的力量。他们严肃地考虑了参加革命活动所冒的危险，他们有牺牲的决心和牺牲的准备，他们在还不到十八岁的时候就入了党（钟亦成入党的时候只有十五岁）。而由于秘密工作的特点，在一个单位要组成几个互相毫无所知的秘密支部，这样的平行支部多了，才不容易被破坏。这样，在党的组织获得较快的发展的时候，甚至候补党员也充当了支部书记。他们还孩子气，他们对革命、对党的了解还不免肤浅和幼稚，然而，他们又是毫不含糊的、英勇无畏的、认真负责的共产党员。

解放P城的战斗结束后第三天，钟亦成接到通知去S大学礼堂参加全市的党员大会。严寒的天气，钟亦成身上穿的棉袄是四年以前他十三岁时母亲给他缝的，已经太小了，冻青了的手腕露在外面，胳肢窝紧巴巴的，举动不便；他的下身，御寒的只有一条早已掉光了绒毛，“赶”成了一个个小疙瘩的绒裤。除了上衣口袋里有一支破钢笔和一个小本子以外，他的样子并不比沿街行乞或者爬在垃圾堆上拾煤核的孩子们强多少。但是，他的浓而短的眉毛像双翅一样地振起欲飞，他的脸上呈现着由衷的喜悦和骄傲，他的动作匆忙而又自信：我们胜利了，我们已经是这个城市的和全中国的全权的主人。他走在顺城街上，看到沿街颓败的断垣和旧屋，他想：我们要把这一切翻个个儿。他还看到一辆又一辆的军车在抢运垃圾。战斗一停止，军车就昼夜二十四小时不停地投入了这场清除垃圾的战斗，眼看就要把秽物全部、彻底、干净地消灭了，而P城的垃圾问题，曾经被国民党的伪参议会讨论过三次，作过三次决定，收过无数次“特别卫生捐”，拨过许多次“特别卫生费”，最后还由伪中央政府的监察院前来调查了多少次，其结果却是官员们吞没费用而垃圾在吞没城市。现在呢，刚解放三天，垃圾已处于尾声，丧失了它的全部威力，这是我们把它消灭的，钟亦成想。他又看见了几个瘦骨伶仃的孩子在寒风中瑟缩地发抖。别忙，我们会使你们成为文明的、富裕的、健康的有用人才。他走近S大学，他看到了胸前佩戴着“中国人民解放军”、臂上佩戴着“P城卫戍司令部”的标志的战士，他迫不及待地远远地就掏出来上级给他发的红色入门证，向警卫战士挥动：“我是党员。”入门证是会说话的，它在向战士致敬：“致以布礼！”战士怀着敬意向年轻的秘密党员微笑了，“我们会师了。”这笑容说道。“我们再不怕逮捕和屠杀了，因为有了你们!”钟亦成也报之以感激的笑容。这次党员大会要谈什么呢?走近礼堂的时候钟亦成想,会不会会后组织一部分人去台湾呢?要知道,我们是饶有经验的地下工作者了,以我的年龄,更便于隐蔽和秘密活动。那就又会看到国民党军、警、宪的刺刀,又要和 C. C. 和中统打交道……那更光荣,我一定第一个报名。

他走进了礼堂,倏的一下,他惊呆了。

原来有这么多的共产党员,黑压压的一片,上千! P 城有二百万人口,上千名党员,这在日后,在共产党处于公开的执政党的地位以后,也许是太稀少了,然而,在解放以前,在敌人的鼻子底下,在无边的黑暗里,每一个党员,就是一团火,一盏灯,一台播种机,一柄利剑,培养和发展一名党员,其意义绝不下于拿下敌人的一个据点和建立我们自己的一个阵地。在严酷斗争的年月,每个党员都是多么宝贵,多么有分量! 习惯于单线联系的钟亦成,除了和上级一位同志和本支部的四名党员(这四名党员在四天以前彼此从不知晓)个别见面以外,再没有见过更多的党员。如今,一下子看到了这么庞大的队伍,堂堂正正地坐在大礼堂里,怎么能让人不欢呼、不惊奇呢?他好像一个在一条小沟里划惯了橡皮筏子的孩子,突然乘着远航大轮船行驶到了海阔天空、风急浪高的大洋里。

何况,何况悲壮的歌声正在耳边激荡:

起来,饥寒交迫的奴隶,
起来,全世界的罪人……

一个穿军服的同志(当然,他也是党员!)大幅度地挥动着手臂,打着拍子教大家唱《国际歌》。过去,钟亦成只是在苏联小说里,在对于布尔什维克们就义的场面的描写中看到过这首歌。

快把那炉火烧得通红,

你要打铁就得趁热……

这词句，这旋律，这千百个本身就是饥寒交迫的奴隶——一钱不值的"罪"人——趁热打铁的英雄的共产党员的合唱，才两句就使钟亦成热血沸腾了。他还从来没有听到过这样悲壮、这样激昂、这样情绪饱满的歌声，听到这歌声，人们就要去游行，去撒传单，去砸烂牢狱和铁锁链，去拿起刀枪举行武装起义，去向着旧世界的最后的顽固的堡垒冲击……钟亦成攥紧了拳头，满眼都是灼热的泪水。泪眼模糊之中，台上悬挂的两面鲜红的镰刀锤子党旗，党旗中间的党的领袖毛泽东同志的巨幅画像，却更加巨大，更加耀眼了。

礼堂其实也是破破烂烂的。屋顶没有天花板，柁、梁、檩架都裸露在外面，许多窗子歪歪扭扭，玻璃损坏了的地方便钉上木板甚至砌上砖头，主席台下面生着两个用旧德士古油桶改制的大炉子，由于煤质低劣和烟筒漏气，弄得礼堂里烟气刺鼻，然而所有这一切，在鲜红、巨大、至高无上的党旗下，在崇高、光荣、慈祥的毛主席像前，在雄浑、豪迈、激越的《国际歌》声当中，已经取得新的意义、新的魅力了，党的光辉使这间破破烂烂的礼堂变得十分雄伟壮丽。

解放P城的野战部队的司令员、政委们，在地下市委的基础上刚刚充实起来的新市委的第一书记和第二书记们，原地下的学委、工委、农委的负责人们，早在战斗打响以前便组建起来的中国人民解放军P城军事管制委员会的主任、副主任们……坐满了主席台。他们穿着草绿色的旧军装或者灰色的干部服，服装都是成批生产的，穿着并不合身，而且由于从来顾不上浆洗熨烫，都显得皱皱巴巴。他们一个个风尘仆仆，由于熬夜，眼睛上布满了血丝，他们当中最大的不过五十岁，大部分是三四十岁，还有一些是二十岁刚过的领导人(这在钟亦成看来已经是一些德高望重的长者了)，大都是身材精壮、动作利索、精力充沛；没有胖子，没有老迈，没有僵硬和迟钝。从外表看，除了比常人更精神一些以外并无任何特殊，但他们的名字却是钟亦成所熟悉的。其中几个将领的名字更是不止一次出现在国民党的报纸上，那些造谣的报纸无聊透顶地刊登过这些将领被“击毙”的一厢情愿的消息。现在，这些在国民党的报纸上被“击毙”过的将领，以胜利者、解放者、领导者的身份，在战斗的硝烟刚刚散去的P城的讲台上，向着第二条战线上的狙击兵们，开始发表演说了。

一个又一个的领导同志作报告。湖南口音，四川口音，山西口音和东北口音。他们讲战争的局势，今后的展望，国民党对于P城的破坏，我们面临的困难和克服困难的办法……每个领导人的讲话都那么清楚、明白、坦率、头头是道、信心十足，既有澎湃的热情、鼓动的威力，又有科学的分析、精明的计算；像火线宣传一样地激昂，又像会计师报账一样地按部就班，巨细无遗；却没有在刚刚逝去的昨天常常听到的那些等因奉此的老套，陈腐不堪的滥调，哗众取宠的空谈，模棱两可的鬼话和空虚软弱的呻吟。这不再是某个秘密接头地点的低语，不是暗号和隐喻，不是偷偷传递的文件和指示，而是大声宣布着的党的意志，详尽而又明晰的党的部署，党的声音。钟亦成像海绵吸水一样地汲取着党的智慧和力量，为这全新的内容、全新的信念、全新的语言和全新的讲述方式而五体投地、欢欣鼓舞，每听一句话，他好像就学到了一点新东西，就更长大了、长高了、成熟了一分。

不知不觉，天黑了，谁知道已经过了多少个小时？电灯亮了。多么难能可贵，由于地下党领导的工人护厂队的保护，发电厂的设备完好无损，而且在战斗结束四十几个小时以后，恢复了已经中断近一个月的照明供电。多么亮的灯,多么亮的城市！但是,随着灯亮,钟亦成猛然意识到:饿了。

可不是吗,中午,为了赶来开会,他饭也没有来得及吃,只是在小铺子里买了两把花生米,现在,已经这样晚了,怎么能不饥肠辘辘呢?

好像是为了回答他,主持会议的军管会副主任打断了正在讲话的市委领导,宣布说,市委第一书记最后还要作一个较长的总结报告,估计会议还要进行三个小时左右,为了解决肚子里的矛盾,刚才派出了几辆军用吉普去购买食品,现已买回来了,暂时休会,分发和受用晚餐。

于是满场传起了烧饼夹酱肉,大饼卷果子,螺丝转就麻花,也还有窝眼里填满了红红的辣咸菜的小米面窝头和煎饼卷鸡蛋。笸箩、提篮、托盘、口袋,五花八门的器具运送着五花八门的来自私商小店的食品,看样子买光了好几条街的小吃店。钟亦成的座位靠近通道,这些食品他看得清楚,馋涎欲滴,烧饼油条之类对于生活穷困的他来说也是轻易吃不着的珍品啊。但他顾不上自己吃,而是兴高采烈地帮助解放军同志(大会工作人员)传递大饼麻花,远一点的地方他就准确合度地抛掷过去,各种简朴而又适口的食物在刚刚从“地下”挺身到解放了的城市的共产党员们的头上飞来飞去,笑声,喊声——“给我一套!”“瞧着!”“还有我呢!”响成一片,十分开心。革命队伍,党的队伍在P城的第一次会餐,就是这样大规模地、生气勃勃地进行的,它将比任何大厅里的盛宴都更长久地刻印在共产党员们的记忆里。像战士一样匆忙、粗犷,像儿童一样赤诚、纯真,像一家人一样和睦、相亲相爱……共产主义是一定要实现的,共产主义是一定能实现的。

可是，钟亦成是太兴奋了，食物一到手他立即传送给别人，似乎快乐就产生在这一收一递里，结果，他却没有留给自己。接连三个柳条编的大笸箩都见了底，第四批食品却不见来，原来，食品已经分发完毕了。由于饿，也许更多地是由于高兴，人们狼吞虎咽，风扫残云一样地速战速决，全歼了食物，人们开始掏出手绢擦嘴擦手了，可钟亦成还在饿着。芝麻、面食和肉食的余香还在空气中摇曳，胃似乎已经升到了喉咙处，准备着冲出他的身体，向着远处一个细嚼慢咽的同志手里的半块烧饼扑去。

就在钟亦成被饥饿搅得头昏眼花、狼狈不堪，但又觉得十分可喜、可乐的时候，从他的座位后面伸过来一只手，人还没看清，却已经看到了那只手里托着的夹着金黄色的油条和烧饼。

“拿去。”

“你？”

她就是凌雪。她笑着说：“我坐在你后面不远，可你呢，两眼睛光注意看前边了。后来看你高兴的那个样儿，我寻思，可别忘了自己该吃的那一份……”

“那你呢？”

“我……吃过了。”

显然不是真话，推让了一番以后，两个人分着吃了。钟亦成觉得好像有些羞愧，可又很感激，很幸福。他每嚼一下烧饼，都显得那么快活，甚至有点滑稽，凌雪笑了。

麦克风发出尖厉的啸声，人们安静下来，凌雪也回到自己的位子。钟亦成继续聚精会神地听报告，他没有回过头，但是他感到了身后有一双革命同志的友爱的眼睛。

……不知过了多少时间，反正已经是深夜了，散会，外面正下着鹅毛大雪。出大门的时候,有一位部队首长看到了钟亦成的不合身的小棉袄,露在袖口外面的细瘦的手腕,“小同志,你不冷吗?”首长用洪亮的声音说,同时,脱下自己身上的、带着自己的体温的长毛绒领的崭新的棉军大衣,给钟亦成披到了身上。快乐的人流正推拥着钟亦成向外走,他甚至没有来得及道谢一声。

一九五七年——一九七九年

在这二十余年间,钟亦成常常想起这次党员大会,想起第一次看到的党旗和巨幅毛主席像,第一次听到的《国际歌》,想起这顿晚餐,想起送给他棉大衣的,当时还不认识,后来担任了他们的区委书记的老魏,想起那些互致布礼的共产党员们。有些记忆随着时间的流逝而逐渐褪色,然而,这记忆却像一个明亮的光斑一样,愈来愈集中,鲜明,光亮。这二十多年间,不论他看到和经历到多少令人痛心、令人惶惑的事情,不论有多少偶像失去了头上的光环,不论有多少确实是十分值得宝贵的东西被嘲弄和被践踏,不论有多少天真而美丽的幻梦像肥皂泡一样地破灭,也不论他个人怎样被怀疑、被委屈、被侮辱,但他一想起这次党员大会,一想起从一九四七年到一九五七年这十年的党内生活的经验,他就感到无比的充实和骄傲,感到自己有不可动摇的信念。共产主义是一定要实现的,世界大同是完全可能的,全新的、充满了光明和正义(当然照旧会有许多矛盾和麻烦)的生活是能够建立起来和曾经建立起来过的。革命、流血、热情、曲折、痛苦,一切代价都不会白费。他从十三岁接近地下党组织,十五岁入党,十七岁担任支部书记,十八岁离开学校做党的工作,他选择的道路是正确的道路,他为之而斗争的信念是崇高的信念。为了这信念,为了他参加的第一次全市党员大会，他宁愿付出一生被委屈、一生坎坷、一生被误解的代价，即使他戴着各种丑恶的帽子死去，即使他被十七岁的可爱的革命小将用皮带和链条抽死，即使他死在自己的同志以党的名义射出来的子弹下，他的内心里仍然充满了光明，他不懊悔，不伤感，也毫无个人的怨恨，更不会看破红尘。他将仍然为了自己哪怕是一度成为这个伟大的、任重道远的党的一员而自豪，而光荣。党内的阴暗面，各种人的弱点他看得再多，也无法遮掩他对党、对生活、对人类的信心。哪怕只是回忆一下这次党员大会，也已经补偿了一切。他不是悲剧中的角色，他是强者，他幸福！

四

一九五〇年二月

钟亦成听老魏讲党课。头一天，钟亦成年满十八岁了，支部通过了他转为正式党员。

老魏在党课中讲道：

“一个共产党员，要做到真正的布尔什维克化，要获得完全的、纯洁的党性，就必须忘我地投身到革命斗争中去，还必须在党的组织的帮助下面，运用批评和自我批评的武器，改造思想，克服自己身上的个人主义、个人英雄主义、自由主义、主观主义、虚荣心、嫉妒心等等小资产阶级的以及剥削阶级的思想意识。

“……以个人主义为例。无产阶级是没有个人主义的，因为他自身一无所有，失去的是锁链而得到的是全世界，为了解放自己必须首先解放全人类，他的个人利益完全融合在阶级的利益、全人类的利益之中，他大公无私，最有远见……而个人主义，是小私有者、剥削者的世界观，它的产生来自私有财产和阶级的分化……个人主义和无产阶级的政党的性质是完全不相容的……一个个人主义严重而又不肯改造的人，最终要走到蒋介石、杜鲁门或者托洛茨基、布哈林那里去……”

“太好了！太好了！”钟亦成几乎喊出声来。个人主义是多么肮脏，多么可耻，个人主义就像烂疮、像鼻涕，个人主义者就像蟑螂、像蝇蛆……

区委书记老魏继续讲道：

“共产党员是无产阶级的先锋战士，是摆脱了一切卑污的个人打算和低级趣味的人。他有最大的勇敢，因为他把为了党的事业而献身看作人生最大的幸福。他有最大的智慧，因为他心如明镜，没有任何私利物欲的尘埃。他有最大的前途，因为他的聪明才智将在千百万人民的斗争事业中得到锻炼和成长。他有最大的理想——在全世界实现共产主义。他有最大的气度，为了党的利益他甘愿忍辱负重。他有最大的尊严，横眉冷对千夫指。他有最大的谦虚，俯首甘为孺子牛。他有最大的快乐，党的事业的每一点每一滴的进展都是他的欢乐的源泉。他有最大的毅力，为了党的事业他不怕上刀山、下火海……”

党课结束以后，钟亦成和凌雪一起走出了礼堂。钟亦成迫不及待地告诉凌雪说：

“支部已经通过了，我转成正式党员了。在这个时候听老魏讲课，是多么有意义啊。给我提提意见吧，我应该怎样努力？我已经订好了克服我的——个人英雄主义的计划，我要用十年的时间完全克服我的非无产阶级意识，做到布尔什维克化，做一个像老魏讲的那样的真正的无产阶级先锋战士。帮助我吧,凌雪,给我提提意见吧!”

“你说什么,小钟?”凌雪眨了眨眼,好像没怎么听懂他的话,“我想,做一个真正的合格的共产党员,这是需要我们努一辈子力的,十年……行吗?”

“当然要努力学习,努力改造终身,但总要有一个哪怕是初步实现布尔什维克化的目标,十年不行,就十五年、十六年……”

一九五七年十一月

七年以后,钟亦成被定为反党反社会主义的资产阶级右派分子。

经过了三个多月的大量的工作,经过了一个漫长的、其结果却是早已注定了的政治的、思想的、心理的过程,其中包括宋明同志的耐心的、有时候是苦口婆心的推理与分析;钟亦成的一次比一次详尽、一次比一次上纲上得高、一次比一次更难于自拔的检讨;群众的最初并无恶意、但在号召之下所作的揭发批判,当然其中也有人为了表现自己的革命性而加大了嗓门和挑选了最刺人的词句;到后来,由于宋明的深文周纳的分析和钟亦成的连自己听了也会吓一跳的检讨,更由于周围政治气温的极度升高,这种揭发批判变成了无情的毁灭性的打击、斗争,最后,作出了上述结论。

定右派的过程,极其像一次外科手术。钟亦成和党,本来是血管连着血管,神经连着神经,骨连着骨,肉连着肉的,钟亦成和革命同志,和青年,和人民群众,本来也是这样血肉相连的。钟亦成本来就是党身上的一块肉。现在,这块肉经过像文艺评论的新星和宋明同志这样的外科医生用随着气候而胀胀缩缩的仪表所进行的检验，被鉴定为发生了癌化恶变。于是，人们拿起外科手术刀，细心地、精致地、认真地把它割除、抛掉。而一经割除和抛掉，不论原来的诊断是否准确，人们看到这块被抛到垃圾桶里的带血的肉的时候，用不着别人，就是钟亦成本人也不能不感到厌恶、恶心，再不愿意用正眼多看它一眼。

对于钟亦成本人，这则是一次“胸外科”手术，因为，党、革命、共产主义，这便是他的鲜红的心。现在，人们正在用党的名义来剜掉他的这颗心。而出于对党的热爱、拥护、信任、尊敬和服从，他也要亲手拿起手术刀来一道挖，至少，他要自己指画着：“从这儿下刀，从这儿……”

当这个手术完成以后，当钟亦成从镜子里看到一个失去了心的人的苍白的面孔的时候，他……

天昏昏，地黄黄！我是“分子”！我是敌人！我是叛徒！我是罪犯！我是丑类！我是豺狼！我是恶鬼！我是黄世仁的兄弟、穆仁智的老表，我是杜鲁门、杜勒斯、蒋介石和陈立夫的别动队。不，我实际上起着美蒋特务所起不了的恶劣作用。我就是中国的小纳吉。我应该枪毙，应该乱棍打死，死了也是不齿于人类的狗屎，成了一口黏痰，一撮结核菌……

坐上无轨电车，我不敢正眼看售票员和每一个乘客，因为我理应受到售票员和每一个乘客的憎恶和鄙夷。走进邮局，当拿起一张印有天安门的图案的邮票往信封上贴的时候，我眼前发黑而手发抖，因为，我是一个企图推翻社会主义、推翻中华人民共和国、推倒五星红旗和光芒四射的天安门的“敌人”！走过早点铺，我不敢去买一碗豆浆，我怎么敢、怎么配去喝由广大热爱党热爱社会主义的农民种植出黄豆，由广大热爱党热爱社会主义的工人用这黄豆磨成，而又由热爱党热爱社会主义的店员把它煮熟、加糖、盛到碗里、售出的白白的香甜的豆浆呢？我看到了报纸上刊出了我国人民银行发行硬币的消息，看到了人们怎样快乐而又好奇地急于去搜罗、保存、欣赏和传看一分、两分和五分的镍币，人们欢呼国民经济的繁荣，社会主义的优越，物价的稳定，货币值的有保障和硬币的美观、喜人、耐用。我也得到了一枚五分钱的硬币，我也喜欢，观赏着硬币上的国徽、五星红旗、天安门、麦穗、年号，爱不释手……但是，突然，在反光的硬币上，我似乎看到了自己的癞皮狗的形象……我有什么资格、有什么权利为了社会主义中国的经济成就而欢欣鼓舞呢？我不是共和国的敌人、社会主义的蛀虫吗？我和祖国的矛盾，不是不可调和的、对抗性的、你死我活的敌我矛盾吗？不是说不把我揪出来，斗倒斗臭，就会使中华人民共和国灭亡吗？我不是只能和汉奸、特务、卖国贼为伍吗？汉奸、特务和卖国贼难道也欢呼中华人民共和国发行硬币吗？

毛主席啊，这究竟是怎么回事？究竟是怎么了？这都是真的吗？真的？

钟亦成整夜整夜地不睡，他吃得很少，喝得也很少，但他不断地小便，不断地出汗。每二十分钟，他小便一次。五天以后，他的体重由一百二十四斤降到八十九斤，他脱了形，变了样。宋明同志见他这个样子，鼓励他说：“脱胎换骨，脱胎换骨，你现在不过刚刚开始！”

一九六七年三月

群众组织举行对老魏的批斗大会，老魏撅在中间，右边是钟亦成，左边是宋明陪斗，钟亦成被按倒，“跪”在台上，以示与老魏和宋明有别,体现了区别对待的“政策”。

革命造反派说:“魏××,借讲党课为名,大肆放毒,为刘少奇的黑修养摇旗呐喊,宣传驯服工具论、公私溶化论、吃小亏占大便宜论……他,走资派,一贯包庇和重用假党员、真右派钟亦成,一贯包庇和重用反革命修正主义理论家宋明……”

“坚决打倒魏××!打倒宋明!钟亦成永世不得翻身!”

“砸烂魏××的狗头!宋明不老实就严厉镇压!”

“只准左派造反,不准右派翻天!钟亦成想翻案就让他尝一尝无产阶级专政的铁拳头!”

钟亦成痛苦、不安,因为他知道,抄家的时候抄走了他一九五一年听老魏讲党课时详细记录的笔记。为了抢这本笔记,革命造反派与无产阶级革命派打得头破血流,重伤一个,轻伤七名。最后,召开了这次批斗会,作为“反面教材”的就是这本他始终珍爱的笔记。由于痛苦和不安,他不由得扭动了身躯,这使抓着他的头发的手,更加狠狠地把他的头抓紧,下按、再提起、再下按。

这天晚上,宋明同志自杀了。他长期患有神经衰弱症,手头有许多安眠药片。这件事,给钟亦成留下了十分痛苦的印象。他坚信宋明不是坏人。宋明每天读马列的书、毛主席的书,读中央文件和党报党刊直到深夜,他热衷于用推理、演绎的方法分析每个人的思想,把每粒芝麻分析成西瓜,却自以为在“帮助”别人。一九五七年,他津津乐道地、言之成理地、一套一套地、高妙惊人地分析钟亦成所说的每一句话或者试写过的每一句诗,证明了钟亦成是彻头彻尾的资产阶级右派。“不管你自觉不自觉,不管你主观上意识到还是没有意识到,你的阶级本能的流露,你的言行举措的实质,其客观的不依人们的主观意志为转移的性质,是反党反社会主义。”

他说。他举例:“譬如你很喜欢问别人:‘今天会不会下雨?’你的一首诗里有一句:‘不知明天天气是晴还是阴?’这是什么意思呢? 这是典型的没落阶级的不安心理……”宋明的分析使钟亦成瞠目结舌、毛骨悚然而又五体投地。然而,就在进行这种分析的同时,宋明从生活上仍然关心和帮助着钟亦成,下雨的时候借给钟亦成雨衣,在食堂吃饺子的时候给钟亦成倒醋,“处理”完了以后真诚地、紧紧地握住钟亦成的手:“你是有前途的,但要换一个灵魂。祝你在改造自己的道路上前进到底,把屁股彻底地移过来。”“彻底地忘掉小我,投身到革命的洪炉里去吧!”他说了许多热情而真挚的,而且,以钟亦成当时的处境,他觉得是很友好的话。但宋明自己却原来是那样软弱,他选择了一条根本用不着那样的道路,“文化大革命”的风暴只是轻而又微地触动了一下他,他就受不了了——愿他安息。

一九七九年

一个灰影子钻到了钟亦成的卧室。灰影子穿着特利灵短袖衬衫、快巴的确良喇叭裤,头发留得很长,斜叼着过滤嘴香烟,怀抱着夏威夷电吉他。他是一个青年,口袋里还装有袖珍录音机,磁带上录制了许多“珍贵的”香港歌曲。不,他不年轻,甚五十岁了,眼泡浮肿,嘴有点歪,牙齿、舌头和手指被劣质烟草熏得褐黄,嘴里满是酒气,脸上却总是和善的笑容。也许他只有四十多吧,大眼睛,双眼皮,浑身上下,一尘不染,笔挺笔挺,讲究吃穿,讲究交际,脸上一副目空一切的神气,眼神里却是一无所长的空虚。或者,她只是一个早衰的女性,过早地白了头发,絮絮叨叨,唉声叹气。或者,他又是另一副样子。总之,他们是一个灰影,在七十年代末期,这个灰影常常光临我们的房舍。

灰影扭动舌头，撇着嘴说："全他妈的胡扯淡，不论是共产党员的修养还是革命造反精神，不论是三年超英，十年超美还是五十年也赶不上超不了，不论是致以布礼还是致以红卫兵的敬礼，也不论是衷心热爱还是万岁万岁，也不论是真正的共产党员还是党内资产阶级，不论整人还是挨整，不论'八一八'还是'四五'全是胡扯，全是瞎掰，全是一场空……"

"那么，究竟还有什么真实的东西呢？究竟是什么东西牵动你，使你不愿意死而愿意活下去呢？"钟亦成问。

"爱情，青春，自由，除了属于我自己的，我什么都不相信。

"为了友谊，干杯！其实，我早就看透了，早就解脱了。五七年也让我去参加鸣放会，给他个一言不发！二十多年了，我不读书，不看报，照样领工资……

"生为中国人就算倒了霉。反正中国的事儿一辈子也好不了，干脆来个大开放。

"我的女儿在搞第三十四个对象了，但是，不行，不顺我的心，不能……"灰影子说。

"好吧，我们先不讨论你们的要求是否合理。"钟亦成说，"我只是想知道，为了国家，为了人民，或者哪怕仅仅是为了你个人，为了你的爱情和自由，为了你的友人和酒杯，为了你能活着混下去，能够大言不惭地讲什么开放，也为了你的女儿……不，应该说是你自己找到理想的女婿，你们做了些什么？你们准备做什么？你们有能力做什么？"

"……傻蛋！可怜！到现在还自己束缚着自己，难道你的不幸就不能使你清醒一点点？"灰影子生气了，转守为攻。

“是的，我们傻过。很可能我们的爱戴当中包含着痴呆，我们的忠诚里边也还有盲目，我们的信任过于天真，我们的追求不切实际，我们的热情里带有虚妄，我们的崇敬里埋下了被愚弄的种子，我们的事业比我们所曾经知道的要艰难、麻烦得多。然而，毕竟我们还有爱戴、有忠诚、有信任、有追求、有热情、有崇敬也有事业，过去有过，今后，去掉了孩子气，也仍然会留下更坚实更成熟的内核。而当我们的爱，我们的信任和忠诚被蹂躏了的时候，我们还有愤怒，有痛苦，更有永远也扼杀不了的希望。我们的生活，我们的心灵曾经是光明的而且今后会更加光明。但是你呢？灰色的朋友，你有什么呢？你做过什么呢？你能做什么呢？除了零，你又能算是什么呢？”

五

一九五八年三月

“但是，我相信党！我们的伟大的、光荣的、正确的党！党，擦干了多少人的眼泪，开辟了怎样的前程！没有党，我不过是一个在死亡线上挣扎的可怜虫。是党把我造就成了顶天立地的共产党员，革命干部。我了解我们的党，因为即使说是混入吧，我毕竟在党内生活了十多年，用我的不带偏见的孩子的眼睛，我看了、我观察了十多年。我阅读党刊，我做党的机关工作，我参加党的会议，我接触过许多党的干部，包括领导干部，他们都喜欢我，我也爱他们。我知道，中国共产党是由民族和阶级的精华，由忧国忧民、慷慨悲歌、大公无私、为了民族和阶级的解放甘愿背十字架的人组成的。你读过方志敏烈士的《可爱的中国》吗？你读过夏明翰烈士的就义诗吗？我们都读过的，我们知道这都是真的，我们相信的，因为我们相信自己在那种情况下，也会像方志敏、夏明翰那样去做的。我们知道，党除了阶级的利益、民族的利益、人民的利益再没有别的利益。正因为这样，党有权利也有义务严格要求它的队伍里的每一个人，党员之间，也有必要、有可能互相提出极为严格的、毫不留情、毫不含糊的要求。我从小入党，这并不能成为怜悯、宽容或者庇护的理由，而只能成为更加严格要求的根据。而且，党对我的批判并不是由于哪一个个人的恶意，没有任何个人的动机。为了共产主义的事业，为了英特纳雄耐尔，为了同国际资产阶级和国内的资产阶级、同国际修正主义和中国的修正主义作殊死的斗争，党铁面无私！党伟大坚强！哪怕我只是下意识地说过不利于党的话，写过不利于党的文字，哪怕我只是在梦中有过片刻的动摇，党应该采取果断的措施。该清除出党的就清除出党！该划右派的就划右派！该施行无产阶级专政就施行无产阶级专政！该枪毙的就枪毙！就像匈牙利枪毙伊姆雷·纳吉一样。中国如果需要枪毙一批右派，如果需要枪毙我，我引颈受戮，绝无怨言！虽然划了右派，我仍然要活下去，我仍然要活下去，就因为我有这个坚定不移的信念，坚如磐石，重如泰山！”

这是一九五八年三月八日，下午五点钟，在金波河石桥的桥洞下面。天下着小雨，一阵阵的风把雨斜吹到钟亦成和凌雪的脸上、衣服上和他们脚下的暂时还是干涸的河道上。寒气彻骨生凉，行人很少。自从钟亦成被批判以来，他一直躲避着凌雪，又赶上凌雪到外地出差几个月，他们好久也没见面了。这次，是他主动约了凌雪，他打算和凌雪进行一次最后的谈话。最痛苦的时刻已经过去了,虽然否定和消灭自己是痛苦的,但是,他仍然有力量去经受这种不可思议的困难和痛苦,因为他的最根本的信念——对于党的信念并没有丝毫的削弱或者动摇,相反,随着他个人的被清洗,他更增加了对党的崇高的敬意和难以言喻的热爱。这样,在这个凄风苦雨的春日黄昏,在这个风景依旧而人事全非的金波河石桥洞下(其实,除了石桥本身,周围的风景也变了——盖起了多少幢新楼),虽然当年英勇保卫石桥的青年——少年共产党员如今已变成了“分子”,虽然他肝肠寸断、心如刀绞,但是,解放这个城市,解放这座桥梁的党仍然存在着,不仅在市委和区委,在工厂和农村存在着,而且仍然崇高而又庄重辉煌地存在于钟亦成的心里,即使手术刀可以剜出他自己的心脏,却挖不出党的形象,党的火焰。所以,他对凌雪所说的话,仍然是大义凛然,惊天动地。他继续说:

“我自己想也没有想到,原来,我是这么坏!从小,我的灵魂里就充满了个人主义、个人英雄主义的毒菌。上学的时候总希望自己的功课考得拔尖,出人头地。我的入党动机是不纯的,我希望自己做一番轰轰烈烈的事业,名留青史!还有绝对平均主义、自由主义、温情主义……所有这些主义到了社会主义革命的严重关头就发展成为与党与社会主义势不两立的对立物,使我成为党内的党的敌人!凌雪,你别忙,你先听我说。譬如说,同志们批判说,你对社会主义制度怀有刻骨的仇恨,最初我想不通,想不通你就努力想吧,你使劲想,总会想通的。后来,我想起来了,前年二月,咱们到新华书店旁边的那个广东饭馆去吃饭,结果他们把我们叫的饭给漏掉了,等了一个小时还没有端来……后来,我发火了,你还记得吗?你当时劝我了呢。我说:‘工作这样马虎,简直还不如私营时候!’看,这是什么话哟,这不就是对社会主义不满吗?我交代了这句话,我接受了批判……啊,凌雪,你不要摇头,你千万别不相信,千万别怀疑,更不要对党不满。哪怕是一点一滴的不满,它会像一粒种子一样在你的心里发芽、生根、长大,这样,就会走到反党的罪恶的道路上。我就是坏,我就是敌人,我原来就不纯,而后来就更堕落了。你应该毫不犹豫地抛开我,和我划清界限,仇恨我!我欺骗了你的爱情,玷污了你的布尔什维克的敬礼!在我被清除出党的队伍的同时,让我也被你从你的心中永远清除出去吧!”

钟亦成说不下去了。一种又苦、又辣、又像火一样地烫人的气体郁结在他的喉头,他的声音呜咽了,泪水哗哗地涌流到他的脸上。他连忙转过头去。本来,他可不打算流露任何悲伤。在被批判的日子里,他也多次想过凌雪,想过自己和凌雪共同走过的每一条街,共同吃过的每一顿饭,共同看过的每一个电影画面,共同唱过的、小声哼哼过的每一首歌。他们的爱情建筑在互致布礼和互相提意见上。他写过一首爱情诗,这诗也许会受到后人嘲笑和不理解,但他写得真诚而且深情。情诗的题目是:《给我提点意见吧》。诗是这样的:

给我提点意见吧,
让我们更加完美和纯净,
给我提点意见吧,
让我们更加严肃和聪明。

我们没有童年,我们
把童年献给了暴风,
我们效法那勇敢的海燕,
展翅,向着电闪雷鸣。

我们没有自己，我们
把自己献给了革命，
我们效法先烈，刘胡兰
和卓娅使我们惭愧而又激动。

为了国际歌，镰刀和斧头，
为了一个共产党员的忠诚，
为了我们任重道远的事业，
提点意见吧，请批评！

在沉沉的黑夜里，
意见就是灯；
在茫茫的天空上，
意见就是星；
在干涸的土地上，
意见就是雨；
在待发的帆船旁，
意见就是风。

在我的心里呀，亲爱的同志，
你的意见就是爱情，爱情！

多么真挚的情诗！让后人去嘲笑、去怀疑、去轻视吧，让他们认定我们不懂诗，不懂人情，教条主义和“左”吧，即使在成了“分子”以后，这首诗的温习，带给钟亦成的仍然是善良而又美好的、充实而又温暖的体验。

然而这一切已经不属于他，一切已经完结，基础已经挖掉，釜底已经抽薪，互致布礼已经不可能，同志式地互提意见也已无从说起。他决定，只能毫不犹豫地结束他们的来往，坚决彻底，刻不容缓。他必须做得十分决绝，非这样不足以使凌雪同意，任何伤感都只能使凌雪恋恋不舍，使凌雪痛苦，藕断丝连，结果使自己的恶名、自己的丑行玷污和亵渎那样纯正无瑕的凌雪，那将是极大的、不容饶恕的罪行。所以他绝对不能哭。他深信自己根本不会哭。因为他的眼泪已经哭完，他的反动思想和反党罪行已经证明他早就毫无心肝。然而，想象和现实却并不一致。想象中的决绝完全合乎逻辑，完全没有困难，三言两语就可以办齐。而今天下午呢，当他看到凌雪那熟悉的面孔，那熟悉的、柔软的、带有一点药皂气味的黑发，那富有光泽和神采的端庄的鼻子，那朴素而优雅的穿着，听到她那口齿清楚的、平静的、好听的声音，感到她的呼吸和温热，当他按照早已在肚子里周而复始地酝酿了不知多少遍的腹稿说完了他要说的话的时候，他哭了，哭得一塌糊涂，本来就是凄风苦雨，现在更是天昏地暗。布礼，布礼，布礼，好像在遥远的天边还鸣响着这样的欢呼，这样的合唱，还衍射着这样的霞光，这样的彩虹；而他呢，却是下堕着，下堕着，下堕到深渊的无底，下堕到漆黑的虚空。他张开嘴，泪水和雨水，咸水和苦水一起流到了他的肚里。

“不，不，你不要这样说，你不要这样说！”凌雪慌乱地围着钟亦成转，寻找着钟亦成的正在躲避她的目光，不顾一切地抓住他的手，抚摸着他的头发和脸蛋，扳转他的头颈，让他正眼看着自己，“你怎么了，你怎么了？你如果犯了错误，那就检讨吧，那就改正吧，那又要什么紧？你为什么要说那么多不沾边的话？我不懂，事情怎么会是这个样子的呢，我完全糊涂了，我不信，说你是敌人，我不能相信。我只能相信那确实存在、确实叫人相信的东西，我不相信那些分析出来的东西……你不要夸张，不要感情用事，不要言过其实，不要听见什么就是什么。对《冬小麦自述》的批判，胡批！把你定成右派，这也不对，这也是搞错了。人家怎么说你，这有什么了不起，你自己什么样，你自己不知道？你不知道，我知道你。你不相信，我相信你！如果连你都不相信，连自己都不相信，那我们还相信什么呢？我们还怎么活下去呢？至于别的，我不知道，我不懂。不仅银河外的事情我们不知道，不仅两万年以前和两万年以后的事情我们不知道，就是我们现在的生活里，我们的党的生活里，也还有一些我们还不知道、还不懂的东西，不知道就是不知道，不懂就是不懂。然而，不可能老是这样子，这太严重了，这不能不认真想一想，这又太荒唐了，实在叫人没有办法认真想。小钟，原谅我，过去，你就不爱听这话，然而，这是真的，你太年轻，太年轻，我要说，是太小了啊，你太单纯也太热情，太爱幻想也太爱分析。如果说不符合党的事业的要求，正是这些，而不是别的。你想得太多也太玄了，哪有那样的事情？黑怎么能说成白，好人怎么能说成坏蛋，让他们说去吧，你还是钟亦成！你是党的，你是我的，我也是你的……让我们，让我们结婚吧！七八年了，我们在一起，让我们永远在一起吧，让我们一起去受苦吧，如果需要受苦。让我们一起去弄懂那些还没有弄懂的东西吧……也许，这只是一场误会，一场暂时的怒气。党是我们的亲母亲，但是亲娘也会打孩子，但孩子从来也不记恨母亲。打完了，气会消的，会搂上孩子哭一场的。也许，这只是一种特殊的教育方式，为了引起你的警惕，引起你的重视，给一个大震动，然后你会更好地改造自己……也许，下个月就要复查的，你的事情会重新考虑的，运动当中过火一点，'不过正就不能矫枉'嘛，矫完了枉呢，事情还会回到正常的轨道……没什么，没什么，让我们……在一起，七八年了，你也太苦自己……"

她的话语，她的声音，她的爱抚，产生着一种奇妙的力量，钟亦成好像安稳多了。世界还是原来那个光明和美好的世界，金波河桥还是那座坚固而又古老的桥，人还是那些纯洁而真挚的人，被恶毒和污秽的语言，被专横和粗暴的态度，被泰山压顶一样的气势压扁了、冻硬了的心灵，在她的从容，她的信赖，她的像春天的阳光一样的爱里开始复苏，开始融解。"布礼，布礼，布礼！"这欢呼，这合唱，这霞光和彩虹重又成为对他的被绞杀着的灵魂的呼唤，成为对他的正在飘游下堕的心的支持。这世界上不会有痛苦，因为有凌雪。这世界上不会有背叛、冤屈、污辱，因为有凌雪。他把头埋在凌雪的胸前，忘记了一切，沉浸在这被威胁、被屈辱然而仍然是无玷的、饱满的爱情里。

一九五一——一九五八年

我们是光明的一代，我们有光明的爱情。谁也夺不走我们心中的光，谁也夺不走我们心中的爱。

当我们幼小的时候，我们在黑暗中挣扎，当我们从孩子变成青年的时候，我们从黑暗走向光明。夜是太黑了，太暗了，所以，早晨，我们看到的是一片光辉，是万丈光芒。我们欢呼跳跃着奔向光明，拥抱光明，我们不知道还有阴影的存在。我们以为阴影已经随着黑夜而消逝，我们以为头顶上永远是八九点钟的太阳。

于是我们爱了，爱党，爱红旗，爱《国际歌》，爱毛主席，爱斯大林，也爱金日成、胡志明、乔治乌·德治、皮克和世界所有的国家的共产党和工人党的领袖，爱每一个共产党员、每一个领导人、每一个支部书记和党小组长。我们爱每一个劳动者，爱劳动者所创造出来的一切，我们爱新落成的百货公司和电影院，新出厂的拖拉机和康拜因机，新安装的路灯和电线，新修建的街道和楼房。我们爱孩子们胸前的红领巾，爱挽着手臂行进的年轻人的笑声和歌声，爱春天的柳枝上的嫩芽，爱冬天踏着新雪的沙沙响，爱水，爱风，爱小麦和野菊花，爱丰收的田野。所有这些都属于党，属于人民政府，属于新生活，属于我们自己。

爱使光明更加光明，光明使爱成为更深、更强的爱。

于是我们相爱了，从听老魏同志讲共产党员的修养那个晚上起。听完党课，我们没有上汽车，我们本来想，走上一站再上车，结果，却走过了半个城市。我们在路灯下走着，我们的影子一会儿短，一会儿长，一会儿在后，一会儿在前。我们的心潮也是这样的起伏不定。我们走了很长的时间，夜风使我们瑟缩了，但我们的心却更热。“能不能用十年的时间实现布尔什维克化呢？”“十年不行就十五年。”“怎么样才能更快、更彻底地消灭个人主义呢？”“我们永远听党的话，做一个好党员。”“可那天我为什么对××急躁呢？‘同志’，这是一个多么珍贵的称呼……可是我……”“我要树立一个目标，就是老魏，我要像老魏那样质朴，那样成熟，又那样耐心……什么时候我才能像他那样呢？”“你能，你能，你一定能！”“难道除了做一个真正合格的共产党员，除了更好地完成党的任务，我们还有别的心思吗？为了党，我们甘愿抛头颅、洒热血，难道反倒舍不得丢掉自己的缺点吗？”“是啊，是啊，就怕自己认识不到，自己不自觉，如果认识到了，我一定改，我一定丝毫也不宽容自己。如果认识到这是缺点，却又不肯改，这又算是什么共产党员呢？”“但是,改造自己也是并不轻松的事,这需要主观的努力,也需要群众的监督。”“那你就先监督吧,给我提点意见吧……”“我的意见嘛……”“呵,你真好,你真好,你提得多么好啊,我一定接受你的意见。现在,我也给你提一点……”

给我提点意见吧,这就是爱情。可笑吗?教条吗?但是,爱情之所以被珍惜,不正是因为它具有着使人们、使生活变得更加美好、更加完满的强大的力量吗?这是从心底升起的追求光明、奔向光明的原动力。为什么柳条是那样浓密而又温柔?为什么槐树是那样沉稳而又幽深?为什么梧桐是那样谦和而又雍容?为什么天那么蓝,旗那么红,灯那么亮?为什么你、我和他,我们的脸上都呈现着幸福而又崇高的笑容?为了让世界美好,首先得让人们自身变得更美好些。为了让自己能够爱和值得被爱,首先要让自己变得更可爱些。为了能了解我们的事业,我们的斗争,我们的人生的真谛,首先要让自己的心灵更光明一些。所以,我们如饥似渴地互相征求着意见,互相鼓励着克服自身的缺点。甚至在我们互相通信的时候,我们在“吻你”的位置上写的却是“布礼!”是孩子气吗?“左”派幼稚病吗?令后人觉得格格不入吗?然而,既然我们是吸吮党的乳汁而长大成人的,既然主宰我们的头脑的是党的钢铁的信念,我们身上流着的是随时准备为了党而喷洒的热血,我们的眼睛是为党而注视,我们的耳朵是为党而谛听,我们的心脏是为党而跳动,既然斯大林同志说共产党员是特殊材料制成的,既然我们努力要做一个名副其实的特殊材料制成的共产党员,既然没有党就没有你和我,就没有我们的人生,就没有我们在人生路程上的相会和相互的无条件的信任(为了这相会和相互信任,让祖先和后人永远羡慕我们!),我们相互之间怎么能不用党的方式来问候呢,我们怎么能不为这特殊的问候语言而骄傲,而欢乐,而爱得更深呢?

我们常常因为工作,因为党的任务而不能相会,或者约会好了却不能守约。有一次,我们当中的一个人在电影院的门口等着另一个人。我不说是钟亦成还是凌雪,因为,在这些体验上我们两个人互为自我。那时候,另一个人却因为取缔一贯道的事务而不能按时前去,打电话已经来不及了。一个半小时以后,这个人才跑到电影院。那个人正在那里等着,仍然忠实地等着,一点也不着急,“对不起,对不起。”这个人慌不迭地说。“可又有什么对不起的呢?你没来,我就知道你忙,你有任务,我在这里站着等你,你在那里忙碌,并不因为我等着你而急躁马虎,这有多好!”电影散场了,他们和看电影的人走在一起,别人看着,他们比最欣赏电影、最理解电影的人还满足,还高兴呢。

还有一次,一个人等了另一个人七个小时。利用七个小时他读了毛主席的好几篇著作。七个小时,天,从亮变得昏黄,变得黑了。下午已经变成了夜晚,太阳已经变成了星星。每一扇门的响动都使得这个人觉得是那个人在到来,每个细小的声音都像是爱人的自远而近的脚步。这个人焦躁了,他拿出了党章,他学习:“中国共产党是中国工人阶级的先锋队……有组织的部队……阶级组织的最高形式……”第二天,才知道,另一个人临时接到通知去市委开会了,因为,毛主席要到这里来视察工作。当第二天得知了这个消息,七个小时的焦灼的和平静的等待之后,是欢呼和跳跃……

我们一起走过了城市的每一条街,我们一起走过了解放以来的每一个年代,我们每每惊异,我们为什么竟然这样幸运地生活在这样伟大的党里,有了党的“介绍”,我们那么快地互相发现了,没有一点犹豫,没有一点疑虑,不懂得衡量条件,不懂得对别人有什么要求,不懂得有什么保留。好像生来就该如此。我们从来没想过我们的生活会是别的样子。

人们发明了语言,用语言去传达、去描述、去记载那些美好的事物,使美好更加美好。但也有人企图用语言,用粗暴的、武断的、杀人的语言去摧毁这美好,去消灭一颗颗美好的心。在这方面,有人得到了相当大的成功。然而,并没有完全成功。埋在心底,浸透在血液和灵魂里的光明和爱,是摧毁不了的。我们是光明的一代,我们有光明的爱情。谁也夺不走我们心中的光,谁也夺不走我们心中的爱。

一九五八年四月

五一节的前夕。这是一个新鲜、美好的时令。经过漫长的冬季的委顿,阳光重又变得明丽辉煌了。柔软的枝条和新绿的树叶,已经日趋繁茂,已经遮住了城市街道两旁的天空,却仍然那么鲜活,那么一尘不染,好像昨天才刚刚萌发出来似的。树下到处是卖草莓的姑娘,嫩红、多汁、甜中带酸、更带有一种青草的生味儿的草莓,正像这个节令、这个城市一样地生动而且诱人。人们在换装,古板的老者还没有脱下大头棉鞋,孱弱的病人仍然裹着厚厚的毛绒围巾,年轻人呢,已经用他们的五颜六色的毛线衣,甚至用轻柔而又洁白的单装来呼唤生活、呼唤盛夏了。就在这样一个青春的季节的晴朗的日子,钟亦成和凌雪结婚了。

世界是光明的,斗争是伟大的,生活是美好的。钟亦成更加坚定、更加执着地相信着这一点。凡是人制造出来的,人就受得住。只有人享不了的福,没有人受不了的罪。从小,他的父亲的穷朋友们就爱引用这句名言来互相砥砺,互相安慰。可不是吗,批呀,斗呀,划“分子”呀,宣布是“死敌”呀,揭露“丑恶面目”呀,清除出党呀,一关又一关,他都过来了。疼痛是难忍的,但是单因为疼痛却死不了人。凌雪说得对,关键在于自己的信心。自己不垮,谁也无法把你整垮,整死了也不垮。他可能确实犯下了严重的错误——或者叫作“罪行”,他可能犯的错误并没有那么严重,他可能确已被“批倒批臭”,他可能实际上并不臭,这些情况他自己还有点判断不清楚。但是有一条是肯定的,他仍然要活下去,要革命,要改造思想,要做一个真正的共产主义战士。他能这样,因为他强烈地、比什么都强烈地要求这样。

所以他恢复了,恢复了健康、热情和乐观的生活态度。筹备婚事的一个多月,他和凌雪一起照了许多相。他现在不用参加那么多会了,他现在是“听候处理”,他有了恋爱的时间了,任何一次约会都不会失约。他知道了按时赴约,和凌雪在一起多待会儿是多么幸福。有一张相是这样照的:爬山之后,他热了,他脱掉了上身制服,用一只手在肩上抓着垂在身后的衣服,另一只手叉着腰,夕阳照在他的脸上,清风吹拂着他的头发,背景是山下的纵横阡陌。这张相洗出来以后使钟亦成自己都感到惊奇,可以说是震惊,在目前的处境下,他的照片为什么竟是这样神采飞扬,潇洒自豪,蓬勃向上,喜气盈盈?

他应该是这样的。他本来就是这样的。他是搏击暴风雨的海燕。他是向着高天飞翔的鹰,他是沐浴在阳光里的一朵欢乐的春花。无论施行怎样精巧的整容术,他的脸上无法出现符合“地、富、反、坏、右”的排列的惧怕混杂着虚伪、谄媚混杂着猥琐的表情。他无法做一个合格的右派,即使这使他感到抱歉也罢。

但他不敢把照片出示给别人,他也不敢让其他人知道他每个星期天和凌雪去照相。他必须偷偷摸摸地去做一个光明正大的人。

……这天晚上,他们结婚。除了几个近亲,他们没有邀请什么人。就是近亲,也有好几个托辞不来。而且,就在这一天的早上,凌雪所在的工厂的一个领导(凌雪初中毕业以后上了中等专业学校,现在担任一个工厂的技术员),对凌雪进行了最后一次“挽救”。因为她硬是与钟亦成划不清界限,在运动中,她没有能立场坚定地奋起揭发钟亦成;在现在,在钟亦成头上的冠冕还牢牢实实、还崭新刺目的时候,她竟在一个月内五次打报告要与钟亦成结婚。凌雪拒绝了最后的挽救,于是,领导不得不迫不得已采取了纪律措施,就是这一天的下午,召开了支部大会,通过把凌雪开除出党。

凌雪不接受这个处分,表决的时候,她不举手。签署本人意见的时候,她毫不含糊地写上了“不”字。为此,她受到了警告,说是“态度恶劣”,“还要加重”。

两个小时以后,她换了一件紫地、带绿色花点的衬衫,套上一件黄色的毛线衣,穿上一条灰色哔叽裤子,半高跟黑皮鞋,然后,她坐上公共汽车,把自己“嫁”出去了。

这是一个十分冷落的、应该说是冷落得可怕的婚礼。除了双方的母亲(他们都没有父亲了)和年幼的弟妹,除了还有两位在街道上打零工的邻居以外,再没有别的客人。一盘瓜子,一盘水果糖,一盘果脯,几杯茶,这便是全部的招待。而且,凌雪把早上和下午发生的事情告诉了钟亦成。她并不认为这仅仅是对他们的结合的一个打击,相反,这似乎增加了他们的结合的意义。在天塌地陷的时候,他们挽起了手。钟亦成的脸白了一下,眉头也皱了一下,虽然他自已经受了许多,但是落在凌雪身上的打击比落在他身上的还让他难受。但是，凌雪的倔强的嘴角上呈现着的是笑容而不是哀伤，凌雪的眼睛里流露着的是令人销魂的温柔，而不是怨怼，凌雪的一举一动里，都包含着欢乐，包含着那么饱满的幸福，而不是寂寞和悲凉。于是，钟亦成也笑了。七年了，他们在一起，却又不在一起，这有多么苦！现在呢，他们将永远在一起了，他感谢命运，感谢凌雪的真情，感谢太阳、月亮、地球和每一颗星。

到晚上九点，屋子里就没有人了。但还有收音机，收音机里播送着鼓干劲的歌曲。凌雪关上了收音机，她说："让我们共同唱唱歌吧，把我们从小爱唱的歌从头到尾唱一遍。你知道吗，我从来不记日记，我回忆往事的方法就是唱歌，每首歌代表一个年代，只要一唱起，该想的事就都想起来了。""我也是这样，我也是这样。"钟亦成说。"从哪一年唱起呢？""一九四六年。""一九四六年唱什么呢？""唱《喀秋莎》，这个歌我是一九四六年学会的。""好，唱完这个，我们就唱'兄弟们，向太阳，向自由'。""一九四七年，一九四七年呢？""一九四七年我最爱唱的是这个歌，这是我入党的时候最爱唱的歌……'路是我们开哟，树是我们栽哟，摩天楼是我们亲手造起来哟……'那时候，我唱着这个歌走过各条街巷，我觉得，整个旧世界都在我的脚下……""一九四八年，一九四八年我们唱：'天快亮，更黑暗，路难行，跌倒是常事情……'""一九四九年呢？""一九四九年的歌儿可太多了，'没有共产党就没有新中国'，'大旗一举满天红啊'。""一九五〇年，'五星红旗迎风飘扬'，'我们要和时间赛跑'。""一九五一年，'雄赳赳，气昂昂'，'长白山一条条……'记得那时候我们都要求到朝鲜去吗……"他们唱起来了，嘹亮的歌声填补了被剥夺的一切，嘹亮的歌声里充满了青春的动人的光明和幸福。他们就这样回忆着、温习着那纯洁而激越的岁月，互相鼓舞,互相慰藉着那虽然受了伤,却仍然是光明火热的心。

他们唱得太高兴了,甚至没有听见敲门响,也没有听见门被推开的声音。及至听到了“小钟”“小凌”的招呼和脚步声,他们转过头来一看,客人真好比是从天上降落到了他们的面前。三个人:区委书记老魏和他的多病的妻子,他的汽车驾驶员小高。

经过运动,老魏也瘦了,下眼皮似乎略有浮肿,嘴角上的纹络也更明显了。老魏的妻子是一个农民出身的妇女工作干部,黑瘦黑瘦的,在对钟亦成进行“批斗”的过程中,她没有说过一句话,而且,她总用一种大惑不解的、同情和安慰的眼光看着他,这使钟亦成铭记不忘。被批斗的日子里,谁给钟亦成倒过一杯水,谁见面的时候向他点过头、微笑过,谁发言的时候用了几个稍许有分寸一点的词汇,这都被钟亦成牢牢地记在心里,终生感激。老魏夫妻俩带着友谊,带着和善的笑容出现了,只有汽车驾驶员,年轻的小伙子,踮着一只脚,嘬着牙花,显出一种不耐烦的样子。

“好你个小钟,你们竟然向我封锁消息。”老魏大声说,他的关心和慈爱的态度使钟亦成回想起一九四九年初第一次党员大会上送给他军大衣的情景。老魏招招手,妻子拿出了礼物:一对刺绣的枕套,一本相片册,两本精装的美术日记。

“拿酒来,让我们为你们俩的幸福干一杯……”他喊道。

“可是,可是……”钟亦成尴尬了,手足无措了,“我们没有酒啊。”他小声说,声音是颤抖的。

“什么,什么?”老魏好像听不懂他的话,“为什么没有酒?这是喜酒啊,我们可是来喝喜酒的啊!”

“没有就算了,天也晚了。”老魏的妻子温和地说。

“我不喝。”驾驶员简短地声明。

“但是我要喝，我一定要喝你们的喜酒。”老魏似乎是负气地说，“为什么没有酒？为什么没有酒啊？”他大喊道，他的声音里充满了悲怆，他的眼睛是湿润的，钟亦成，凌雪，老魏的妻子，连驾驶员都不由得被触动了。

“小高，你给我买酒去！”他看了看表，用战争中下达军令的不容商讨的坚决态度说，“半个小时内完成任务。他们不招待，我们敬他们，我们将他们的军！”他笑了起来。

小高从书记的神色里知道这确实是一个不能打折扣的任务，他匆匆地走了。二十多分钟以后，小高气喘吁吁地回来了，“真糟糕，商店早就关了门，火车站附近的昼夜售货部偏偏又赶上月底结账，停止营业一天。”他说。“咱们家就没有一点酒吗？”老魏带着质问、带着莫名的怒火问他的妻子。“没有。”他的妻子抱歉地说，似乎喝不上喜酒是由于她的过错，“你又不喝。医生也不让你喝……对了，咱们还有一瓶料酒，那是炒菜用的。”“料酒能不能喝？当然，要喝也不会被禁止。”老魏自问自答，下令说，“把房门钥匙给小高，就把那瓶料酒取来！”

小高走了以后，他说这，说那，只是不说那分明刚刚发生过的事，没有说那刚刚开始的苦难。一瞬间，钟亦成也忘记了这些荒谬绝伦的事情，从老魏到来的那一刻起，他好像有了依靠，有了主心骨。好像在睡梦中被魇住以后听到了醒着的人的呼唤，只要一活动，一睁眼，所有的恐怖和混乱就会丢到冥冥之中去了……

小高回来了，拿回来的不是料酒，而是一瓶尚未启封的茅台——小高拿来了自己家的“储备”。

“为了钟亦成同志和凌雪同志的新婚，为了他们的幸福，为了他们一定能克服前进道路上的困难，为了……总会……干杯！”

老魏庄严地举起了杯，钟亦成和凌雪也举起了杯，他们喝下了这暖人肺腑的“喜酒”，杯中半是茅台，半是热泪。

六

一九五八年十一月

列车在一望无垠的冬日的原野上飞驰。青纱帐撤去了，视线没有遮拦，世界显得更是无边地辽阔了。初冬，还没有积雪，田野上秋收作物的茬子和虽然略有瑟缩却仍然没有褪尽绿色的冬小麦清晰可见。“孕育着丰收”的冬小麦啊，结果却孕育了苦难。是不可思议吗？事出有因吗？在劫难逃吗？赶上“点”了吗？还是党的一种特殊的教育自己的儿女、考验自己的儿女的方式呢？不论是什么，作为党的一个忠诚的战士，他要从积极方面接受这一切。老魏出席了他的婚礼。许多的同志也仍然是友好地、正常地对待他。“划清界限”，这本是暂时在一种压力下才发生的，待到压力稍稍放松，“界限”就不那么严酷了。还有凌雪，她那么体贴，那么痴情，用十倍于往昔的温存温暖着他那颗受了伤的心。

别的“右派”早就下乡“在劳动中改造自己”去了（钟亦成不爱说“劳动改造”，因为那四个字叫人联想到囚犯），但是老魏通知钟亦成，“等一等”。据说他的问题还要复查。这给他带来多少希望，他不敢想这样的幸福，正像原来不敢想象这样的灾难。他梦见了机关支部书记找他谈话。支部书记通知他，对他的处分改为留党察看两年了。虽说仍然是严厉的处分，然而他感激得哭醒了，醒来，枕巾已经湿了一大片。半年过去了，每天早晨他都充满了希望，每天晚上他都祝祷着明天。到了明天，乌云就会散去了，一切就都会好了；到了明天，所有的冤屈，所有的愁苦，将会变成一个宽厚而又欣慰的微笑了。但是，最后，通知他："这次运动一律不搞复查。"真是奇怪，所有的运动都有复查，"三反""五反"时候打的那么多"老虎"经过复查都解脱了，唯独这次运动，不准复查。"过去的事情已经过去了，希望你今后好好努力，只要自己努力改造思想，总有一天还会回到党的队伍。"临下乡前，在办公室，老魏对他这样说，这样说也给他带来无限的温暖啊！

现在，他坐在列车上了。他的眼前仍然浮现着站台上送行的凌雪的努力含笑的脸。"一路顺风！"车开动之后，凌雪用抖颤的声音喊道。这声音的抖颤使钟亦成感到那么悲怆。"凌雪，我对不起你，我对不起你呀！"他想哭了……

汽笛长鸣，机轮铿锵，车头粗重地喘气，烟囱放出浓烟。车过桥梁时大地猛烈地颤抖，车过隧道时车厢一片漆黑（乘务员忘记打开灯了）。车厢喇叭里响彻了大跃进的豪言壮语和"超英赶美"的气壮山河的歌声，各车厢正在举行红旗竞赛。列车员除了不停地打扫、送水以外，还要说快板、读报，进行政治宣传，用自己的声带和广播喇叭比赛。这一切都像鼓槌一样地敲打着钟亦成的心房，使他渐渐地把对城市、对凌雪的依恋之情暂时放在一边，过去的让它永远地过去吧，生活仍然是这么强健、这么红火、这么吸引人。我才二十六岁嘛，时间在前面，未来在前面，唯有一心向前！他自言自语说。其实，早在上火车之前他就多次对自己这样说过，但只是现在，在车厢的嘈杂和明明暗暗的多变的光照之中，在他贪婪地隔着车窗注视着正在掠过、正在飞旋的田野、道路、池塘、房屋的时候，他才当真是又痛苦、又兴奋、又快乐地感到了："过去的过去了，新生活正在开始!”

他还年轻,有力量,身体健康,四肢和头脑都好用,革命和生活都还在他的前面,像是一朵花,才刚绽开花蕾,甚至还是含苞待放的时候,突然来了一阵毁灭性的狂风暴雨。然而,花的本性是芬芳,花的本色是万紫千红,花的本来面目是开放,特别是,如果它有很好的根,很好的蕊,如果它有对太阳、对土壤、对空气和水的天然的亲和爱,那么,你用火烤,用烟熏,用刀锯,用沸汤浇,它总还会有一点根、有一点花心活下去,它活着,接受阳光和雨露,吸收大地的滋养,重新抽出枝条,长出绿叶。看吧,尽管他的眼角上已经过早过密地出现了鱼尾纹,尽管他的额头上也有那么几道悲哀的、深深的纹络,尽管他的嘴角上的纹线给人一种惧怕和痛楚的感觉,这一点当他咧嘴笑的时候就更加明显,但是,他的眼睛仍然是明亮的乐观的,他的鼻子仍然是坚毅的稳定的,他的头颅仍然是昂扬的,随着列车的行进,随着“鼓槌”的敲击,他的目光中更飞出了兴高采烈的火花来。

车到站了,在经过了一个又一个隧道,一块又一块蓝天之后,在一个三面环山、一面近傍着大河的险要的地方,火车停下来了。

钟亦成像士兵一样地背着行李包,手里拄着一根刚刚撅下来的助步的粗树枝,攀登在崎岖的山路上。雄鹰在头顶盘旋,油松和核桃树在山坡上伫立,青石在道路旁虎踞,激流在山谷里跳跃,钟亦成不知哪里来了那么大的劲,飞快地走着,走着。由于他是等待复查而最后下去的一个“分子”,没有人和他同行。但他感到有一股巨大的力量在催促着、驱赶着他。他不能停,在改造的道路上他必须快马加鞭。国家在跃进,再过几年就要取消三大差别、进入共产主义了,中国即将成为全世界第一个繁荣、富裕、先进、一大二公的国家了，他难道还能停留在“资产阶级”的泥坑里？到了全国实现共产主义的时候，他们这些“资产阶级”，不是太滑稽、太不合时宜、太有碍观瞻了吗？他不灰心，他不怕，看，他能一口气走上三个小时、五个小时的山路，虽然早已是汗流浃背，他的耻辱只有用汗水来冲洗了，出汗，这才刚刚是序幕呢。青春是无价的财富和无穷的力量，青春什么都不怕，就算过去二十六年全错了，白活了，全是罪过，那又要什么紧呢？今后不还有五十年的时间给他重新生活、重新革命、重新做一个共产主义的战士的机会么？五十年的时间难道不能做许多许多有益于党、有益于人民的事情么？五十年的时间难道不够他重新塑造自己之用么？他已被清洗，他无法做党务工作了，那就——譬如让他去学建筑或者数学去吧，他本来也很喜爱数理功课，只是因为党的事业的需要他才转移了自己的心。但是不行，他得先改造，先取得一个公民、一个人的资格，那就到山区来吧，在山区他也要献出自己的青春，放出自己的热。

汗水淹没了全身，连睁眼都困难了。裤脚上粘满了牛蒡子、刺草叶。鞋面上盖满了红的、黄的、黑的和白色的尘土。钟亦成爬过了正在开采马牙石的琥珀色和白色的山，爬过了核桃、大枣、桃、梨、杏、柿、山楂满坡的花果山——只有个把橙红如火的柿子还挂在枝头。又爬过了乌黑如墨的煤山，穿着单裤、赤着上身的矿工推着小矿车从简易的坑口走出来，使钟亦成觉得分外亲切。又走过了灰黄色的石灰石山和依然碧绿的松山，终于，他登上了制高点——雁翅峰。

凉风习习，热汗淋淋，视线一下子开阔，千山百岭，都已在他的脚下。大河如同一条银带，辗转蜿蜒，尽收眼底。远处的地平线上，烟气飘飘，氤氲渺渺，树木和村庄隐隐约约，好像是在大海里出没着的船。脚下近处呢，是炊烟袅袅的房舍，是阡陌纵横的田亩，是正在施工的筑路队的帐篷、工棚。回首来路，几个小时的奔波已经不仅使城市而且使平原远远地被抛在后面。俯视眼前呢，山川历历，天地悠悠，豁然开朗，心旷神怡。他放眼四极，忽然吃了一惊，这风景，这地面，这高山与流水，树木与田野，村舍和工地，怎么如此熟悉，似曾相识，竟像是过去来过、见过一样呢？明明他是生平第一遭到这儿来，不但是初次到雁翅峰来，而且是初次上山下乡来，为什么这风光景物竟使他觉得这样亲切、熟悉、心心相印呢？莫非他在哪一本小说中看到过这样的描写？莫非他在哪一部电影里看到过这样的画面？莫非他曾在梦中到此一游？莫非他多年来所寻找、所期待、所要求的正是党给他安排的这样一个宽广的天地？

我来了，新生了，过去的永远过去，新的里程从兹开始；他想欢呼，想高歌，想长啸，但他想到了应该克服这种小资产阶级的狂热性，过分的激情只会带来灾难……他想起了临行前凌雪对他提的意见："劳驾，别那么激动。许多事情我们还不懂，我们需要思考，需要理解。一个共产党员，不仅要有火一样的热情，还要有冰一样的头脑……"虽然钟亦成提醒她正视现实——难道还用提醒么？奇怪，为什么一个女同志会这样执拗，凌雪仍然在用党员的感情、党员的目光、党员的语言来看问题、想问题、说问题……批下来了，凌雪也被开除了党籍。一个从小做过童工，从小参加革命，一个本来没有任何辫子的好同志，只因为忠于他们的互致布礼的爱情，也被从政治上判处了死刑……布礼，布礼，布礼！突然，泪水涌上了他的眼睛。

一九七九年

灰色的影子说:你真可怜!你怎么到那个时候还看不透,你怎么会像个傻瓜似的欢欣鼓舞地去劳动改造?看穿一点吧,什么也不要信……

然而灰色的朋友,你有什么资格说看透,说不相信呢?你只不过是在生活的岸边逡巡罢了,你下过水吗?你到生活的激流中游过泳、经历过浮沉吗?没有下过水的人有什么资格评论水,抨击水,否定水呢?你那么聪明,又那么爱惜自己,于是,你冷眼旁观,把自己的生命闲置起来,白白地浪费掉,于是你衰老了,白了头发,落了牙齿,你絮絮叨叨,发出盲肠炎急性发作的病人才能发出的呻吟。你的一生,不过是一场误会,一场不合时宜的灾难,一声哀鸣罢了,你怎么看不透你自己呢?你何必活下去呢?

一九七〇年

你说什么?你热爱党?你热爱党为什么注销了你的党票?注销了你的党票你还能热爱党吗?

多么天才的逻辑,真是高屋建瓴,势如破竹!但什么叫党票呢?难道我们的国家除了有粮票、肉票、布票、油票以外,还又发行了党票吗?党票可以换来什么?在黑市又是以多少钱一张的价格买卖的呢?

你说什么?你热爱党,热爱党为什么给你戴帽儿?你这就是翻案!这就是反攻倒算!

奇怪,多一个敌人究竟对国家有什么好处?能提高钢铁的产质量吗?能提高农民的粮食定量指标吗?否则,为什么要千方百计地塑造一个定型的敌人呢?

赎罪?你赎了什么罪?你是老账未完又加新账,对你要老账新账一起算,罪恶滔天,死有余辜!

祥林嫂!为什么生活在社会主义新中国的一个共产主义者,一个朝气勃勃、赤诚无邪的年轻人的命运竟然像了你?中华民族呀,多么伟大又多么可悲!

好吧,先把你的问题挂起来……

把什么挂起来?钟亦成是什么?一顶帽子吗?一件上衣吗?一个装酱油的瓶子吗?

先通通轰下去,然后,就地消化……

他们是什么?是一块窝头,一碟切糕?还是一盘需要好胃口的莜面卷?消化以后变成什么东西呢?尿吗?大便吗?一个打出来的嗝或是一个放出来的屁吗?

清队结论:钟亦成,男,一九三二年出生于P市。家庭出身:城市贫民。本人:学生……该钟自幼思想极端反动,怀着不可告人的个人野心于一九四七年未经履行应有的手续,混入刘少奇及其代理人控制下的党组织……五七年,利用写诗向党猖狂进攻……至今拒不服罪,拒不揭发刘少奇的代理人大搞假共产党的滔天罪行……实属没有改造好的资产阶级右派分子……

年代不详

黑夜,像墨汁染黑了的胶冻,黏粘糊糊,颤颤悠悠,不成形状却又并非无形。白发苍苍、两眼圆睁得像两口枯井一样的钟亦成拄着拐杖走在胶冻的抖颤中。呼啸着的狂风,来自无边的天空,又滚过了无垠的原野，消逝在无涯的墨海里。是闪电吗？是地光吗？是磷火还是流星？偶尔照亮了钟亦成在一个早上老下来的皱缩的、皮包着骨的脸颊。他举起手杖，向着虚无敲击，好像敲在一个老旧的门板上，发出剥、剥、剥的木然的声音。

钟亦成，钟亦成，钟亦成！

他发出的声音苍老而又遥远，紧张而又空洞，好像是俯身向一个干枯的大空缸说话时听到的回声。

钟亦成，钟亦成，钟亦成！

黑夜在旋转，在摇摆，在波动，在飘荡，狂风在奔突，在呼号，在四散，在飞扬。桅杆在大浪里倾斜，雪冠从山顶崩塌，地浆从岩石里喷涌，头颅在大街上滚来滚去……

钟亦成，钟亦成，你怎么了？

钟亦成，钟亦成，他死了。

闪电之后是彻底的黑暗。

寂静无声。暗淡无光。凝定无波。

多么微小，好像一百个小提琴在一百公里以外奏起了弱音，好像一百支蜡烛在一百公里以外点燃起了青辉，好像一百个凌雪在一百公里以外向钟亦成招手……

布礼，布礼，布礼……你对我有什么意见？

他要追逐这布礼，他要去追逐这意见，他要抬起这难抬的、被按着的头，他要睁开眼，极目远望……

又是一道闪电，他看见钟亦成了，钟亦成就在凌雪的身边，戴着袖标，举着火炬。不，那不是火炬，那是一颗痛苦的、燃烧的心。

一九七八年九月

钟亦成的日记：

今早写了申诉，二十一年来，第一次向党说了那么多心里话。多么令人惋惜，每个人的生活都只有一次。人们经历的一切，往往都是在事先没有准备、没有经验的情况下就打响了的遭遇战。假如一切能重新开始一次，我们将会少多少愚蠢……然而，回顾二十余年的坎坷，我并无伤感，也不怨天尤人。我也并不感到空虚，不认为这是一场不可思议的噩梦。我一步一步地走过了这二十一年，深信这每一步都不会白白走过。我唯一的希望是，这些用血、用泪、用难以想象的痛苦换来的教训将被记取，这些真相，将恢复其本来面目并记录在历史上……

七

一九五八年十一月——九五九年十一月

劳动，劳动，劳动！几十万年前，劳动使猿猴变成了人。几十万年后的中国，体力劳动也正发挥着它净化思想、再造灵魂的伟力。钟亦成深信这一点。他的对祖国山川和人民大众的热爱，他的献身的愿望，他的赎罪的狂热，他的青春的活力，他的不论在什么处境之下都无法中断的、不断从生活中获得补充和激发的诗情，全都倾注在山区农村的笨重的、应该说是还相当原始的体力劳动里。他背着满满的一篓子羊粪蛋上山，给梯田施肥，刚起步两分钟，就像做豆腐的最后一道工序——用石板压一样，汗水像豆腐水一样地从四面溢了出来。他爬梁越坡，沿着蜿蜒崎岖的山径前行。他的腰背弯成七十度，尽力学着老农的样子，两腿叉开，略略拳曲以利于维持平衡。两只手是自由的，有时甩来甩去，觉得上肢轻松得令人飘飘然。有时交叉手指放在胸前，一副虔诚的样子。有时用两手拢成一个圆环，这是一个练气功的姿势，为了拔步陡坡，必须气运丹田。每走一步他都觉得腿在长劲，腰在长劲，他确实是脚跟站稳，脚踏实地，在把自己的体力和热情，把饱含着农作物所需要的氮、磷、钾和有机质的肥料，献给哺育着我们的共和国的农田。

他淘大粪。粪的臭味使他觉得光荣和心安。一挑一挑粪稀和黄土拌在一起，他确实从心眼里觉得可爱，拌匀了，发酵了，滤细了，黄土变得黑油油的了，黏土也变得疏松，然后装上马车，拉到地里，撒开，风把粪渣送到嘴里。他觉得舒畅，因为，他已经被大地妈妈养活了二十多年，如今第一次把礼物献给大地妈妈……

春天了，他深翻地，目不斜视，耳不旁听，全部肌肉和全部灵魂的能力集中在三个动作上：直腰竖锹，下蹬，翻土；然后又是直腰竖锹……他变成了一台翻地机，除了这三个动作他的生命再没有其他的运动。他飞速地，像是被电马达所连动，像是在参加一场国际比赛一样地做着这三位一体的动作。腰疼了，他狠狠心，腿软了，他咬咬牙。腿完全无力了，他便跳起来，把全身的重量集中到蹬锹的一条腿上，于是，借身体下落的重力一压，扑哧，锹头直溜溜地插到田地里……头昏了，这只能使他更加机械地、身不由己地加速着三段式的轮转。忘我的劳动，艰苦而又欢乐。刹那间，一个小时过去了，三个小时过去了，十二个小时也过去了，他翻了多么大一片土地！都是带着墒、带着铁锹的脖颈印儿的褐黑色土块。你想数一数有多少锹土吗？简直比你的头发还多……人原来可以做这么多切实有益的事。这些事不会在一个早上被彻底否定，被批判得体无完肤……

夏天，他割麦子，上身脱个精光，弯下腰来把脊背袒露在阳光下面。镰刀原来是那么精巧，那么富有生命，像灵巧的手指一样，它不但能斩断麦秸，而且可以归拢，可以捡拾，可以搬运。他学会用镰刀了，而且还能使出一些花招，嚓嚓嚓，腾出了一片地，嚓嚓嚓，又是一片地。多么可爱的眉毛，每个人都有两道眉毛，这样的安排是多么好，不然，汗水流得就会糊住眼睛。直一下腰吧，刚才还是密不透风的麦田一下子开阔了许多，看见了在另一边劳动的农民，看到山和水。一阵风吹来，真凉快，真自豪……

秋天，他打荆条，腰里缠着绳子，手里握着镰刀。几个月没有摸镰刀了，再拿起来，就像重新造访疏于问候的老友一样令人欢欣。他登高涉险，行走在无路之处如履平地，一年的时间，他爱上了山区，他成了山里人。如同一个狩猎者，远远一瞭望，啊，发现了，在群石和杂草之中，有一簇当年生的荆条，长短合度，精细匀调，无斑无节，不嫩不老，令人心神俱往，令人心花怒放。他几个箭步，蹿上去了，左手捏紧，右手轻挥镰刀，嚓的一声，一束优质荆条已经在握了，捆好，挂在腰间的绳子上；又一抬头，又发现了目标，他又攀登上去了，像黄羊一样灵活，像麋鹿一样敏捷，身手矫健，目光如电……

除了和农民、和下放干部们一起劳动以外，他和几个“分子”还主动地或被动地给自己加了成倍的额外任务。夜里三点，好像脑袋才刚挨枕头，就起来“早战”了，把粪背到梯田上，把核桃、枣、甘薯、萝卜背下去。在星空下走小路，星星好像就在人的身边，随手都可以抓到。中午嘴里还啃着咸菜和窝头，又开始“午战”了。晚上喝完两大碗稀粥，又是“夜战”。夜战的时间长了，有时候也犯迷糊，分不清早战和夜战了。除了星宿的位置有些不同，别的区别很少能觉察到。人真是有本事，把加班说成什么什么“战”，马上就增加了一层非凡的革命的色彩，原来他们是在战，在打仗，在向资产阶级、向自己思想中的敌人开火，不是你死，就是我活，谁能懈怠呢？干就干吧，还要竞赛，还要批评表扬，一得空就要评比，还要按劳动和遵守纪律的情况划分类别，改造得较好的——一类，一般的——二类，较差的——三类，继续反党、反社会主义的准备带着花岗岩脑袋见上帝的——四类。这种评比可真有刺激的力量！所以农民反映："分子"们劳动是拼命，像"砸明火"一样气急败坏，看着他们干活我们都害怕——他们重载上山的时候是跑步，下山的时候是跳跃，喘气的声音二里地外都听得见。这还不算，一有空他们还得考虑自己的罪行，考虑通过这种"砸明火"的劳动如何进一步认识自己的丑恶面目，进一步感谢党的挽救……

钟亦成出身城市贫民，从小家境不好，在他发育成长的关键时期——十一岁至十四岁的时候，正是家里吃了上顿没有下顿的时候，所以，他身材瘦小，手腕和脚踝特别细，解放后的繁忙的会议、工作之中，他也没有年轻人应有的娱乐、体育锻炼和足够的休息。来山区后营养又差，农民还可以从供销社买点点心吃，而他们的纪律是不准买任何吃的东西。但不知道是一股什么样的内在的、神奇的力量，支持着钟亦成，使他在如此严酷沉重的劳动中没有垮下来——许多比他们干活少得多的下放干部这个住了院，那个请了假，有的一回城就半年不见影子——他咬紧牙关，勇往直前，在严酷的劳动中体味到新的乐趣，新的安慰。他甚至觉得，以往不从事体力劳动的岁月全是浮夸，全是高高在上，虚度年华。而如今，他的四肢，他的肠胃，他的身体和精神都得到了解放。一切的清规戒律，什么饭后不要立即从事重劳动啊，什么一天应该睡八小时啊，什么刚出过大汗不要下凉水啊，全都打破了。有一天吃面条——

这是罕有的改善，小小的钟亦成一顿吃了六碗——一斤半干面出的条儿。这种出色的、努力认真的、傻气的劳动沟通了他和农民的感情。农民说："你刚来时我真怕一阵大风把你吹跑了。谁知道，你还真豁着命干。"农民一再爱惜地劝导说："悠着点劲儿，别那么卖死力气，伤着身子一辈子的事儿！"还有的农民悄悄邀请他："甭听他们的限制，上我家喝两盅儿，我给你煮两个鸡蛋，瞧你瘦成了啥样子！"农民的热情使钟亦成五内俱热，然而，他是一个罪人啊，他有什么颜面接受农民父老的这种关心和爱护呢？

有一个小名叫老四的农家孩子，才十三岁，对钟亦成特别好，一会儿递给钟亦成一把红枣，一会儿抓一个蝈蝈叫钟亦成去看，好像钟亦成是他的同龄的伙伴似的。家里烤好两个土豆，他也要趁热给钟亦成拿一个吃。他还给钟亦成的背篓缝上了一层棉垫，这样背起来就不那么硌腰。老四无微不至的帮助使钟亦成感激而又惶恐，他对老四说："你还小呢，你倒老替我操心！"老四说："我看着你们几个人实在太苦。"说着，眼泪在眼眶里打转。"不，我们不苦。我们有罪！"钟亦成慌忙解释说。"你们不是改好了吗？你们思想要不好，能这么劳动，这么老实吗？""不，我们改造得不好……"钟亦成继续嗫嗫嚅嚅地，自己也不知所云地解释着。

说是每个月休假四天，但是对于"分子"们，两个月也不见得放一次假，宣布放假也是突然袭击，早晨吃完早饭，正擦着铁锹，有关负责人把"分子"们叫去了："今天起你们休息，按时回来，不得有误……"这样临时通知，据说有利于改造。钟亦成更来了个彻底的，通知休假的时候，他一咬牙，申请说："我不休了……"

凌雪来了好多信，并没有责备他不该放弃休假，却是说：

"……知道你健康，劳动得好，我很高兴。可你为什么不写诗了呢？为什么你的信里没有诗了呢？你不是说山区的生活十分可爱吗？我相信它一定是十分可爱的。我相信不管有多么苦（你当然不说苦了），它仍然是甜的，你不是说常常想念我吗？那就写一首关于山区、关于劳动的诗，寄给我吧。干脆写一首给我的诗也行。别忘了，我永远是你的诗的第一个和最忠实的读者。现在，我也许是你唯一的读者了。将来呢，也许你有很多很多的读者……

"为什么不征求我的意见了？我的意见就是要你——写诗。不要气馁，不要悲伤，哪怕一切从零做起，我相信你……"

凌雪的信给钟亦成带来了自信和尊严。战胜这一切，体味着这一切，他时而写一首短的或相当不短的诗，寄给凌雪，并从凌雪的回信里得到意见，得到新的启发。

一九五九年十一月二十三日

一年的时间过去了，最初的参加劳动、净化自己的狂喜和满足已经过去了。钟亦成已经习惯了农村的劳动和生活。他黑瘦黑瘦，精神矍铄。他学会了整套的活路——扶犁、赶车、饲养、耘草、浇水、编筐和场上的打、晒、垛、扬，他也学会了在农村过日子的本领——砍柴，摸鱼，捋榆钱，挖苣荬菜和野韭菜，腌咸菜和渍酸菜，用榆皮面和上玉米面压饸饹……虽然他从小生长在城市，虽然他干起活来还有些神经质，虽然他还戴着一副恨不能砸掉的眼镜，但他的走路，举止，愈来愈接近于农民了。同时，随着时间的流逝，那种劳动和改造的热情似乎逐渐淡了下来，体力紧张的后面时或出现精神的空虚。他们不要命地改造，可谁又过问他们的改造情况呢？他们想主动汇报个思想也没人听。下放干部的带队人，除了监督他们干活时不要偷奸耍滑和下工后不要偷偷去供销社买核桃酥以外，不问其他。也没法问，他哪里知道他们是由于思想上出了什么差错而堕落成“分子”的呢？反正他们的脸上已经盖着“右”字金印，他们和人民的矛盾是对抗性的敌我矛盾，所以对他们是只准规规矩矩，不准乱说乱动，管严一点，莫要丧失立场就是了。

钟亦成有时觉得纳闷，不管领导运动的“五人小组”“三人小组”“运动办公室”也好，整个机关和全体同志也好，以及他个人也好，费了九牛二虎之力，鸡飞狗跳，死去活来，好不容易查清了他的面目，好不容易透过共产党员、革命干部、自幼参加革命、一贯对党忠实的表面现象分析出了他的反动本质，并且周到地、严密地、逐一地、反复地、深入地、头头是道地把他批了个体无完肤，他自己也好不容易前后写了十几篇检讨，累计达三十多万字，比他在办公室工作八年执笔写的简报还多，最后，他终于写出了一篇连宋明同志也认为“态度还好，开始有了转变”的检讨，检讨中对他出生以来的每一句话、每一个举动、每一个念头还有梦中的每一个细节都进行了类似把一根头发劈成七瓣的细密的分析，难道费了这么多时间，这么多力量，这么多唇舌（其中除了义正辞严的批判以外也确确实实还有许多苦口婆心的劝诫、真心实意的开导与精辟绝伦的分析），只是为了事后把他扔在一边不再过问吗？难道只是为了给山区农村增加一个劳动力吗？根据劳动和遵守纪律的情况划分了类别，但这划类别只是为了督促他们几个“分子”罢了，并没有人过问他们的思想。他们是因思想而获罪的，获罪之后的思想却变成了自生自灭的狗尿苔（一种野生菌类）。好比是演一出戏，开始的时候敲锣打鼓，真刀真枪，灯光布景，男女老少，好不热闹，刚演完了帽儿，突然人也走了，景也撤了，灯也关了。这到底是什么事呢？是为什么呢？不是说要改造吗？不是说戴上帽儿改造才刚刚开始嘛，怎么没有下文了呢？

但是，事情在发展，只是这发展与钟亦成的估计有些不同。钟亦成原来认为，所以费这么大力气批判，还不是为了弄清是非，还不是为了下一剂猛药，让他们回头，重新回到党的怀抱和革命的队伍！批得严，是因为期待得殷切，恨铁不成钢，党对自己的儿女，不是经常抱这种态度的吗？但是，一年过去了，他愈来愈感到回到党的怀抱的前景是多么渺茫，而报刊和文件上正式出现了"右派分子是帝国主义和蒋介石的代理人"的提法和"地、富、反、坏、右"的排行。接着，到了"五一""十一"前夕，钟亦成他们被叫去与村里的地主一起去听公安人员的训话……

抽象地分析自己脑子里有些什么主义、什么观点、什么情绪，分析这些主义、观点、情绪代表了一种什么样的思潮，具有什么样的严重得吓死人的危害性，这毕竟是容易做到的。不管有多么苦、多么涩、多么噎人，这毕竟是一个形体不那么固定的，可塑性很强的果子，虽然它的体积太大，简直无法吞咽，但是连拉带拽，连按带送，果子终于被点滴不漏地吞下去了。下吞的时候还有一种很有效的润滑剂，那就是钟亦成坚信党决不会把自己毁掉，决不会把一个痴诚的党的孩子毁掉。但是，许多的日子过去了，处境却一天恶劣于一天，现实的政治待遇，这就是另外的事了。他这个从儿童时候就怀着不共戴天的仇恨去与蒋介石国民党政权作殊死的斗争的孩子，到底是从哪一天起、为了什么、怎样代理起帝国主义和蒋介石的业务来了呢？帝国主义和蒋介石，又是从哪里来的那么大本事，是怎样在解放了的中国大陆，在英勇坚强、令一切反动派胆寒的中国共产党内部招募了或是聘请了、任命了那么多大大小小的代理人呢？如果他们的代理人当真是如此之多，如此隐蔽而无孔不入，一九四九年何至于垮得如此迅速而且彻底？

算了吧，反正想也想不清楚。他苦笑了。劳动的最大好处就是使你没有时间也没有精力去胡思乱想。哪一个劳动了十几个小时，一顿吃了三个大眼窝头、半碗咸菜又喝了好几碗凉水的人还有兴致做这种政治推理和玄学遐想呢？铁锹、镰刀、窝头、咸菜……他的头脑已经为这些东西所充实。农民就是这样，他们委实与知识分子不同，他们倾其全力，首先还是为了维持生活，他们的思想围绕着"怎样才能活下去"，"怎样才能活得稍好一点"，稍一懈怠就有饥寒之危，而知识分子的境遇再不济，往往还是在维持生存的水平线之上，所以他们要考虑一些稀奇古怪的问题："活着干什么？我将如何活得更有意义？"所以要这样自寻烦恼，推其主要原因，还是吃得太饱，简单归结起来，两个字：撑的。

他这样想着，就再什么也不想了。他的眼皮已经像铅块一样沉重干涩，他的四肢已经像被拧上螺丝一样动弹不得。"算——了——吧。"他只来得及再苦笑了一下，还没等收起这个苦笑的面容，就睡着了。

算了吧，苦笑，香甜的安睡……这对于钟亦成来说，完全是一种新的精神状态，一种新的体验。也许，这里头包含着一种新的动向，新的契机？也许，这却是消沉和沦落的开始！

……大风，深秋的暗夜里突然狂风怒吼，飞沙走石，把钟亦成惊醒了。他迷迷糊糊地下床去关紧窗子，看到窗前一亮。

他一惊，定睛一看，在离他的住地半里路的地方，在筑路工程队的厨房方向，正有火光和烟雾在风中一闪一闪。"不好！"钟亦成喊了一声。他知道，厨房旁边就是筑路队的仓库，里面不仅堆放着木材，而且还新运来一批炸药和雷管。如果灶火没有压实，如果大风把火吹到了炉灶之外,如果火苗在大风中飞舞,那么几分钟之内筑路队就会变成一片火海,筑路工人的生命财产、国家的修路材料就会被火焰所吞噬,并会引起全村的大火,而且,在这样的大风里,进一步引起邻村和山林的失火也是完全可能的。

钟亦成又喊了一声,不顾同宿舍的其他"分子"是否醒转,他跌跌撞撞地向着冒火的方向奔去。火光愈来愈大,厨房已经从内里着起来了。"火! 火! 火!"钟亦成失声大叫,惊醒了熟睡的筑路队工人,人们喊叫着,吵闹着,叮叮当当,敲钟的敲钟,拿洗脸盆的拿洗脸盆。厨房的门还锁得紧紧的,烟气从厨房中溢出,呛得人喘不过气来。钟亦成第一个冲到门前,顺手抄起一根圆木,"通"的一声,砸开了门,火和烟噗地向外一蹿,钟亦成的脸上、身上全都辣辣的,他顾不得自己,去扑打,去踩,去到火和煤渣上打滚……随后大队的人端着水盆,端着盛满砂土的篮筐,拿着唯一的一个灭火喷雾器跟上来了。一场混战,总算迅速地把火扑灭了。

直到把火彻底扑灭之后,钟亦成才感到钻心的疼痛,他这才发现,头发烧掉了一多半,眉毛已经全烧光了,脸上、背上、手上、腿上,到处都是烧伤,到处都挨不得碰不得了,不,连站也无法站了,他的脚也烧坏了。他脸上做了一个那么痛苦的、歪扭的表情,没等呻吟出声来就失去了知觉。

第二天

"那天晚上,你跑到筑路队去干什么?"

由于严重烧伤,钟亦成被送到公社医院。他躺在病床上,看到病房的门打开了,下放干部的副队长、筑路队的一名保卫干部和公社的公安特派员向他的床位走来,他心里感到无限的熨帖和温暖,他勉为其难地挣扎着坐了起来。然而,三个人走到他的床边,脸色是铁青的,肌肉是高度收缩着的,目光是呆板的,声音是冷冷的,他们张口了,说出来的不是对于受伤者的问候,不是对于灭火者的感激,他们开口提的是一个审案式的问题。

钟亦成谦和地回答了提问,“我看到了火光……”他说。

“你几点钟看到了火光?”

“不记得了,反正已经过半夜了。”

“过了半夜你还不睡觉吗?不睡觉你又干了些什么呢?”

“……我睡了的,刮起了风……”

“刮起了风怎么别人没醒你却醒了呢?”

“……”

“你为什么不请示领导就往筑路队的仓库跑呢?那里有许多要害物资,你不知道吗?”

“……”

“你砸开厨房的门的目的是什么?”

“……”

“从昨天晚上六点到现在,这二十四个小时你都到了什么地方,说了什么话,做了什么,证明人是谁,你详细地谈一谈。不要回避,不要躲躲闪闪……”

问题一个接着一个。开始,怀着一种习惯的对于领导和对于同志的亲切、忠实和礼貌,钟亦成尽管全身疼痛,一天没有正式吃饭,体力和脑力都感不支,但他还是一一作了尽可能准确和详尽的回答。但是,问题仍是不停地提出来,一个比一个问得离奇,一个比一个问得莫名其妙,而且,明明他已经清清楚楚地回答过的问题,隔上一会儿又从另一个人的口里从另一种角度、用另一种方式问一遍，所有的答话都被详细地记录，而且在挖空心思从他的答话里找矛盾，找碴儿……突然——多么迟钝，多么愚鲁——他明白了这些提问后面的东西，这是即使天能翻身、地能打滚、黄河能倒流也叫人想象不到的东西。他的两眼发黑，他的额头、鼻尖和脖颈上沁满了虚汗，他的嘴唇在哆嗦，鼻翼在扩张，手脚在发冷，但他终于还是喊出了声：

“你们问这些干什么？你们怎么能这样怀疑人？毛主席呀，您老人家知不知道……”

“不要忘记自己的身份！”三个人异口同声发出了警告。然而，钟亦成已经听不见这警告了。天地在旋转，头脑在爆裂，身体在浮沉，心脏在一滴又一滴地淌血。他知道，他死了。

一九七九年

灰色的影子：活该！

钟亦成：那么，按你这个聪明人的意思，你将眼见着起火而不管吗？你将任凭工人、农民、村庄、财产被火灾所毁灭吗？呸！

一九七五年八月

钟亦成被再次遣送到农村“就地消化”已经又有五年了。下乡，劳动，和农民们共同吃一口铁锅里贴出来的饼子，这对钟亦成不但没有什么困难，而且是在这动乱和颠倒的年月里使他得以正常地活下去的重要的精神支柱。过去的事大致被冻结了。有个别人问起来时，他淡淡地一笑说：“那是上一辈子的事了。”二十多年来的坎坷，他的体形、神态、举止都有变化。严酷的事实打开了他的眼睛，除去害怕肉体上的折磨以外，那种精神上负罪的感觉，已经完全没有了。在农村，他学农、学医，而且悄悄地写了许多诗。但是，不管他多么不愿意，不管他怎样努力抵抗，特别是在经过最后十年的再批判，或者像某些人残酷地说的“炒回锅肉”之后，他真的老了，虽然他内心里维护着自己的尊严，他在和旁人接触时，已经不自觉地习惯于一种赔着笑脸的谦卑的表情，说什么话，也都习惯于一种诚惶诚恐的音调，生活比愿望更强，岁月比青春更有力。这又有什么可说的呢。

然而，他还保留着二十多年前的一个老习惯：关心国家大事。他看起报、听起广播来往往忘记了吃饭。透过谎言和高调的迷雾，他努力寻找关于祖国、关于世界的真实信息，并每每忧心如焚，夜不能寐……

一九七五年以来，他接连几次收到老魏的爱人的信，信上说老魏被株连到一个什么“二月兵变”的案子里，自一九六八年以后到外省坐了七年多监狱，最近才放出来。“他身患不治之症，他常常说起你而且非常想见你……”

钟亦成三次请假，好不容易获准在麦收以后给假十天。于是，八月份的一个下午，他出现在P城的一间只有十二平方米的小房子里。

老魏面色灰白，他得的是血癌，这两天刚刚发作了几次，时而昏迷，时而清醒。他见了钟亦成，枯瘦的脸上显出了一种安慰的表情。他说：

“你总算赶上了。在这个世界上，有件事始终挂在我的心上，就是关于你五七年的事……”

“过去的事了么。”钟亦成的脸上显出了淡漠和宽厚的笑容。

“不，不能就这样错下去。我希望你写一个申诉……”

“我活腻了吗？我才不找这个麻烦。”钟亦成仍然笑着。

“你少来这一套！”老魏发怒了，他闭上眼睛半天说不出话来。

“可这怎么可能呢？铁案如山，已经快二十年了。光我自己的检讨就三十万字……”

“是的。”老魏用微弱的声音说，“我当时就反对划你的右派，但是宋明拿出了你自己的检讨。真蠢！但是，不论是二十年的时间、三十万字的检讨和哪怕是三百万字的定案材料，只要是不公正，只要是不真实，那么哪怕确实是如三座大山，我们也要用愚公的精神把它挖掉。人民信任我们，但是我们，我们却用夸大了的敌情，用太过分了的怀疑和不信任毒化着我们的生活，毒化着我们的国家的空气，毒化着那些真诚地爱我们、拥护我们的青年人的心……这真是一个大悲剧呀！你怨党吗，小钟？”

在这个问题上，钟亦成曾经充满了火热的希望。从那个时候起，许多的黑夜和白天，许多的星期，许多的月，许多的年都过去了。每过一天他就把希望埋得更深一点，最后，深得他自己都看不见了。近年来，他更是筑起了厚厚的硬壳，他只表示低头认罪，至多表示到往者已矣，来者可追，表示对再谈它已经毫无兴味，正像木乃伊难以复活一样。他已经死过不止一次了，他再不愿、也不敢认真地稍微思考一下五十年代的旧事，再不愿揭开这块已经结了钢板似的厚痂的创口。他的这种心情和这种态度，甚至也骗了他自己，有时他自己也真心相信他已经是对这件事再无兴趣、再无意见了。这种心境使他既觉得心安也觉得恐怖。然而今天，在行将离开人间的老上级的床边，当他听到近二十年来再没听到过的率真而信任的言语的时候，他哭了。他说：

“不。我只怨我自己。如果当时我自己脚跟站得稳一些，检查思想实事求是一点，也许本不至于如此。而且，说实话，我要对您坦白地说，如果当时换一个地位，如果是让我负责批判宋明同志，我也决不会手软，事情也不见得比现在好多少……当时可真是指到哪里打到哪里，说什么信什么呀！至于您，我知道您其实几次想保护我……您想重新介绍我入党，也没能实现……现在还说什么呢，您最后连自己也没有能保护住……”

“我们这些人也可怜。”老魏断断续续地说，“说来归齐，我们太爱惜乌纱帽了。如果当初在你们这些人的事情上我们敢于仗义执言，如果我们能更清醒一些，更负责一些，更重视事实而不是只重视上面的意图，如果我们丝毫不怕丢官，不怕挨棍子，挺身而出，也许本来可以早一点克服这种‘左’的专横。当一个人被宣布为‘敌人’以后，我们似乎就再不必同情他，关心他，对他负什么责任……现在呢，报应了，我们自己也被宣布是走资派、黑帮，我们又成了地、富、反、坏、右的代理人，正像当年你们成了蒋介石的代理人一样……”

“您怎么能这样说，您能有什么责任……”

老魏困难地摇了摇头，示意钟亦成不要和他争辩。“在我主持城区区委工作的时候，”他继续说，“一开始全区只揭发批判了三个有右派言论的人。但后来有了指标，全区应该揪出三十一点五个右派。于是出现了强大的政治压力，最后，连我们也控制不住了，一共定了九十多个右派分子，株连处分的就更多。大部分是错的。这件事不办，我死不瞑目。我已经给党写了报告……总有一天，你将可以将它连同你的申诉一起交给党……我有责任。作为一个郑重的党，作为一个郑重的党的一分子，我们必须在人民面前把责任承担起来……但我也骄傲，看，人民是多么拥戴我们，即使那些受了委屈的同志,他们仍然一心向着党。古今中外,任何别的党能赢得这样多、这样深的人心吗？这是一个伟大的党,这是一个很好的党。这是一个为中国人民做了远远更多得多的好事的党。虽然即使是这样的党也会犯错误,但我仍然觉得一辈子没有白活……不要记恨我们的亲爱的党吧……”

他的声音愈来愈微细了,终于,他的心脏停止了跳动。他的妻子跪下了,伏在了他的身上。

钟亦成摘下了帽子,露出了早白的头发,他肃立着,默默地垂下了头——

致以布礼!

钟亦成怀里揣着老魏写的报告,像揣着一团火。有了这个报告,叫人更难安生,更难苟活了。他将再也无法将错就错地闭上眼睛,听凭命运的摆布了。但他又能怎么样呢？去做一些事,这是困难的和无效的;去强迫自己不做什么,只是熬着、等着、盼望着,这就更痛苦了。时间在一分钟一分钟、一秒钟一秒钟地流逝,头发和胡须在一根一根地变白,一九五七年过去是一九五八年,从一九五七年到一九五八年就有三百六十五天,然后是六十年代,然后现在已经是一九七五年了,多少个三百六十五天已经过去了,还有三百六十六天的年份呢。

他把老魏的报告给凌雪看,不加什么评论,而只是说:“要想个办法藏好。千万不能让别人知道。”

然而凌雪提高了声音:“对于那一年的事,我从来就没有承认过。到底谁才是真正的共产党员,到底谁有罪,还需要历史来做结论呢!”

“至少组织上是开除了嘛,至少你已经十八年没有交党费了嘛。”

“我不信。我们被扣的那些工资，难道不是党费吗？我们的眼泪和汗水，我们的青春，难道不是党费吗？”

有什么办法呢？女性的执拗……

凌雪又说：“既然物质不灭和能量守恒的法则对于整个宇宙、对于全部自然界都是适用的，那么，我常想，在社会生活当中，在政治生活当中，不灭和守恒的伟大法则究竟意味着什么呢？事实真相和良心，这难道是能够掩盖、能够消灭的吗？人民的愿望，正义的信念，忠诚，难道是能够削弱，能够不守恒的吗？”

“然而这法则起作用似乎起得太慢了……”钟亦成摆摆手。

“冬天之后一定是春天，三角形的三个内角之和是一百八十度。不会更长或是更短，更多或是更少。我想，当谎言和高调、讹诈和中伤过多地放在历史的天平的一端的时候，就会发生倾斜，事情就会得到扭转……”

“我当然也相信这一点，所以，我不止一次写信对你说，如果我死了，只可能是被害，却绝不会是自杀……然而我们还要好好地活下去，因为在我们党内，还有许多老魏这样的人。”

一九五九年十一月二十七日

然而，他没有死，他活了。恍惚中，有一只温暖的、精心护理的手，给他喂食，给他饮水，给他翻身，帮他解手。只是他看不见，也说不出话来。不过，他的心里愈来愈明白。

于是，在三位审问者走了之后的第三天，他缓缓地睁开了眼睛，在一片褐黑色的云雾之中，他看到了一个穿着白衣服、戴着白帽子的护士，这护士的背影好像在哪里见过似的。

"护士同志!"他轻轻叫了一声。

护士走过来了,护士把脸凑近了他,他惊叫起来:"凌雪!"

凌雪把食指竖在嘴边,示意他不要说话。她告诉他,是区委书记老魏通知她前来护理钟亦成的。她告诉他,老魏知道了这里的情况,并在前一天亲自来看他来了。由于他还在昏迷,没有惊动他。许多的农民,许多的筑路工人都为他鸣不平,他们向老魏提出要求,要表扬他,要奖励他。老魏告诉凌雪,他准备回区委后在常委会议上提出提前给钟亦成摘帽子与重新发展他入党的问题。

老四扶着他的爷爷来了。扶着拐杖的贫农老大妈来了。许多筑路工人也来了。他们带来了鸡蛋、水果、花生、板栗、蜂蜜……"我们都知道了,你是好人。"他们说。这就是钟亦成受到的人民的最大的褒奖。

"然而,做一个好人是太难了。"他说,"救火这件事打开了我的眼睛,使我知道我的处境有多么险恶……"

"但同样这件事,不也是带来了希望了么?"凌雪说,"总有一天,我们的忠诚将得到党的认可。虽然,很可能我们的面前还有数不清的考验,很可能还有许许多多意想不到的打击落在我们的头上,很可能通向这一天的道路还十分、十分漫长。然而,这一天是会来的,总有这一天!"

一九七九年一月

这一天终于来了!

尽管岁月是无情的,尽管在岁月后面还有比岁月更无情的试炼,尽管钟亦成已经花白了头发而凌雪也已经并不年轻,尽管他们夫妻十分冷静地接受了平反昭雪、恢复党籍的书面结论,就像接受四季的转换和三角形的三个内角的和值一样平静，但是，从 P 城的党的机关走出来以后，他们不约而同地手拉手走上了钟鼓楼。在这个楼顶上，可以鸟瞰全城，可以看到城郊的山、水和田，更可以目送直达北京的特快列车开出车站，在山水之间飞驰。

他们不约而同地把目光集中到正在飞奔的火车上去了。在白雪覆盖的大地上，火车像一条热气腾腾的黑色的龙。他们的心正随着这火车向北京奔去。他们站了老半天，看了老半天，没有说话。但他们心里的语言是相通的和共同的，他们心里的声音是可以听得到的。他们流着热泪说：

"多么好的国家，多么好的党！即使谎言和诬陷成山，我们党的愚公们可以一铁锨一铁锨地把这山挖光。即使污水和冤屈如海，我们党的精卫们可以一块石一块石地把这海填平。尽管'布礼'这个名词已经逐渐从我们的书信和口头消失，尽管人们一般已经不用、已经忘记了这个包含着一个外来语的字头的词汇，但是，请允许我们再用一次这个词吧：向党中央的同志致以布礼！向全国的共产党员同志致以布礼！向全世界的真正的康姆尼斯特——共产党人致以布礼！

"二十多年的时间并没有白过，二十多年的学费并没有白交。当我们再次理直气壮地向党的战士致以布尔什维克的战斗的敬礼的时候，我们已经不是孩子了，我们已经深沉得多、老练得多了，我们懂得了忧患和艰难，我们更懂得了战胜这种忧患和艰难的喜悦和价值。而且，我们的国家，我们的人民，我们的伟大的、光荣的、正确的党也都深沉得多，老练得多，无可估量地成熟和聪明得多了。被革命的路上的荆棘吓倒的是孬种，闭眼不看这荆棘，甚至不准别人看到这荆棘的则是自欺欺人或是别有居心。任何力量都不能妨碍我们沿着让不灭的事实恢复本来面目、让守恒的信念大发光辉的道路走向前去。

“团结起来到明天,英特纳雄耐尔就一定要实现!”

(原载《当代》1979 年第 3 期)

作者简介: 王蒙(1934—),河北南皮人。2019 年获“人民艺术家”国家荣誉称号。著有长篇小说《青春万岁》《活动变人形》《这边风景》,中短篇小说《组织部来了个年轻人》《夜的眼》《蝴蝶》《布礼》等。

西线轶事

徐怀中

一

有线电连由于多了六名女电话兵，显得格外有生气，无形中强化了连队的生活基调。

一讲要缩减部队编制，往往首先想到的就是女同志们。如果人们到九四一部队去，了解一下有线通信连女子总机班的情况，就会感觉到，把穿裙服的看作是天然的“缩减”对象，这种看法至少是过于狭隘了。

九四一部队女子总机班一共是六名战士，人们称为“六姐妹”。作为连队里一个正正规规的建制班，她们完全适应了从早到晚整齐划一的紧张生活。适应了随时随地面对各种严格的要求，适应了多少条成文不成文的纪律规定。当然，要把家庭带来的各种各样的习惯统一到领章帽徽下面来，要把平均年龄二十岁的一群女孩子的心收拢来，是要有一个过程的。女兵班刚刚编起来那段时间，没有让连里干部少伤脑筋。比如说，其中有几个总是嘴不闲着，坐在床上吃葵花子，从窗户里吐皮儿出去。男兵送了她们一个外号，叫“五香嘴儿”。给人起外号是一种不良倾向，连里批评了他们。不过，自从叫出了这个外号，女兵班窗户里再没有葵花子皮儿飞出来了。又比如另一位女战士，在幼儿园就是个爱哭出了名的。老师说她眼窝太浅，存不住泪水。现在穿上了正二号女军服，还是照常爱哭。芝麻大的一点事儿，绝对用不着哭的，她可以大哭一场。一次，正要出发去野外训练，她忽然抹起眼泪来了。为了什么事情？天晓得。连长见她没完没了地哭，在她面前放了一个小板凳说："你坐下慢慢哭，哭够了我们再去训练。"她倒不哭了，仰起头，站到队列里去了。可见泪水要存是存得住的，不在乎眼窝是深是浅。

照部队规定，当战士的是不准谈"个人问题"的。这一条历来很明确，没有任何含糊的余地。干部常在队前讲话说：

"有空余时间，你宁肯去看看蚂蚁搬家，也别往那一方面去动心思。动也白动。"

令行禁止，应该说是没有问题的。不过，服兵役的年龄，正是怀着大胆的幻想，而又战战兢兢开始去探索"个人问题"的年龄。如同鸡雏儿要冲破蛋壳，天数足了，怎么能阻止得了呢？总机班就曾经有人想要试试，能不能在严守秘密的前提下，比别人先走一步。指导员在全连同志面前严厉批评了这件事。他只讲是"个别同志"，没有点出名字来。这位"个别同志"在知青点的时候，和一位男同学一起担任看守甘蔗田的任务。他们搭了一个很高很高的草棚，坐在上边向四外瞭望。甘蔗林仿佛是一片波涛汹涌的湖水，那草棚正如一只随波逐流的小船。那些日子里，给她留下了多少值得回味的记忆呵！片片断断的，正像是一节节熟透的甘蔗。她应征入伍了，约定了要常写信。谁知对方来信太勤，她觉得不大好，让他不要总用一种信封。落款地址也要变换着，让人看见不是一个人写来的。这一下弄巧成拙,信封和寄信地址虽然变换不定,可是信上的邮戳始终没有变。指导员找她谈话了,说个人之间通信是宪法保护的,别人无权过问。问题是信件的内容有没有超出一般范围,这就全靠自觉了。组织上没有把相关规定讲清楚,那是组织的责任。三令五申讲了,偏偏还要违反,这是什么性质的问题?此后,那种神秘的书信就完全断绝了。这件事情,给了女兵班全体战士一个明确的警告,她们私下里议论说:

“算了,趁早别去找那个麻烦。要么等脱了军装再讲,要么穿上了皮鞋再考虑。”

脱了军装再讲,显然是说等到复员以后。穿上了皮鞋再考虑,这个话恐怕外界的人就不明白了。部队规定,战士只准穿胶鞋、布鞋、塑料凉鞋,提升了干部才准穿皮鞋。这就是说,在没有取得穿皮鞋的自由之前,“个人问题”只能是明智地放到一边去。

九四一部队医院和业余文艺宣传队,也都有一部分女兵。因为工作上无法分开,男女同志之间接触很平常。连队里就不是这样了。工作、训练、学习、课外活动,女兵班总是自成格局,几乎和其他班排没有什么联系。尽管如此,男兵们随时都意识到了六名女电话兵的存在。明显的是他们很注重服装整洁,再热的天,不打赤膊。还有些细微的情形,表面上不大容易察觉。编到这个连里来的兵,活泼的更见活泼,庄重的越发要显示自己的庄重。有线电连和无线电连赛篮球,本来实力差着一大截,可是运动员们一个比一个要强,总是全场人盯人,一拼到底。拼下来看,输也输不了几分。他们倒不是一定要和无线电连争个高低,明知是拼不赢人家的。主要是谁也不甘心在本连留下一种过于窝囊的印象。总之可以这样说,有线电连由于多了六名女电话兵,显得格外有生气,无形中强化了连队生活的基调。像是电话线路上加了“增音”,音量扩大了好多倍。

无论从哪一方面看,女兵班在全连都算是靠前的。理论考核不用讲,电工学、电话学,难不住这六名高中生。内务卫生是女同志的擅长,队列也满像一回事的。劳动种菜又不比男兵差劲,在知青点打下了底子,两大桶粪,挑起来颤颤悠悠的在田埂上走。就说训练吧,五百公尺的放收线,不敢说速度上能和男兵打平手,可是论起收线的均匀、紧密、垂直和平整,女兵班要更符合教范的要求。军区召开的有线电全程协作经验交流大会,邀请女子总机班作过表演的。不过,假如你和有线连的男同志谈论起女兵班来,他们往往是笑一笑,颇有点不便评论的样子。说自己心服口服,他们不乐意,说不服气吧,多不合适,只好笑笑。还是有个别嘴快的,忍不住说:

“女同志嘛,电话上声音绵绵的,口齿又清楚,谁不欢迎。等打起仗来再看吧!”

二

我们为什么要送孩子到部队上,就为的让他们穿起军服,神气活现地去照相,四寸六寸去放大吗?

一九七九年二月十七日凌晨,“对越自卫反击战”打响了。九四一部队也奉命完成了一级战备,随时可以开赴前线。

中国政府公开向世界宣布,这次反击从时间到作战地域都是有限的,中国无意占领越南一寸土地。一次惩罚性的有限战争,不过是在古往今来战争史的长河中,归入一支小小的细流。但这是一次震动了世界的，具有一定程度的现代化的战争。在中越人民友好往来的历史乐谱上，这只是一个小小的插曲。不过，两国军队在面对面的严重时刻，只能是借用对方的语言，大吼“缴枪不杀”！

女子总机班听到了“露透社”的消息，说上级已经决定不让她们上前线去。大家急了，吵吵嚷嚷要去问连长，凭什么不让去。班长严莉不主张去问。她说，到目前为止，并没有谁正式宣布，说不让去，是小道透露出来的。连里要问，怎么会知道不让你们去的呢？倒还不好回答。不管他的，反正女兵班向党支部送了决心书，先抓紧轻装准备。万一真是那么决定的，到时候再去闹也不迟。这个意见得到了一致的赞同，都说，还是班长有主意。

其他班排都去理发，一律推了光头，为的是头部受伤便于救治。女兵班有的人主张照男兵办理，也推光头。有人觉得那样未免太出洋相。原来她们多数留的是两个小鬏鬏，用猴皮筋扎着，一晃脑袋，像两把刷子在肩膀上摩挲着。她们上街，每人花了两角钱，变了一个样子回来，都剪成了“运动头”。以后早上起来，岔开五指梳拢几下就完事，连猴皮筋也用不着了。

连排长们到各班检查轻装情况。女兵班轻装很彻底，干部都表示满意。连长是结了婚的人，知道得多些。他清了清嗓子，郑重其事地向女兵班指出：

“该轻的轻，该带的还是要带。像纸呀什么的，可以多带一点，要用的时候没有，到哪儿找去！小镜子那些，能不带就不带了。”

干部们一走，六姐妹高兴得一个个拍着手跳。既然这么认真地检查了她们的轻装情况，说明不让女兵班上前方的话，纯粹是谣言。

很快就要上火线了，总机班的女战士在想些什么呢？她们先是在自己心里搁着，交谈起来才知道，原来大家想的全都一样。用一个字说，死！至于各人将会在什么样的情况下完成一死，谁都没有作过具体的设想。只有一点是十分明确的，谁都不想还可以活着回来。人们也许觉得这是不是太丧气了。在部队里，谁也不会笑话谁的。大家都没有打过仗，没有打过仗的人，往往首先肯定的就是自己要牺牲。虽然如此，她们在谈论这个问题的时候，神情都是那么自然，语调是那么平静，随随便便，连说带笑的。

班里有几个人，家在本省，她们要求挂个电话，对妈妈讲一声。虽说已经是一名军人了，有话还是找妈妈，而不是找爸爸讲。她们很自觉，电话不长，大致是这样的：

“喂！妈！我们要外出执行任务了。”

“噢！我已经想到了，看报上的动向，知道部队可能要出去。你们哪天出发呢？”

“不知道，在等命令。”

“好！到前边要服从命令听指挥，一定要保证电话通畅，不要像在家里，胆小害怕可要不得，那么多首长和同志，又不是你一个人。你能立功更好，怕不是每个人都有那种机会的。至少你可不能让我和你爸爸脸上挂不住。你记住了没有？”

“记住了。”

“到时候你得机灵点，听着炮弹的响声。人家说，从头上飞过去的炮弹，和冲着你落下来的，响声不一样……”

“妈！你别啰唆，不能老占着线。”

“你等等，还有……”

妈妈的声音开始发颤，耳机里传来极力克制着的抽泣。随后，一点声音也听不到了，显然是妈妈把送话器捂起来了。

“喂,喂！妈妈！你看你,你还有什么话说没有,没有就挂了吧！”

“好吧！我和你爸不能去送你了。等完成任务回来,赶忙先来个信。”

和妈妈通过了话,几个人一交换情况,禁不住笑了。这几位妈妈岗位不同,互不相识,却像是用了一份统一的电话稿,她们的话几乎一句也不差。几位妈妈无一例外,都在电话上哭出了声。要不怎么是妈妈呢?

只有陶坷没有给妈妈挂“长途”。小陶的妈妈劳动改造八年,把身体彻底改造垮了,放出来直接就进了医院。最近刚刚出院,还在全休,说定了这一两天到部队来看望女儿。所以小陶用不着打电话了。

第二天,小陶的母亲果然来了,她带来一大包麻辣胡豆,这是女儿最喜欢吃的。来队亲属带的吃食,向来都是当众公开的,谁赶上有谁的份儿。总机班的姑娘们一起围上去,抓一把麻辣胡豆吃着,和母亲说呀笑的。小陶不作声,在一边待着。指导员对母亲说:

“你看,好像这一大群都是你的亲生女儿,只有小陶是一个外人。”

小陶就是这样,喜爱沉默。她高兴起来,什么都忘了。一张粉团团的脸儿,稚气地笑着,并不言语。她常常一个人静静地待在一边,细长的眼睛稍稍眯缝着,久久地遥望天边。她在追寻着什么?她在探求着什么?她在迎接着什么?这时候那张粉团团的脸就变得十分严正,十分深沉,似乎还流露出几分怒气。开始,同班战友们不了解她的习性,嘀嘀咕咕议论她说:“就像是谁借了她米还了糠。”

谈起“九四一”的行动，小陶妈妈问连长：

“现在领导上怎么说，是不是已经定了总机班全体到前边去？”

连长说：“问题不大。”

女电话兵一起嚷叫起来：“什么叫问题不大，定就是定了，没定就是没定。”

“反正我们心里有数，让去也要去，不让去也要去。”

“要上就是全班上去，少了一个也不干。”

母亲笑了，说：“你们先别吹，要不是我这个军属大妈替你们说话，准不准许你们上去还真是难说哩。”

前天，九四一部队的几位领导同志到省城去参加作战会议，抽空去看望了陶坷的妈妈曾方同志。谈到对女子总机班，通信部门有几种方案。第一种是让她们全体上去锻炼锻炼。第二种是全不上去。第三种是挑选几个身体好的去，其余有几个干部子女，体质较差，就留守了。

曾方问：“照第三种方案，留守的人里是不是包括陶坷在内？”

回答说小陶是其中之一。又向她解释说，这并不是专门照顾干部子女。反正后方需要留人守总机的，连里的猪也得有人看，谁体力差就留下谁。

曾方说：“现在的事情就是这样，不准请客，照样请，说不是请客，是加菜。不准走后门，照样走，说不是后门，是前门儿。该有什么手续办下来了，该有什么图章盖上去了。不让陶坷她们到前边去，还怕找不出几条现成的理由？”

这么一说，大家都笑起来。

曾方又说：“我看第一种考虑是正确的，后两种方案恐怕欠妥当。当然,部队的事用不着征求我的意见。不过我也有一点发言权的,至少我那一个不能留下来。我们为什么要送孩子到部队上,就是为的让她们穿起军服,神气活现地去照相,四寸六寸去放大吗?现在要打仗了,把这一个战士拉下来,让另一个战士顶上去,想都不应该这样想的。哪一个战士不是人生父母养的!真的这样,等欢迎部队凯旋的时候,我心里会是什么滋味?你们得站在我的地位,替我想一想吵!"

这位老同志态度是那么诚恳,她的意见无疑是对的。"九四一"的几个干部都说,有必要确定一条原则,干部子女原来在什么位置上,作战期间还应当在什么位置上,不得以任何理由向后方调动。

三

等过了若干年,向后辈儿孙们讲起这些事情来,你会感到很难使他们完全理解。

小陶妈妈不愿意住招待所,在连里住下了。严莉告诉小陶,晚班不用上机,陪妈妈睡,和妈妈说说话。等屋里只剩了母女二人,曾方才有时间上下打量着小陶。拉住了女儿的手,问长问短。小陶一边搭话,不好意思地抽回了手,女儿大了。

妈妈说:"我原讲是来看看你,现在是送你上前方了。"

"我本来想打个电话,让你别来了。还是想见见妈,就没有打。"

"要是姥姥能和我一起来送你,你就该高兴了。她上了年纪,怕路上不方便,我没有让她来。"妈妈似乎是带了一些妒意说,"陶坷！你承认不承认，你喜欢我，不及喜欢姥姥的三分之一。”

“妈！瞧你，又来这一套了。”

在妈妈和妈妈的妈妈之间，很难说小陶跟谁更亲近。她在外祖母身边比在母亲身边的时间还要长些，无形中对外祖母更熟些，这是事实。

我们现在讲，对某些事情不必说长道短，留给后代去作出评价好了。这是可以的。不过，等过了若干年，向后辈儿孙们讲起这些事情来，你会感到很难使他们完全理解。不知要以几位数字计算的那么多干部，阴阳头一剃，成了“牛鬼蛇神”。有的人还可以说是让抓住了几条什么。曾方是毕业于太行山抗日中学的一个农家女，历史清白无瑕。她既没有在高呼口号的时候精神不集中，喊错了什么话，又没有在旧报纸上随意写画，不提防墨水渗过去，弄脏了背面的照片。可是，查出了她丈夫一九五九年在病故前不久曾经攻击过“小土群”，和彭德怀的言论很相似。丈夫死了，便宜了他，妻子不能再白白放过去。于是曾方进了“牛棚”。随后被转送监狱进行劳改，一改就是八年——整整是抗日战争所耗用的时间。以后放出来又挂了三年——够进行一次解放战争的。曾方有思想准备，进“牛棚”前写了信给母亲，请老人来把七岁的外孙女儿接到农村去了。

小陶初次见到姥姥有些害怕。城里的孩子，没有接触过农村装束的老年妇女，她看着姥姥很像小人书上的“狼婆婆”。现在妈妈顾不得她了，不跟“狼婆婆”走，到哪里去呢！

公社起先不知道情况，以后外调回来，立即宣布撤销了这位老人贫协委员的资格，让她交代和女儿女婿的关系。外孙女儿原来是有临时口粮的，也宣布取消。

取消口粮,姥姥倒也没有当一回事。就是不取消,反正也别想能拿回一粒粮食来。公社通知说,因为两年大旱,田里无收,返销粮也早完了,今冬的问题由社员自行解决。外出找生活,可以给出证明。连年旱灾害苦了群众,同时也搭救了另外一些人。这样,可以顺手把造成大面积饥荒的罪过完全推给老天爷,他们则仍然可以心安理得,也仍然悟不出一个极为简单的道理——革命高调不能当饭吃。

一天,姥姥用白布口袋装了一个饭盒,一双筷子,拿给陶坷,打发她和队里一些半大孩子一同出门。小外孙女儿愣住了,迷惑不解地望着老人,她问:

"姥姥!我们现在不是在新社会吗?"

一个似懂事不懂事的孩子,她还没有学会掩饰自己的内心活动,她天真地向外祖母提出了一个相当尖锐的问题。换了别人,也许根本不回答孩子这样的问题,只是喝叫她不要胡说。姥姥觉得应该对外孙女把话讲清楚,尽管这话是很难讲清楚的。老人顺理着外孙女儿的头发说:

"孩子!姥姥怎么跟你讲呢?要说我们不是新社会,不对!要说新社会就是如今这样子的,也不对。新也罢旧也罢,肚子饿得咕噜咕噜那种滋味是一样的。这就得要你挺着些了,姥姥就是这么挺过来的。这也有好处,让你知道知道什么叫作没饭吃。那年你烧破了衣服,你妈骂你说:'再这么胡闹,没有你的饭吃。'你说:'没饭吃我吃包子。'孩子!不过你也不用总那么愁眉苦脸的,该高兴还是高兴。眼面前的事情,你全当是闹着玩的,不是当真的。不怕的,这阵子风就要刮过去了。你去吧,姥姥等着你回来。你们沿着铁路走,听见火车响,早点靠边等等。"

陶珂和一群小伙伴们上路了，结成了一支长长的队伍。树枝上的小鸟唧唧啾啾欢乐地叫着。它们看见，和它们很熟识的这群孩子，沿着铁路只管往前去，越走越远了……

孩子们来到一个疗养地，看见一所庭院的铁栏杆里边，有一位白头发的解放军坐在躺椅上晒太阳。这是一位将军，不过当地人只知道他是一个养病的老头。其实，将军本来没有多大的病，林彪把持军委期间，不明不白地叫他靠边疗养。林彪完了，他可以出去工作了。不想，住疗养院几年，真的住出了几样要紧的病来，只好仍然留在这里。将军无可抱怨，在他这一茬穿军装的“老家伙”里，他算是够幸运的了。

陶珂隔着栏杆，远远向将军伸出一只干瘦的小手。这样的事将军经过得多了，他知道这小姑娘要什么。他一面在衣袋里翻找零钱和粮票，一面问小姑娘叫什么，哪里人。小姑娘低着头，始终不说话。将军又问她：

“你怎么不在家好好上学搞生产，自己跑出来？”

“我有证明。”小姑娘终于开口了。

小姑娘掏出皱皱巴巴的一张纸，将军接过来看，上面写着：

> 兹有我队社员陶珂（女）因事外出，望沿途有关单位放行为荷。此致文化大革命战斗敬礼……

一两行字，将军反复在读。从二万五千里长征到抗美援朝，几次战争都在这位老战士身上留下了纪念。他抖抖索索看着那封证明信，心里在说：我这是为的什么？就为的是在新中国成立二十多年以后，还照样让我们的孩子“因事外出”吗？两行热泪扑扑答答掉在信纸上。

陶珂忙收回了信，她像在哄小孩似的对军人说：

“解放军爷爷！您别这样，您别这样。我姥姥说了，全当这是在闹着玩的，不是当真的。”

小姑娘安慰白发将军的话，实在让他受不了。已经有些人开始围过来，想知道这里发生了什么热闹的事。将军觉得他就要痛哭失声，双手掩面，连忙离开了。他忘记了把零钱和粮票拿给小姑娘。

说到陶坷在姥姥家度过的几年艰难生活，妈妈又心酸起来。她原以为把小女儿送到乡下去会好一些，不想让孩子吃了更大的苦头。用一句严谨的话说，是让孩子受到了更大的锻炼。曾方为了排遣自己的伤感，她洗了脸，随后以愉快的语调对女儿说：

“算你们运气，人家也当兵，一茬一茬地复员了，都没有赶上打仗，偏偏让你们这一茬的赶上了”。

“我们班已经向上送了三次决心书，政治部还把我们的决心书摘了一段登在简报上了。”小陶自豪地说。

母亲笑笑说；“决心书有写得好的，有写得一般的。不过，上简报是一回事，上了战场又是一回事。”

“那倒是。”小陶同意说。

“陶坷，你们弄没弄懂，为什么一定要打这一仗？你在姥姥家经历过那样的几年生活，你更应当懂得，我们不能再丧失时间，不能再没有一个平静的建设环境了，只讲这一点，这一仗就非打好不可。”

陶坷庄严地向母亲点点头。

曾方从旅行袋里取出一个纸包，对女儿说：“现在报上讨论干部子女应不应该继承父母的遗产。你爸爸给你的遗产全在这儿，我给你带来了。”

小陶打开纸包,是一副草绿色粗布绑腿。

这副绑腿是爸爸在八路军一二九师时发的,妈妈一直保存着。造反派抄家,抄出了爸爸和妈妈许多来往书信,用绑腿捆着拿走了。那些书信要归档,剩下了这副绑腿。

“这是爸爸留给我们的纪念,我怕弄坏了,还是妈妈保存着吧。”女儿说。

“你到前方去,打在腿上,这才是实际的纪念哩。”母亲又说,“你怕还没有学过怎么打法吧,来,你看着。”

曾方踩着床边,把裤脚裹紧,开始熟练地打起绑腿。每绕一圈,或正或反打一个褶儿,小腿外侧打出一排“人”字儿。

妈妈讲解说:

“我打的这是单‘人’字,还有打双‘人’字的。有人喜欢打花,有人不加花儿,各有所爱。要领是脚脖上可以紧些,到了腿肚松紧要适当。松了往下秃噜,太紧走起来腿疼。”

曾方兴致勃勃地讲解着,已经打好了绑腿。顺手扎上了小陶的皮带,在屋里来回走了几转给女儿看。小陶惊奇地发现,妈妈一下变了一个人。一对细长细长的眼睛,那么明亮,脸上焕发出青春的光彩。胸脯挺起来,腰身自然地扭动着,那步伐姿态是别人学不来的。曾经在哪里看见过妈妈这样子的?是在照相册上。那是一个漂亮的女八路,短短的头发在军帽下边蓬松着。皮带一扎,鲜明地勾勒出了苗条的身材,绑腿打得那样规整自然。看上去既有着严正的军人风度,又充分保留了女性的魅力。

陶坷欣赏着妈妈,上前抱住妈妈说:“妈!你怎么还是像照片上那样好看。”

母亲推开小陶说:“滚一边去,没有见过你这样的,拿自己亲娘老子开心。”

曾方侧过身，在窗户玻璃上看到了一张忧伤苍老的面容，看到了那染霜的鬓发。如果来谈论，一场迫害夺去了我们许多女同志的美丽俊俏，未免不够严肃。多少人被夺去了生命，还说谁的容颜外貌。不过，有多少人在骤然之间变得那么苍老不堪了，一头青丝在短短几天之内，以至是在一夜之间变化为霜雪。这也是对十年浩劫所作的忠实的记录之一。可以平反昭雪，可以恢复名誉，但是人们外形上留下的这种明显的印记是无法改变的了，正如内心受到的创伤很难平复一样。

晚上，小陶和妈妈挤在一张小床上睡。床边帮了一条长板凳。吹熄灯号很久了，母亲还在讲话，小陶熬不住了，迷迷糊糊地搭着腔，翻个身睡着了。曾方在昏暗中望着女儿侧身睡卧的姿态。圆圆的肩头从绿棉被下露出来，臀部高高隆起，小时候瘦得两条腿像麻秆儿，正长个儿的那些年一直缺营养，不想几年来发育得这么好。母亲疼爱地望着女儿，她将怎样去迎接战火纷飞的考验呢？

“红河！红河！过红河了！”小陶在睡梦中欢乐地呼喊起来。

母亲笑了，这孩子够性急的，刚合上眼，已经跨过了红河天险。

四

在战场上，一切都是用最严格的尺度来衡量的，不讲任何宽容，不作降格以求。

红河发源于云南省崇山峻岭间，在中国境内叫作元江。红河从老街地方进入越南，流经越南北方腹地，向东南入海。

九四一部队在老街附近渡舟桥，跨过了红河。几天以前，兄弟部队过河开辟了战场，现在他们可以驱车向前开进了。

越南北部边境，和我们的滇南河口一线，都属于亚热带山岳丛林地带，自然环境本来是没有多大差别的。河口地区是我国橡胶产地之一，三叶树环绕山丘，一行行，一层层，郁郁葱葱。胶林深处，可以望见国营农场的楼房，红瓦白墙，烟囱耸立。米轨小火车沿着溪流隆隆驰过，留下一缕烟云。这遥远的边疆，向战士们展示了它的富饶美丽。一过红河，就是另一番风光了。六姐妹挤在电话车窗口留意观察着，她们明显地感到，已经置身于异国的土地。

虽是旧历正月，到中午颇有点盛夏的味道。电话车闷热得要命，几个人吐了，愉快的笑声停止了。不一会儿，浓雾漫卷过来，热风里带着雨丝，灰蒙蒙的。十多公尺以外，听见汽车响，却看不见。班长严莉查了地图，说此地是黄连山山脉。山脊又高又陡，有的地方突然形成断裂，下边是乱石嶙峋的深渊。公路两旁覆盖了灌木竹林，茅草刺藤相互盘绕，密不透风。女电话兵们不免有些犯愁了，要在这样的地形条件下执行架线任务，从哪里下手呢？

傍晚，部队接到命令，原地宿营待命。一路上没有下车的机会，现在停下来了，战士们都就地在解手，并不避讳。弄得总机班的女兵一直不敢抬起头来，她们小声地骂道：

“这些家伙，没脸没皮的！”

她们很快就知道了，男同志们挨骂实在是冤枉。这里公路的内侧是悬崖，外侧是深谷，要上上不去，要下下不得，窄窄的一条路，到处是人，谁也躲不开谁。女电话兵们团团打转，只好去问连长，要上厕所怎么办。连长笑一下，就把脸背转过去，不再看她们，这就是给她们的一种切实的答复了。严莉叫两三个人在电话车旁遮挡着，大家轮流上了厕所。谁也没有意料到，到前线来遇上的第一个困难竟是这样一个问题。

有线电通信连保持着行军序列，原地宿营了。女兵班夹在男同志当中，在公路上占据了几公尺地段。雨淅淅沥沥下着，她们盖着防雨布，鞋也不脱，枕着背囊和衣睡下。谁能睡得着呢，不知哪个部队还在往前去。她们感觉到，那急促的脚步，总像是踩着了自己的头发。

通信科一位参谋来传达首长命令，要求迅速架设下属各部队线路。连里决定开用电话车总机，指挥机关内部线路由总机班负责架通。

总机班的女战士们，忘记了震耳欲聋的炮声，在听候班长严莉下达任务：

"陶坷、吴小涓、杨艳，跟我去架线。肖群秀、路曼守机，注意机线装设，搞好固定。今晚的口令是'山茶'，回令是'海棠'，执行吧！"

严莉、陶坷各负责架一条线，五分钟以内都架通了。杨艳和吴小涓两人负责首长的一条线，遇到了麻烦。她们正往前走，闻到一股臭味，是从来没有闻到过的一种特别的气味。天快亮了，可以模模糊糊看见，小路上横的竖的倒着三具越军的尸体，肚子膨胀起老大，周围是一摊黑血。不要说见到死人，平时看见一只死老鼠她们也怕，肉唧唧的，让人头发根儿发炸。她们向旁边试探，想找地方绕过去。在刺藤草棵里钻进钻出，帽子挂掉了，脸也划破了，无论如何也钻不过去。想到自己架的是首长专用线，登时觉得一身都在冒汗，再耽搁不得了。只好横了心，还是由原路过去。

吴小涓望着几具尸体问杨艳："你怕不怕？"

杨艳说："要是三个活的，我倒不怕。"

吴小涓说:“要真是死的,总还好办。我怕他们是装死,等我们到了跟前,一下坐起来了。”

“那倒没有什么,他们流了那么多血,就是活着也剩不下多少力气了。不等他坐起来,拿手榴弹在脑袋上敲他几下。”

“好!我们分个工。看着不对,我上去按住他们,你用手榴弹猛砸,不要让抱住了我们的腿。”

她们相互为对方壮了胆,从三具尸体上跨步过去了。至于三个越军是不是有过要坐起来的意思,她们不清楚。她们沉着地迈过了最后一具尸体,撒腿就跑,没有再回头去看。

突然是哪里一声喝:“口令!”

两个女电话兵冷不防的,一紧张,早把口令忘得一干二净。对方不见回答,哗的一下冲锋枪上了膛。

吴小涓连忙说:“别打,别打,是我们。”

“什么你们我们,口令!”

“干吗那么凶,你听不出我们是总机班的!”杨艳厉害起来了。

隐蔽在树丛里的哨兵压低声音笑了。哨兵一指,原来已经来到了首长的掩蔽部门口。

她们撩开门上的雨布钻进去。掩蔽部里点了几支蜡烛,还是昏昏暗暗的。几位首长正跪在地铺上,查看拼起来的作战地图。小涓和杨艳把单机摆在一个压缩饼干箱子上,手脚麻利地接好了线。一摇,通了。

一号首长见两个女电话兵淋得全身透湿,脸上划得一道道渗出血来,忙递给她们一条毛巾说:“快擦擦脸,瞧划成什么样子了。”又嘱咐说:“等破的地方结了痂,千万不能用手去抠它,让它自己掉。抠掉了痂,落下一道道的,可就不好想办法了。”

两个女电话兵不好意思地擦了脸。

这是吴小涓和杨艳到前方来第一次完成架线任务，而且是为“九四一”最高指挥员架的线，她们对自己感到相当满意。两个人已经说定，将来参加文科高考，就把这次出境作战第一次执行任务作为自选的写作题目。这个题目算是选对了，很有可写的哩。

吴小涓虚岁十九，是从学校应征入伍的。有些同学劝她说：“当兵热”过去了，现在正是“大学热”，何必再到部队上去绕一个大弯子呢！吴小涓终于没有能克制住想穿穿国防绿女裙服的那股“狂”劲儿。她中学功课很好，爸爸妈妈都是师范学院的教师，有得天独厚的补习条件，所以她有把握在复员后的当年考入大学。杨艳的情况不同，她在学校是全班最能死用功的一个，考试名次却往往成反比。爸爸对她的学业抓得很紧，他唯一的办法就是打，没头没脑地打。隔壁邻居都看不下去，批评他身为公安干部，抓住小偷流氓尚且讲教育，这么大的女孩子了，动不动就打，未免太不像话。他争辩说，是个小子倒可以随他去，女娃儿不严一点不行，等她要上了男朋友，打也来不及了。杨艳没少挨揍，功课还是老样子。不过她并不悲观，和吴小涓一起补习，她相信准能上去。她们抓紧了一切属于个人可以支配的时间，还买了麦乳精，补充营养。她们希望到时候能够一举攻克复旦新闻系。

两个女电话兵军帽在树丛里挂丢了，还是向首长行了举手礼，欢欢喜喜退出了掩蔽部。出门不远，听见一号首长在电话上说：

“喂！你是有线连连长吗？怎么搞的，指挥所离你们没有几步路，整整二十六分钟才把线架来。以后这样不行，要你们这些电话兵干什么吃的！”

吴小涓和杨艳失神地往回走去。她们心里又是委屈，又是丧气，感到负疚难过，悄悄流泪了。她们开始体会到，在战场上，一切都是用最严格的尺度来衡量的，不讲任何宽容，不作降格以求。对于女战士们也如此，并无不同。

五

> 尘土飞扬中，一张白净的面孔现出了坦然愉快的笑容。那笑容是让人永远也不会忘记的。

拂晓时分，九四一部队继续开进。这条路上还有几个部队同时往前去，步兵、坦克兵、自行火炮、辎重车队、民工担架队，交错在一起。发生了堵塞，互不相让，彼此威胁说，要把对方的车子顶下山沟去。交通哨戴着红袖箍，前后奔走，哪里有问题急忙去解决。新战士们以为，打仗本来就应当是这样红火热闹的，不知道是地理条件所限，没有第二条路，只好都挤着一条公路用。离前沿越来越近了，可以清楚地听得见枪声。道路堵塞的情况也越来越严重，九四一部队干脆提前下了车，急行军赶上去。

行军速度很猛，总机班六姐妹一个个走得歪歪倒倒的了。虽然经过严格轻装，除了穿在身上的，吃进肚里的，个人的东西几乎全都“轻”下去了，平均负荷还在三十斤以上，压得够呛。加之发的防刺鞋又是男式的，太大，像是穿了一对箩筐，脚都打泡了。六姐妹没有一个掉队，也没有一个愿意接受男同志的“互助”。

走得最狼狈的要算路曼了，主要是遇上她来例假。她每次来，肚子疼几天，像大病一场。昨天夜里，她想到只有身上的一条军裤，怕睡着以后弄脏了穿不出去，就脱下长裤，裹着雨衣睡下。想是受了风寒，一下子发起烧来。肖群秀摸她脸，滚烫滚烫，本来要报告班长的,路曼不让她讲。

“你讲了,以后不和你好啦!”路曼威胁说。

“可你这么硬撑怎么行呐。”小肖着急地说。

“你和班长讲了,还不是她悄悄替我值机。你看不出,班长也来了。”

小肖只好替路曼打着掩护。

路曼家乡在山区,能用上这种软绵绵的经过了消毒的卫生纸,觉得够好的了。可是连续几小时急行军,腿磨得受不了,迈出一步,都得拿出点决心来。

部队到达了位置,谢天谢地!女电话兵们全副武装就地一歪,觉得再也爬不起来了。连长却不得不以毫无同情心的语气命令她们起来,立即开设电话站。

总机刚开不久,一号首长从前沿部队要回电话来:

“喂!总机班,找你们连长讲话。怎么搞的,我和指挥部刚通两句话,线就没有了。要你们这些电话兵干什么吃的!”

一查,原来通往指挥部的线,有一段是明放在公路上的,被坦克轧得一截一截的。有的地方被民工队的骡马和着青草嚼烂了,粘在一起,成了饼饼。连里决定这条线改为高架。是路曼、肖群秀架的这条线,还是由她们来完成这项任务。

她们两个一路把线改架在竹子上,或是挂在岩石上,让骡马够不着。来到公路边,敌人正从对面山上向公路射击。来势很凶,又是轻重机枪,又是八二迫击炮、四〇火箭筒、反坦克榴弹,又是高射机枪打平射。抗美战争期间中国援助的武器全都用上了。由于武器弹药充足,构成了越军作战的一个显著特点。他们把武器弹药分散藏在各处,这里打一阵,顶不住了,空着手就跑,枪啊炮的全不要了。换一个地方，就地又有现成的，抄起来就打。我们的后续部队和担架民工，被压制在公路排水沟里不能动。路曼和小肖焦急万分，想尽快改架好这条线，保障指挥，狠狠教训一下敌人，不能由着他们狂。不凑巧的是近处没有高大的树木，无法把电话线高架跨过公路。好不容易发现一棵木棉树可以利用，正要过去，隐蔽在茅草中的部队喊她们趴下，说木棉树那里太暴露，去不得。她们俩只管猫着腰跑过去了。

如果有悬线杆，事情很简单，把线挑到树杈上就行了。如果带了脚扣和护腰带，要上树也好办。她们两手空空，什么也没有，这就难了。女兵班没有学过四肢攀登，连里把这个项目给取消了。她们试了几次，怎么也爬不上去，又搭人梯，路曼蹲下，让小肖踩着她的肩膀上去。一个人站在肩上，本来不算什么，谁知路曼身子软得像面条，晃晃悠悠刚要起来，又缩下去了。只见她脸上直冒虚汗。肖群秀这才想起来，路曼有特殊情况。

换了小肖蹲下，让路曼上去。按规定要求，高架线路必须在四米以上。她们搭的两节人梯，高度达不到。小肖拼命向上踮脚尖，差着老高的一截，踮脚尖顶什么用呢。

隐蔽在路边草棵里的一个战士，跳起来扑向木棉树。他很不礼貌地拍拍小肖的腿，叫她分开腿站好。战士弯下腰，让小肖骑在他脖子上，他猛地挺身站立起来。现在变成了三节人梯，高度足够了。

敌人发现了他们，机枪拼命向这边扫射，殷红殷红的木棉花纷纷扬扬落下来。小肖觉得下边战士身子忽然一抖，差点倒下去，随后又稳住了。路曼忙把电话线在树枝上绕了两圈，打了一个双环结，欢快地叫道：

“好啦！”。

两个女电话兵下了地才看到，这个战士高高大大的，身材很匀称，像个跳高运动员。皮肤那样白净，两道浓密的眉毛黑黢黢的。

“同志！你太好了，帮了我们大忙。”女电话兵表示感激。

“用不着你们表扬，表扬不过是两句空话。”战士大胆地望着两个姑娘说。

“那，我们应当怎么感谢你呢？”

“也不需要感谢，我只要求赔偿损失。”

战士扯起他的军服给她们看。军服下摆穿了几个洞，军用水壶的背带也被子弹打断了，断头处燎得黑黑的。路曼和小肖明白了，刚才她们觉得他一哆嗦，要倒下去，原来是这位战士险些被打中。他没有作声，也没有躲闪，一直等她们把线架好了。

“怎么样？伤着没有？”路曼、小肖顿时紧张起来。

“我觉得腰上烫了一下，一摸，没事儿，是吓唬我的。”

肖群秀拿过军用水壶，放出了富余的一截背带，把两个断头一并，打了一个丁字结，交还给了战士。那结儿打得又牢靠又好看，电话兵受过这种专门训练的。彼此问起来才晓得，原来这个战士也是“九四一”的，在营里当步话机员。路曼亲热地说：

“弄了半天，还是同行。只不过我们是有线儿的，你是无线儿的。”

步话机员说：“怎么敢和你们相提并论呢，你们是‘九四一’的中枢神经，我是神经末梢。好了，回去请代问总机班各位同志好。”

“你认识我们班谁吗？”

步话机员支吾了一下，随后说：“认识不认识，问候一下总得罪不了人吧。”

“怎么替你问好呢？我们不知道你叫什么名字。”

“就说一名‘无线’战士，向‘有线’战友们致以亲切的问候。”

“还是告诉我们你的名字吧！”

“告诉你们有什么意思，反正你们也不会给我写信的。”

两个女电话兵没想到对方会这样说话，不由得脸红了。接着咯咯咯地笑起来，没有回答是不是会给他写信。

指挥部调上来一个坦克中队，打掉了山半腰敌人的火力点。公路恢复通行了，长长的车队不停地向前流动起来。路曼、小肖站在路边，看见那个没有留下姓名的步话机员，高高地坐在一辆弹药车上。弹药车是严禁抽烟的，他抽着烟。她们高声地向步话机员打招呼：“喂！再见，再见！”

“得啦！再见面怕你们就认不出我是哪一个了。”

两个女电话兵一时没有反应过来，不懂这话是什么意思。随后明白过来，这是他在说笑之间为自己作出的一个不祥的预言。汽车开出好远了，步话机员还扭回头来望着她们。尘土飞扬中，一张白净的面孔现出坦然愉快的笑容，那笑容是让人永远也不会忘记的。

六

不能因为第一次飞翔遇到了乌云风暴，从此就怀疑有蓝天彩霞。

我们应当正视现实，不必以海市蜃楼里的绿洲，去覆盖地上的沙漠。

几天以后，这位步话机员为自己所作的预言竟成了事实。

九四一部队基地指挥所，设了伤员和烈士遗体转送处。烈士遗体要在这里进行登记，清洗过了，换过新军服，然后上汽车送回国。转送处人员不多，主要是九四一部队文艺宣传队的女同志担任这项工作。总机距离这儿不远，女电话兵们下了机也常来帮助照料伤员，清洗烈士遗体。

这天，陶坷、路曼、小肖几个人又到转送处来了。见刚抬下来一位烈士，他的担架上放着一个军用水壶。水壶背带是断过的，打了一个电话兵们所熟悉的丁字结。路曼和小肖一惊。烈士的脸几乎整个缠着绷带，无法辨认。跟担架的一个小战士，失神地蹲在旁边。路曼问小战士：

"这个水壶，是他的吗？"小战士点点头。路曼又问："他是不是当步话机员的？"

"怎么，你认识我们步话机员？"小战士反问说。

路曼和小肖抚弄着水壶背带，好久不言语。随后她们向小战士问起这位烈士姓名。

"他叫刘毛妹！"小战士回答说。

听到这个名字，站在后面的陶坷禁不住倒吸一口气，几乎叫出声来。大家连忙让开，陶坷扑上去，凑近脸去看，极力要在这张缠满了绷带的面孔上，辨认出她所熟悉的某些特征来。

陶坷和刘毛妹从小住一个院，相互看着长大的。在户口本上，刘毛妹登记的并不是这样一个十足女性的名字。因为生得白净，头发卷卷的，又是那么文静，活活像个小姑娘，院里的人都喜欢喊他"毛妹"，喊来喊去成了正式的名字了。同院还住了几个干部，几家的孩子都很要好，连小人书都是一起商定了买的，交换来看，决不会买了重样的。粉碎"四人帮"以后，小陶和妈妈到原先住过的院子里去看,住户们全都不认识。一群孩子用惊疑的目光瞪着她们,问她们找谁,母女俩没说话,回身走了。

以后打听到,毛妹的爸爸刘伯伯死得很惨。让他烧锅炉,他从几十米高的烟囱上跳下来,五脏俱裂。刘伯伯搞过白区工作,在国民党监狱里表现很英勇,是党组织想办法营救出来的,如今他们硬要打他是叛徒。其实,刘伯伯的问题,只要他自己能撑下来,也就没事了。问题出在毛妹的妈妈苏阿姨身上,苏阿姨不但不安慰刘伯伯,鼓励他坚持斗争,她还以毛妹两兄弟的名义写大字报贴出来,表示坚决和“大叛徒”划清界限。酷刑拷打可以忍受,骨肉亲人加给的打击和侮辱,是难以忍受的。不是这样,或许刘伯伯还不至于走上绝路。陶坷小时候觉得苏阿姨一向待人和气可亲,早晚见面总是笑着,不想她是这么一个人……

陶坷同幼年的朋友一直没有联系,入伍到了新兵团,意外地遇到了刘毛妹。第一次见面,部队在集合,只匆匆握了个手。小时候他们多少次脊背贴着脊背比过个儿,始终不差上下。现在毛妹一下蹿到了一米八二。小陶觉得,刘毛妹除变得人高马大以外,其余什么也没有变。和她握手,涨红了脸,还像个怯生生的女孩子。随后又有几次见面,小陶才感觉到,同她一起长大的这个年轻人变得完全陌生了。那一对眼睛,蒙蒙眬眬的,失去了原有的明澈光亮。当孩子的时候,衣服总是整整齐齐的,现在倒很不讲军风纪,常常是解开两个纽扣,用军帽扇着风。抽的是五角以上一包的烟,一连串地吐着烟圈儿。无论说起什么事情,他都是那样冷漠,言语间带出一种半真半假的讥讽嘲弄的味道。不像小时候,对任何事情都有着强烈的兴趣,有着十足的热情。谈起小学的同学,某人某人现在搞什么工作,刘毛妹说:

“无所谓,我的看法是干什么都行。因为什么都不干好像是不行。”

小陶问他:“既然这样,你何必一定要到部队上来呢?”

“既然你可以来,为什么我不能来呢?”

他们谈起了争取入团、入党的事情,刘毛妹感叹地说:

“‘一年团,二年党,三年复员进工厂’。在知青点上的人和那些没有着落的社会青年看来,这当然是很够羡慕的了。其实又有多大的意思,没劲!”

小陶有几次试着给她幼年的朋友一些劝告,她说:

“我看见一篇文章上讲,‘不能因为第一次飞翔遇到了乌云风暴,从此就怀疑有蓝天彩霞’。你就是这样,因为不相信有蓝天彩霞,干脆剪掉了自己的翅膀。毛妹,别太悲观,我们需要振作起精神来。”

“我也在报上看过一篇文章,上面说:‘请正视现实,不必以海市蜃楼里的绿洲,覆盖地上的沙漠。’”刘毛妹逼视着小陶。

“毛妹!瞧你的眼睛,别那么盯着我好不好?我不是样板戏里穿一身大红的女主角,‘站在高坡上,伸手指方向’,教导你‘向前看,再向前看!’我并不是让你缩成一团,胳膊肘拐一下,生怕碰着了谁。你心里有岩浆,喷出来好了……”

刘毛妹打断了小陶的话:“恐怕现在需要的不是岩浆,是温暾水,六十来度,还赶不上二锅头的度数。看来,我们这些小字辈的还是尽可能‘正统’一些好。”

“经常听人讲到‘正统’这个话,究竟你是指的什么呢?”陶坷问。

刘毛妹想了想说:“确切的意思是什么,没考证过。所谓‘正统'思想，别人一定可以作出种种美好的解释。不过照我看，这似乎是意味着服服帖帖，得意于迷信愚昧的一副精神枷锁，意味着一本正经，拿腔作调，俨然是一位不食人间烟火的超人。岂不知这种人够多么可怜，等于一个有血有肉有毛孔的机器人就是了。”

他们谈到小时候一起读过的那些小人书，陶坷愉快地回忆说：

“小人书上画的那些英雄人物，有些连胳膊腿都安得不是地方，我们总一篇一篇仔细地看，翻完了又从头看。有几本现在拿来看，我还是很喜欢。”

刘毛妹嘲弄地笑笑说：“你还是依赖于幻想生活，需要从童话里吸取营养。我不再需要依赖于什么。如果一定要说有什么需要，我希望能得到一点人间的温暖。”

陶坷越来越感到很难和他谈得拢。可是，每次见面以后，她总是怀着急切的心情，在等待着下一次见面的机会。

一天晚上，部队在广场看电影。放映中间等跑片，解散休息。刘毛妹悄悄约陶坷去走走，小陶觉得不大好，还是跟他去了。转悠到营房背后，他们避开路灯，走在浓密的树荫下。刘毛妹一下抓住了小陶的手。他一双大手热乎乎的，那么有力，像两把铁钳。小陶心慌意乱之中，已经感觉到抽烟人口里的那种气息。她极力向后仰着脸，躲避不开，双手被紧紧抓住，就用头在刘毛妹宽大的胸脯上嘭嘭地撞击着。刘毛妹只好放开了她。陶坷跳到灯光下面去，整了整衣服，沉静地说：

“我可知道你希望的是什么温暖了。毛妹！难道我们相互温暖一下，或者说是让我来温暖温暖你，一切就会好起来了吗？”

陶坷扭头走了。从此他们没有机会再见面，也没有通过信……

陶坷竟能忍住了眼泪，默默地听那个跟担架的小战士讲述刘毛妹牺牲的经过。

“昨天攻打三号高地，我们二连是主攻，营里要配一个步话机员给我们连。别的几个步话机员都争着报名，刘毛妹不作声，在一边卷着烟抽。他心里有数，配属给主攻连，肯定是要过硬的，报名不报名也是他的事儿。可不是吗，最后营里派了他，跟我们突击排上去了。

“本来决定偷袭，到了高地下面，踩响了地雷，副连长只好命令我们强攻。这个垭口高地，是316A师的重点设防阵地，修了三道环形堑壕，两侧十多个山包的火力都可以支援这里。冲过第一道堑壕的时候，副连长牺牲了，一句话都没有来得及说。出发前副连长指定了一排长做他的代理人，刘毛妹找到一排长，跟上他继续往上冲。不一会儿，一排长又受伤，流血过多，不行了。他指定的代理人是副排长，刘毛妹又跟上副排长继续战斗。副排长拿着话筒，正和指挥所通话，重机枪一阵风地扫过来，他当下牺牲。步话机也被打坏，不能再用了。由于指挥中断，部队开始有些稳不住了。三班有几个战士，把钢盔压得低低的，遮住了自己的脸，要往下撤。步话机员虎势地上去，一脚把走在前头的一个踹倒了。他直直地瞪着他们，火光下看见，那两只眼睛好瘆人哪！三班的几个人不敢再动了。步话机员跳到堑壕上面，大吼一声说：‘大家不要慌，现在听我指挥！’

“当时我们嘴上不说，心里嘀咕着，你能行吗？不是干部，又不是党员。

“看样子硬冲是不行。刘毛妹分派了两个战斗组，从两侧佯攻，故意弄得竹子哗哗啦啦响，吸引敌人火力。他带着部队，顺环形壕绕到高地背面,突然发起攻击,冲过了最后一道堑壕。

“不想刘毛妹胸部和腹部受伤,右腿膝盖骨也打断了,小腿活活甩甩的。用了七个急救包,才包住了他那些伤口。同志们要背他下去,他说什么也不干。我强把他背起来,他老实不客气,在我肩膀上狠咬了几口,我只好把他放下来。讲好了让他在原地休息,等我们一离开,他就拖着一条断腿向山顶上爬。后来我去看,他爬过的地方茅草倒伏了,草叶上挂着一珠珠鲜红的血。

“连长和指导员带着二、三排支援上来,占领了三号高地。这时候听见,什么地方有人用越南话在连声地呼叫。翻译说,他呼叫的是:‘向我开炮！向我开炮！’原来这是越军的一个报话兵,他看高地已经完全失守,隐藏在一蓬竹子里,呼唤他们的炮群,想把我们主攻连全部覆在高地上。正赶上刘毛妹爬到这里,他悄悄过去,冷不防一下卡住了那个报话兵的脖子。那家伙抡起手榴弹,砸在刘毛妹下巴骨上。可他硬是不松手,等我们赶上去,敌人报话兵已经完了。越军装备的报话机也是中国给的,和我们部队用的是一个型号的。刘毛妹把敌人的机子调了一下,拿起话筒想要呼叫。下巴骨和牙床砸得稀碎,哪里还能叫出声来。他发出唔唔呵呵的声音,可以猜得出,他在向指挥所报告:

“‘二连占领三号高地！二连占领三号高地！二连……’

“他丢下话筒,正了正军帽,把长头发掖进帽子里,又扣好了风纪扣。认真地整过了自己的军容以后,他闭上了眼睛,像是过于疲劳,一下睡着了。”

七

“中华民族到了最危险的时候……”

沉默了好大一阵,小战士又接上说:

“我们步话机员这个兵,不是这次到前方来,恐怕人们是不容易真正了解他。只在平时看,你可能觉得他有些特别。怎么个特别法呢?说不出,你只能说,他就是他那么一个人。要讲聪明,人可真是够聪明的。在报话机训练班,别人都发愁密语背不会,白天黑夜地背。他呢,从来不怎么用心去背,到了密语考核,一、二名里总少不了他。

“出发之前,别人都忙着订杀敌立功计划,写决心书,他不写,说没时间。可是他花了那么多时间,在写一封长信,不许人看。牺牲以后,在他身上找出来了,是写给他妈妈的。”

“信呢?给我看看好吗?”陶坷伸出手要。

小战士从衣袋里取出信来,说连里特别交代他要保存好,一定要交给烈士的母亲。信是步话机员原来包好的,怕湿了雨水,包了两层塑料纸。

陶坷捧着字迹潦草的信,急切地读下去。

亲爱的妈妈:

我以前很少写信,现在想好好写封信给妈妈,可是时间紧张,我只能抓空子陆陆续续写一点。一过红河,恐怕就一个字也不能写了。

前年入伍,我是有过犹豫的。听人说,批准我入伍有照顾的因素在内。我一想到自己在享受照顾,心里很不舒服,这是爸爸用他的惨死替我换来的呀!不过我还是到部队来了。我当时也没想到在我服役期间可以捞到打仗,只是觉得在知青户太闷人了,想换个环境,新鲜新鲜。现在马上要开赴前线,我才清楚意识到我是一个革命军人了。这次出去,比起你和爸爸经历过的几次战争,算不了什么,但是我总算参加了战争。

在吹哨子,要讨论动员报告,暂时止笔。

我接着昨天写。营长一再讲,要保证睡眠,准备参加战斗。可是这几天我一直睡不好。不知怎么,好像总有人翻来覆去在我耳朵边唱着《义勇军进行曲》里的一句词——"中华民族到了最危险的时候"。妈妈!我常常想,除去自然死亡之外,先烈们是在两种情况下牺牲了自己生命的。一种是倒在同敌人厮杀的战场上,一种是倒在内部阴谋的残害中。看来这是一条规律,古今中外都是如此。爸爸在第二种情况下离开了我们,我这次则有条件占据第一种情况。我的好妈妈!如果这样,您一定不要难过,不必像哭爸爸那样为我流泪。您的泪水早流尽了,再为我哭,眼睛里流出来的一定是血。妈妈!您可能觉得我写这些,口气不小,似乎一定可以做出什么引人注目的事情。不是这样,在火线上这很难讲,也许我的心脏正巧碰上一颗流弹,一秒钟之内一切都结束了,随便一个小小的任务也来不及去完成。这就是战争,在意想不到的任何情况下,都可能有人付出他最大的代价。即使这样,我也觉得心安了。

妈妈这次来信,又一次说爸爸等于是您害死的。为什么您总是把我们家的不幸归罪于自己呢?可能是因为我从来不愿和妈妈谈及这些,使您误解了,以为做儿子的直到现在还不愿意谅解母亲。

营长要求再检查一下机器,我晚饭后再来写。

好妈妈!您不必这样。别人议论,讲些难听话,那是自然的，莫非我也不了解爸爸的“案情”吗？您对爸爸的那些做法，无非是表示划清了界限，为了我和弟弟的前途不至于受到无可挽回的影响。爸爸心里也不会不明白。

当然，最好是妈妈不那样做，不给爸爸那样的刺激。您来信中引用了鲁迅的几句话谴责自己：“死于敌手的锋刃，不足悲苦，死于不知何来的暗箭，却是悲苦。但最悲苦的是死于慈母或爱人误进的毒药。”如果可以这样比喻，我认为那是您自己服下了一种可以使人全身麻痹的慢性毒药，同时也误进给了爸爸。这种慢性毒药，就是我们中国人逆来顺受的封建传统的旧意识。中华民族是一个有着优秀历史遗产的民族，培育了我们人民许多美好的品德，善良温顺，忠实敦厚，谦恭忍耐。到了共产党人身上，这些品德发出了新的光辉。这就是坚强的党性，严格的组织观念，维护领导，信任同志，讲团结，讲让步，讲顾全大局。这如同古老的中国宫灯，将蜡烛改换了明亮的碘钨灯泡。这些美德既是带着古老历史的光照雨露，它和两千年封建主义传统思想的影响也就不会绝缘。在我看来，两者不过是相隔着一道细细的田埂，这边是温顺，迈一步过去，就是屈辱。妈妈！在对待爸爸的问题上，您迈过了田埂。我并不特别责怪自己的母亲。你们这一辈人里，固然有敢于拍案而起的。但有很多比妈妈革命历史更长，职务更高的人，包括我们一向尊敬的某些老同志，由于那种慢性毒药在他们身上起着作用，在封建专制的高压下，也不免是那样软弱顺从。他们仿佛是在雪线以上的稀薄空气中生活久了，已经适应了不民主的缺氧状况。妈妈可以说是彻底划清了界限，在您的“结论”里仍然写的是“叛徒、走资派、现行反革命分子的臭老婆”。一些人说到这个结论，觉得拗口，往往简单地说成“现行的老婆”。我因为受不了人们这样侮辱母亲，和别人家孩子打过多少架，鬓角落下了一道伤疤。假如这次我在前方被炮弹地雷炸着，那不算是受伤，那叫作挂花，只有我鬓角的疤痕，才真正是受伤留下的。

亲爱的妈妈！我一个晚生后辈，也许不合适给您写这些的。我是想让您相信，您不见得比别人应当受到更多的内心谴责，没有什么理由说明，唯独您不能得到谅解。

就写这些了，我并不打算寄出，如果您收到了这封信，那一定是战友们替我收检遗物找出来的。

代问弟弟好，已经没有时间，不另外写信给他了。

祝妈妈愉快，再见了！我希望能像外国电影里那样，跪下来吻别您，生我养我的母亲。

您的儿子　毛妹

于登车出发前

刘毛妹留给母亲的信，陶坷看了两遍。信的内容对她不成为主要的了，主要的一点是信中竟没有一句话提到她。这对她是一个难以接受的沉重的打击。小陶终于忍不住伤心落泪了。不过她很快就镇定下来了。宣传队的两个女同志为步话机员刘毛妹清洗遗体，她们默默地退后，让小陶上前去。小陶用纱布蘸着清水，先擦洗刘毛妹的脸。她时不时停下来，注视着死者的眼睛。她觉得刘毛妹是怨恨她，闭着眼睛，不愿意看她。在擦洗手的时候，陶坷几次痴痴呆呆地停下来，别人催她，她才又开始擦洗。她想起小时候他们手拉着手过马路。赶上看什么热闹，人挤得凶，刘毛妹始终紧紧拉着她的手。他是男孩子，自然地负起了保护女伴的责任。

陶坷又想起在新兵团看电影那天晚上，刘毛妹大胆地抓住了她的手。在刘毛妹的一生中，这是他第一次，也是最后一次企图亲吻一个异性。他一双手是那样有力，完全可以达到这个欲望的，他还是失败了……

步话机员的军服、绑带、鞋袜，没有一处是洁净的。泥水和着血，凝结在肉体上，没法子脱下来。小陶用剪刀完全剪碎了，花了很长时间，轻轻地一块块把衣服鞋袜撕下来。她不让别人动手，似乎是怕别人手脚毛躁，触痛了步话机员。清洗过遗体之后，数过了伤口，大大小小挂花四十四处，这个数字，正好是烈士的年龄乘以二。

八

电话站四周一片寂静，似乎没有任何声音。哪里知道，在两层军毯覆盖下，九四一部队的“中枢神经”在高度活动中。

送走烈士遗体，陶坷她们回到电话站，才知道敌情有些紧张。侦察连抓到了一个越南人，他自称是附近班通林场的工人。在他身上搜出了一个铅笔头，一张草草画出的地图，图上标明了九四一部队指挥所的位置。审讯结果，他承认自己是青年冲锋队员，供出敌人准备当天夜里来偷袭指挥所。司令部通知说，机关留的警卫部队很少，不能分散使用，要求各个单位加强警戒。还特别通知了总机班，电话站一定要严格控制声音灯光，避免暴露。

连里干部都下去了，总机班一切只能靠自己应付。不过女电话兵们并不显得那么着慌。不怕，没什么大不了的，有班长在呐！

在人们印象中，严莉似乎是经过专门培训，预先为女兵班准备好了这样一个各方面都很成熟的班长。严莉今年二十二岁，是总机班的大姐。她脸微微有点黑，黑翠黑翠的。她在班里的地位，多少像是她在家庭里所处地位的延续。严莉弟妹多，快够一个班了，爸爸妈妈管不过来，干脆撒手交给老大来管着。爸爸是一个团职干部，照规定应该吃中灶的，他除了偶尔陪陪客人，总也不到中灶食堂去。从将近二十年前第二个儿子出世，爸爸的薪金再没有涨了，生活上不能不精打细算。在大女儿的统筹安排下，他们家竟然并不比谁家显得紧张到哪儿去。弟妹们都很懂事，从不和别人家孩子比吃比穿，不过该有什么也还是少不了他们的。人家的孩子穿衣服，老二接老大的，老三接老二的。严莉的衣服谁也接不上，她脱下身的，就实在不能再补再改了。每次分到各人名下的糖块冻柿子什么的，大姐总是留着自己的一份，过后不定会便宜了哪一个小的。严莉在家庭中的作用，形成了她实际上的一家之长的权威。弟妹们不怕爸爸妈妈，全都怕着大姐几分。严莉把管理弟妹们的艺术运用到总机班长的职务上来了。别人遇事可以耍点小脾气，她不行，她必须把自己的气性掩盖起来，从不发火。班里大大小小的事务，安排得有条不紊，分派公差勤务公平合理。赶上谁当班的时候有点私人的事，悄悄向她请个假，她就悄悄顶上去，多值一班。发生了什么纠纷摩擦，她拿出当大姐的权威，先把事态平息下来，然后召开班务会，民主一番，谁对谁不对当面“吵”清，决不马虎了事。说严莉显得特别成熟，完全是由于职务上的需要。人们知道，当得下女兵班班长可不那么简单。在连队里，这算得上是一个特种兵团了。

越南人可能来袭击，电话站当然是一个突出的目标，情况不能说不严重。总机原是设在一个用茅草竹子搭起的棚子里，人来人往都看得见的。同志们建议,要赶快转移到隐蔽的地方去。

“不用动,照常工作!”严莉沉着地说。

等到天完全黑下来了,严莉才悄悄地布置,人员全部撤出草棚子,把总机转移到一个防炮洞里。洞是就着土坎挖的,挖进两三尺,向左右发展,对称构成了像猫耳朵一样的两个藏身的窝窝,战士们习惯叫做“猫耳洞”。这个猫耳洞有茂密的树丛遮掩着,严莉又叫把电话线从老远就开始埋设下去。所以,就是走到了跟前,指给你看,你也看不出这里是一个电话站。

总机班派出了自己的巡逻哨。有人主张,除了值机的人,其余人全部去站哨。严莉说:

“用不着,该睡的还是睡,换着班来。仗不是打一天两天,日子长了。”

她只派了陶坷和杨艳两个人担任警戒。班里唯一的一支冲锋枪交小陶使用,杨艳拿着两颗手榴弹。班长交代待两名哨兵说:

“你们就绕着总机附近游动,不要乱走,以免和其他单位的巡逻哨发生误会。要找暗处站着,不要总在月光下面。有什么动静先问口令,可别慌慌张张地就开枪。问口令嗓门尽量粗一点,别让人听出来是女的。”

严莉确定由她自己担任守机。完成今晚的守机任务不比平常,要准备在最危急的情况下,一面战斗,一面坚持通话。猫耳洞里直不起腰来,只能把二十门交换机摆在地下,窝憋着工作。机子上不能开灯,号牌掉了看不见,全靠用手指不住地去触摸几排号牌,接转通话。为了完全控制声音,严莉用两层军毯,连人带机子一起蒙了个严严实实。电话站四周一片寂静,似乎没有任何声息。哪里知道,在两层军毯覆盖下,九四一部队的“中枢神经”在高度活动中。严莉不停地在高声呼喊着,呼喊着。部队向敌人侧背穿插过去,发展很快,电话线路一再延伸,已经远远超出了有效通话距离,虽然加了“增音”,通话质量还是很差。往往下达的命令指示,向上报告的重要战况,要由严莉从中传送。她讲了一遍,怕有什么不准确,又复述一遍。严莉忽然觉得喉咙里咸咸的,有股腥味,知道嗓子出血了。这几天,几个女电话兵嗓子全都喊坏了,带来的清音丸已经吃完,没有什么防治的办法。多喝水会好一些,偏偏附近山地没有活水,找到一片积水,尽是小虫子在翻上翻下的,放几片净水剂澄清一下,那种怪味让人打哆嗦,喝不进去。部队里有一种奇妙的发现,凡是折断了青竹子,靠根部的几节里准定会聚存了水分。在竹节的地方穿通一个洞洞,就可以接到几口又纯净又清凉的水。这是很珍贵的,不容易弄到。严莉晃了晃她的水壶,还存有一点青竹的水。拧开壶塞儿,想喝几口润润喉咙。但她只是漱了漱口,吐出带血的水,又拧紧了壶塞儿。女兵班班长想到,水得留着,说不定班里谁又发高烧,或是受伤,一点水没有哪能行呢。

这天特别闷热。严莉一整夜钻在猫耳洞里,又蒙在两层毯子里,她热得什么样子,可以想象。摘下耳机,简直可以倒出水来了。第二天别人来换严莉的班,吃惊地看见,她像是刚刚参加了泅渡训练上来,人已经瘦了一圈儿。是谁发现严莉额头上爬着一条旱蚂蟥。经人这么一说,严莉尖叫起来,她跺着脚,紧张得不知怎么是好。同志们叫她别乱动,帮她脱下衣服来找,找到十多条。手指头缝里还隐藏了一条,她居然一点也没有感觉。吸饱了血的蚂蟥,圆咕碌碌的,拍打几下就掉了。还没有吃饱的,怎么也弄不掉,又不敢硬扯硬拽,怕扯断了,留下一半更难办。忽然想起来,出发前连里介绍过对付蚂蟥的办法。跑去找人要了一支纸烟来,点着了对着蚂蟥熏,不一会儿,它们就曲卷着掉下去了。

因为人太少,巡逻哨也是一整夜没有替换。拂晓,陶坷模模糊糊看见几个人,弯着腰向这边摸过来。她忘记了应该装成男人的声音,尖着嗓子喊了几声口令。对方不应口令,还在往前来,小陶开了枪。她没有打过冲锋枪,不知道控制快慢,手指头一动,一梭子弹出去了一大半。警卫部队的一位排长,听到枪声,带着几个战士赶来了。在树窠里搜索了好久,什么也没有发现。他们埋怨陶坷说:

“怎么搞的,乱打枪!”

“我看得清清楚楚,像是有几个人……”陶坷为自己辩解。

“算了,肯定是你自己紧张过度。”

“既然看得清清楚楚,嘟嘟了大半梭子,怎么连一个也没有撂倒?”

杨艳护着自己的人,说真是听到了有响动。打着没打着敌人,那是另外一个问题,开枪还是对的,不能说是乱打枪。等别人走了,班里悄悄议论,杨艳也倾向于小陶是看晃了眼。

第二天早上,把总机从猫耳洞搬回棚子里去。忽然,是谁“啊”地惊叫了一声,原来总机棚背后有一具越南人的尸体。这是一张孩子脸,最多十六七岁。他胸部完全浸在血泊中,两手紧攥着四枚揭掉了盖子的手榴弹。很明白,他是中弹以后坚持冲过来的,已经到了离总机棚只有两三步远的地方。如果他还有剩余的一点点气力,一定会把四枚手榴弹扔进棚子里去的。陶坷没有看错,和这个年轻的越南人一起来的还有几个,他们撤出战斗很及时,丢下一名英勇的同伴不管了。

九

女电话兵端着自动步枪紧逼上去，向对方现出了胜利者的微笑。

班通林场青年冲锋队的任务，是袭扰中国边防部队指挥机关和后勤，其中一项，就是窃听电话，破坏电话线。这给九四一部队有线通讯造成了很大麻烦。

总机上又传来了一号首长焦急的声音："喂！总机班吗？要你们这些电话兵干什么吃的，不是这里不通就是那里断线。命令你们连长、指导员，亲自给我查线去。"

不用首长讲，连长、指导员已经带着查线组出去了。总机站也派出了三名女电话兵，和男兵打乱编组，去协同维护哨巡查路线，尽快恢复畅通。

陶坷和架设排的两个新战士编成了一组，她是老兵，技术又强，自然担任了组长。为了不让人看出三个查线兵当中有一个是女的，小陶特意要了一个钢盔戴着。他们手捋着电话线往前跑，手心摩擦得火辣辣的，出了血泡，生疼生疼。跑出一段路，搭上单机一试，开端终端都不通。有鬼了，这一段线路是刚刚手捋着过来的，明明好好的，怎么开端也不通呢？陶坷想了想，她把通过水田里的一截线提起来，离开了水面，一试，通了。放下去，又不通了。这截线有好几处绝缘皮裂开，和大地接触，短路了。这是暗断，不容易察觉。小陶仔细查看，胶皮是新割开的。破坏电线的人巧妙地使用了自己的知识。

把水里的一截线换过了，又往前去，发现明断，线剪得一截一截的。他们一面骂着越南人，一面迅速接线。小陶十个手指那样灵活，像在水里翻腾的小鱼儿，看不清是怎么两绕三绕，一个蛇口结打好了。她顾不得用钳子剥掉线头的绝缘皮，就用牙咬。平时总机班的姑娘们是极力避免这样做的，牙用多了，会向外突出，难看死了。小陶哪里还管得了那么多，嘴被电话线钢丝扎烂了，牙根在出血。她忽然发现，旁边有敌人的一条电话线，和我们线路平行拉过去，看来是撤退得慌张，没有来得及收。这是一条中型线，三钢四铜，通话质量很好，肯定是过去中国支援他们的。她不再费力去接碎线，把敌人的电话线用上了两公里。

再往前去，接上了其他小组负责的地段。开端终端都摇出来了，任务完成得还算顺利。谁知正试着线，开端又不通了。返回复查，刚刚利用的敌人的中型线又被剪断了。显然是有人在和他们玩“躲猫猫”，见他们巡查过来，躲避一下，等他们过去又出来破坏。重新接好了线，陶坷忽然有了一个主意，她悄悄对两个同伴说：

“你们俩继续往前去，装着什么也没发现。我留在这儿，看看是怎么回事。”

“分散行动怕不大好吧，我们每人只有两颗手榴弹。”两个新战士有些担心。

“没关系，周围都是我们大部队，敌人是小偷小摸，他们才心虚哩。”

“要留，我们两个也留下好了。”一个战士提议说。

“你们只管走，不怕。如果他们人多，我先不动。如果是一两个人，我一喊，你们马上返回来，收拾了他。”这是小陶的战斗部署。

两名新战士执行了陶坷的命令。他们脚步很重，故意弄出声响，让人知道查线兵已经继续前进了。

小陶隐蔽在一蓬竹子后面静候着,忽然发现右边不远的灌木里有什么东西微微在动,越来越近。先是一只手分拨开叶子,随后一个人探出头来,左右观察。小陶把手榴弹弦套在指头上,随时准备投出去。那人已经从灌木丛里走出来,是一个身材小巧的越南姑娘。长长的头发披在腰间,在后脖梗用手绢束着。披了一块美国军队的伪装尼龙布,穿的是没有领子的紧身月白色上衣,宽大的黑绸裤,光着脚丫子,自动步枪挂在左肩上。不用说,这是一个青年冲锋队员。陶坷注意看看后面,再没有别的人跟上来。照说,她应当按事先约定的,喊叫几声,通知两个战士包抄敌人。小陶完全忘记了自己的战斗部署。她想,既然对方也是一个女的,在身高上又是占着绝对的劣势,为什么我不能捉一个活的?

那个女冲锋队员取出一把钳子,就要动手去剪电话线,同时侧目向竹丛里看去,忽然看见在绿色的钢盔下面,一对明亮的眼睛正注视着她。越南姑娘闪过第一个念头就是她走进了伏击圈,周围不知有多少双眼睛注视着她。她转身要逃,不想枪皮带挂在树上,树枝弹性很大,自动步枪被弹出老远。待她要去捡,发现枪已经端在竹丛里那个中国军人手上。在她的眼中,这位中国军人长得是那样高大,加上一顶钢盔,越发显得威武雄壮。黑洞洞的枪口对准了她,她木木地站在那里,知道不能再动。又转念一想,开枪就开好了,我还等什么,她撒腿就跑。

小陶并没有开枪,她们一前一后,像两只蝴蝶儿在追逐着,一时在林中空地上出现,一时又飞进密林中。青年冲锋队员回头看看,她十分惊异,为什么在她背后紧追不舍的竟是一个女孩子呢?她即刻明白过来,刚才看见的那位威武的中国军人,主要就威武在那顶大钢盔上。钢盔跑掉了,露出短短的头发,原来是个女的。这当然就完全是另一回事了。她机灵地闪在一棵树后,屏住气等候着。只待追赶的人错过身去,就可以突然从背后抱住她。等了一会儿,还不见动静,只觉得冰凉的枪管已经触到脊背上来了。她一回手抓住枪,拼命抢夺。越南姑娘双臂向上,高高的胸脯完全暴露给了对手。陶坷闪念想到,她可以腾出一只拳头,猛击对方的胸部。她在什么书上读到过,说女人的乳房是一个致命处,经不起打的。小陶没有这样做,她竭尽全力扭动几下,拖带着越南姑娘旋转了几圈。横过枪,当胸一推,对方连连倒退十多步,仰面摔倒在地上。

女电话兵端着自动步枪紧逼上去,向对方现出了胜利者的微笑。她随后从衣袋里取出几张代言片扔过去。上面用中越两种文字印着:“告诉你的同伴,不要做无谓的牺牲,赶快出来投降,保证你们生命安全。”女冲锋队员捡起一张,装作在看,心里暗暗打定了主意,抓起一把土,冷不防向陶坷脸上撒过去。趁着陶坷抬起胳膊肘去遮挡,她转身钻进了丛林。陶坷揉搓几下眼睛,又去追赶。

逃命的只想逃命,追赶的只想着捕获自己的猎物,都不知道自己的衣服全被扯烂了。她们的头发散乱不堪,沾满了草叶,脸上和肩头尽是一道道的血痕。

眼前出现一条清澈的河水,河面不宽,夹在两山之间,水相当深。上游一带,正是九四一部队穿插分割越军316A师的战场,不时有越军的尸体漂流下来。女冲锋队员看见水流得那么急,又看见一个个泡得发涨的越军尸体,本来不敢下水的。可是背后人追得紧,不容她犹豫,她擎着野藤从岩石上滑下去,横了心,扑通一声跳下河去。她水性不强,一进入激流,几个浪头盖下来,就有些发晕了。自己感觉还在奋臂游向对岸,其实只是随着波浪一高一低漂流下去了。

陶坷把自动步枪背起来，紧跟着跳下了水。经过两年泅渡训练，她全副武装，加上一拐子线，可以横渡几公里宽的江河。陶坷注意到，顺着弯弯的河道，再往下游去，便是一道巨大的瀑布，河水陡然折断，整个儿跌落下去，在深谷里激起一片白茫茫的水雾。她很快游到前面去，拦截住女冲锋队员。对方还是极力挣扎，不让陶坷靠近。陶坷猛扑过去，把她按在水里，趁她被呛得不由自主，扯住她的长发，向岸边划去。陶坷一只胳膊拦腰抱住越南姑娘，一只胳膊紧紧钩住了从岸边弯到水面上来的粗大的树枝。回头一看，好险哪！她们已经到了瀑布将要向下跌落的地方。

越南姑娘精疲力竭，完全瘫软了，任凭陶坷拖带着游过去。她们刚爬上河岸，浑身的水还在往下流，只听有人用越南话喝令道：

“不许动！举起手来！”

陶坷忙要取枪，一看，围上来用枪逼住她们的，是连里派出来查线的几个电话兵。

战士们先都没有认出，从水里上岸来的是总机班小陶。两个姑娘的衣服一片片一条条留在树枝刺藤上了，剩下的不足遮体。几个战士不免目瞪口呆，不知如何是好。

小陶气愤地说：“这些死人！只管看着干什么，还不把你们的雨衣扔过来。”

大太阳当顶照着，陶坷和她的俘虏严严实实地穿着雨衣，回到了指挥所。

十

她希望自己能成为一滴洁净的水。

三月五日,我国政府宣布,边防部队达到了惩罚越南侵略者的目的,决定撤回边界线我方一侧。西线的九四一部队和兄弟部队一起,在重创越军“王牌”316A师,圆满完成任务以后,采取倒卷帘的办法,梯次撤回国内了。

从红河浮桥一上岸,总机班的同志就把军用水壶里剩下的水倒掉,在“迎亲茶水站”灌满了凉茶,仰起脖子咕咚咕咚喝了个够。她们说:

“半个多月没有喝到我们自己的水了,好甜哪!”

在外面大家都说,一回国先倒头睡它三天三夜再讲。不想,现在谁也没有一点倦意。她们踏上了自己的国土,心里充满了对于祖国的亲切感,充满了一种往常不大容易体验得到的新鲜感,早把劳累困倦忘到一边去了。电线上落了一排麻雀,叽叽喳喳地在叫,是谁说:

“我们这边的小雀子叫的,比那一边的要好听多了。”

九四一部队在边境一线停留了一段时间,进行作战总结和评功庆功。陶坷参加转送女俘虏,提前回到祖国,在战俘管理所帮助了一段工作,也从俘管所回来了,总机班六姐妹全体会合在一处了。

一号首长是随后卫部队撤下来的,一回来,先跑到电话站来看望总机班的同志。连长、指导员陪着,大家都坐在线拐子上。一号笑呵呵地逐个儿望着六个女电话兵,使她们在那样亲切爱抚的目光下有些不好意思了,他才开口说:

“你们这些冒领男式大号鞋的,这半个多月怎么样?够受了吧?”

女战士们低下头,只是轻声地笑着。她们一向是用无缘无故的笑声来回答首长问话的。

一号兴奋地说:“别的不敢吹,我可以这么说,‘九四一’没有一匹不能上阵的马。行！真行！算我错看了你们。不知道通信科为什么到现在还不给你们请功。没关系,我和二号为你们请功,提到党委讨论。”

大家简直不敢相信一号的话。她们觉得,出国作战以来,一号对总机班不可能有什么好印象的。他几次在电话上大发脾气:“要你们这些电话兵干什么吃的!”可是,看样子首长是从心里在夸赞她们,不是随便说一说的。

杨艳嘴快,她故意说:“我们班任务完成得不好,一号别讽刺人。”

一号说:“谁想找我这么讽刺他一下,我得考虑考虑咧,我这人可不是那么好说话的。”

“要是说我们任务完成得还可以,那也多亏了一号,是一号刮鼻子刮出来的。”

杨艳这话引得大家一起笑起来。

“我是不是骂了你们什么难听话？我可不记得了。”一号连忙表示了抱歉。

班长严莉说:“不！线路出了问题,首长在电话上讲几句气话,我们心里倒还好受一点。如果首长一句话不讲,扔下‘有线’,全用‘无线’去了,那我们才受不了呐。”

一号嘿嘿地笑着说:“你们听听,到底是当班长的,同样几句话,说出来就不一样。”

总机箱子上,放了路曼和肖群秀刚刚填写好的两张入党志愿书。一号拿起来看看,祝贺了她们。一号说:

“听！红河沿岸炮还在响。你们能在炮声里来填写入党志愿书,这是难得的。不比平时,谁在班里多扫了几次地,就算是过硬的条件,可以优先吸收入团入党。我晓得的,一个班就那么一两把笤帚,你早一点拿到了手,我就拿不到,不见得我的劳动观念就比你差。当然,抢着搞卫生总是个优点,我并不反对。”

一号问严莉:“你们班就是她们两个填了表吗?”

严莉说:“在国外,支部就发给了小陶入党志愿书,她一直拖着,没有填。”

“为什么?”一号问小陶。

陶坷笑笑,总不作声。

“小陶以前写过申请的。现在总说自己条件不够,愿意过一段时间再讲。”严莉替小陶回答。

指导员说:“这次到前方来,小陶是比较突出的,可是小陶总拿自己和刘毛妹烈士比。说既然刘毛妹都还没有能入党,那她就更……”

提起步话机员刘毛妹,一号首长立时现出了沉重的神色。他带着对于这位烈士深深的敬意说:

“大家都向党委提意见,说应该追认刘毛妹同志为正式党员。我们当然希望能这样,可是,他生前没有向党组织表示过这种要求。无论他是出于什么考虑,我们总是应当尊重他个人的意愿。”

陶坷解释说:“这个情况我知道。我是想着,既然自己各方面差得太远,就是勉强入了党,一想起他,心里会觉得过不去的。我们党内缺少的是他这样的人。”

一个战士,出于对自己更严格的要求,主动向党组织提出,宁肯先留在外面,这样的事情,在过去战争年代里倒是常见的。当初一号本人就曾经采取了这样的行动。本来满十八岁的时候就可以填表的,他主动推后了一年。那时候在部队里,大家都以刚够年龄就加入了组织为骄傲。一号虽然失去了这种骄傲,却从不感到遗憾。今天又看到有人这样,使这位有将近四十年党龄的老党员内心十分激动,感慨万端,觉得这是很不容易的事情。我们已经有了三千多万在各种情况下吸收进来的党员之后,再吸收一个党员,正如在激荡的湖水里又注入一滴水。这一滴水,即或是很不洁净的,也不至于给湖水里增添更多的沉淀物了。可是,女电话兵陶坷并不因此宽容自己,她希望自己能成为一滴洁净的水。

一号告诉连长,放总机班半天假,让她们下河去洗个澡。司令部在河里为女同志们划分出了一个地段。女电话兵们是迫切地需要洗涮洗涮了。出境作战以来,白天黑夜就是那么一身儿,又是雨又是汗,湿了干,干了湿。坐在一起,彼此闻得见的,除了和男同志们身上一样的酸臭,还多了一种男同志所没有的气味。

六姐妹在河湾里找了一个僻静的地方,派人站上哨,轮流下河去洗。她们轻装很彻底,现在可怜了,没有替换的衣服。只好先把衣服和小东西全部洗出来,晒在草地上,然后洗头洗澡。完了,扯几片芭蕉叶铺着,坐下来梳拢着水淋淋的头发,等着衣服干。

太阳就要落山了,六姐妹一字儿排开走回驻地。她们洗了个痛快,一个个头发蓬蓬松松,夕阳照耀下那红润的皮肤像是透亮似的。驻地生产队的妇女们抱着孩子站在路边上看,她们议论说:"九四一部队招女兵,怕尽是要挑长得好看的,不好看的不要。"

(原载《人民文学》1980年第1期,作者有改动)

作者简介:徐怀中(1929—),河北邯郸人。作家。1945年参加八路军。著有长篇小说《我们播种爱情》《牵风记》,中短篇小说《地上的长虹》《西线轶事》等。

你是共产党员吗?

张　林

一

北方铁路局局长刘大山,再有两年就六十岁,真正进入老头子们的行列了。一生对于他来说是复杂的,也是简单的:他个子没有小马枪高的时候,就跟一帮像石头一样结实、坚强的小伙子们跑去打游击了。打完日本鬼子,他还没喘口气,又掉头来跟国民党干上了。直到辽沈战役即将打响的时候,队伍就要向南开拔,在一个阴雨连绵的夜晚,团长把他叫了去,命令他留下来,和师长一起接管铁路。他抱着枪哭了,哭了一宿,眼泪比雨还多。他执拗地要跟队伍开拔,哭得战友们动了心,去团长那儿请求,结果却被刮了一顿,不声不响地回来了。

第二天一早,师长来了,进屋拉开嗓门喊了一声:"谁是刘大山?"

刘大山哭丧着脸站了起来。师长把肩上的大衣耸了耸,走到他跟前,宽黑的眉毛动了动:"哭得像个小媳妇!你是共产党员吗?"师长说完走了。

刘大山呆呆地站在那里,耳朵灌满了师长那声吼。最后,他把枪偷偷地放在脸上贴了贴，便交给了别人，留下来跟两根铁轨打起交道来。慢慢地，他爱上这两根铁轨，好像他还能摸着这两根冰冷的铁轨的体温，听到它里面也有一颗心在怦怦直跳。现在，那个老师长，铁路接管司令已经死去多年了。不知为啥，刘大山时常想起他，想念着那个脾气很暴的老头子。

刘大山是胶东人，父亲种地，祖父种地，追溯上去都操这个生业。祖宗们给他留下一个山东大汉的身板，宽鼻阔嘴，还有一头像猪鬃一样粗硬的黑头发。他也想留个时兴的分头或背头，无奈，头发太硬，怎么也弄不倒，只好留个寸头，任它们像鞋刷子毛一样立着。刘大山的性格和他的头发差不多，也是怎么按也按不倒。“文化大革命”十年的折磨，这条汉子腰没弯，背没驼。落实政策后，给他安排了一个职位很高、又没什么事可做的职务，用他的话说，这是比掘祖坟还难受的职务。直到最近，才又老帅归位，重新担任了局长。

路局的秘书们都是研究人情世故的机灵鬼，他们年轻，对于刘大山还是陌生的，只听说他好骂娘，生气时这样，高兴时也要骂一句，不过声音轻重不同罢了。秘书们把局长办公室重新布置一番，老虎腿的写字台比双人床还大，上面放了三台电话机；墙壁油成奶黄色，从科学上讲，这属于暖调子，也许会使易怒的局长在这个房间里变得温和起来。但是，局长在这个暖暖的窝里只待了一天，就把秘书周锋叫到跟前：“搬家！往靠车站那边的房间搬。”

秘书们又整整鼓捣了一上午，累得直喘大气，才算调换完毕。这是一个比较小的、紧临车站的房间，墙皮都剥落了。在这儿，车站的一切看得再清楚不过了，窗户就像大的电视屏幕一样。车站调度的说话声、装卸工的喊叫声、检车员用检点锤打车轴的敲击声，特别是火车头呼呼的喘着粗气的声音，掺和在一起，吹进他耳朵。他脸舒展了，温柔了，心里像喝了二两美酒，又像欧洲的王公们坐在包厢里听迷人的音乐似的。他坐在窗前，大嘴咧开了："好啊！就是这样。"

秘书们要摸透一个局长的脾气总是有办法的，他们了解到刘大山以前的一些情况。这中间有两件事特别引起他们的注意：

第一件。一九六五年冬，正值三九，大雪铺天盖地。那地地道道的北方烟泡雪，像一团团棉花，把铁道缠住了。道岔被冻死了，列车爬坡时直打空转，就是爬不上去。在这鬼天气里，龙河分局出了件大事故。出事故的当天晚上，分局长没有值班上岗，在家睡大觉。这下把刘大山的脸气得像猪肝，在铁路局每天晚上十八点的交班会上，他对着话筒大声喊叫那个分局长。电话里传来分局长的回声。刘大山咳嗽一下，把眉毛一聚："娘的！工人们在那儿顶着风雪没日没夜地干，你一下班就往家跑，喝完二两尿水子酒，就往老婆被窝里钻……你还是共产党员吗？从今天起，各分局长要天天顶夜班，我半夜十二点用电话点名，困了搂铁道睡，谁也不许回家。"

各分局长一上岗，事故消灭了，运输秩序好转了。

第二件事。一九六四年，很多工人反映医院太不像话，医疗水平差，责任心不强，曾有两名患者因误诊致死。有个大夫听诊器还没插进耳朵里，卡在脖子上就一本正经地给患者听诊。这情况传到刘大山的耳朵里。他抿紧了嘴，没骂，甚至连声都没吱。几天后的一个半夜里，他在办公室突然说肚子疼，不让人跟着，也没坐车，自己慢慢走到医院急诊室。一个大夫正在倦睡，口涎都流出来了。刘大山喊了几声。大夫掀了掀沉重的眼皮，闭着眼睛问了病情，然后很不耐烦地叫刘大山躺下，随便地摸几下肚皮，打了一个哈欠，诊断结论是阑尾炎,需动手术。这时,刘大山腾地在床上跳起来,眼睛瞪得像乒乓球:“娘的! 你才得阑尾炎。你算嘛大夫? 把白大褂扒下来!”

大夫的睡意顿时消失了,怔怔地望着站在床上的古怪病人:“你……”

“我叫刘大山,今天专程来拜见你,我的老爷!”

大夫的脸白了,肩耷拉下来。刘大山跳下床,扣着衣服:“去,打电话,把你们院长请来!”

院长不知医院发生了什么事情,因为大夫打电话时,吞吞吐吐始终没说明白,好像得了口吃病。院长坐汽车到了医院,到了急诊室,推开门,见迎面站着怒气冲冲的局长。

“你是共产党员吗?”他问院长,话说得满柔和,还挺亲切。

院长不明究竟地点了点头。刘大山把眉毛一聚,硬邦邦地扔了一句:“你是共产党? 我看你是国民党! ……”

这两件事,可能和事实有出入,经过铁路工人在千里铁道线上流传,不免有加工的成分。领导上也找过刘大山,指出他好骂娘,粗鲁,是一种游击习气。刘大山认了,下决心改掉,可没过一个星期又“娘的,娘的”了,他只觉这样说有劲,就像文人们写文章用惊叹号一样。“文化大革命”一开始,他第一个被挂上大牌子,“罪行”是很多的,单凭他把共产党员说成国民党这一条,也够打进十八层地狱了。在批斗这一条罪行时,医院院长跳上台来,作证说不是那么回事,刘大山不是那个意思,他批评医院是对的,千万别把好人当坏人整。后来,给这位院长挂上一个“保皇派”的牌子。刘大山心里一阵热,冲着造反派吼了一声:“娘的! 这是胡闹!”当然,那后果就可想而知了。

这一切都是过去的事情了。刘大山成了传奇式的人物,他的那些事也成为这个铁路局的名人轶事了。

二

刘大山有个习惯,每天要到各处、室转一转,看看职工们的精神状态。铁路是个大动脉嘛,动脉就得动起来,铁道线上动起来,指挥部也要动起来,绝不能容忍指挥部散漫懒惰,像天上飘的云那样,悠悠荡荡的。这天下午四点,他到运输处、财务处看了看,回来时,到了打字室。这个地方他不常来。进去时,他看到一个四十多岁女打字员正拿着一件淡青色绣花绒衣,在身上试来试去,眼里闪着兴奋的光彩。另一个二十多岁的女打字员轻轻拍了一下手,睁大了眼睛,仿佛在说:你穿这件衣服再美不过了!刘大山觉得挺别扭,但他没有大吼一声,如果真吼一声,说不定其中有一位会休克。他想起对女同志不能粗鲁,不能骂娘。他只想说一句话:"今后试衣服在家试,办公室不能搞这一套。"而且还要说得温和一点。可是,还没等他张口,两个打字员发现他了。年轻的伸了下舌头,两人赶忙坐下来,打字机咔咔响了起来,声音很大,动作麻利,像闪电那么快。刘大山没有说话就走出来,心里思忖着,这么大岁数的女人还要穿淡青色的,还绣上奶黄色的花,合适吗?但又想起来,听人家说那个年岁大的打字员是个老处女,年轻时立志要找个标准的小伙子,那个小伙子只在她心里面,上帝还没创造出来这么个标准的人。现在年纪大了,要求也降低了,只求找一个干部,岁数大点也行。刘大山思忖着,又转悠到秘书室。秘书室里没有人,说是运输处搞来一批鳌花鱼,秘书们分鱼去了。他不觉有股怒气往嗓子眼冒，心想："真差劲，见腥味就上。我坐在这儿，看他们啥时候回来！"他坐在椅子上，望着桌子上厚厚的玻璃板，看到玻璃板下压着一张照片，是个漂亮姑娘，好像是芭蕾舞演员，说不定这是从哪个画报上裁剪下来的。冷丁，他看到桌子上有封信，信皮上写着"刘大山局长收"。他打开信看了一遍，不觉两额的青筋突突直跳，血一下子顶在脑门上。

"娘的！好哇！"他边看信边叨咕。这是一封揭发信，向他报告了上个月白塔车站撞车事故的真实情况，并揭发了白塔车站和北仓分局欺下瞒上，由大化小、假报事故的经过。这个事故，他是知道的，已经按一般性事故处理了，但是按信上说的情况，这是大事故。他一拳砸下去，桌子上的墨水瓶跳了起来："娘的，跟我玩鬼花样，差点把我唬了。要真是这样，等着瞧……"他转而一想，这会不会是封诬告信呢？"文化大革命"以来，诬告像瘟疫和梅毒一样泛滥和流行。他又看看信，想看看写信人是否署了名，要是署了名字和地址，十有八九是真的。

信末署了名："白塔车站扳道员吕久才"。他不由得咂一下嘴，嘿了一声："好种！敢写名，敢叫号，好！"

走廊里响起一阵皮鞋后跟踩地声，这种声音只有女孩子们才会喜欢。秘书周锋进来了，兴冲冲地拎着几串很肥的鳌花鱼，有一条鱼的尾巴还在摆动。周锋拣了一串大的提起来："刘局长，这串是给你的。"

刘大山脸板平着："货主的吧？"

周锋没回答，讪讪地笑了，默认了。刘大山的脸抽搐着，嘴角在轻轻跳动："我自己钓着一条大鱼哩。大概还有些小鱼仔……"说完，他晃了晃手中的信，周锋看见信有些慌乱，手中的几串鱼差点没掉下去。

“这信来了几天了?”

“……”

“你说实话!”

周锋看了看局长的脸。那是一张铁青的脸。这张脸告诉他，说谎话要吃大亏。人不能吃眼前亏:“三天。”

“为什么不立即交给我?”

“北仓分局局长白帆来过电话,说这是那里的一个工人无理取闹,想出风头。我想,你和白帆分局长在一起蹲牛棚二年,信交给你,你也为难……”

刘大山眼眉跳了一下:“这封信,白帆知道?”

周锋怯生生地看了刘大山一眼,低下头:“知道。他来电话说,分局眼看竞赛红旗就到手,这事一捅开就砸锅了。”

刘大山的脸一下子又变了,嘴紧抿着,只从鼻孔喘着粗气:“哼,说点好话,送点人情,你就扔掉原则了,这秘书当得不错哩!娘的,多咱学会这套鬼玩意儿!”

他烦躁地走动着,嘴里还叨咕些什么。外面火车呜呜叫,一列装木材的列车开出了站。突然他走到秘书跟前,倾着身子问:“你看过《列宁在一九一八》吗?你学学人家克里姆林宫那个卫队长,那真是个好样的,硬汉子!资产阶级给他那么多钱,他动心了吗?要是那些钱给你,你动不动心?”他大声地几乎粗野地号叫,以致门被谁偷偷地推开,又偷偷地关上,他都没有注意。秘书僵在那里,回答不出。那个电影他看过,但是像把卫队长换成他能怎么样一类的问题,他从来没想过。刘大山又走动几步,突然抓起电话:“党校吗,我是刘大山。给你推荐个学员……”

“已经开学一个星期了。”对方回答,那是一个有点沙哑的声音。

“插班嘛……叫周锋。”

刘大山放下电话,眨眨眼睛:“漂亮的小伙子,你明天到党校报到,去往脑袋瓜里装点东西,太空了不行。有机会再看上几遍《列宁在一九一八》。”

周锋点点头,把那几串鱼又提起来,刚要说什么,刘大山把手一摆:“哪儿来的,送回哪儿去!我已经钓着一条大白鱼了。”

周锋的白脸上淌汗了,心想:“妈妈呀!世界上这么多人,我怎么偏偏碰上了他呢!”

三

当天下午,刘大山召开了会议,组成了一个特别调查组,开赴白塔车站。它的成员包括运输科长、技术科长,当然,也有纪律监察科长。临行前,刘大山把调查组成员找到他的办公室,说:“你们都是共产党员……嗯。这次你们到白塔车站千万不要喝酒,谁请吃饭也别去,把牙咬住了,吃人家嘴短,小心别叫人家收买。实在想喝,回来我请你们喝!”

调查组当天下午就乘一列货车走了,因为客车要到晚上十九点才有。两天后,调查组回来了,直接到了刘大山办公室。刘大山不在,正在开什么会。一会儿他涨红着脸回来,会没开完,可能很激烈。他是听说调查组回来了,从会场上来的。调查组详细地汇报了全部细节。扳道员吕久才反映的情况是真实可靠的。调查组走访了工人,查看了现场,测量了撞坏的车辆,实实在在是个严重的大事故。在白塔车站，确有人请他们到家吃饭，这个人就是站长，一个眼珠滴溜转的精灵鬼，很会说，话一到他嘴里就变得十分生动，像吐鲁番的葡萄，比别的地方的葡萄更甜。当然调查组同志没有去。假报事故的报告正是这位站长写的。他还用电话向分局长白帆打了口头报告，暗示了自己的动机，当时，受到白帆的赞赏："你是一个有头脑的站长！"

"娘的！坏事就出在这些人手里！"刘大山听完汇报腾地站起，摸着刷子一样的头发，说道，"给白塔站打电话，把吕久才请到这里来。把那花舌子站长撤掉，派一个正派人去！"

特别调查组的人都走了，屋里只剩下刘大山一个人，他闭上眼睛，听着火车吼，思忖着：这条大白鱼该怎么办呢？是的，一块儿从部队转业，又一起蹲了两年牛棚。两人在牛棚里思索过很多问题，好像世界上所有的问题都想起来了。说什么地球是圆的，我说地球是个装满了问题的地方，难道不是这样吗？有的问题能想通，大多数想不通，想不通就苦恼，渐渐养成了喝酒的习惯。每次都是看守他们的那个长得跟大姑娘一样的小伙子偷偷给买酒，买那种一元钱一斤的酒，他俩给这酒起个美名，叫一元大曲。两人常在半夜睡不着的时候，嘴对着瓶吮几口。几口酒下肚，心肠温热起来，两人就会亲亲热热地唠起来。有时白帆喝得脸像红虾公，眼睛眯起来，连连叹气："唉，唉！……老刘，出去以后，你还干铁路这行？我算干够了，干了二十年，倒干出罪来了……"

老刘喝一口，吧嗒一下嘴，等酒味翻上来，从口鼻钻出来，身子才往白帆那边靠靠："我舍不得，舍不得离开那两根铁轨。就像俺离不开老婆似的……哎，老白，你想老婆不？"

老白眼圈红了，却反问刘大山："你呢？"

“可想哩！心是肉长的，能不想老婆！”之后，两人不说话了，酒也喝完了，陷入深深的沉思。一会儿，几只老鼠从南墙下钻出来，贴着墙根跑到北墙下，然后听见吱吱地叫。刘大山想：兴许吱吱叫的是一窝鼠仔，在找妈妈呢。这也是世界。世界不就是这样吗，有人也有鼠，有好人，也有坏人，好人总是多数，但还应该更多些才好。

从牛棚出来后，两人也经常凑合到一起，到一起照样对着缸子饮酒。他们用不惯那种精制的玻璃酒杯，用这种东西虽然斯文，但不赶口，他俩学喝酒就是嘴对着瓶口喝。后来刘大山的婆娘规劝，说嘴对着瓶口喝是美国大兵的方式，他们才改用白瓷缸子。有时，白帆在喝得正酣之时，不免解开衣服，把当年“造反派”在自己身上打出的一道道伤痕露出来给人看。刘大山却不，他紧掖着衣服不露出来，涨红着脸说：“有啥看的，这种记号，可耻哩！”

一阵刺耳的鸣叫，打断了刘大山的思忖。他站起来，走到窗前，车站一下又跳进眼里。这是一个铁路运输枢纽站，一天有上百对列车开进开出。但设备陈旧，就像现代人穿了清朝的衣服一样，蒸汽机那种黑乎乎的浓烟，升上去，像墨一样染黑了半边天。有一部分火车头还是小鬼子那时候的。

“落后啊！”他想着，“中国的落后就是共产党员的耻辱！可有人睁眼还在说假话，美滋滋地说，还有人美滋滋地听信。明明是假话，却像真的那样一本正经。娘的！一个分局长带头欺下瞒上，下面工人怎么看我们？党的威信降低了！这么弄，还能不低！群众不相信我们，这是对共产党员的最大的处罚！老白，我今天抓住你这条大鱼不放，我要处理、记过、登局报向全铁路局公布……”

他想到这儿，手摸到了电话，电话是打给老白的：“我找白帆……老白吗？我说你改行吧……改嘛行？唱戏去！……你笑嘛,你是个好演员！假的能说成真的。娘的,我差点上了你的当。你啥时候学的这一套？……白塔车站事故你欺骗了局里。这叫共产党蒙哄共产党！……我弄得一清二楚,听说你还要给吕久才小鞋穿,娘的,你敢！我是他后台！那个小老爷子、花舌子站长要撤职……就连你也得受处分!”电话里传来白帆那种既争辩又哀求的声音。他把电话咣当一下撂在桌子上,在屋里走了一圈,又把电话抓起来:“老白,你还是不是共产党员？你等着接受处分!”说完把电话摔下了。

当天晚上,召开了局党委会,通过了对北仓分局隐瞒事故的处分决定。会上有人提出处分过重,会影响安定团结,但刘大山铁青着脸,坚持自己的意见。他说,处分和安定团结是两回事,扯不到一起。最后还是决定:为严肃运输纪律,给北仓分局局长白帆记大过一次,撤销北仓分局安全监察室主任的职务,撤销白塔车站站长的职务,给吕久才奖金五十元。以上在局报公布,明日见报。

开完会,刘大山疲倦了,腰有点酸,他用手捶着腰进了办公室。刚坐稳,进来一个人,他不认识。进来的人穿着铁路制服,摘下帽子后露出一头白发,脸上的皱纹像下雨天冲出的沟沟。他把帽子抓在手里,走到刘大山跟前:“我找刘局长。”

“我就是。有事请坐下说。”刘大山指了指对面的椅子。老人没有坐。

“我叫吕久才,白塔站的扳道员。”老工人慢声轻语地说。

刘大山慢慢站起来,深情地望着老工人,轻轻地问一句:“你是共产党员吗?”

“是。五〇年入党。”

“我也是。四二年入党。”

两人沉默了，好像现在说什么也不应该，就这样不说话才对。世界上语言是有限的，而感情这东西却是无限的。两人望着，互相看出对方都有一双共产党员的诚实的眼睛。刘大山突然一下抱住了老人，眼里闪着泪的光亮："老伙计，你真是好样的。"他稳了稳情绪，问，"你今年多大岁数了?"

"五十九岁零四个月。"

"你比我还大一岁。你是哥，你是哥哩!"刘大山高兴地叫着。

刘大山看着老工人，看那头白发，看那脸上密密的皱纹，惋惜地摇摇头："可惜……你哪怕再年轻十岁，嘿，五岁也行啊，很多岗位需要像你这样忠诚的人。"

老工人摇摇头，嘴在微微抖动："你不应该盼我年轻十岁，那是不可能的；你应该想办法叫青年人早成熟五年、十年，那是完全办得到的。"

刘大山信服地点点头。

老工人又说："我明年就要退休了。那个道岔我摸了三十二年了，扳道房有多少石头蛋我都清楚，要离开它们，我真不愿意……"

刘大山的胸中像大海一样激荡起来，他真想给面前这位老共产党员行个礼。他又抱住老人："你今晚在招待所休息，明天回去。"

说完，他拿起电话："招待所吗？我是刘大山。有一位客人留宿，再给准备晚饭……什么？他是哪一级干部？等一等……"

刘大山笑起来，捂住电话，冲老工人眨眨眼："人家问你是哪一级干部?"

"我就是个工人呗。"吕久才说。

刘大山又对电话筒喊着："什么级？是我的上级!"

四

晚上十点,刘大山带着咕咕直叫的肚子走回家。他老伴早把酒温好了,烫酒的热水已经换了三遍。刘大山虽然疲倦,可见了老伴,脸舒展了,嘴也咧开了。

刘大山有过爱情,那是遥远的事情了。几十年前,部队驻扎在一个村子时,一个村姑爱上了他,摸过他那硬刷子一样的头发。他呢,当时就把一颗热烈蹦跳的心交给了她。部队首长知道后,警告了他,告诉他,现在打仗,不是娶老婆的时候,打完仗再说。他离开了她,可心却天天和她在一起。转业到铁路后,一九五〇年,他又到村子里找那个姑娘去了,村里人告诉他,那个姑娘嫁了人,就要生孩子了。听了这消息,他像狮子一样冲出村子,最后,一咬牙,一跺脚,乘车到了胶东老家,在那儿娶了一位妇女,就是现在的老伴。她虽没那个村姑标致,但挺淳厚,对他十分体贴。他爱她,从心里觉得离不开她。

刘大山喝上了酒,老伴在一旁坐着。今天她有话要对他说,但现在不能说,要等他喝得脸红,眉眼笑开的时候再说。大约过了半个小时,老伴看看他的脸,说话了:"你老毛病又犯了?"

刘大山把酒缸子停在嘴边:"啥毛病?"

"啥毛病?那个犟脾气。你干吗给老白处分……"

刘大山盯看着老伴,把缸子使劲一蹾:"婆娘不要参与政事。婆娘参政,非捅娄子不可!"

老伴知道他喝了酒,情绪好,又说:"'文化大革命'的教训……"

刘大山提高声调,慢悠悠地像唱歌一般说道:"再有'文化大革命’也不能叫坏人得逞了,死了算,不死就这么干!”

“不行!老白的处分,你得帮助活动活动。”

刘大山眉毛唰的一下立起来,脸阴天了:“活动个屁,是我建议党委处分的他。”

“那……”老伴缠住他不放。

刘大山把酒缸子一推,不喝了:“你再吹枕头风,娘的,咱们离婚!”

老伴听了这句刺激话,受不住了,到里屋掉眼泪去了。刘大山怔怔地坐了一会儿,心想:“娘的,游击习气又上来了。”他起身走到屋里,走到老伴跟前,动情地搂住老伴:“我说的是气话,拿个大姑娘换我这个老太婆我也不干,你是金不换哩!”

老伴急促地望了一下门,嗔怪地说:“放开,叫外孙女看见像啥!”

这时,外面大门那儿,传来几下轻轻的有点胆怯的敲门声。他和老伴走出来,到外屋打开大门。一个青年低头走了进来,细看才知道有三十多岁的样子:小白脸,挺瘦,手里拎着个很大的兜子。

“找谁?”刘大山打量着这个不认识的人问。

那个青年人没有回答,突然捂住脸呜呜地哭起来,哭得很伤心,叫刘大山心里很不好受。他把青年推坐在椅子上:“哭嘛?有事说嘛。”

“我是白塔车站站长……现在不是了……我犯错误了……”说完哭得更凶,好像死了爹妈一样。

刘大山虽然阅历也算丰富了,但竟被这生活中奇特的场面镇住了。他在青年人身边转了一圈,从不同角度打量他,突然停住了:“娘的,你是哭你站长的职位丢了哩!你认识错误这么快?甭跟我唱戏了,你哭就把站长哭回来了? 俺不是慈面菩萨!”

青年人抽搐一会儿,哭声没了,像一场急风暴雨霎时过去了。刘大山不由得笑了,心想:演的真像呢,这十年真培养出一批好演员来。

青年人把手从脸上拿下来。他脸上没有什么泪水,只是憋得通红,眼睛飞快地瞥了刘大山一眼,嘴角掠过一丝不以为然的笑:“刘局长,你这么干下去,以后……”

“以后怎么样? 说下去。”

青年人晃晃头,叹了口气,大有替人惋惜之意。

刘大山嘿嘿笑起来,捋一把头发:“撤你一个小站之长,天还能塌! 岁数不大招数不少,先是拍,拍露了就哭,不成就吓唬。娘的,你是共产党员吗?”

青年人抬起头,碰上刘大山那双喷火一样的眼睛,怯生生地低下了头。

“把你唱戏用的假脸扒掉,老老实实做人吧,我的小老爷子。少弄这一套,人民已经恨透这玩意儿啦!”

青年人本来还准备了几个招数,但是,就像假李逵碰见了真李逵,刚亮相就叫这个山东大汉给端了回来。他走出来,走到外面很远的地方,把兜子里的两瓶酒,几包糕点掏出来,狠狠地往地上一摔:“喂狗!”

一会儿,一股浓浓的酒曲香味飘散开来,弥漫在夜空里。

五

处分决定在局报上一公布,千里铁道线上像闹了一场小地震。

一部分人在沉睡中被震醒过来,也有人震倒了。北仓分局局长白帆当天冠心病就犯了。消息传到了刘大山耳朵里,他想:“他是心里有愧犯了病,还是委屈犯了病?”他这样猜度着,想到这些年社会上增加了多少不应有的东西,有资历的人常爱闹点病,好像不然就是资历不够似的。有的人,闹病住院成了一种手段,哼! ……

刘大山决定晚上到白帆家去看看。那个家可怎么进呢?换了别人说什么也不会去。可刘大山就是刘大山,他就偏要进。

晚上,星儿、月儿都出来了,路上,行人不多,只有几对青年男女,亲昵地向那边树林走去。

他走到一座楼前,这是才竣工不久的一座新楼,群众称它为“红眼楼”。很多人为了争着进这座楼,调动了一切手段,真是闹红眼了。他上了二楼,也没敲门,推门就进。屋里,白帆躺着,枕头在头下垫得高高的。床头柜上摆满了药瓶,连进口的日本药、德国药也拿出来了,可见病势的严重。白帆看见刘大山进来,发胖的身子转过去,冲着墙,闭上了眼睛。里屋门打开了,玲玲,一个漂亮媚气的姑娘,伸头一看是他,砰的一声关上门不出来了。刘大山站在那里,心说:“娘的,气都不小哩!”他自己搬了把椅子坐下来。桌上一个漂亮女人的照片正在瞅着这个家,这是白帆的妻子,死去两年了。当初做姑娘的时候,她是个有名的美人。白帆原名叫白二柱,为了追求这个姑娘,才把那个土气的名字改成白帆,这是个有点浪漫色彩的名字,刘大山当时就反对。白帆给姑娘写信,是求一个大学生帮忙起草的,信的开头有“亲爱的”几个字,以致姑娘以为白帆留过学,去过欧洲。她对“亲爱的”几个字很反感。因为这几个倒霉的字,她对白帆的考验期延长了三个月。现在这个美人殁了,永远在桌子上用一双忧郁的眼睛望着这个家,好像对白帆和女儿玲玲说:“没有了我,看你们怎么生活!”

刘大山坐了半天,白帆也没转过身来。刘大山看看里屋,咳嗽一声,叫喊着:“玲玲,来客人了,倒水呀。”

屋里没人吱声。刘大山提高嗓门:“玲玲,你也得了冠心病?”

屋里还是没人吱声。突然,白帆转过身大声喊着:“玲玲,大人的事情,你个小孩子跟着掺和些啥,倒水!”他声音威严,说完又转过身闭上眼睛。

玲玲噘着嘴走出来,没有表情地倒了一杯水,放在刘大山前面。刘大山看见玲玲的眼睛淌着泪。

“刘伯伯,你这样对待爸爸……他要死了,我怎么办?”玲玲说着,擦着泪水。

刘大山抚摸着玲玲的头,心里一动:“不会的,他不会死。”随又加了一句,“真要死了,我当你的老子。”

这句话倒把玲玲说笑了。刘大山把椅子往床前挪了挪,冲着白帆说:“娘的,该赏个脸啦!”

白帆稍稍动了一下身子,脸没有转过来。刘大山冲他脊背说起来:“你痛苦,我就舒服?玲玲一哭,我也难受!可难受咋办呢?信念不要啦?党员不当了?道理不说啦?你比我懂得多,来吧……我想喝点酒。”

白帆这回身子转过来:“为着什么喝?为友谊?为二年牛棚,还是为记大过?”

刘大山没回答,隔一会儿说了一句:“娘的,你是属乌龟的,咬住就不松口!”说完,自己打开柜,先摸出那个瓷缸子,随后又挑了一瓶二锅头,打开塞,咕嘟嘟倒了半瓷缸。刘大山端起缸子:“为友谊干杯!”

他大喝一口，推给白帆，白帆没动。刘大山又把缸子端起来："为了消灭蒸汽机车，不用人扳道岔干杯！"说完又喝一大口，把缸子推给白帆，白帆还是纹丝不动。刘大山第三次把缸子端起来："为了我们都是共产党员，为了当初我介绍你入党没介绍错，干杯。"刘大山又大喝一口，把缸子推给白帆。

这回，白帆欠起了身子，脸红了，手抖动了，接过缸子，慢慢地把酒喝掉。

刘大山起身告辞，走了。他没听到后面有脚步声。他下了楼梯，出了大门，走出好远，又回过头来，看见白帆站在门口，在玲玲搀扶下，正向自己这边望呢。刘大山心又一动："哦，他不是块榆木疙瘩……"

夜更浓了。刘大山走在路上，渐渐觉得有一种东西在脑子里涌上来。一对恋人从他身边走过，女的靠在男的肩膀上，谁也不说话。刘大山没有顾得看上他们一眼。他头脑里那种东西在膨胀，在冲撞。他终于明白了，这是一生的回忆，是思索。他看见了胶东的土地、红枣；看见了战友死前的一双眼睛；看见了老师长，听见了老师长那声吼："你是共产党员吗？"

他觉得，老师长的问话自己应当回答，白帆应当回答，每一个有着共产党员称号的人，都应当回答。

（原载《当代》1980年第3期）

作者简介：张林（1937—　），辽宁法库人。著有短篇小说《你是共产党员吗？》等。

最后一个军礼

方南江、李 荃

当他微颤的右手缓缓举起的时候,我想:这是他最后一个军礼吗?不!这只是他作为一个共产党员,向党的事业表示的又一次忠诚……

——摘自这次行军结束后的日记

尽管三月的天气还很寒冷,可我却急得浑身燥热。对着在迷蒙的晨雾里提着自己的行李争先恐后上车的退伍老兵们,我连喊了几声:“站好队!点名!按次序上!”但不知是骤起的风把我的声音淹没了,还是老兵们认为摘了领章帽徽就失去了约束,不但他们毫无反应,连我自己都感到这声音是那样的苍白无力。我不禁暗暗恨自己:如果早当两年兵,职务再高一级也好哇!可我一九七五年入伍,当兵还不满三年,现任参谋。更可恼的是我还姓“傅”,不了解的人一听,嘿,连参谋还是个“副”的。凭这些条件,要送这十六名当兵五六年的老兵安全返回原籍,而且还是单车前往,我能压得住轴吗?……

“算喽,‘副参谋同志’,别那么正规啦!这人们站了五六年队还没站够哇,喂,没来的举手!”

又是魏成!从清晨四点半至现在还不到一个小时,他戗了我好几次了。而且这回“副参谋同志”喊得格外刺耳。压了几次的火气这会儿猛撞到头顶，我正要发作，突然，一只大手攥住了我的胳膊，紧接着传来低低的声音：

"我数过了，十六个人一个不少。别上下折腾了。"说着，我的胳膊被使劲按了一下。

这用力的一按像是落下的气锤，把我冒出来的火气砸了回去。虽然天还没有大亮，看不清人的面孔，但我知道，这是耿志。对啊，这是什么时候、什么对象啊，还这么呆板、这么大火气！我冷静下来，默默地走向车尾，扒着车厢板仔细清点了一番。也怪，乱哄哄的吵嚷声渐渐平息了。我心里踏实了几分，一股感激之情使我又想到了耿志。是啊，同行的还有我的这个经验丰富的老指导员嘛。

我入伍就在八连。那时，耿志已经是任职四年的老指导员了。他身材中等，脸庞黑瘦，下巴上有一块显眼的伤疤。乍一看，像四十出头的年纪，实际上那一年他才三十三岁。记得下连不久，我向党支部递交了第一份入党申请书。当天晚上，耿指导员叫我去散步。我们沿着河边长满垂柳的堤坝慢慢地走着，边走边谈家常……我这才知道，新中国成立前他在家讨过饭，尝遍了方圆几十里地所有能看到的树叶子。我有些不相信，在一棵粗大的柳树下，信手捋下一把树叶，指着那叶片上的小绿豆豆问他能不能吃。他微微一笑："没办法的时候也得吃呀，不过又苦又涩。那小豆豆里面，个个都有虫子哩。我就是上树采它，头一昏掉下来，落下了脸上这个疤。"我连着掰开几个小豆豆，果然每个里面都寄生着一条小虫。我惊讶地望着他，只见他摸着下巴上的伤疤，沉吟着说："要不是有党，这宝贝怕是要吃到现在哩……"

那一夜，小豆豆里面的虫子和他下巴上的伤疤，总在我脑海里时隐时现，我久久没能入睡……

七六年初,我调到连部当通信员。不久,有人来连队帮助批什么"翻案风",写"小评论"。这时正值老兵退役前夕,连队几乎失去了正常的生活秩序。魏成和几个老兵合写了一篇《八连为何入党难?》的小评论,登在墙报上,并吵吵闹闹要搞什么"火线入党"。那天半夜里,我被隔壁的吵嚷声惊醒了,只听一个确定退役的老兵说:"……你的胃切除了三分之二,身体不行啦,耗子尾巴生疖子——没多大脓水了,早晚也会有今天,何必这么认真……""啪"的一声,像是指导员的工作手册摔到桌上。他声音从来没有这样激动:"不错!我早晚也要走。不过到我转业时给你捎封信,让你知道共产党员是咋个走法。我就是转业,也只是从部队转到地方,而绝不是从党员转到群众……"等我穿好衣服出来时,那个老兵已经走了。只见指导员一手夹着卷得粗大的喇叭烟,一手顶着胃部来回踱步。我给他换了一杯茶,一屁股坐在椅子上,赌气地说:"哼,现在是浑身奓刺儿的人吃香,照这个弄法,我还不想入党呢!"

"嗯?!"指导员唰地扔掉喇叭烟,在我对面坐下。抚摸着下巴上涨得通红的伤疤,气喘吁吁地盯了我足有半分钟,又猛地拉开抽屉,稀里哗啦翻出两张纸,"这是你的申请书,拿回去好好看看!搞清楚了再来找我吧!"

那一夜,我捧着入党申请书,又久久没能入睡……

这年年底,我调到司令部当保密员,就跟耿志分开了。听说前不久,他因日益严重的胃病又住了院。出院以后,就确定他这批转业了。按团领导的意见,让他休养一个时期再走,但他执意马上到地方报到,并坚持说他行李不多,搭退伍老兵的车顺路,不要再单独给他派车了。就这样,他、耿大嫂和五岁的女儿小真真就乘上了我们这台车。

时隔两年，他果然遇上了“今天”！我的老指导员啊，我佩服你的过去，你给了我多少智慧和力量啊！可今天，你脱下了军装，没有了军职，还能给我什么帮助呢……

天渐渐亮了。云，被欲来的大雪压得低低的。风卷起沙砾打得车篷噼啪作响。团首长带着部队来送行了。我在车尾碰到了刚同大家告别后走来的耿志。多日不见，他似乎又苍老了许多，脸上黑色的皮肤把颧骨裹得更紧了。他手扶车厢板，扭过头上下打量了我一眼：“巧啊，我接你出来……你送我回去。”我本想说说请他多帮助的话，但不知怎么搞的，一瞥见他那失去了光彩的帽子和衣领，却怎么也张不开口了。虽然常说：当兵是一喜，复员更是一喜；当兵是入校，复员是毕业，可谁也不认为复员比参军还光荣。面对这位解了甲的老上级，我怎好再给他提出一大堆难题呢？耿志好像看透了我的心思，朝我淡淡一笑。

欢送的锣鼓敲响了。喇叭里开始播放欢送曲。在一片激动的告别声中，车缓缓地驶向营门……人总是这样，当一件珍贵的东西整天放在你身边的时候，并不怎么觉得它的价值，但当你一旦失去了它，却会感到它是那么珍贵，那么不可缺少。此刻，一道营门，好像成了军和民的分水岭。老兵们这会儿才突然意识到，他们已踏上民的边界了。他们——包括刚才还怪声怪气地哼着“军队和老百姓，咱们是一家人……”的魏成在内——几乎全都探起身来，久久地、无言地朝着渐渐远去的首长、战友和一排排整齐的营房招手。啊！车上第一次这样安静……

我知道，他们留恋着这火一样的生活，对鲜艳的领章帽徽，怀着深深的感情……耿志呢？我偷偷看了他一眼，他虽然和耿大嫂坐在车尾，但他没有起来，反而低着头，搂着小真真像睡熟了一样，紧闭着双眼。只是在车身颠簸，他稍微仰脸的瞬间，我看见他下垂的睫毛上闪亮了一下……半晌，又听到小真真嚷道："爸爸，你把我搂疼啦……"

上了山间公路，车速渐渐快起来。不知什么时候下雪了。风卷着雪片，呼啸着穿过车篷。耿大嫂连忙垂下车后的篷布，车厢里开始有点暖和气了，但空气也沉闷起来。经过一早上的折腾，老兵们疲倦了，耷拉着头昏昏欲睡。连小真真都缩在耿志的怀里，慢慢阖上了眼睛。我心里默算着：二百五十公里，保持三十迈车速，也得八九个小时，现在，才刚刚开始……

"真真、真真，别睡觉啊，当心感冒了！"耿志轻声唤着小女儿，同时使劲瞅了我一眼。哎呀，怎么忘了临行前军医交代的话了？寒冷的清晨在车上打瞌睡容易感冒。耿志是在提醒我呀。我急忙装着很随便的样子，捅捅身旁的杜小满："老杜，回去打算干点啥？"小满也是八连的兵，入伍入党都比我早。他人很利落，尽管退伍了，仍很注意军容风纪，好像明天早上还要出早操似的。

他揉揉眼睛，笑着说："庄户人嘛，回去不种地干啥？"

小满的声音不高，但却像一条线，牵动了老兵们的心。车厢里顿时活跃了起来。大家从工作扯到家庭，又从家庭扯到父母、对象和带回家的见面礼。小满从一个大个子兵的提包里抽出一本书，举起来嚷嚷："大个子还没到家，就钻研土壤学啦，等他搞出点名堂，说不定还能上报纸哪！"憨厚的大个子被逗得满脸通红，大家开心地笑了，眼睛里第一次露出"毕业"的喜悦和对未来的憧憬。可惜这良好的气氛让魏成煞了风景。一个瘦瘦的老兵问他："回去还干不干饭馆？"

"还干饭馆？"魏成唰地拉开大提包的拉链，抓出几块饼干，"那这几年兵不是白当啦?”

魏成家在县城,母亲是县里一个工厂的领导干部。据说魏成在下乡的两年里,表现还不错,后来他妈想办法把他调了回来,安排到了饭馆里。魏成不愿意干,经常和他的一帮“朋友”到处遛,征兵时,他妈又想办法让他参了军。我早就知道他当兵的目的之一是借退伍的机会调换个工作,但没料到他会这样坦率地道出他的秘密。

魏成喷着饼干末末,含混不清地说:“往后有啥事尽管来找,咱是非党人士,没那么多原则,好说话!”说着,拿眼去瞟耿志。

耿志依旧揽着真真,像是在嗅着孩子的发香。

“怎么,他到底没入党吗?”我低声问杜小满。

小满轻轻一笑,把嘴靠近我的耳朵,悄悄讲了魏成的近况。

魏成原打算在最后一年使把劲,到年底解决入党问题。在耿指导员的帮助下,年初他确实好过一阵。但终因“动机不纯”吧,总免不了干一阵看一阵,犯些冷热病。其实对魏成个人来说,入不入党倒也无所谓,无奈家庭方面压力太大,据他母亲来信讲,不入党到了工厂很难进科室,还得当“小工人”。他实在交代不过去,只好写信让母亲帮忙。他母亲曾多次给耿志写信,名义上是了解儿子的表现,实际上暗示:能否照顾?对这些信,耿志一封一封都做了答复,耐心解释魏成没有入党的原因。到了今年年初,上级确定耿志转业。连以下干部原则上哪儿来哪儿去,耿志自然要回原籍。魏成得知后,马上写信告诉家里,他母亲紧接着来了封热情洋溢的信,对耿志的身体表示关切,并提出耿志在县城的工作不用他操心,她完全可以帮忙,而后又谈到了魏成的入党问题……第二天晚上,魏成满怀喜悦地找到了耿志,他们谈的什么没人听见,只是小满在接夜里第三班岗的时候,连部的灯还亮着,隐约听见指导员说:“魏成啊,这样入党不是害了你吗……”

…………

小真真一直偷偷看着魏成嚅动的嘴。她咽了口唾沫,咬着小手指头,悄悄凑到妈妈耳边问:“妈妈,夫夫(叔叔)吃的什么呀?”

耿大嫂抬手在她头顶上轻拍了一下:“小馋虫……”边说边向自己身后摸索。

魏成高兴了,举着两片饼干,逗引她说:“叫党员叔叔,叫了给你,嘻嘻。”

耿志一把揽过真真。“对叔叔说,俺不要。”

真真望着那两片饼干,摇摇头:“俺不要,俺有带玻意(璃)纸的……”

魏成得意起来:“脱了军装了,现在都是老乡,干吗见外呢?叫党员叔叔,快。”

我实在看不过去了,正待说话,老兵们冒火了,七嘴八舌地数落魏成:

“算了吧,钻腾了五年,到这里过起党员瘾啦!”

“哼,没脸没皮,丢我们的人!”

“有本事到地方干出个样看看,当兵几年还没见过你这样的怪胎。”

杜小满一把抓过饼干,塞到了孩子手里。魏成却满不在乎地打了个哈哈……

…………

天,还是阴沉沉的,雪已经停了,车速渐渐慢了下来。我透过车篷的缝隙往外看去,原来前面的公路正在翻修,汽车往右拐到了一条坑坑洼洼的便道上。车身剧烈地颠簸着,小真真高兴地拍起手:“噢,坐飞机啰……”耿志搡了她一把,侧耳听着车外稀泥烂浆搅动的声音。忽然,车身猛一倾斜,再也不动了,只剩下汽车引擎力不从心的喘息……

“不好!”耿志喊了一声,猛地掀开了篷布,就在这一瞬间,我才五个小时以来第一次看到他脸上往日的光彩。没等我反应过来,他已一跃而下。等我和小满几个人跳下车的时候,司机和助手正蹲在后轮边,一脸苦相。耿志忙问:“怎么回事?”

司机瞅了一眼他的没有帽徽领章的着装,没有答理他,而是朝我一本正经地作了报告。耿志的脸色又黯然了,嘴角痛苦地抽搐了一下。

情况很糟。汽车右轮陷进了半米多深的大泥坑里,泥浆和着冰碴碴,使车轮打滑上不去。显然,需要人来推。我向老兵们说明了情况,动员大家下来推车,同时也好减轻车的负荷。耿大嫂抱着小真真也下来了。有几个老兵不愿下车,有的还埋怨开了:“怎么搞的,睁着个大眼往泥坑里开!”

“唉,这身新衣服算是交待了,谁让我推,谁给我洗。”

“大冷的天,让模范作用好的下去推吧,咱没那个觉悟!”这又是魏成。

杜小满和几个老兵望着我,皱起了眉头。我也呆住了。这车单靠我们几个人是推不动的。怎么办?!我真想骂他们几句。突然,一只大手又按住了我的胳膊,紧接着是耿志平静的声音:“来,咱们先试试,你到前面去,叫司机发动车吧。”说着,就听“嗵”的一声,耿志已经脱去棉鞋,挽着棉裤跳进了泥坑,用肩膀紧紧顶住了车帮板。泛着冰碴的泥水淹没了他的膝盖……

我浑身一阵发热，迅速扒下棉鞋，跟着跳了下去。杜小满等几个老兵也相继下了泥坑。见此情景，车上的老兵们不吭声了，他们默默地下了车，很快站到了推车的位置上。魏成最后一个跳下来，转到车左侧，找了个干燥地方，懒洋洋地伸出了手……

引擎猛地吼了起来，连拉带推，终于轰然一声，汽车冲出了泥坑。

听着引擎欢快的叫声，司机笑了，我也笑了，大家都笑了！我回头一看，耿志却被轮子溅得满身泥水，寒风一吹，冷得他直打战。他脸色苍白，右手使劲顶住胃部。耿大嫂抱着真真走过来，真真搂住耿大嫂的脖子："妈，爸爸冷……"耿大嫂想说什么，但在耿志严厉目光的逼视下又咽了回去。这时，司机奔过来，双手恭敬地递给耿志一条雪白的毛巾……

大家分散开来，坐着休息。这一折腾，不似刚才那样冷了，只是肚子有些饿。我又想到了真真，便向大个子要了半包饼干，拿着去找她。正巧，她妈领着她从耿志那边过来了。

我扬起手里的饼干："真真！"

真真吧嗒吧嗒地跑过来，险些滑倒，我连忙扶住她。

"饼干，玻意（璃）纸的饼干！"真真的小手高举着一个彩色塑料袋，里面是玩具饼干。

"哦，你也有哇！"

"夫夫（叔叔），爸爸让我给那么多夫夫（叔叔）吃！"真真踮起小脚，把饼干直往我怀里塞。

耿大嫂跟着走过来，把手里捧着的三包饼干递给我："大伙匀着垫垫吧。"原来预计路上有兵站吃饭，所以大伙带的干粮不多，这路上一折腾，大伙肯定饿了，但也不能要耿大嫂的呀。我说什么也不要，直到大嫂要生气了，才勉强收下。

大伙吃着，说着，有几个老兵甚至爬上了就近的小山坡，眺望起雪后的山川和原野。我舒心地坐下了，拿出一片真真给的饼干，放进嘴里细细品尝着……此时，我觉得身后仿佛有一只大手撑着我的身子骨，硬朗朗的，并不单薄……

该上路了。我去叫耿指导员上车。找了一圈，没见着他。我又往前走了几步，一阵风吹来，听得小山坡的灌木丛后传来说话声，先是魏成的声音：

"……再说那么多也没用了。算我向你作最后一次请求吧。要求不高，只希望你给我们单位头头介绍一下我的情况，说明我在部队是发展对象就行了。余下的事好说，反正你已经分到我妈厂里，她是一把手，办成了，房子任你要，工种任你挑……"

沉默……

我止住了脚步。天哪，耿志竟分到了魏成妈妈厂里！

"不行！"这是耿志斩钉截铁的声音。

魏成强词夺理地："现在的青年不都是发展对象吗？怎么就该着我不是呢？"

"发展对象是经过党支部研究，列入发展计划的同志，你还不够格。"

"那好，咱们走着瞧吧！"魏成愤愤地说。

沉默……

车赶到县城的时候，已是午后五点多了。按说，这里是我的终点站，在这儿，我要把老兵们移交给县武装部，然后再由他们负责送往各个公社。至此，我们这支临时组建的队伍，就要解散了。

老兵们拥下车来，贪婪地打量着家乡的"都城"。他们大概在想:家乡啊,我回来了!可我想的却是:任务啊,接近尾声了!我整整军装,迈着轻松的步子跑进武装部的大院。一切都很顺利,武装部的首长接过档案,甚至还赞赏地打量了我一眼。我长吁了一口气,快步走出来。一仰脸,啊!太阳从浓浓云层的罅隙中露出脸来,把余晖洒向大地,雪后的山川被抹上了一层金粉,像我的心情一样舒畅,欢快……

耿志一家子在离人群稍远一点的地方坐着。我望着正在沉思的耿志,猛然意识到,我就要和他分手了。凝视着这位老上级,心里像是被什么东西揪得阵阵作痛,酸、甜、苦、辣一齐涌上心头。是同情?是惋惜?还是惜别之情呢?我说不上来。就在我打算走过去的时候,发生了一件意想不到的事情!

由于我们路上误了开饭时间,又急着赶路,沿途兵站给武装部打了电话,让他们准备一顿饭。这时候,两个同志正把一饭筐热包子抬到院子当中。还没等我反应过来,又饿又乏的老兵们就一拥而上,团团围住了饭筐。我一看这情景,肺都气炸了,急忙赶过去,大声喊道:“大家排好队,别挤!”

但是喊声被这一片闹嚷嚷的声音淹没了。也许是到了终点站算是彻底退伍了?尽管有杜小满和几个老兵在阻止,但一些人仍嘻嘻哈哈地争着,挤着,有的甚至抓了五六个,狼吞虎咽地吃着。武装部门口过路的群众停住脚,好奇地看着这一堆半军半民的人们。怎么办?能让这次行军结束在这顿该死的饭上吗?能让老兵们的最后一站停留在这乱哄哄的吵嚷声中吗?我的额头上沁出了汗珠。忽然,魏成高声嚷了起来。原来他不知为何来晚了,没拿到包子,正叉腰站在空筐旁,拉着个架子骂骂咧咧地要和谁吵架。我没辙了,脑袋嗡嗡作响。恰在这个时候,我身后突然“啪!”“啪!”两声响，紧接着传来了小孩的哭声。我一回头，呵，是小真真！只见她紧抱着一个热腾腾的包子，张开小嘴，猛扑在妈妈怀里哭起来。耿志脸色铁青，下巴上的伤痕涨得通红。他追过去，指着真真手里的包子，生气地说："你怎么好拿叔叔的包子呢？叔叔还要赶路……"

"不！是夫夫（叔叔）给的嘛……"小真真哭得更伤心了。

耿大嫂连连拍着真真的后心，望着耿志，心疼地说："孩子冻了一天，也没吃口热饭，你竟这样狠心打她……"这个贤惠的大嫂眼圈一红，哽咽了。

老兵们——包括魏成，都静静地站着，十几双眼睛从不同的角度一齐注视着这里。

耿大嫂抽泣着说："……风里雪里，你走到哪儿，俺娘儿俩跟到哪儿，没说过一句扯后腿的话……你心里有啥不舒坦，也不能拿孩子撒气呀……"她说不下去了。

耿志打孩子的手微微颤抖了："你扯到哪里去了，你不懂部队的事儿，这里的饭菜是照老兵人数备下的，咱们是搭车……再说，他们吃了还有山路要赶，咱家近，忍忍就过去了……"

我急忙赶过去，一把拉过耿志："指导员，你也太认真了，大伙再能吃，也短不了孩子的……"我正要回头去哄真真，却见真真慢慢地走到了魏成跟前，用她那冷得通红的小手举起了包子，抽抽嗒嗒地说："党言（员）夫夫（叔叔），你饿，你吃吧！"

魏成愣住了！慢慢地，他脸由青变红，又由红变青，眼皮低低地垂着……半晌，他机械地推开真真的小手，含混不清地说："我……我，叔叔不饿。"

"不，我刚才听到了，你说饿。"说着踮起脚尖，硬把包子塞给了魏成。魏成呆呆地拿着包子，头垂得更低了……

我一把将真真揽过来，抱在怀里，两行滚烫的热泪滚下我的面颊……

……真静啊，大家都看着自己手里的包子，谁也没有抬头。那几个抓了五六个包子的老兵，悄悄地走向了饭筐……

我把真真轻轻交给了耿大嫂。该移交了，我想下达“集合点名”的口令，可转念一想，还走这个形式干吗？前面已经有了好几次教训了。但一抬头，我愣了——在耿志的左侧，迎着风一字儿排着十六名老兵，连魏成在内，一个不少。大家庄严肃穆地挺立着，那神情绝不像已经解甲归田，倒像是一列正待命出征的勇士。

我好像从来没有见过这样庄重、威武的阵容，这队伍里每个人的身上都好像喷出一股强大的气流，猛烈地撞击着我的胸膛。我被这气氛感染着，激动着，不由得整了整前襟和军帽，高喊了一声：“立正！”以标准的队列动作跑步到耿志面前，向这位没有领章帽徽的指导员端端正正地敬了一个礼：“报告指导员同志，队伍集合完毕，请您指示。参谋：傅军光。”

耿志以军人特有的敏捷，有力地抬起右臂，就在大臂快与肩平的瞬间，他并拢的五指微微颤抖着停顿了一下，眼角滚下了两朵晶莹的泪花，但随即就以更加坚定的动作，敬了他的最后一个军礼……

夕阳的余晖衬着他那瘦削而坚挺的身架，像一幅剪影，深深地镌刻在我的脑海里。他那举起的右手，好像永远、永远也不会放下……

（原载《解放军文艺》1980 年第 11 期）

作者简介：方南江（1943—2018），湖南平江人。1963 年入伍。著有长篇小说《中国近卫军》等。李荃（1955—　），山东济宁人。著有报告文学《中华之门》等。

普通老百姓

迟松年

一

他，向你走来了——拄着拐棍儿，在地上“哒哒”杵着捣蒜，踮着小碎步，像娃娃在学跑。头发全白了，连胡楂子也是白的；挺着凸起的肚子，使头显得特别小，腿也短了。这是人们所尊敬的吴枫副专员吗？是他，披着晨光，在宽敞的林荫大道上，起劲地蹀躞着。三年前，他得了脑血栓，若不是抢救及时，药物有效，早就进北山的革命公墓了。而今，他仍健在，只是腿脚不灵，说话不清。大夫劝告他：每天喝从外国引进的长寿饮料红茶菌，坚持起早散步，这样至少还可以再活十年八年的。其实，吴专员并不怕死，在战争年代他不知“死”过多少次了。活着，就是赚下来的。照流行的说法，人不怕死，那就没有什么可怕的了。其实不然，吴专员顶顶害怕的一桩事就是让他……

瞧，行署办公室的马文富主任来了。他今年四十七岁，又矮又瘦，也是个体育积极分子。在部局委办一级的干部中他还算是年富力强的！四八年参加革命时，他才十五岁，给吴枫当警卫员，是有名的小机灵鬼。当年吴枫使唤他，就像现在使唤手中的拐棍似的。以后,马文富又给他当了多年的秘书,直到他年过三十岁,才提拔上来。“文化大革命”时,吴枫被打倒了,马文富是他的“忠实走狗”,自然也跟着“沾光”。

马文富跑到他跟前,停住了脚步,一脸笑容,使本来不大的眼睛,显得更小了。

“小马!”吴枫脸上出现了怒容。

马文富仍然笑容可掬,他不在乎这个与年龄不相称的称呼。前些日子,在电影院看电影,马文富带着两个女儿坐在前排,吴枫在身后喊了一声“小马”,两个女儿同声下意识地“唉”了一声,马文富却一本正经地对女儿们说:“吴专员喊我呢,你们答应什么?”弄得两个女儿捂着脸偷偷直笑。

“小马,我正要找你!”吴枫一脸怒气,把拐棍举起来,在马文富的鼻子底下示威似的晃了几下。显然,吴专员又遇到什么不满意的事情了。

“我知道你准找我!”马文富笑吟吟地眨了一下小眼睛。

“你怎么知道我要找你?”

“从你脸色看出来了,你要生气,准找我!别人呀,谁稀看你唧当着脸子!”马文富在老领导面前总是那么随随便便。

吴枫却也不在意,仍然板着脸说:“开会怎么没通知我?”

马文富不笑了。他认真地想了一下,最近也没开常委会呀?是不是前些日子计划生育办公室召开的那个座谈会呢?

“那个会是怎么回事?”吴枫的一对眼睛直盯着他,露出不满的神色。

“妇联赵主任出的点子,非要拉着所有的常委都参加不可。后来,李书记说常委们都很忙,他和杨书记、王专员参加就行了。”

吴专员轻轻“唔”了一声，表示此事也在关注之列，“刚才在招待所门口碰到几个县的县长，都说是来开会的，怎么我都不知道？”

马文富恍然大悟，忙说：“那是地委召开的三案平反工作会议，分管清查的杨书记参加，行署这边王专员参加，考虑到你身体不太好，就没有……”

“怎么身体不好？我这不很好吗！”吴枫最不愿听别人说他身体不好，他的脸立刻红到脖子。马文富知道自己说走了嘴，怕他血压升上来，急忙解释说：“常委会不是订了个规定吗？以后开会常委不要拉大帮，谁分管的工作谁参加。”

“告诉他们，我参加！”吴枫把手中的棍子挥了一下，执拗地说。

“只剩两天了。”马文富想用时间不多了来打消他参加会议的念头。

“你上班就去找农业局的孙局长，请他也去，在会上我要讲讲种草！”

“种草？种什么草？”马文富把小眼睛瞪大，疑惑地问。

“我早就说过，咱们这个山区，提倡的是农、林、牧、副、草！要种草，养他妈的什么鱼！”吴枫气得嘴在飞唾沫星子，“他们不听，非要养鱼，鱼有什么好？有水吗？从江南搞了不少鱼苗，还用飞机空运，怎么样？你吃过当地产的武昌鱼吗？我说他们教条，他们说我反对‘八字宪法’，是修正主义！把我打倒了！”由于激动，他说得绊绊磕磕。

马文富听明白了，脸上立刻又浮出了笑容。吴枫说的是过去的一段事。那些年大搞“八字宪法”，地委也做了全面贯彻的决定。吴专员到全区跑了一圈，看到山沟里缺水的地方也到处挖鱼池，要做到“队队有鱼”，搞形式主义。回来后，他向地委打了报告，说是要因地制宜,不能强求一律,根据山区特点,养鱼不如种草,和地委唱反调。“文化大革命”中他的言论被翻腾出来,成了反对毛泽东思想的罪状。粉破“四人帮”后,吴专员的“种草论”得到平反,那一段,便成了吴专员的光荣历史。

“种草!”吴专员用力地喊了一声,又狠狠瞪了马文富一眼,意思是说,“你要重视哩!”

马文富反应灵敏,他顺从地点点头。

“告诉孙局长,九点钟就去。”吴枫把拐棍用力地往地上一点,“你别忘了!”

“孙局长不在呢?”马文富笑着说。

“怎么不在?昨晚他还去机关礼堂看电影呢!他在家,你一定要找到他!”吴枫说完,就拄着拐棍一颠一颠地走了。

马文富望着他那艰难的步履,心头觉得不太好受。几年前,他走路还是那么有劲,精力充沛,才思敏捷,在机关干部中威信很高。一场大病使他变得糊糊涂涂,人们对他的尊敬增加了,而他的威信却显著降低了。

“该辞职退休了!”马文富摇摇头,叹了口气。

这话,幸好没让吴枫当面听到,那是他最害怕的一件事呀!

二

马文富一上班就被地委一把手李军书记找去,他把吴枫让他去找孙局长开会的事忘得一干二净。李军拉着马文富去八十里外的东升化工厂了解废水污染情况。在吉普车里,马文富和李书记并排坐在后座,他忽然想起吴枫的再三嘱咐,急得直拍大腿。

李书记笑问:“你这是什么毛病?”

马文富苦笑一下,把早晨的事说了一遍,末了一拍后脑勺,吐了下舌头:“全都让我给忘了,老头儿该骂我了!”

李军哈哈大笑:“该骂你!谁让你瞧不起老头儿,看他不中用了,说话也当耳旁风!”

马文富皱着眉头说,“他要拉孙局长去参加三案平反会,各县来的都是搞组织工作的干部,谁有兴趣去听他讲种草经!”

李书记说:“他愿意去,就让他去嘛!老同志的积极性是很高的,我到了他那个年龄,还兴许动弹不得呢!”

李书记今年也六十开外了,头发稀疏,脸上起了不少老年斑,最近他到医院检查,已有心脏病的先兆,上衣口袋里装上了急救小“炮弹”。这些日子,他一直在考虑解决地委领导班子的老化问题,他们的平均年龄已六十三岁。要解决这个问题是很困难的,有不少阻力。这些年,“干部退休”在机关里一直行不通。六十开外的部局长中,有的常年卧床不起,就是不肯退休;有的已经退休了,却又到组织部闹着要恢复工作。

“吴专员应该辞职退休了!”马文富很郑重地说,“人老到一定的程度,就不行了!”

“你说,为什么工人退休是正常的,干部退休就困难?”李书记搓着手在和马文富探讨。

“还不是一个‘权’字?”马文富几乎不假思索地脱口而出,“由民到官容易,由官到民就难啦!”

李书记赞同地点点头,接着又摇摇头,“恐怕还有一个对革命的感情问题……”

到了东升化工厂,他们下了车。马文富急忙去给孙局长打电话。

孙局长在电话里嚷道:“哎呀!你怎么这时候才说呀?吴专员正在我屋里骂你哩!你听——”

电话里果然有人在骂骂吵吵的。

马文富笑道:“告诉老头儿,我马文富认错,晚上到他家负荆请罪!”

吴枫从孙局长的答话中听出对方正是“小马”,就气得吵嚷道:“你告诉这小子,我要用棍子揍他!”

孙局长哈哈大笑:“马主任,听见没有?老头儿来火了,要用棍子揍你!”

“他在哪儿打电话?”吴枫侧着头问道。

“在东升化工厂,去解决污水问题!”

“我跟他说!”吴枫像想起了什么事,他要和马文富通话。

“老实听着,老头要骂你哩!”孙局长笑着把话筒递给吴枫。

“小马,你在东升化工厂吗?告诉他们厂长,大青山牧场的羊群都让他们的污水给药死啦!让他们给我赔!那羊是新疆的纯种,是我费好大劲弄来的!听见吗?让他们去新疆给我整去!”吴专员气得拿着话筒的手直哆嗦,直到马文富告诉他李书记正在场亲自处理这件事,他才放心地撂下话筒。

孙局长一边听着吴枫发火,一边偷笑。吴枫也不在意:“走,到大会去!”

孙局长刚下乡回来,想处理积压的文件,见专员找到头上,只好跟着他去开会。他实在有些不情愿,本来是组织工作会嘛,非要插一杠子。人老了,有些想法也古怪,若是头几年,吴枫决不会这么做。

"你也讲讲,要他们种草!他们不想种,你就多宣传,现在不能下命令了,就得用嘴去说!"吴枫边走边说。

孙局长在身后"嗯"了一声,他在想着对策。农业问题是多方面的,不光是种草呀。眼前,主要是落实农村经济政策,农业方面已经抓了几个典型,很有说服力,不妨在会上讲讲。他想把参加会的农村工作干部召在一起,开个小型座谈会,在这个范围内讲讲还算有的放矢。

到了招待所,孙局长让吴枫先到休息室稍候,他去找杨书记商议。杨书记正在和各县的分工管组织工作的县长讨论一个文件,他听了孙局长意见,表示赞同。恰好,上午是分组讨论,杨书记让会务组马上通知分散在各小组的集中到会议室。不到一刻钟,小会议室内就坐满了人。行署办的陈秘书也被叫来记录。

孙局长主持开会,他怕吴枫开板就唱,嘴没把门的,就利用主持会议的方便条件抢先发言。他说:"今天临时开个座谈会,吴专员要听听贯彻农村经济政策方面的情况,大伙先讲讲,吴专员最后作总结。若是你们还没想好,我先谈点个人想法。昨天我到南阳公社刘家沟大队听了他们介绍种草的经验,很有启发!"

吴枫先是紧皱着眉,一听到有"草"字,眉头立刻舒展开,侧着头听着。

孙局长点了一支烟,慢慢地吸着,沉思了半天,说:"刘家沟大队的刘主任,是一个只当了三年队长的小伙子,很有头脑,很有本事。他早就知道草木樨是优等饲料,一百斤草含粗蛋白四斤半,用它喂猪,猪长一斤肉需要消化六两粗蛋白,这样一亩地的草木樨可喂成一头一百八十多斤的大肥猪,能省下不少精饲料。他们种草木樨不是春种秋翻,而是留茬过冬,由过去的一千多斤,增加到三千多斤。你们说,这办法怎么样?”

吴专员高兴地挥挥手说:“有地就能种草,用不着好地,多种草,有草就富了……”

大家都笑了,在孙局长的启发下,这些熟悉农村工作的基层干部,围绕着“草”字主题,进行了热烈的讨论,孙局长不时地插话,使小会开得很活跃。吴枫坐在孙局长的对面,他发现人们的眼光都在注视着孙局长。而孙局长就像一名乐队指挥,不时地把他那权威的目光投向散坐在各个角落的人们的脸上。吴枫被冷落了,“这不是权力的转移吗?”他有点心酸,顿时起了妒意。他干咳了两声,以示自己的存在。然而,孙局长仍然那么谈笑风生,人们仍然向孙局长投去热烈的目光,只有一两个人偷着瞅他一眼,那目光分明含着对他的怜悯。他颓唐地把头往后一仰,合上了眼睛。啊,“权力”的转移,是在岁月的流逝中悄悄地进行,没有一个固定的界限,没有一个准确的时间,不受职务的约束,只有在人民的眼睛里,才能发现一个人的权威的建立和消亡。吴枫对人们的眼光是最敏感的,昔日人们投向他的目光是多么热烈啊,那简直是一种令人心醉的享受。而今,这种目光一去不复返了……

孙局长看了一下手表,再有半个小时就开午饭了,会开得还不错,就把剩下的时间让给了吴枫。

吴专员决心来一次冲刺,他要改变自己的形象,做一次和他职务相称的讲话。他一口气把剩下的时间全包下来,虽然口齿不清,言语不连贯,意思还是能够说明白。不少人觉着吴专员笨拙的样子可笑,可是却不敢笑出声来,只是在他自己说乐了的时候,他们才借机放声大笑起来。

孙局长却没有笑,他低头吸烟,烟雾遮住他的脸。他在沉思:

人老了，该退休就得退休，不然简直成了滑稽演员了！

散会后，吴专员让陈秘书马上把自己的讲话整理出来，写成会议简报，下午就发下去。

吴枫先走了一步，陈秘书为难地对孙局长说："他讲得语无伦次，文不对题，怎么整理呀？"

孙局长很同情这位新调来的年轻秘书，便笑道："你找马主任，他有办法。"

陈秘书到餐厅胡乱吃了几口饭，就急忙去找马主任。恰好他刚从东升化工厂回来，正在家里吃饭。他一边嚼着馒头，一边看记录稿，陈秘书在注视着他的表情。马文富看到最后一行，嘴角一翘，笑出声来。陈秘书说："真没办法！孙局长让找你，你说怎么办好？"

马文富说："这个好办，你抄写清楚，原文照登。让打字员马上打出来，先不要印，把打出的蜡纸交给我就行了。"

陈秘书如释重负，高兴地走了。

下午，马文富到了招待所，陈秘书把一沓蜡纸递给他。

马文富笑道："忙了一晌午吧？一会儿吴专员准来检查你的工作。"

真是说到曹操，曹操就到，话音刚落，吴枫拄着的拐棍已经先进门了。

"简报搞出来了吗？"吴枫问陈秘书。

马文富把打字蜡纸的底页抽出来，指给吴枫看，说："马上就派人去印。"

吴枫看了一眼，确认是他的讲话，就放心地点点头，说："我先回机关，这个会，杨书记参加就行了！"说完就转身出去了。

吴枫走后，陈秘书满腹疑虑，问马文富："这就去印吗？"

马文富摆摆手说："先放到抽屉里吧！吴专员不会再来问了！"

三

翌日晨，在机关门口，马文富遇到了李书记。李书记看到身后有不少人，就把他叫到门旁的一棵大树底下，低声问："昨天吴专员在三案平反工作会议上的讲话，你们搞简报了没有？"

"陈秘书整理出来，打了字。"马文富笑道。他的话留了半截。

"吴专员要了一套简报，还查了编号，他问怎么没有他的讲话。"李书记说。

"我没让打字员印，压下了！"马文富说了实情。

"你呀，把老头儿给骗了，他向我告你状了！"李书记说完就笑起来。

马文富知道已经露馅了，说："他的讲话实在不能印，晚上我跟他说说。"

李书记走后，马文富觉得心里很不安，他参加工作以来还是第一次欺骗上级，而且是对多年培养他的老上级……

晚上，吴枫和他的老伴都在家。马文富是他家的常客，用不着敲门就大模大样地进屋了。吴枫的情绪不高，他坐在靠窗的一个沙发上看报纸，微微抬起头，很冷淡地说："坐吧！"

马文富吃透了他的脾气，知道他不会真生他的气，便坐在斜对面的软椅上。

吴枫的老伴是机关托儿所的所长，晚上要去学习，见马文富来了，便说："今晚不侍候你们了。我不回来，不许你走，你把我们老头子气得够呛，我还要找你算账呢！”

马文富从口气里知道那件事她已知道了，便笑道：“我等着！”

吴枫的老伴走后，马文富便自己去烧水。在厨房里，他看到地上一堆豆角、西红柿，知道管理员下午给各常委都送了菜。他又打开盛粮食的箱子，看到剩下的大米和白面都不多，盛绿豆的袋子也空了，小米也只剩下了一碗。看来，他让粮店到各户送粮的事没有办成，粮店方面有什么困难吗？他想明天派人再去过问一下。他在厨房看了半天，退休后的生活如果不安排好，确实是个大问题。这么大的年纪了，家中又没有年轻人，难道能让他们到粮店排队买粮？他又掂掂液化气罐，里面的气也不多了，火苗也不高，也该换罐了。这些日常生活的事情，在退休之后，都将成为“主要矛盾”。谁来管他们呢？有职就有权，没职还有权吗？在“四人帮”把社会风气都败坏了的今天，人与人之间的关系那么冷漠，谁来关心那些没职没权的老干部呢？

马文富把烧开的水壶提下来，又到里屋的小柜里把吴枫珍藏的庐山云雾茶拿出来。

吴枫听到他在屋里翻东西，便说：“有毛峰呢，喝不喝？”

“藏在哪呢？”他在里屋喊道。

“在这呢！”吴枫冷冰冰地回答。

马文富看到吴枫从书柜的底格里掏出一个茶筒，笑道：“这个秘密我还没发现呢！”

马文富取来茶壶，捏了一小捏，水一沏，立刻冒出一股清香的茶味，他禁不住喊了声：“真香啊！”随后，又从兜里拿出一个信封，贪婪地倒进一小半，装进兜里。

吴枫仍然郁郁不乐，他知道马文富晚上准来找他。这些天，他一直在想着一件事,中央一些领导同志辞去了政府职务,要废除干部终身制,他感到非常震惊,疑惑不解;上行下效,地方很快也要这么做,这更使他惶惶不安。他发现,人们似乎把他看成是应该带头的目标,向他投来的微笑的眼光,仿佛都含有劝慰他退休的因素。尽管没一个人说让他退休,可是人们的眼光在无形中形成一股压力,向他袭来,他感到可怕。

“小马,你觉得我是不是太老啦?”吴枫有些伤心地说。

“是老啦!”马文富点点头,偷偷看了他一眼,端起碗在品茶。

“不如以前了吗?”

“差多了!”

“我说话不清楚?头脑混乱?”

“比你想的还要严重。”

“可是我还能工作呀!我天天坚持上班!我的身体还不是太坏的!”吴枫涨红了脸,他有些愤愤然了。

“人们难道还说你革命事业心太强吗?现在可不那么看了。人家说你舍不得放下手中的权力!”马文富没有瞅他,从茶几上拿起一支烟,把它点燃。他的手有些发抖。

一阵可怕的寂静,马文富的话是这么刻薄,像一把尖刀捅进吴枫的心窝。

吴枫觉得身子发软,往沙发上靠着,惨然一笑:“这么说,我不中用了……”

“大自然的法则是谁也不能违抗的!你明明年事过高,有些糊涂了,却不敢承认,还要事事说了算,还要人们去照你说的办。这怎么行呢?人们尊敬你,是因为你过去为革命做了许多工作。可是,现在你糊糊涂涂的,谁还听你的?你在讲话的时候,大家为什么要笑？你那文不对题的讲话还要打印，若是发下去，人们该怎么说你呀？”马文富毫不留情一股脑把话都说出去。

吴枫反倒沉静了，马文富在他面前，从来都讲真实的话。他喜欢坦率的人，这是他们长期保持友情的一个原因。

马文富有些激动了，站起身来，说：“你为什么不想把那些年富力强的干部充实到领导班子？现在的常委，有两名常年有病，有三名情况和你差不了多少。这样，就有多半数的常委处于很不正常的工作状态，想一想，这样的班子能领导全区人民搞四化吗？要是投票选举的话，我就投你的反对票！”

吴枫的身子晃动一下，显然马文富刺激他的话起了作用。他闭上眼睛，轻轻地说：

“那么，我该怎么办？”

“辞职退休！”

一阵沉默。

“是谁让你来动员我的？”

“是我自己！”

又是一阵沉默。

“你走吧，我要一个人想想。”吴枫向他无力地挥挥手。

马文富把烟头掐灭，摁到烟灰缸里，说：“我说的话对你刺激很大吧？”

“我早就有准备了。”吴枫微微一笑。

马文富走后，吴枫走到院子里，坐在葡萄架下的躺椅上。他仰望夜空，无数颗繁星在向他眨着眼睛，似乎在嘲弄他，他不禁长叹一声。

参加革命需要勇气！

辞官为民需要更大的勇气啊!

四

常委扩大会议进行了两天,除两名请病假外,所有的常委都参加了。这次会议的中心议题是关于选拔和培养中青年干部问题。经过上级批准,提拔两名四十岁左右的局长为副专员,其中一名便是农业局的孙局长。这次会议还任命一批部局委办的中层领导,这些人都年富力强,学有专长。关于老干部退休问题,没有专门进行讨论,只是李书记提出一个个人想法,各级都要酝酿成立老干部顾问处,常委们先考虑一下,让办公室摸摸情况,做一些准备,下次常委会再议。吴枫一直很注意地听着,他本以为他和几名常委的退休问题会在会上提出,但是很出乎他的意料,在常委分工时,让他和新任命的孙专员抓农林口工作。

最后半天会是李书记总结,除了常委之外,部局委办的主要负责人都参加了。吴枫坐在最前排,虽然合着眼睛,耳朵却一字不漏。李书记讲话后,宣读了一份令人震惊的省委文件:"省委同意李军同志提出的辞去地委第一书记职务的报告,任命原地委副书记杨玉同志为地委第一书记,李军同志为地委副书记。"

李书记带头鼓掌,激动地走到杨书记面前,紧紧地同他握手,会场里的掌声像放鞭炮一般。

消息飞出会场,人们奔走相告,一把手让位于较年轻的副手,受到了热烈赞扬。

中午,吴枫在家里很不舒服,午觉没有睡好。老伴知道他心事很重,但又不好劝他,便说:"睡不着就下地走走,活动活动!"

他有些头疼，想去医院。老伴刚要伸手打电话向车库要车，他用手把电话按住，喃喃地说：“我自己去！”

老伴吃惊地说“你自己？今天怎么啦？”

吴枫摇摇头说：“今天我要当当老百姓！”

“你疯啦！”老伴着急地说，“你自己去，谁认识你呀！能给你好药吗？”

吴枫拿起拐棍就要走。

老伴见他固执，便说：“那，我陪你去！”

吴枫气得把拐棍举起来：“你也瞧不起我？告诉你，我还能走！还没瘫！”

老伴也气坏了，连连说：“去吧，去吧！人老了像小孩似的不懂好赖！”

吴枫赌着气走出大院。天热得透不过气来，走不一会儿，吴枫就已满头大汗了。

“当老百姓！”他咬着牙对自己说。

老百姓是多么好的名称啊！归到这个堆里，就像一滴水归进大海里。他不知从哪来了一股劲，顿时觉得腿脚灵便了许多，不那么一颠一颠的了。

从家门口到医院足有四里多路，多年来他第一次走这么远的路。到了扇形广场，他要从中间穿过去。在马路中间，一辆辆卡车、轿车拦住了他。耳边的喇叭声一个劲儿地叫，身前身后都是车，他有些眼花缭乱，一步也挪不动。这时，不知从什么地方传来了广播声：

“喂，马路中间的老大爷，别愣着啊，请您走人行道，不要站住，影响车辆通行！”

交通岗发出了警告,他仍然不知所措。这时岗楼里下来一位民警向他跑过来,说:“跟我走!”

吴枫硬是让民警架过了马路。民警微笑着说:“老大爷,以后要走人行道啊,在那边!”说着向右边指了一下。

吴枫感激地点点头。他心里很高兴,他是以老百姓的身份接受民警的指挥和训导。此时,他忽然想起了尼克松。这位被弹劾下台的美国总统,曾在中国的天安门广场以普通美国公民的身份散步。资本主义国家的总统都能以普通公民为荣,社会主义国家的共产党干部反倒以当老百姓为耻,这是多么奇怪的现象啊!吴枫不禁有些愤愤然了。

到了人民医院,下午还没有挂号,人们却排了很长的队。挂号窗口旁也挤着很多人。吴枫好半天才找到排尾,站在一位和他年龄相仿的老人后面。这里又闷又热,一股酸臭味直扑鼻子。他有些吃不住劲儿,他是第一次排队挂号看病啊!然而,看病的老百姓不都是这样吗?他们觉得排队是正常的,等待也是正常的,并不那么焦虑烦躁。

“当老百姓!”他又咬着牙对自己说。

挂号窗口打开了,前面的人乱成一团,后面的直喊要自觉排队。吴枫也着急了,看到几个刚进门的年轻人往窗口挤,便大声喊道:“你们年轻人要自觉到后面排队!”旁边也有几个人给予声援:“真不像话!年轻人怎么这样呢!”“你们看看这位老同志,拄着拐棍还站排,你们还不自觉!”可是,那几个人像聋子。

有人喊道:“咱们后面排队的别弄乱了,一个挨着一个,不让加楔,等前面乱出头,就好了。”这个主意立刻得到赞同。吴枫赶紧挪了几步,往前面那人的身后紧靠,像一名老卫兵似的,眼睛左右环顾,警惕地望着走动的人,而他自己的背后也被一个热烘烘的身体贴着。

吴枫热得透不过气来。他突然想到二楼的北头是高干病房,只要他的身影出现在那里,一切都好办了,患一点小病,也会投给你价格高昂的进口药物。

"当老百姓!"他又在心里默默地说。他硬是挺着,豆大的汗珠顺着脸颊往下淌,衣衫似乎也湿透了。

约摸半小时,轮到吴枫挂号交款。他从上衣口袋里掏出一角票,却又带出几个零分,掉到水泥地上,发出几声"当当"的清脆响声。

"同志,钱掉了!"有人在身后喊。

吴枫顾不得捡钱,抖动的手伸进了窗口。

"挂哪科?怎么不说话呀!"窗口里一个俊俏的女同志向他瞪了一眼。

吴枫忙说:"我挂内科……"

"满员啦!"

"我,等半天了……"他急得满脸出汗。

"没看见挂牌子了吗?"

吴枫一下子蒙住了,热血直往头上蹿。

"往旁边闪闪,让后边的上来。"那女同志不客气地喊着。

吴枫只好不情愿地闪到一边,又茫然地看着后边的人往前挤。这时,一个女孩子说:"伯伯,你的钱!"他掉到地上的几个零分,她捡起来了。

"谢谢,谢谢!"吴枫高兴地向小姑娘点点头。

这时,一个小伙子挤到跟前,说:"老大爷,我的号挂重了,这个号给你吧!”

“谢谢,谢谢!”吴枫真是感动已极,连声称谢,他接过挂号票,递上一角钱。

下午四点多钟,吴枫拖着精疲力竭的身子回到了家。

“看病了吗?给开了什么好药?”老伴关切的口吻里带着几分讥讽。

吴枫从上衣兜里拿出一个小口袋,里面装着几片药,口袋让汗水给浸湿,有点破碎。他轻轻把药片倒在右手里,“咦?怎么六片少了一片?”他脑门立刻沁出了汗珠,急忙摸摸兜,终于从里面又摸出一片,这才放了心。

“索密痛呀!我当什么好药,咱们家还有西德进口的止痛片呢!”老伴撇着嘴说。

吴枫摇摇头:“还是我自己抓的药好使,快给我倒碗水来!”

五

吴枫过了半天的老百姓生活,弄得疲惫不堪,可他心里感到很快活。他又回到了人民中间,感受到了几十年所感受不到的新东西。一种新的生活具有很大的诱惑力,他愿摆脱许多昔日的烦恼。他将要像当年参加革命那样,去熟悉新的生活。

吴枫决定要周游全区,并让马文富陪同他。一辆绿色的北京吉普从山城开出来了,这是吴枫最后一次以官的身份旅行!

吴枫的兴致很高,倒是爱说爱笑的马文富沉默了。他察觉得出,吴枫已经有了主意。

吴枫应该是快活的。他顺乎民意,自觉(虽然痛苦)地要当老百姓,无疑他的行动是大无畏的举动,其意义并不亚于当年他参加革命。

车到大黑山,这里是一片林海。他们到了大队,稍休息一会儿,吴枫就要登山。马文富有些担心,劝他到山腰看看就行了,可是吴枫却执拗地要登到山顶,大队书记、主任只好跟在后面。马文富见他吃力的样子要去搀扶,他却推开他,说:“山,得靠自己去爬!”

他们爬到山顶,举目瞩望,群山叠嶂,一片翠绿,耳边松涛吼鸣,一阵凉风吹来,感到十分惬意!这一大片松林,是五六年搞合作化时,吴枫在这里蹲点时发动社员植起来的。如今已经二十几年了,松树长得一人多高,以后会越长越快了。他扶着一棵松树,感慨万千。前人植树,后人乘凉,当年植树的老年人,已经多数都不在了。植树时的人山人海热闹场景,恐怕也在人们的记忆中消失了……是啊,大自然的法则就是如此,方林新叶摧陈叶!

“吴专员,这里有不少树是你亲手植的呢!”大队书记笑着说,“大伙都说,不是那年你抓得紧,就没有这片松树林子!”

大队书记的话,虽然有些恭维,可是并不夸张。马文富是见证人,当年他曾跟着吴枫在这一带蹲点。

吴枫并不缅怀昔日的成绩,他在想,若干年后,当这片树林成材的时候,他或许早不在人世了。人生太匆忙了,十年内乱夺去他有限生命的六分之一,不然他可以为人民做更多有益的工作。党啊,总结自己的教训吧,让每一个人的生命之花充分绽开,即使将来它有枯萎凋谢的一天,他也会感到人生奋斗的乐趣。

吴枫和马文富在大黑山住了一宿,走访了一些社员家庭。第二天,又启程继续周游。他们整整走了七天,最后一天来到了大青山牧场。

大青山牧场是吴枫一手操办起来的试验牧场。当年,这一带全是荒山秃岭,有少量的山坡地,打不了多少粮食。吴枫一眼选中了这个目标,他找来县、社干部召开了试办牧场的现场会,他的“种草经”就是首先在大青山开花结果的。

牧场的职工听说吴枫来了,都觉得格外亲切,在牧场新建的一幢办公楼前,围拢了不少人。吴枫看到这么多熟悉面孔,心里很高兴。大家像众星捧月似的把他请进了小会议室。

牧场的周场长,是吴枫过去在这蹲点时发现和培养的青年干部,如今也有四十多岁了。他想先向吴专员汇报牧场的情况,吴枫却性子急,他要先去看看草场和牲畜。

周场长很有雄心大略,他要在两年内把牧场扩大三倍,解决全城奶品和牛羊肉的供应问题。他们边看边谈,吴枫从来也没有这么兴奋过,他的脸色通红,流露出平时很少见的光彩来。他完全赞同这位实干家的意见,而且,他还想得更远……

“你们有空房子没有?”吴枫在往山里去的小路上问道。

“干什么用?”周场长疑惑地问道。

“能住人的,两间就够了。”吴枫说。

马文富心里一动,他知道吴枫的用意了。

“房子倒是有现成的,”周场长说,“过去你在这蹲点时,住过的那间房子现在是仓库,收拾一下就行了,是谁要来住呀?”

“你一两天就把它收拾出来,到时候你就知道了,给你送来一户老职工!”

周场长看看马文富,只见马文富一个劲儿地在低头吸着烟。这时,一群绵羊“咩咩”叫着从山坡上下来。这新疆的良种,在牧场繁殖成功，已是第四代了。这些羊不怕人，在人跟前大模大样地走。望着雪白肥壮的绵羊，吴枫像孩子似的咧开嘴笑着……

周场长稍后一步，到马文富跟前，小声说："吴专员要房子给谁住？"

马文富极力控制自己的激动情绪，也低声说："吴专员过去对那些来自山南海北的干部说过，要他们安心在山区干一辈子，大青山下埋忠骨！这位老职工，你要好好照顾他！"

周场长明白了，心里一热，涌出了眼泪。望着吴专员的背影，他默默对自己说："欢迎你啊，革命的老前辈！"

吴枫把大青山牧场选中为最后的归宿之地。这里空气新鲜，山清水秀，牛羊成群，果树成荫。在这幽雅的环境里，可以做一些力所能及的工作，度过晚年，这不是很有意思吗？这里距电视台很近，收看节目比城里效果还好。早晨，可以在绿茵茵的草坪上散散步，做做操，可以在茂密的树林里听听鸟鸣……当什么顾问？他要老老实实做一名法律所保护的中国公民。

晚霞把大地染红，在霞光里，汽车回到了山城，结束了一周的旅行。

老伴告诉他，马文富是个有心人，他们走后，办公室出面搞了一个生活服务社，安排了一些留城青年，专管老弱病残和退休干部的生活。这些天热闹极了，粮食送到家，液化气罐也换了，蔬菜也挨家挨户送，还专派一名大夫到各家往诊。吴枫听到这些，虽然很受感动，可是却不感兴趣，他对老伴说："什么事都别想得那么美，想得太美了就自寻苦恼！老伴，咱们到大青山牧场度晚年吧！"

老伴一听就急了，喊道："你去吧，我可不跟你去！到大山沟里谁还管你？你在城里，就是不当专员，也得当顾问，生活上也好照顾你!”

吴枫不愿意和她争吵,他知道一旦自己的决心下定,她最终总是服从他的。

已经是夜间十点多钟了,老伴早已进里屋睡觉了。吴枫打开台灯,从写字台的抽屉里找到一份材料。他坐下来,戴上老花镜,细细地看着。这是吴枫过去填写干部履历表时留下的底稿,上面记载:

一九三八年在太行山参加革命,同年入党。

一九四〇年派往新岭煤矿,做党的地下工作。

一九四一年组织“五一四”暴动。

一九四三年由于叛徒出卖,被捕入狱。

一九四四年劫狱暴动成功,带领暴动队伍开进热辽边区。

一九四五年参加解放山城战斗,任营长。

一九五一年赴朝参战,任团长、副师长。

一九五五年转业地方,任副专员。

……

吴枫合上眼睛,这短短的几行字,却包含了他一生的经历。他想了一下,跟党革命几十年,没有做出辜负党的事情,他在工作中有错误,这是他所不能避免的。回忆自己一生走过的路,他感到问心无愧。而今,他就要辞去职务,回到老百姓中间,他可以向人民说:人民交给我的工作任务,我完成了!

他睁开眼睛,看到写字台的右边,放着一份材料,上边写着一行小字:

吴专员:

这是我写的一份《关于加速发展山区农业建设的报告》,

文中引用的许多观点都是来自你十几年的工作报告和总结材料，同时也提出一些我个人的看法。请你阅后提出意见，在你方便的时候，我将去当面聆听。

这是孙副专员写的报告，是在他外出的时候送来的。吴枫擦了擦老花镜，连续看了两遍，不禁拍案叫绝："这小子，真有他的，不愧是农大毕业的高才生！"他又找出一沓打字蜡纸拿出来，这是他下乡前索回来的，底页上有李书记的一行批语："吴枫同志的讲话请秘书处整理后在农村工作简报上刊登。"他又看了一遍，轻轻摇摇头，把蜡纸同陈秘书整理的底稿一起撕碎了。

他觉得很坦然，心里很干净。他静坐了一会儿，拿起钢笔，在一张白纸上用颤抖的老手，写下了五个大字：

辞职申请书

（原载《鸭绿江》1981年第2期）

作者简介：迟松年（1937—2005），山东掖县人。著有小说《普通老百姓》《天上有颗星》《秋别》等。

射 天 狼

朱苏进

会挽雕弓如满月,西北望,射天狼。

——苏轼:《密州出猎》

一

电话兵通过轻型被复线,报话兵通过微微摇曳的鞭状天线,同时收到阵地信息,又同声复诵出:“发射完毕!”

寂静最令人不安。此刻,一枚数十斤重的弹丸正在天空飞行。炮口距目标九千五百米,弹丸需飞行四十余秒,对于观察所指挥人员来说,这是个折磨,长得不堪忍受。谁知道将得到什么,远弹?近弹?命中弹?还是最讨厌的“不见弹”?肉眼根本看不见蓝玻璃似的天空中有一颗压满TNT炸药的合金杀伤大爆破弹。它一出炮口,人们就无可奈何它了,任何力量都不能使它停止飞行或是改变弹道。它按照火炮身管赋予它的方向和角度冲上天,然后不管人们愿意不愿意,都要落下来触地爆炸,迸出六七百块齿状弹片,疯狂地咬向敢于阻碍它的一切。因此,在实弹射击时,弹道所通过的地域常常没有居民地、公路和建筑物,目标区也设在一片大山里。处于弹道下方并抵近目标区的,只有炮兵观察指挥所,他们要观测这只没有翅膀的铁鸟。

可是为什么看不到爆光？这个散布死亡的东西飞到哪儿去了？

副团长颜子鹄放下望远镜——它虽然能使人望得更远，代价却是把人的视野限制在很小的范围内。果然，他放下望远镜视野开阔了，看到右前方褐色山坡后面蹿出一股烟柱，接着传来沉闷的爆炸声，它大大偏出目标区域。根据响声判断，炮弹炸在松软的土地上。

观察所发出的一片混乱的惊叫，被颜子鹄的高声命令截断："查图，找出落弹区！"又朝三连连长罗怀牧下令，"停止射击！炮手脱离炮位，叫副连长逐炮检查。"

营长递过一比五万的军用地图，食指尖指着一处："这里。"地图显示，褐色山坡后面是大片家田。万一有人，可就糟了。

颜子鹄朝旁喊道："小车！"又催问罗怀牧，"查出来没有？"

罗怀牧脸色灰白，担任射击的是三连，射击指挥员就是他。他吃力地说："射击指挥无差错，问题出在阵地。副连长报告，三炮方向错了一百密位。"

如此大错！阵地上只有四门炮，却有五位连排干部。颜子鹄气道："我命令你们坐下来三天！"他喊上营长坐进小车，赶去查看事故后果。

小车从凹凸的山坡蹦跳着冲下来，拐上公路，高速驰向落弹区。颜子鹄去掉军帽，双手抓牢车把手，上身倾出车门，在急风中极力睁眼注视迅速滑后的田野。他忽然叫道："在这儿，停车！"

颜子鹄和营长跑下公路，从长满草藤的田埂旁边，扶起一位年约五十的农村妇女。她已经昏过去了，左肩和小腿处有血迹。蓝头布落在地上,旁边翻倒一个茶水桶,弹坑距她四十米,不知是否受了致命伤。颜子鹄和营长匆匆给她裹扎好伤处,把她抬进小车。远处,一个小男孩正朝村庄狂跑乱喊,十几位群众朝这里奔来。阳光下,一张张惶恐的、愤怒的、惊讶的脸越来越清晰,有人匆忙中还提着锄头和扁担;有人已经看清发生的事情,跑得更快,急声大呼……颜子鹄他们就要落入十分难堪的境地了。

营长道:"阵地有军医,我们快把老人家送去吧。"

"好!"颜子鹄回答着,又望着拥来的群众,对营长说:"你害怕吗?"

"不,我理解他们。但这时候什么都说不清楚。"

"那你就留下!无论人家动口动手,你都不准躲避,不准发作,不准辩解。否则,就处分你。告诉他们事故的真实原因,找到老人的家属和大队领导,很快我就派车来接你们去看大娘。你这儿比较困难,不是低声下气就能取得群众原谅的,越那样人家越气。我们错了就是错了,要认账。但在大错之下也要体现革命军人的品格,你明白我的意思吗?"

"明白。"

颜子鹄把老人抱上车,关好车门,双臂把老人家拢在怀里。小车平稳地驰走了。他从后窗望去,群众围在大弹坑边上看了看,然后,慢慢地从三面围住营长。营长垂手站着……

小车停在三连炮阵地的通路出口,响了两声喇叭。颜子鹄钻出车,对快步奔来敬礼的副连长吴晓义道:"拿担架,把老大娘抬下来,快把医生找来!"

"谁呀?"副连长吃惊地看着颜子鹄胸前的血迹。

"你母亲!"颜子鹄绷紧脸,无法控制自己了,"大家不是天天喊,我们是人民子弟兵、子弟兵吗!”

军医赶来半跪在地上为老大娘检查伤情,然后重新包扎。颜子鹄在他耳旁问:“怎样哇?”声音微颤。

“还好。没有伤到动脉和骨头。不过要快送医院。向团里要救护车吧?”

“不等了。”颜子鹄对吴晓义道,“调一辆炮车,把火炮卸下来,把老人家抬上去。出事的是哪个班?”

“三班。”

“让三班撤出阵地,在车上轮流抱着老人家,立刻送医院。”

吴晓义在前,军医在后,抬着担架往阵地后面绕。颜子鹄喝道:“干吗躲躲闪闪,想藏住自己的失败?不准绕,就从炮阵地上过去。”

所有炮手都笔直地站在炮旁,呆呆注视着担架通过。一看到颜子鹄的脸,好些战士心怯地转开目光。老人家醒了,呻吟着偏转头,恍惚地朝火炮和战士们望着。

“呜……”一位战士扶着火炮瞄准具大哭,接着,跳过火炮大架,钻到相思树林里去了,两个战士急忙跟去。颜子鹄估计他可能就是错了一百密位的瞄准手,低声问:“入伍几年?”

吴晓义答:“一年,工作不错,是党员。”

“现在入党真快,军事素质呢?你们要分工一名干部看护他,不能恶化他的情绪,也不能让他改行当一般炮手,他自己要求也不许。他还是瞄准手,下回实弹射击还是要上。”

颜子鹄是强忍着一团怒气走进阵地的,然而,沿阵地走了一遭后,恼怒便化为一种复杂的感情。他看到,炮车通路两侧的树林,竟无碰断一根树枝;田边必定要碾碎的几棵白菜,早已被战士们包着土挖出来，移到通路远处，准备撤出阵地后再栽回去。在重炮和大型牵引车的缝隙里做到这一点，需要多么严明的军纪和良苦的用心啊！用弹药箱板子钉成的语录牌，插在掩体最高处，写着大家最熟悉的毛主席语录和战斗口号。和一年前不同的是，没有林彪的语录了。不过，这能说明他的一切都埋进温都尔汗沙海了吗？群众纪律执行得很好，没损坏群众一针一线。阵地的政治气氛搞得很浓，简直像打一场灵魂仗。不过，他们疏忽了一点，阵地要隐蔽，要伪装，要和现场保持一致。本属于心灵的语言，不必在嘴上重复了千万遍还嫌不够，又制成语录牌竖在最明显的地方，使敌机在两千米高空都能看到。花架子！

颜子鹄走到阵地指挥所，用电话向政委报告了这里的情况。政委说："我马上到落弹区去做善后工作，你放心吧。问题出在三连，你看还打不打？"

"打，射击还没完嘛。"

"我也同意打，但是要你亲自掌握。另外，师里刚才问到明天一连的实弹射击。一连更难办啊。你看他们还打不打？"

政委是忧虑一连连长袁翰。袁翰返乡探亲已经超假，团里两次电报催归，还不见音信。这件事激怒了颜子鹄。连队临近实弹射击，连长居然无故不在位。颜子鹄和政委的最初决心是：就当袁翰"死了"，一连还是要打仗的，让指挥排长代理连长指挥射击。可是，三连出了事故，政委犹豫了：指挥排长毕竟没有指挥过全连呀。

"袁翰的超假，"颜子鹄通过电话说，"属于执意违背命令，性质比三连的偏弹更为严重，简直不像个军人，非处分不可。但连队的实弹射击，我的意见还是打。垮了连长，不能垮掉连队。打好打坏是一回事，不上炮场，这个连队的人心就散了。我坚持打！"

“知道了。”政委放下话机。

二

一连指挥排长坐在车内连长的位置上，这对他简直是过分的幸福，他将占领观察所，指挥全连火炮实弹射击。阵地指挥员副连长，虽是他的上级，也将逐字逐句地复诵和执行他的口令。每个炮手把他的意志填进炮膛，他将看到弹群按自己的意愿爆炸，仿佛是自己手臂延长了，伸过去捏碎了坚固的目标。热爱军事的人谁不珍重掌中的权力，这权力可以实现自己所追求、所热爱的意愿，和渺小的个人权力欲完全是两码事！尽管他嘴上也讷讷地道：“副团长，我怕不行啊。”这是因为他觉得不谦虚一下就太不像话了，其实，他心里早把三连看矮了半截：哼！打个偏弹，练兵练到脑后去了？他储藏下的本事，使他忍住笑意接下重任，那一刻，他深深感激连长袁翰平时对他的培养。

他刚当排长时，袁翰就逼他学习连长的全盘指挥业务，说：“一年以内，你必须成为全营指挥排长中最强的一个！别怕人家说你有当官的野心，那是蠢猪式的嫉妒。不但理解本职而且理解上级的职能，才能更灵活地完成自己的工作。满足于仅仅完成本职工作的指挥员永无出息。”好几次野外协同训练，实际指挥一连的是他这个指挥排长，袁翰只在边上传达口令，营指挥所都没察觉。有一回，袁翰竟然在“暂停”时睡着了，醒来后苦笑着说：“我也会偷懒啦。说实话，这一套，六四年我当班长时就会了一半。如今当个连长，比那时候当排长还容易，老是这一套程式，好像敌人听我们调动似的。我要是当敌人的话，别人不敢说，咱们营长就会输给我。”

像那时的不少干部一样，军事上幼稚，阅人览世却过早成熟，小小年纪的指挥排长，因为袁翰急迫地要把他推上连长位置，竟狐疑起袁翰的用心："连长，上级要提拔你了吧？"

"天真。他们情愿提你，也不会提我。我是大比武出来的，和罗瑞卿握过手，沾上啦。"

"这是暂时的，"指挥排长很坚决地说，"什么单纯'军事观点'，什么'骄傲自大'，一打起仗来，人们就会改变看法了。"

指挥排长的坚定信念，使得袁翰对他特别亲近，甚至有些钦佩他。但袁翰的苦恼消散一阵后，重新聚结起来会更重。"算啦，谈起来心烦。你只要做到在任何时候都能指挥全连，就帮了我大忙了。"

"怎么是帮了你大忙呢？"

"等你顶上我的时候，连队不需要我了，我也可以脱军装了。唉，什么时候才有仗打！"

这是一段往事。现在，指挥排长膝头铺开军用地图，手指间夹着一支管状照明灯，不时探头辨认路旁墨堆似的山影，率车按照图上的开进路线奔向观察所。

指挥车跑着跑着忽然减速，驾驶员上身前倾："看，像是连长。"

果然是袁翰提着旅行袋，出现在公路拐角处，眼睛抗不住强烈车灯，偏开脸躲避着，脚步歪歪斜斜，差点走到路沟里去，好像刚刚从灾难中脱逃出来似的。

"闭灯，停车。"指挥排长很惊讶，连长怎么狼狈到这个程度！他跳下车奔过去。

袁翰几乎连上车的劲也没了，倒身坐在踏板上，背靠着车门，仰头闭目，享受着全身筋骨骤然松弛后带来的畅快。指挥排长"噼里啪啦”地拍去他身上的尘土,连连问话,但没有得到回答。车上的战士纷纷下来围在连长身边。

指挥排长朝报话班长道:“快报告,连长归队了。”报话班长拿起话筒喊开了密语。指挥排长把地图摊在袁翰面前,手指在图上快速移动:“这儿,是我连阵地,这儿是观察所,我们现在正行进到四十公里路标处。基准射向30—00,目标区在天马山北面,凌晨五时完成一切射击准备。副连长率战炮分队从这条路占领阵地了。指挥排齐装满员,‘无线’正与上级和阵地保持联络,‘有线’还没开设。”说到这里,他把指挥包交在袁翰怀里,“连长,你指挥吧!”

两道雪白的灯柱上下抖动着,一辆小车驰近戛然刹住。灯光灭了,但发动机没停转。颜子鹄在黑暗中质问:“为什么停下来?”

指挥排长道:“连长回来了。”

“那也不能停止前进。看你们,都在公路上窝成一团了。”

战士们迅速登车,袁翰端正军帽,上前敬礼。颜子鹄压低嗓音:“你超假整整二十天,什么原因?”

“老婆生孩子。”

“就这个?”

“就这个。”

“这个我知道,你在请假报告上写了。我问你为什么超假?”

颜子鹄等待几秒,没听到滔滔不绝的申辩、对意外事件的渲染,或是絮絮叨叨的检讨。而这些,正是从超假干部口中常常听到的。他很想按亮手电筒照照袁翰的脸,这个违犯军纪的人究竟知不知愧!

“你等待处理。实弹射击仍然由指挥排长指挥,任务不变。”颜子鹄回到车上,重重地关上车门:“开车!”

袁翰问指挥排长:“他是谁？我没看清。”

“刚从军里调来的颜子鹄副团长,恐怕会当团长呢!”

袁翰从颜子鹄的语气和上下车的动作里,预料到事情不妙了。犯了错误,偏偏碰上个新官上任三把火的领导。

指控排长抱住袁翰双肩,动情地急切地说道:“连长,到底为什么超假？说啊,连我都不告诉?”

“确实是老婆生孩子。”

“都好好的吗?”

“好好的。”

“那你为什么超假?”

“唉,你没结婚,不懂什么叫老婆。车上有干粮吧？我饿了一天了,身上只剩三分钱,买个面包都不够……”袁翰难堪地说不下去了。

“你的钱呢?”

“都甩给她了。”

车上战士赶忙递上馒头和咸鱼。指挥排长看见扔在车踏板上的瘪瘪的旅行袋,鼻眼酸涩。连长家庭生活困难,可是每回探家归来,也和别人一样带许多土特产让大家尝鲜,这是连队的不成文法,空手回来,真不好意思见人。连长这回只带来满身尘土和一副饥肠,看来他是被榨干了。

“再给块雨布吧,我实在走不动了,就在路旁山坡上歇一会儿,你们返回时喊上我。快走！副团长准保掐着秒表在前头等着。”袁翰连连挥手。车快开时,他突然跳上车踏板,对指挥排长说,“记住,别抢时间,保证精度。实弹射击比我俩平日练的那些射击法简单,不同的只是带个响儿。你只要不慌,一定能打好!”说完,他跳下车。

指挥排长双手扣紧指挥包,心安理得了,因为连长也愿意让他指挥。等待自己的将是一场痛快的钢铁格杀,等待袁翰的是什么?副团长的命令太冷酷了,连长既已归队,就该让他指挥全连嘛。指挥排长想到这里,激情已经冷却,而激情对于取胜是不可少的。他的信心碎裂成胡思乱想,对飞快的车速也有些恐惧:"慢点,别慌。"其实他内心却很慌,总在想,自己指挥的这次射击可能比三连还要糟糕。

下车就找不到登山的小道了,地图上明明有嘛。指挥排长和战士们沿山脚急急搜索,蓦然,看到颜子鹄默立在前边,他身旁就是小道,可他偏偏一声不吭,准是在气恼指挥排长到得太晚。他看了看腕上的夜光表,大概没超出规定时间,所以仍然保持沉默。

指挥排长庆幸着:找到了路,还没开灯。否则,灯光一亮,准招来斥责。打得再好也要扣掉十分。

直到下午实弹射击才结束。归途中,指挥排长在四十公里路标处寻找袁翰。他频频按响车喇叭,但不见袁翰出现。他跳下车跑过草坡攀上山顶,才见袁翰坐着雨布靠住一株歪头小松树酣睡。从这里可以远远望见射击目标区域。指挥排长意识到:不必向连长报告射击结果了,他什么都看到了,他刚刚睡着。

袁翰睁开滞重的眼皮,哑声问:"全部命中,是不是?"

"除了首发试射,那是个靠近弹。其他嘛,时间、集火、齐射,都还可以。"指挥排长的语气仿佛说一件平淡小事。但他毕竟年轻,不善于把巨大欢乐禁锢在心里,笑意最初就流露在眼角,然后一点点扩大,终于变成"咯咯"的欢笑,把滑到身前的指挥包猛力甩到身后。"我做梦也想不到,咱们连打得那么好。不只是'命中',完全是粉碎,对,粉碎!炮弹像被目标吸引过去,把目标都炸没了。真的,一点没剩下。真他妈的痛快!"

"别骄傲啊,沾上这个毛病就终生难改。"袁翰站起来叠好雨布,淡淡地问,"那位颜副团长有什么表示?"

"笑,笑!还给我追加四发炮弹,让我多打了一个转移射。"这是真值得骄傲的,全团指挥排长中,没有谁得到过这种幸运。

袁翰有些惊异:"哟,这位副团长还真知道什么是对炮兵的最好奖赏。"

"哎呀,连长,"指挥排长叫道,"人家是火炮专家!秒表一掐,就知道了全连的协同情况。他看出你是有真本事的连长,要不就带不出这样的炮兵连。他问了我好多你的情况,还说:'一个连队失去连长仍然能打胜仗,正说明这个连长不平常。'他是在电话里对政委说的,我听到后高兴死了。"

袁翰快步走到前面,不能让指挥排长看出自己的激动。啊,有这句话就够了,完全够了。由他批吧、骂吧、处分吧,因为他有一双明辨贤愚的眼……袁翰真想立刻见到颜子鹄。

指挥排长在后面追赶着说道:"连长、连长,你去见见颜副团长嘛,就在那边。他见到你准保高兴,你再把超假的事和他谈一谈,详细地谈一谈,他总有个家吧,还不理解你!"

"叫了我吗?"袁翰止步。

"干吗非要叫,你不会主动点。"

"不去!"

指挥车开到阵地,与炮车会合返回营区。

营区北头的一片营房就是三连,战士们正在炮场上擦炮——即使只打过一发炮弹,炮膛也需要擦洗数次。暗红色的洗刷杆在炮口出出进进,深黄的炮衣平铺在沙地上曝晒。一连的车炮接近时,他们都朝这边看,对各车厢的歌声和欢笑,对一连战士打去的手势和招呼,他们竟无一回答。

袁翰从车门伸出头朝车厢唤道:“指挥排长,三连怎么了?”

指挥排长从车厢弯下身,胜利的欢乐还残留在嘴角:“噢,他们打了个偏弹,整整偏出去一百密位,伤了一位老大娘。”

“你……怎么不早告诉我?”袁翰发怒了。

“我忘了。”指挥排长声音很轻,只能从口型中猜出他是这么说的。

“你只想自己的事,”袁翰冰冷地说道,“通知各车,停止唱歌。”

“车距一百米,怎么通知啊?”

“发防空信号。”

指挥排长朝后面挥舞红绿旗,第二部车立刻平静了,同时把信号传到第三部车……整个车队无人高声说话,探出来的脑袋也全缩了回去。喇叭也不响了,各车减速,拉大距离,缓缓通过三连,仿佛是一路哀兵。

袁翰注视前方,白色的营区通路,无尽头地滑进车底。路两旁的小樟树是他带兵栽的,分别两月,好像粗了些,小树叶像人眼一样闪烁着脉脉神情……袁翰恍如进入一个陌生世界。“偏弹,伤人。”这几年来连队的军事水准,怎么下跌得这么厉害。他曾经在三连当过班长,是三连把他培育成射击指挥员的。他心儿忽有所动,直到这时候,他才隐约地后悔自己不该超假。

三

窗内比外面晦暗许多,主要是因为几个烟鬼抽得太狠了。烟雾是初灰白色,还能飘出窗,后来越积越多,竟聚成凝重的蓝色,飘不动了似的悄悄扯起柔软而厚实的帷幕,遮住人们的脸,从而,使彼此不能从脸上看到心语。人们各自陷在自己的深沉情感里。

在这种地方,你不想吸烟也不行,烟能把你硬熏出瘾来。劣质烟草在猛吸中竟跳出一团团火苗,光块与暗影在脸上乱切乱拼,把人脸歪曲得不像个样子。不安的,忧虑的,没有一张脸是平日所熟悉的了。它们给人的印象比平日强烈数倍。面前的会议桌——除去球网的乒乓球台上,放着一张盖有两颗大印的公文纸,是上级对袁翰的处分决定。营长刚刚宣读完毕,大家等待着袁翰表态。

袁翰沉默许久,简短地说:"我知错。我想好好考虑一下,再向支部汇报思想。"

营长说:"还有两件事。刚才颜副团长打电话来问,你们谁向全连战士公布处分决定?"

"我。"袁翰拿过决定,他明白颜子鹄问话的意思:必须向全连做检讨。

"下午三点,全团在团部大操场集合,宣读上级关于三连实弹射击出现偏弹事故的通报。"营长望着袁翰,"时间快到了。"

"集合吧!"袁翰随即起身。指挥排长快步出门。袁翰先回宿舍喝了口水,让激动的心情凉下来,然后整好军容,走上炮场。

全连已成四列横队集合完毕,看战士们笔挺的身体和紧张的眼神吧,指挥排长一定先说过什么。

"立正!"

如果精密测量,可以发现袁翰是发令后第一个完成立正动作的。他酷爱此令,此令振人心魄。看,全连霎时凝聚成一群雕像。手足、腹部、脊椎、目光、表情甚至内心欲念,全部固定进条令规范,生命被此令锁住,力量压缩到临炸前的瞬间,每片衣襟驯服地贴在僵硬的躯体上,蚊蝇可以恣意蹿上他们的脸庞……这口令控制的一个整体,可以随你出征任何一个经纬点。

“稍息!”袁翰举起那张公文纸说,“上级决定。”全体立正。“炮兵团榴炮营一连连长袁翰,在今年九月至十月探亲期间,擅自超假二十天。为严肃军纪,教育本人,决定给予袁翰以行政记大过处分!听清楚没有?”

“清楚!”声音稀落。

“清楚没有?”袁翰高声问。

全连振奋地回答:“清楚!”

“今晚,我在全连大会上做检讨,现在到团部大操场开会。向右转,齐步走!”

一连进入大操场时,全团都朝他们望去。那毫无杂音、顿打地面的整齐步伐,袁翰响亮的口令和全连海潮汹涌般的复令,战士们帽檐阴影下一双双正视前方的眼睛,仿佛是来比武的。他们的威风与豪气竟使人们连呼吸也轻细下来。

袁翰很激动,这么好的队列,他当了五年连长也很少见到,他感激战士们,又觉得对不起他们。

“好啊……傲啊!”颜子鹄心内响着两个声音。

各连整队,上千人聚成方阵,颜子鹄站在与全团排面成等腰三角形的指挥位置上,目光掠去,一眼就认出那一片是一连。他们普遍比其他连队的战士黑些瘦些,一声向右看齐,腹部回收,胸脯一概挺起来,胸兜里没有凸出香烟盒、打火机之类的杂物,也没有歪腰扭腚、抽动腮帮子的。这高质量的队列,就像一串环环相扣的铁链,胆小鬼夹杂其中也会勇敢起来。有的连队也笔直站立,也昂首不动,实际上差得远呢。严肃的面容下面,也许鼓个吃得太饱的肚子;宽大裤管里,可能有悄悄放松了的膝部关节。老兵熟谙此道,不用劲也站得挺像样。新兵只知憋足一股憨劲,脸儿让血冲得通红,身子明显倾歪,还以为自己站得最直。入伍第一课目就是队列,可是服役三年也未必能来个标准的立正,你也是一身军装,但绝不是完全合格的兵。没有对操场、对机械般动作的痴爱,没有指挥员的威力,就得不到一行真正的队列。

颜子鹄目光又回到一连,这个整体中最触目的部分。唉,这支连队虎威与熊力兼有,可惜也像公鸡那么骄傲。一些战士,甚至为获得骄傲的评语而骄傲。"你们想骄傲还骄傲不起来呐!"元帅和将军离他们太远,眼前最有本事的就是"咱连长"。袁翰好像生来就不信任太谦虚的人,手下几个班长都有点"傲骨",外出执行任务,使得外单位领导喜忧参半,要使出通身本事才能领导他们。

颜子鹄的声音传至最后一排战士耳里,仍然有力有威:"刚才各连入场,哪个连最好?"

"一连。"

"我最不满意的,是大部分带队干部的口令。"颜子鹄逐个望着队列前排的各连干部,"软声软调,破锣破鼓,男不男女不女,比我这半条喉咙差远啦(他的脖子挨过弹片)。一个炮兵指挥员,必须在炮声中把口令喊出去,还要保证每个炮手在炮声中听到,不仅是听到口令,还要从口令里听出你的必胜信心!我要求你们平时的口令要和战场上一样响,不然的话,到时候你就喊不出来。现在给你们一个标准。袁翰,站到这里来。"颜子鹄用脚跺跺立足点。

袁翰跑步出列。

"一套队列口令。开始!"颜子鹄下了命令。

袁翰采取立正姿势，根本看不到他鼓气、用力，便发出了单调不高但极有力度的声浪，仿佛是门小炮：“立正！向右看齐！……”

全团都在执行他的口令。喊毕，他主动入列。颜子鹄回到指挥位置，大声道：“下次全团集合，各连带队干部的口令，必须达到袁翰水平。回去，你们自己练！”

四

从团部归来，一连战士显得很安静，几乎没人到连部里走动，只从宿舍门窗朝这里望上一眼。好像都这么认为：连长遭难了，再像以前那样随意说笑，就太没良心了，连长现在需要静静待着。

袁翰闷坐在屋里，忽然感到说不出的难受——缺氧似的。他透过窗玻璃看到空旷的炮场、冷清的炮库和安静得有些反常的战士，这不是他熟识的连队了。孤独可真难受，他受不了别人用怜惜筑起来的墙来包围他。看看表，竟吃一惊，他快三小时没在班排露面了。他振作精神走出连部。

远处的岗哨有些懒散，像在晒太阳。袁翰瞟他一眼，他立刻振奋地持枪立正，钉住不动。进了排宿舍，战士们纷纷起立，有一位脑壳重重碰到上床铺板，疼得他咬牙红脸，却直直挺立着不肯揉一揉。班长抱怨地看他一眼，嫌他在这时候出丑，然后注视着连长。周围的瞳仁里都流溢着热切的关怀，像在问：有什么心事？说吧，瞧，我们都在这儿呢。

深沉而笨拙的安慰，更使袁翰心里难受。他在这世界上除开妻子，最难割舍的便是这些战士了，是他们把他从妻子那里夺了来。说实话，两道电报催归令，都不及来自他们的引力能量大。虽然，他可以随意指挥他们，像随意动弹自己的手指头，但他们一双双眼里，不也正向他的心发布命令吗？“你属于连队。”袁翰很想燃起快活的气氛，用坦然的笑容啦，又酸又辣的趣话啦，亲热地碰碰肩膀啦，让他们宽心，别为自己担忧，袁翰还是以前的袁翰。可惜他不会遮饰自己的感情，还容易被人家的感情感染，他常为此诅咒自己军人气质不足。

你看，通信员肩挎邮件包从营部归来了。袁翰矜持地转开脸，而脑后好像长了眼睛，感觉到通信员越走越近，心也随着那脚步越跳越紧。他焦急等待着，但通信员没唤他，略停顿一下便走过去了。没信，他心儿白白恍动了一阵，重被忧虑失望攫住。没信也好嘛，说明她们平安无事。嗯，明天肯定会有……自从他归队后，他妻子一封信也没来过。

一位面容憔悴，看上去比实际年龄大五六岁的女人，散乱着头发，斜倚在床边，失神地望着床上两个睡去的婴儿，好像一直要望到婴儿大起来才罢休。这就是他妻子的形象，浮上心便难拂去。他月薪五十三元五角，妻子是半工资半工分的民办小学教师，家里有一位老人还有一位在外地上学的妹妹，都依靠这些收入。袁翰像个一月只拿六元钱的新兵那样谨慎开销，把大部分薪金寄回家。干部们讨论应该给他困难补助费时，他好羞呵，没勇气看他们，也没有勇气拒绝那几十元钱，每年都要被这样折磨一两回。妻子四年不孕，今年居然生下一对双胞胎，都是女儿，都只比袁翰的手掌大一点儿。姊妹俩给父亲的第一个感觉，就是世上竟有这么小的人！他不敢抱，怕她们从掌中掉下去，又怕捏痛了她们。他用手指头轻碰她们那细嫩的脸儿，手指简直没有触觉。他的心被一种猛烈的情感碰痛了，说不清是喜是忧。他甚至担心自己的呼吸会伤了她们，憋住气息，俯身下去，瞧精密军用地图似的瞧她们玩偶般小巧的鼻子、嘴儿。他分不出谁是老大谁是老二，左边那个蓦然啼哭，在襁褓里很有劲地划动手脚，袁翰吓了一跳，于是，便暗暗唤她“大姑娘”。婴儿的哭声是父亲心灵里的壮歌，在啼声中，他感到翻滚而来能够淹没一切的情感狂潮，恨不能朝什么凶神恶煞扑过去，捣碎了它，看护好两个可怜的小天使。

妻子心里一阵滚热，她从袁翰瘦脸上的爱怜猜到了自己的变化，于是投去感激的一笑。笑容停在嘴角，显出早衰的皱纹，反给丈夫留下一片苦涩。每当半夜，妻子给孩子喂奶，放下这个抱起那个，脸上涌出病态的红潮，两眼痴热地望着怀中婴儿，袁翰就很痛苦，恨自己不是女人……假期的最后一周，夫妻俩时常沉默，目光碰一下又躲开。一到黄昏，妻子就轻声叹息，终于，她提出来，让袁翰给部队发个请示延长假期的电报，即使不批准，等答复也可多住几天。主意很乖巧，但袁翰认为那是老兵油子拖延假期的手段，不肯办。妻子抱怨袁翰只顾自己的名声不管家，小女儿好像有病，吃了就吐，做父亲的能撂下就走吗？她气道：“你要走，抱一个孩子去，我养不活这么多，血给她们喝也不够。”袁翰那几天累极了，肝火特别旺，顶撞道：“养不了干吗一家伙生两个？”话刚脱口，他就被妻子晕眩的模样吓坏了。最后一天早上，袁翰起身，见妻子睁大两眼也要起来，他急忙按住她，“别动，我自己来，我什么都会。”妻子一动不动，只有眼睛随袁翰身子转着。袁翰点火、做饭，吃了些东西，提起旅行袋，走到床边和妻子告别，妻子却侧过身去：“你走吧！”手护住两个睡婴。

南去的列车晚点了，烦躁中的时间就显得特别长，看谁都不顺眼，恨不得碰上个无理的人吵上一架。袁翰极力抑制着，规规矩矩坐在门旁靠椅上，看大墙上的车票价格表，计算路途花费，总是神不守舍，一会儿算多了，一会儿算少了。

"快呀，叫爸爸。"一位年轻母亲把小女儿往前推，迎向一位高个儿、被海风吹黑了脸庞、畅快笑着的军人。这人提着两个鼓鼓的旅行袋，还有一挂香蕉，显然是刚下火车。小女儿正在受罪，小胖脚儿迈上一步，就回头求救地看母亲，母亲急声催促："快呀，快呀，别怕。"（这个"怕"字让袁翰心酸）军人等不住了，雄鹰似的展开双臂，搂住小女儿。小女儿猛一挣扎，从军人怀里漏下去，跌进母亲怀里，小手死死揪住母亲的衣领，哭着往她身上爬。哭声惊扰了候车的人们，父亲狼狈地忍受着四面八方投来的目光。蓦地，他看到袁翰，认定这是个知音，便朝袁翰苦笑，以解脱窘境。袁翰呆子似的毫无反应。母亲抱着小女儿和军人一起走出候车室。小女儿在母亲怀里还竭力躲远那位军人，但不时从母亲脖子后头偷看。他们不知道，这短短的几个镜头激起袁翰的思绪翻腾。

车站广播喇叭又发出通知，袁翰要乘坐的那列车又要晚点到傍晚，又得等九个小时。他本不想回家，可是，在车站外烦乱地踱了几分钟后，忽然意识到：要再这么踱下去，就会引来行人的疑视，交通警的大喊，甚至医生的关注了。他下定决心，快步回家。

妻子从桌前仰起头，惊异的眼里满是泪水。她在给刚刚离去的狠心丈夫写信。

袁翰走近，她站起身扑过来，头顶着袁翰胸膛，撞了两下，靠住他肩膀，剧烈地啜泣。笔在桌面上滚了很远。"别哭，别……"袁翰安慰着，但妻子却止不住。唉，能在丈夫怀里哭，也是幸福的，你怎么会知道呢！

桌上半截信写着：

袁翰:我的救星,求你转业回来吧,做军人的妻子太痛苦了,一年十二个月,你只能给我一个月,刚刚熟悉共同生活,你又走了。就是这一个月里,头十几天痴狂,匆匆忙忙跟偿债似的。后几天发慌,老是想:你要走了,要走了,中间又有几天安稳日子!我是个弱女子,受不了没有依靠的生活。看见这两个小女,我好害怕,简直不知道怎样把她们养大。老是想:她们会从床上掉下去,会给什么东西咬一口,会发烧……总之会死在我怀里,真是怕极了!这些念头你在时我没有,你一走就冒出来,我是不是疯了。还有经济问题,今后几年我们会很困难,受不了两地生活的花费,还是苦在一处吧……

袁翰迈不动腿了,一拖就是二十天。他写过延假信,但写不下去,没有“过硬的”理由,又不肯编造或是夸张,于是,干脆不写。“写那个还不如写检讨报告呐!”他甘愿承担一切后果,也许因此转业,他隐隐有些高兴。

妻子把部队拍到她单位里去的两封电报,都藏了起来。袁翰在家的日子,她总觉得是自己偷来的,因此一点幸福感也没有。

五

整幢房子都用大块花岗岩石砌成,它是战士们自己采石盖的,笨厚牢固又显得威武,好像砌进了他们的某些性格。太阳已经西斜,花岗岩正在散发正午吸收的热量,靠墙便感到暖意。西头一大间是团党委会议室,全团战士每日的工作、思想乃至梦里的部分内容,都会在这里被研究、被决定。会开完了,颜子鹄想去一连和袁翰谈谈,他在房外两株塔状扁柏之间踱步,等候小车到来。这几分钟时间里，他整理着对袁翰的印象。

去年，师司令部就要调袁翰去当作训参谋，团领导通过努力把他作为储备作训股长留下了，计划让他在副营长的位置上熟悉一下营的工作后，就负责作训股工作。档案材料都报上去了，政委准备他探家归队后找他谈话，正在这个节骨眼上他却超了假。师长很恼火地质问："炮团怎么搞的，刚刚报袁翰当副营长，马上又得处分他，你们怎么考察干部的？袁翰超假是什么原因，他到底想不想在部队干？你们要就这个情况，专门写个报告。"

袁翰的超假，使团里几位领导很伤心，他们的观察力和判断力显得太弱了。袁翰的超假不但损害了自己，也损害了看重他的人。

颜子鹊对袁翰感到兴趣，接触时间虽然不长，但却在袁翰内心世界充分暴露的时刻。这时看上一眼，可能比相处几年更能了解一个人。"他会带兵。"颜子鹊最爱这点。一连的军事素质就是强于其他连，连队是连长的镜子。袁翰的优点和缺点都很明显。比如说骄傲，唉，有点本事的人怎么常有这个毛病呢？有的人藏住了，有的人藏不住，当然也有人纯粹因为别人强于自己，就送人家一顶骄傲的帽子戴戴。袁翰的超假完全是因为骄傲吗？似乎也不一定。他过去组织纪律性一贯不错，如今明知超假会受处分，他还是敢超，恐怕另有原因。也许他真是不想在部队干了？颜子鹊最担心的就是这点。不想干的人，任凭你有天大本事，也不能长久留用。

小车在一连炮场边刹住，颜子鹊透过有机玻璃车窗望去，一连副连长正组织炮场训练，各炮手无一被突然而至的小车所吸引。这个小细节让颜子鹊高兴：有些挺过硬的连队里的战士也常在一瞬间走神，这一瞬间常造成一百密位的误差。

颜子鹄用手势告诉副连长：干你的吧，不要中断。他走进连部找袁翰。

“我是想转业的。”袁翰垂下目光，不看颜子鹄眼睛，说话胆子更壮。他一直暗中期待颜子鹄来看自己，但头一句话就使颜子鹄心凉。“我不像有些人那样，成天叫唤‘岁数大啦，放咱走吧’，其实他不想走，那是一种牢骚，是提醒领导：自己在这个职务上干了多年，再不提就不干了。我可真心想走。家里有困难，不走怎么办？像个别人那样闹，甩手不干工作，处处跟领导为难；或是老提一些你根本解决不了又是实际存在的问题，让你觉得刺头，不得不放……这些鬼名堂我比他们知道的还多，但实在做不来。对这次处分我完全接受，超假二十天再不处分简直没有军法了。如果我当领导，也许得给袁翰来个更重的处分。干脆说吧，这个处分是我自找的，当时有个念头，处分就处分吧，不受这个处分，你们老觉得袁翰太好用了，没一点个人问题。”

“这个念头，和你说的闹转业的做法，性质一样。”颜子鹄严肃地说。

“但是我说出来了，难道要再来个处分？我原本可以什么都不说的，可以用其他办法达到走的目的，而且不受处分。”袁翰沉闷地扭开脸。

“这倒也是事实。说吧，我很愿意听大胆的谈话，好多年没听到了。既然连处分也不怕，总该有你自己的道理。”

“处分有什么了不起，失掉了什么？当兵以来，我立过三次功，立功又有什么了不起，又得到了什么？它们统统睡在档案袋子里。这是气话了，我知道这样看问题很不好，但我的经历就是这样。”袁翰朝营部方向伸出手指，“我们营长是个很好的同志，但他没经过严格训练,连炮兵营海湾战斗队形也摆不清楚。要论射击指挥,我的指挥排长在某些打法上也比他强。这样的同志带兵也可以打胜仗,不过十条命能拿下的山头,他要送出去三十条命,然后会说出了三十位英雄。当然不是有意掩盖失误,而是他确实不知道这个山头只需付出十条生命就可以拿下来。在他面前,我特别谨慎,他年轻,经验少,应该撑台,不能拆台。可不胜任的人在台上难受,台下的人也不轻松,我不是想当个什么官,我想走,心里闷哪……"

"想当官不一定不好,热爱自己事业的人,谁不希望手中有权。官和老爷是两码事嘛!懂军事的人不当指挥官,难道把战士交给不懂军事的人指挥?"

"对对,我为这个想法骂过自己。人哪,有时是会错骂自己的。嘿嘿……副团长,我不把你当领导说话了,行吗?"

"行,当然行。"

"你扛枪的时候,我连细胞还没有哩,而你现在仍然是个上了年纪的副团长,不会没有苦恼吧?苦恼是苦恼,干是干!你不用做我的思想工作,你的存在就能影响人的思想。可我也担心,这样干下去不会又是单纯军事观点吧?"

颜子鹄"哈哈"大笑。

袁翰急步在屋内走动,忽然站住,睁大眼:"副团长,咱们偷偷喝两杯吧,已经开饭了。"

颜子鹄不语。

袁翰朝外唤道:"通信员。"又从抽屉里拿出一本书,从中翻出一张十元钞票,"去,到小卖部买筒罐头,让炊事班长热一热。"

颜子鹄道:"你这么干,老婆孩子吃不吃饭了?越穷越大方啊。"

“没事,没事。”

“还是说说吧,家里难到什么程度?”

“一个好军人,很难是个好丈夫。”袁翰叹息道,“能给她的都给她了,不能给的抱怨也没用。咱们归部队掌管,不是归自己掌管,这就要求她自立喽。可她偏是个胆小女人,我不在家,天一黑就关门,过年过节更不好受。再有,老子让她一胎生下两个,结果自己当甩手掌柜,扔给她抚养,一个月寄几十元钱就算完成任务了。其他事,就是天塌地陷,反正我看不着。”袁翰从床下摸出两瓶酒,晃晃道,“这是她酿的。”倒上两杯,望下门外,菜还没来,他等不住了,“来!副团长,品品味。”举杯饮尽,然后轻轻吁口气,胸膛急剧起伏,脸上是饥渴的神情,粗声道:“我们是军队,而军队又和战争分不开……”

颜子鹄举起另一杯酒,细细品咂着酒和话的滋味。

哦,战争,你在哪里?我们默默警惕着你,注视着天空、陆地、海洋……

都知道战争不可避免,也都在切齿痛恨它,即使今生不能消除,也愿把它推得远些,再远些。战争的产儿——军人,袁翰他们,便落入两扇感情的磨盘中。对于各种非正义战争的厌恶,他们一点不比世人少,那一杆枪,正是为了把它们驱入坟墓。正因为这样,他心热,神迷,像数学家爱古怪方程式,像雕塑家对着一尊精灵流泪,像老牛温柔地舔着嫩犊,像少女臆想着情人的胸膛……他有他的事业呀。

“有点冷。”颜子鹄扭动肩膀叨咕道。实际上想说的是:有点累。

“这儿有大衣。”袁翰站起来。

“不用,才十一月,穿什么大衣,站岗的都没穿嘛!”每每听到关切的话语,颜子鹄都感觉到另一种意思:“你不行了,没几年干头了,歇着吧。”他自尊,像姑娘需要打扮得美貌些,他也需要显示自己的年轻。可是年轻人总用关切来刺激他,让他正视自然规律。

“不喝了,你也别喝了。”颜子鹄把杯盘推开,“第一,我们不考虑你的转业问题,希望你打消这个念头。第二,我们准备让你到三连去当连长,你一定要把三连带上来。第三,你们营长很尊敬你,想把你的一套本事全学过去,希望你既当好他的下级,又做好他的师傅。这三条,你好好想一想,我出去看看战士们,回头听你的想法。”

在袁翰呆直的目光中,颜子鹄走出房门。

一排二排正在炮场上拔河,每方十五人,拽住一根胳膊粗的拉炮绳。二排总是被一排拉垮。颜子鹄是这种观众:无论看什么比赛,总是希望弱队取胜,然后笑呵呵地把强队挖苦一顿。四班长对颜子鹄说:“一排要参加师里比赛的,我们是陪练。”

颜子鹄大为不满:“输就输在多了你。你下来,你们十四人和他们比比看。”

“我明白你的意思了,我们拿出勇气来赢他们。我就别下了吧,多个人多份劲,他们也是十五人嘛。”四班长分辩着。

“不不,你还是下来歇歇,多个人未必多份劲。”

四班长下来了,满脸委屈、不平的样子,心中盼望自己排输。再战,系在炮绳中央的红绸又渐渐拉向一排阵地。“顶住!”颜子鹄大喊,酒后的嗓子发出的声音格外刺耳。“一——二! 一——二!”他在旁边竭力统一二排的动作。结果二排胜利了,他们把一排拉垮之后,统统摔倒在地上,喘息着,欢叫着。

颜子鹄回到连部，他相信袁翰会有一个正确态度，会干好新的工作，起码会强迫自己干好。但他不愿意完全靠命令的力量去推动一个人。他想和他深长地谈一谈，他基本上还没谈呐。

袁翰醉倒在床上，发出急迫、不匀的呼吸声。看来他不善饮酒，醉得这么厉害。颜子鹄把大衣轻轻盖在他身上，伫立许久。

六

三连的这些兵像屋里着了火，统统拥出房门，散到宽敞的炮场上，一个碰一个地往前挤，争着站在别人前头。有些人并不知道出来干吗，只不过见别人往前挤，他也就挤别人；别人一激动，他也有些气息不匀了。新兵一般不注意控制情绪，一瞧见什么，就吃惊地张大各种型号的嘴，眼球儿统统给冻住，怪可爱地发呆。穿破几套军装的老兵，矜持地居于后排，像大哥哥把好位置让给小弟弟那样。他们对新兵惊惊乍乍的事不屑一顾，否则就显得太浅薄了。这回可有些不同，他们虽然从人群里退了出来，可锐利的目光仍然射向连部。那儿停着一辆摩托，“吭吭吭”地咳嗽，全身不停地抖动。本来没有熄火，驾驶员还是用十分惬意的姿态猛蹬一下起动踏杆，摩托又雷霆般暴叫几声。他知道有许多人看自己，他尽可能地显示出不同于别人的样子。

排长们朝连部奔去，战士们纷纷让路。不一会儿，值班排长跑出来喊：

“注意军容，准备集合，新连长到了。”

新兵们判断事物的重要与否主要凭据老兵的脸色声调，这最保险。此刻，他们严肃起来，提前回屋扎上腰带，端正军帽，出门后彼此靠拢,会意地交换眼神。有几人腰带扎得太紧,把人束成了一只葫芦。偏偏有几位顶老的老兵,像是吃腻了这一套似的,别人越紧张,他们越随心漫意地走动。

吴晓义把集合好的队伍带进饭堂,饭桌板凳都已退居墙角。袁翰站在场地左侧,纹丝不动。大家刚跑进屋时看不到他,然而看到后,就强烈感到他的位置和姿态都强化了他的权威。

吴晓义向袁翰报告全连集合完毕。袁翰打开花名册"晚点"。

全体立正。袁翰惊异地抬头,他听出:靠脚无力,声音杂乱。这是他到三连后的第一个印象:作风散漫。如果在一连,他非得重来一遍不可。此刻他忍住了,不想给战士一个急匆匆树立威信的感觉。他开始呼点姓名,结束后,开始自我介绍:"有的同志可能听说了,我刚受过处分,有的同志可能还不知道,那就不用到处打听了,我把上级的处分决定再宣布一遍。"袁翰清晰缓慢地把处分决定背诵出来,然后谈自己犯错误的原因,向大家做了检查,"情况就是这样,来了个受过处分的连长,希望不伤害同志们的自尊心,我决心在工作中改正错误,希望同志们监督帮助我。但我这次调动工作和犯错误毫无关系,该管的我还是要管,绝不会因为自己犯过错误,就降低对同志们的要求。我也是有自尊心的,说实话,决心改正错误的连长,干起工作来可能更努力,也可能有过头的地方,请大家有个思想准备……"袁翰注视一位战士,正要唤他,一声闷响,那个战士跌倒在地上。周围人急忙扶他,再远些的人,扒在别人肩上伸长脖子望,一片惊异的议论:

"他病啦?"

"缺氧,快开窗子。"

袁翰已经看出那战士眼神发散,上身钟摆似的摇晃。这在未经过严格训练的部队中经常见到,体质弱,适应不了挺拔稳固的站立。使袁翰气恼的,不仅是昏倒一个人,而是昏倒一个人之后,竟然丧失了整个队列。他大声发令:“立正!本班班长把他扶下去。还有谁感觉头晕,手脚发凉,立刻报告。”

“我。”又一位胖胖的战士在后排低声道。

“出列,不准躺下,到操场上去走三圈!”

袁翰再次整队,他一直笔直站立。

“条令规定,晚点名最长时间不超出三十分钟,现在只有二十五分。在十九分时倒下去一个,二十三分时又退下去一个。两个同志一个是连部的,一个是炊事班的,说明这两个单位很少出操。当然,责任主要在我们干部,我们要求不严。这两个同志不错,如果他俩在队列里马马虎虎动手动脚,就不会昏倒了。我重申队列纪律,在队列中,口令指挥一切。没有口令,不准乱动。明天的工作:早晨,全连出操……”

队伍带走后,后排剩下一人,是营长。他两眼有所思地、凝神地注视袁翰。袁翰很不自在,他受不了别人目光里的探究意味,特别是这位年轻营长。他暗想:干吗要这样看人,领导者的特点?

营长坦率地回答他心中的疑问:“三连长,我现在知道咱俩一块儿训练时,你为什么那么难受了。你应该像刚才对待战士那样对待我。那样,我可能学得更多更快些,你也不会感到难受了。对吗?”

营长这几日正跟袁翰学习射击指挥中的大间隔转移射。袁翰羞愧地笑了。其实,那样做更难,但他决心做到。他用营长刚才注视他的目光注视营长了。

七

三连原连长罗怀牧，已被命令转业，见袁翰和营长走过来，夸张地惊叫："哎——乖乖！"大笑着，头一个迎上前握手，探身在袁翰耳旁道："三连的救星到啦。"

干部们齐聚会议室后，罗怀牧却不进去，一手握住门把，一手摆动表示告辞："你们忙吧，我该退出了。"没等营长说话，他关上了会议室的门。

袁翰送走营长，刚回到宿舍，就听到窗外有人唤道："老袁，给你送来啦。"话音刚落，罗怀牧像端着一桌丰宴，用阔大的射击图版端着指挥包、望远镜、手枪、红绿旗、照明具……全套连长装备，步履轻快地走进来，往袁翰床上一倒，舒畅地道："我算解放啦，让他们跟你立大功吧！快点点，一粒子弹一把指挥尺都不少，我从来不把连队的东西带出连队。"

炮连长的装备里有不少美观精巧的小用具：三用照明笔，综合指挥尺。这东西军事上能用，地方工作也能用。每任连长移交时，上了簿册的大东西不会少，小玩意儿就很难说。也许是想带回家给孩子，也许是依恋太重，藏进怀里做终生的纪念物了。如同离开大海时采走一支珊瑚，它是感情的凝结。

袁翰不肯点，意思是：你不会拿的，即使拿走什么也不要紧。罗怀牧受不了这种信任，逼着袁翰清点。袁翰在清理时发现，不但没少，还有好几样自己用有机玻璃制作的图版量具，做得那么精致，现在也乱糟糟地倒在自己床上。

罗怀牧坐下，感慨地说："三连的突出问题是军事素质差，素质！”他强调着，“这不仅是个时间和精度问题、战士问题，还有干部……你多大岁数？”

“三十。”袁翰有点意外地回答，接着也就明白他让罗怀牧失望了，作为连长，这个年龄无异于“年过半百，两鬓斑白”。

“你老人家有前途啊，”罗怀牧戳一下袁翰，“知道吧，差一点当作训股长呐！作训股长常常是参谋长的接班人，参谋长常常是团长的接班人……”罗怀牧一声响过一声。

“你饶了我吧，我当个连长不戴单纯军事观点的帽子就万岁了，别的啥也不想。”

“哈，想不想是你的事，”罗怀牧眯起眼，“把一支后进连队交给你，正是重用你的表示。我可以预见：第一，三连会在你手里改变面貌，我还不了解你！第二，改变面貌后，上面即使不提你当股长，也会提你当营长。”

“对下级来说，最宝贵的就是上级的信任，我真怕让上级失望。”

“你不该这么想，三连要靠你。你来了，我走得安心。”

“我想努力干两年，带出一支让领导满意的连队，然后转业回家。”

“矛盾就在这里，你干得越好，领导越留你干，年纪大了，再转业就不受欢迎，官越大越不好安排。就拿我来说吧，我要回去的那个厂子才二百来人，你知道有多少领导干部？党委书记、副书记，革委会主任、副主任，十几个呀！还不算没解放的老家伙，把我往哪放？亏我只是个小连长，塞到政工科就行了，可批走资派，批唯生产力论，批……谁知道以后还有什么花样，都得从头学呀。所以，让我走也好，趁还不老，到地方上可以重打鼓另开张。我惭愧的是，没有交出一支好连队，最后一次实弹射击，偏弹伤人。我打过十几回优秀，可是给人印象最深的是最后一弹……”见袁翰面容阴郁，他把话收住，“我真可恶，自己跑了不说，还干扰你的决心。谈话，谈话，你忙吧。我卸任后也忙啊，不过是为自己忙，以前没工夫啊！”

罗怀牧经过窗户时又站住，探进半截身子：“哎，现在我是老百姓，咱俩是军民关系，所以，有些没把握的话我也敢说，供你参考嘛。你没来时，吴晓义以为他会当连长，我看出来了。这个同志好抓权，爱管事，我的方针是‘让他管去’，管得越多越好，我和他相处得挺融洽。我看，你也要用这个方针才是。”

袁翰初到一连当连长时，曾有一位副连长是和他一样的强有力人物，两人磕磕碰碰特别多，过了好长时间才协调起来。两个强手相处如同两把同型号钢锯相对，配合不好，每个钢齿都顶在尖上，互相损伤；配合准了，每一个齿儿都可以嵌进对方的凹处，严丝合缝。这种人，有时嫌，有时想，友谊很难保持在一条水准线上，总是大起大落，崩溃了再重建，冷了的目光再热起来。袁翰沉吟一会儿道：“放心，我不会把自己的尊严看得太重。”

“哎，听说你得了一对胖丫头，来来，拿照片让我欣赏欣赏。结实吧？漂亮吧？”

“没照片，真的没有。”袁翰又想起两个婴儿，她们不但瘦弱，而且更谈不上漂亮，营养不足呵。袁翰眼睛潮湿了，妻子到现在还不来信！

“我有俩小子，咱们结亲家吧？”罗怀牧笑着走开了。他拨翻了人家的苦水，让人不得不再次吞咽，他全然不觉地大咧咧地离去。

袁翰迈下台阶，走到水泥篮球架下。这时，天完全黑了，明月在身后，把他浓黑的身影投到面前，他动，它也动，仿佛在给他引路。几颗星在寒气中颤抖，他望着它们焦虑地喃喃着："快来信吧，快……"

袁翰走进排宿舍，灯关着，战士们都已睡去。凡是军营，床位排列都是一致的，袁翰在黑暗中也不会撞着什么。但他恍如走进一个梦境，身子竟有些不稳了。"哧"的一声，他觉得踢走了战士一只鞋，于是蹲下身去摸，把它和另一只并列放好。万一紧急集合，战士起身就可以习惯地踩住两只鞋。袁翰稍稍平静下来，于是听见在四周起伏的、高低不同的鼾声。呵，战士的鼾声有一股奇妙力量，它使你身心宽解，感到夜的安宁。它像把你浸润在平缓的河流中，温柔而又轻盈地浮动着，忘却烦恼。

八

袁翰看着通信员的手伸进邮件袋，拿出来的不是信，而是封套上豁然印着两个大黑字的电报。通信员说："连长，你的。"

袁翰背过身拆开电报，上写：两女病重速归。"糟糕，两个呀，要毁了！"那一行字是黑色路标，总把他的思虑引向死亡的崖头。怎么办哪？不可能回去，只好用老办法——寄钱。袁翰把全部钱都找出来，只有十四元三角，向别人借吗？真不好意思，刚上任就借钱，这就是来改变面貌的连长？而且，只要你借过一回钱，别人就记住你了，干部们讨论困难补助时，目光自然转向你。原先领困难补助费的同志，因为你的到来，便反复推让。在一连受过的窘迫又要在三连继续下去，以至于你想改变也改变不了。再说各人觉悟水平不同啊，那几十元钱是烫手的。四周目光忽明忽暗、有冷有热……

他赶到邮局，在汇款单上填写“拾叁元”几个字时，不禁抬起左手遮挡着，继而又对这个动作感到痛楚。尾数既不是五也不是零，而且是寄给妻子的，这等于向她表示：我枯竭了，从而让她更加难受。妻子的同事会用怎样的神情把汇款单交给她呀，她接过去时能保持平静吗？霎时，袁翰竟想把“拾叁”改成“拾”，或者等下月薪金发下来后一块寄去，但这些念头都让他感到羞耻。

回到连队看到战士，袁翰才镇定下来，连队的事物和气氛令他高兴。侦察班从营部考核归来，正在擦拭观测器材。他走过去问：“成绩怎么样？”

“咦，报告过你啦。四点九分，高水平的优秀。”胖胖的炮队镜手说。

“哦……我忘了。”袁翰歉然道，恢复了往日的带兵习惯，“那么，不足在哪里？”

“我们这次考得最好，最大误差才零点五密位。不足嘛……当然要继续努力。”后一句话也是习惯，仅仅是语言习惯。

“我来个小考。”袁翰觉察到他们的自满情绪，说，“占领观察所，通常是近敌隐蔽前进，而且要快。现在，前面那个小高地，大约五百米，就是观察所，够近的吧？实弹射击还难碰到这么近的观察所呐。跟我来。”

袁翰带着侦察班向前跑去。他开始速度并不快，后来越跑越猛，最后弯腰冲上小山包，命令道：“基准射向 15—00，架器材！”

侦察班一个没落，在袁翰两旁半跪着，一边喘息一边架设器材。赋予射向是一套精细动作，又是观测技术的基础，非要心静气平不可。两个战士连居中水泡也控制不住了，费了很大劲才架设完毕。袁翰又命令他们拆收器材，以更快的速度跑回连队炮场，重新架设器材。这时他们只有喘息之功，没有架设之力了。

“我有什么过分的要求吗？”袁翰问他们。

“没……有。”炮队镜手苦恼地拉长声调，“不过这样做，太难掌握了，最好有个具体标准。”

“有有，你跑瘦了，就达到了标准。说实话，炮队镜手不应该这么胖。以后任何一次外出训练，都必须跑出去，再跑回来。平日里少喝水，多打球，上场就要猛打猛冲。连队的球场不是为了出篮球健将，而是为了出强兵。”

袁翰在炮场边走边看，各种训练计划交替在脑海升现。他重新享受到事业带来的快感，两眼特别清爽，听觉特别灵敏，全身暖意涌流，这差不多是幸福了……通信员又从旁边冒出来：

“连长，电报。”

袁翰呆了几秒钟才接过去，依然是背转身拆开：两女病危速归。

统共才几小时啊，死神就来找他两次，都是在任新职的第二天。他默默走出炮场。开饭哨响了，声浪震动他耳鼓，但他似乎没有听到。他已经明白，很快，也许就是今天，还会接到第三封电报，上面写着他多次默语又竭力躲避的字眼。既然要来就快些来吧，大痛之后会有复苏，希望总是跟在困难后头。然而来之前的时间怎么度过呀，他在无人处不停地走着。

山洼里响起枪声，袁翰眼里闪出微弱的光亮。

修理所两位同志刚完成一挺机枪的大修，正在这里试射，二百米处插着一个墨绿色全身靶。袁翰从左前方出现，一个人对着他大叫：“没看见小红旗吗？退后退后，小心飞弹。”

袁翰走上来低声请求:“让我打几发吧。”语调和神情让人心软。

“想过个瘾? 行啊。”

袁翰卧倒,端起枪把,“哒哒哒……”但他心里断续响着这个声音:“会毁掉的,会的。”十几发子弹射完,又接上弹带,他扣动扳机,枪身发狂地抖动,渐渐发热,暗红色火舌不停地从枪口喷射出去。靶子下方一块水牛般大的黑石头,被子弹打得碎渣四溅,出现了许多白点,渐渐密布,相连,扩大,最后大石头上只剩几个黑点了。子弹打光了,着靶的无几。他听到修理所同志喝止的声音,爬起身来。

“你是一连的袁连长吧?”他们仍唤他两天前的职称。

“是的。”

“打炮还不错,打枪真差劲。”

“是的,差劲。”

袁翰感谢了他们,平静地往连队走去。营长站在门前正焦急地四处观望,见袁翰回来了,便关心地问:“情况我们都知道了。你的意见呢?”

袁翰明白,只要自己说一声“回家看看”,营长也会说一声“好吧”。但袁翰想了又想,说:“我离不开,这里更重要。我是连长,不是医生。”

“你回去吧,我可以来代理你的职务。”

袁翰急于工作,再不想什么电报了。对于自己无能为力的事,苦恼越久损失越大。中午,他列出了下一季度军训方案,拿着它去找罗怀牧商量。一路暗暗叮咛:家里的事,千万不能让他知道,一点声色都不能漏呵。否则,他会觉得自己转业,走对了道。

袁翰没找到罗怀牧，却碰到吴晓义。

“他呀，忙啊。”吴晓义笑着，“往那儿走，仓库左边，对对，就那个门，进去呀。”他光用手指点，身体不动一步。

袁翰推开门就脸热了，罗怀牧在用连队的木板做箱子。报话班长入伍前学过木匠手艺，此刻正在板上打线。罗怀牧点上一支烟，淡淡地问：“有事？”

“我想和你研究一下训练计划。”袁翰觉得不是自己的声音。

如果换个场合，罗怀牧会高兴的：自己要走了还被人重视，有求必应。但此刻却不很愉快，推托地说：“没时间！”

“就一会儿。”袁翰坚持着。

“大一点，再大一点。”罗怀牧指示报话班长，根本不看袁翰。

“连长，罗连长就要走了。当了那么多年兵，什么东西都没有啊。”报话班长在为罗怀牧说情，解释。

“说那些干吗，干我的私活。”罗怀牧大声道。

袁翰关门走开。再不走，他们非吵起来不可。吴晓义还在连部廊道口站着，见袁翰独自归来，他意味深长地笑了一下，既表示理解又显得神妙，是发现别人并不比自己更强时、无论如何都隐忍不住的一笑。他没说话，进了自己房间。

管不管呵？木板是连队留做军训用具的。战士们知道后会怎样想象干部？噢，你们是大口大舌大道理，首先自己就不相信；你们的觉悟是有时间性的，管我们时比我们高，一脱下军装就和我们一样了，甚至还不如我们呐……不行，得管哪，就是战士不知道也得管。瞧副连长见我的软弱时那张笑脸吧！真叫人受不了。可怎么管，老罗是连长我也只是连长。退伍转业的军人最难对付，天老大他老二，就是师长军长，他们也敢笑嘻嘻顶撞几句。再说，老罗当了十年兵，除了一身绿，屁都没有……要管，但不能吵！一吵起来，他即使不带走箱子，也会把箱子砸给你看，让全连战士目瞪口呆，那局面就难收拾了。

傍晚，罗怀牧从小屋走出来，碰到袁翰便冷冷走过，一言不发，也没给袁翰说话的机会。

晚上，罗怀牧又进那间屋子。袁翰两次经过屋门，都没有进去。他想起老罗明天一早就要离连，以后一辈子难相见，心就软了。他承认自己的失败。

第二天一早，罗怀牧很早就起来，吃了炊事班长特意做的荷包蛋肉丝面，提起通信员为他收拾好的零星物品，他不想再惊动别人，悄悄走出房门。可走到外边一看，全连在炮场上列成四排，在寒风里等待跟他告别。他不由有些心酸。

袁翰想了一夜，做了最后决定：箱子你拿走吧，我们不好责怪你，但你一定要认识到这样做不对。大家向你敬礼告别的时候，你的怨恨会消失，友情会抬头，想想美好的以往……而且，那箱子一部分战士已经看见了，那干脆让大家都看见。不错，老连长是拿走了连队一只箱子，我们没能够阻止他，但我们也没把这事藏掖起来。送走老连长后，召开军人大会，大道理还是要讲几句，主要是和大家谈谈心，谈谈老班长的苦恼和自己的心情，再从自己薪金中扣出钱偿还给连队，但必须明白：这种事在三连是最后一次了，最后一次！

袁翰整队、发令，然后跑步至罗怀牧面前五米处立定，敬礼：“报告连长，全连集合完毕，请指示。”

罗怀牧走上去和战士们握手告别，行至一半，那些充满恋意的眼睛就让他走不动了。他喉咙发出压抑的哭声，蹲在地上，双肩颤抖。队伍没有乱,后排的战士还在等待着罗怀牧。

罗怀牧终于站起来,含泪向战士们点点头,算是告别。干部们拥上去送他,他一一把大家推回去,坚持要独自离去。出操时间到了,悬在电柱上的大喇叭,播出醒神的军号声。罗怀牧在炮场边停住,回脸望望,通信员再也忍不住了,跑出队列,追上去夺他手中背包,非要送他走不可。罗怀牧又把他推回去:“出操去。快!”

“连长,”吴晓义急道,“咱们怎么能让老罗独自走到营部,营长看见了会怎么想?咱们集合全连跟上去吧。”

袁翰不语。如果他转业,也会独自离开炮场,不愿任何人相送。吴晓义和两个排长快步跟上去了。袁翰望着他们走远,心情复杂……袁翰忽然看到他没拿箱子,那两个行李包和背包,并不比一个退伍战士的东西更多。袁翰唤道:“报话班长,出列!”

袁翰来到那间屋子里,箱子完整的放在当中,他不禁叹息了:“罗连长为什么不要?”

报话班长道:“他说太大了。”

“这不是原因。”

“哦,”报话班长眼睛从墙壁转到袁翰脸上,思索着,猜到了,“可能是你的脚步声让他留下的吧,昨天晚上你在门外来回走……”

屋内残留着隔夜的烟味和许多烟头。

九

袁翰野外训练归来,一进屋,就看见营长和教导员都在屋里,都盯住自己。营长说了句多余的话:“回来啦? ……”就转脸看教导员,似乎让他接下去说。桌上摆着一封电报,袁翰早已熟悉它的样式,但这封是刚到的,被拆阅过。

袁翰立刻感觉到气短心跳,脚下一股凉气正往上蔓延,他竭力站好:“哦,没什么。你们忙去吧,不必安慰我,真的。”

“三连长……”

“让我自己待一会儿。”

两人对望一下,也许是营长更了解袁翰,他起身走开。教导员犹疑地跟出去,在门口停立一会儿,回手关上了门。

袁翰坐下来,朝桌上电报望了几分钟,才走去拿它。这电报已经不是妻子拍来的了,因为上面写着:“大女已亡小女仍病危妻尚好速归。”

“妻尚好。”袁翰默语。就是说她还活着,怎样活着的?小女病危,需要她活着。袁翰眼前迷蒙一片,他头顶住坚硬的墙壁站着,深深喘息着。耳鸣就像婴儿细弱的啼声……

营长坐在门口台阶上,两拳支着腮,所有想来宽慰袁翰的干部战士,都让他用猛烈的手势撵了回去。他坐了一个中午,保护门前这块地方的安静。

身后有响动,袁翰出门了,沙声问:“营长,你如果有时间的话,我们去练一段精密法准备诸元,行吗?”

“现在?”营长望着袁翰洗过的眼睛。

“是的。”袁翰进屋拿出射击图版箱。

营长现在什么也练不下去,但他不愿违背袁翰的心意,暗想:或许他可以借此获得平静呢。两人并排向营部走去,步伐阔大,一路无语。

十

颜子鹄已经升任了团长，随之也撩动起一个渴望：要到全团每个连、每条路、每个角落去走一遭。以前大都是乘车下来的，脚一落地，便是营部或连部。而战士们踩出来的蜿蜒小路，山洼里的鱼塘猪圈，最偏远的岗哨位置，还并不熟悉。今天，他选择一条能够穿过许多连队的小路，缓缓走过来。陆续遇到的一些战士向他敬礼，他估计一下，大约只认识三分之一，这使他挺懊恼的。

到榴炮营外围，远望去，火炮都脱去了炮衣，身管平衡在水平线上。技师正在进行零位零线检查，这是射击前的火器准备。炮场上的战士，脚步灵快，动作幅度大，不时喊着说话……呵，这是士气。他肩负着近百门大炮、上千名战士的使命，比任何时候都渴望部队能经得住战争的考验。可惜年过五十了，脚步结实但缓慢了，这步子不适于跑，特别适于深思。小路顶头是三连，还离好远，路就变得宽敞平直了。三连的车炮都在库房里，战士们在处理个人事务：写信，看书，洗涮，不像战前反像战后，因为今天是星期日。一路走来不断添积的兴奋感，到这里就消散掉了。颜子鹄不想干涉，各连有各连的特点嘛，他只管在战斗中检验各连。

袁翰正在写信，但一个字也没写。面前有个立功证，他望着它犹豫：要不要把立功的事告诉妻子？半年来的家庭变化涌上心头，想着想着，竟把写信给忘了。

营党委会上，大部分委员为他请功，说：半年时间里，三连变化很大，他费尽了心血。袁翰不同意，自己在一连当连长时，也是这样工作，并没有记功嘛。由于三连太差，而太差的连队开始赶队，那步子一时会显得很大，在人们印象中会是个了不起的变化，其实是正常现象。以后还能保持这样的步伐吗？连队能进入高峰线不衰不落吗？他有远虑。再说，全连干部都一样苦干，为什么把他突出起来？他的意见被大家否定了。有人说："袁翰同志刚刚到职，两个女儿就病了，不久，大女儿死去了。他在悲痛中坚持工作，不肯回家。"听到这句话，袁翰惊痛交集："为什么这么说啊？"他窥见了一些同志为他请功的心理，"哦，大女儿死去了……"袁翰愈发觉得不能接受这个功，也受不了这个功。但是营党委通过了，上级党委也批准了，随后发下来立功证。

颜子鹄进屋："嗬，在写信。"他想退出去。

袁翰赶忙拉住颜子鹄："团长，坐一会儿。"

颜子鹄拿过立功证，对着窗户翻着："这东西越印越漂亮了。三等，不嫌小吧？打下厦门岛后，我再没得过它，倒给人家发过不少。哈哈……"他又体会到为下级记功时的快活了，那是领导者自豪的时刻，"怎么，一片空白？"颜子鹄扫了一眼桌上的信纸。

"正犯愁呢，不知道要不要把立功的事告诉她。"

"告诉了会怎样？"

"会伤心，我们失去了一个女儿，"袁翰注意看颜子鹄的反应，"而我立了个三等功。"

"告诉她！立功证上是你一个人的名字，但名字后面有你的一家，包括你那才活了时间不长的女儿。她们默默无闻地为你做出了牺牲，也是为我们这支军队做出了牺牲。不管你爱人怎么想，都应该告诉她。我们感激她呀，她承受的太多了。"

袁翰连连点头，他忽然开朗了许多。

"死去的女儿叫什么名字？"

“还没来得及起名字。”

“起一个吧,好好起一个。”

“团长给起一个。”袁翰笑道。

颜子鹄肃然地缓缓摇头:“让母亲起吧。”

这动情的声音,使袁翰为妻子羞愧。大女儿死去后,她很少来信,来信也是电报般的,像应付袁翰的询问。她一定在考虑什么,怨愤、伤感从纸上消失了,或许她已经麻木了。

“袁翰同志,准备让你担任团里作训股长,你有什么想法?”

袁翰从颜子鹄眼里,知道了他问的是什么,回答说,“想法,……我还是想转业。我知道这想法不好,但是又克服不掉……请领导放心,让我干什么工作,我一定全力以赴,让我干多久,我就干多久,我是党员,又是军人。”

“能这样已经不错了。”颜子鹄思索着说,“有人想走,有人愿留,千姿百态啊。”

颜子鹄走后,袁翰找出个小铁箱,倒空里面的零碎东西,从抽屉里拿出三封电报,重读一遍,一一放进去。又拿起立功证看看,也放进去,用弹簧锁锁上,他再也不打开了。

一辆小车驰到连部前刹住,驾驶员探头问袁翰:“团长在哪儿?参谋长让我来接他。”

“从小路回团部了。有事吗?”

“不知道。”驾驶员掉转车头返回。吴晓义正从对面走来,小车驶近时,他站在路边,严肃地向车内敬礼,他以为团长坐在里面。驾驶员还他一声喇叭,接受了他的敬礼。

吴晓义走到袁翰跟前:“团长走了?”

“走了。”袁翰不多说,他不想让他受窘。

“说些什么？”吴晓义挺紧张。

“调我到作训股工作。”

“当股长？正营职！”吴晓义高兴地推了下袁翰胸膛，“股长同志，我早说了，你在三连干不长，迟早要拔上去。怎样，没错吧！”

袁翰并没听吴晓义说过这话。前一段时间，吴晓义不知从哪儿听说自己可能转业，晚上，他愤愤地闯进袁翰屋里，“走就走，早晚都是个走，我早就知道。”……眼睛也潮红了。袁翰竭力宽解他。那天晚上，吴晓义对袁翰的感情跨进了一大步，说了好些知心话。

袁翰判断着：为什么突然来车接团长回去？吴晓义却另有所思，眉间浮动淡淡的忧虑。他显然是被袁翰升任股长的消息震动了。从现在起，到下一位连长任职，他的忧虑不会消失的。

文书推开窗喊：“连长，电话！”

袁翰对吴晓义道：“注意，开始了。”吴晓义这才振作起来。袁翰急步跑到窗前，文书把听筒从窗内递出去。袁翰一边听一边朝吴晓义做个手势，吴晓义飞跑去摇响警报器。营区翻滚一阵巨风，战士们携带装备冲进车炮库，装车挂炮。脚步声，口令声，汽车引擎声，使人感到浑身发热。

袁翰坐在急驰的指挥车驾驶室内，膝盖上铺盖着一张军用地图。开进路线穿进一圈圈密匝匝的山岭，越过两条小河，进入另一张地图。袁翰急忙找出来，大略地拼接上，统观着。这是“战区”了，各色粗的箭头和断裂的弧形线显示：对方的“天狼工程”已经突破了我方大部防线，“战局”十分险恶。下角有许多我方炮车地和观察所的符号，其中一个，是袁翰他们的。

汽车突然减速，晃动了一下，靠向路边，然后再回到公路中心线，加速行驶。驾驶员抱怨着：

“那个女人有点不正常，走路也不好好走。”

袁翰并未留意，目光回到“战区”地图上。可是，印象中的那位女人垂在肩后的青色羊毛围巾触动了他，他急忙举起望远镜朝右后方望去。啊，是自己的妻子，她抱着孩子，匆匆拐进通往三连方向的小路。小女儿在她肩上伸出一只小手，好像要抓住威武的火炮，也好像要爸爸抱她。看不见妻子的脸，她要是转过来，看看车辆和火炮该多好啊。“她从家乡赶来干什么？哭诉，扔孩子？……”袁翰心内掠过一个个不祥念头，桉树林遮断视线，袁翰放下望远镜，一切都要等回来后才知道。

“亲人哪，为了你们，我才离开你们。”

（原载《昆仑》1982 年第 1 期）

作者简介：朱苏进（1953— ），江苏涟水人。1969 年入伍。著有小说《射天狼》《接近于无限透明》《醉太平》，剧本《鸦片战争》《康熙王朝》《嘎达梅林》等。

这是一片神奇的土地

梁晓声

一

那是一片死寂的无边的大泽，积年累月覆盖着枯枝、败叶、有毒的藻类。暗褐色的凝滞的水面，呈现着虚伪的平静。水面下淤泥的深渊，沤烂了熊的骨骸、猎人的枪、垦荒队的拖拉机……它在百里之内散发着死亡的气息。人们叫它“鬼沼”。

我到北大荒后，听了许多关于“鬼沼”的传说：没有月亮也没有星星的深夜，荒原在静谧的黑暗中沉睡的时候，可以看见那里有绿莹莹的忽闪的“鬼火”飘动，可以听到当年被“鬼沼”吞陷的熊的巨吼、猎人求救的枪声和其他不幸遇难者们绝望悲惨的哀呼……还可以听到一种怪异的鸟叫声，那声音仿佛一个女人在凄凉地哭号着：“多可怜、多可怜……”然而谁也没有见过这种鸟什么样子。鄂伦春人把这种鸟叫做“收魂鸟”，说它们是大地之神变化的精灵，在深夜招收并抚慰那些丧命于“鬼沼”的人和动物的幽魂。“鬼火”是它们打的灯笼。

“鬼沼”像希腊神话传说中令人恐怖的九头恶龙，霸占着它身后的万顷沃土一马平川，只要春天播下种子，秋天便能收回千万吨粮食。然而没有人敢涉过“鬼沼”,去播下一粒种子。据说当年日本关东军的一个大佐,对那片沃土发生了兴趣,幻想在那里创建个农场,将来做个大农场主,曾亲自率领一个勘查小队在冬季越过了“鬼沼”。他们如泥牛入海,一去未返。北大荒的老人们,有说他们被狼群吃掉了的,有说他们被零下四十多度的严寒冻死了的,有说他们给养不足饿死了的,有说他们被鄂伦春部落消灭了的,也有的说他们春天回返时,连人带车陷没在沼底……鄂伦春人把那万顷沃土叫做“满盖荒原”。“满盖”是鄂伦春语魔王的意思。冬季他们偶尔也出现在那荒原上,但绝不猎杀那里任何一只动物,惧怕受到“满盖”的惩罚。

恐怖的“鬼沼”!神秘的“满盖荒原”!

我到北大荒的第三年冬季,我们连队由十几个知识青年组成了一支垦荒先遣小队,向那里进发了!

我们这个连队,由于当初选点错误,耕地有限,低洼,麦收时一碰上雨季,收割机就陷在麦地里,像一只只瘫痪的大蛤蟆,无法作业。因此,连年歉收。那一年更惨,连种子都没有收回来。团里决定解散我们这个连队。全连二百多朝夕相处的知识青年,将被分插到各个兄弟连队去。这意味着,我们不但不能向国家贡献粮食,而且也养活不了自己了!我们刚到北大荒三年呀!许多人还要在战天斗地中大有作为呢!屯垦戍边的信念还没有动摇呢!艰苦创业的精神和热情还没有泯灭呢!

还有什么能比团里这个决定更令我们感到耻辱?!许多人听老连长羞惭地宣布了决定后,当场哭了。副指导员李晓燕,首先站起来激烈地坚决地反对接受这个耻辱的“解散令”。

她说:“连队绝不能解散!我们可以去开垦‘满盖荒原’!我们

离它最近，早就应该想到开垦它了！我们要把连队重新建设在那里！要在‘满盖荒原’上留下第一行垦荒者的足迹！要向团里提出保证，当年开荒！当年打粮！第二年建新点！我们立军令状！”

我们听惯了甚至听厌了副指导员在任何场面说出的豪言壮语。可她说出的这番话，是怎样地激动了我们鼓舞了我们啊！我觉得那是她说出的最豪迈最有力量的话！许多人和我有同样的看法。

团里收回了已经下达的决定，接受了我们的军令状。

几天之后，我们连队的两台最新的五十四马力的拖拉机，披红戴花，拽着赶制的木爬犁，在全连人的列队送行下，驶向茫茫雪原。

希望、信赖、寄托、无言的叮嘱，从一双双默默注视着我们的眼睛里表达出来。我们每一个垦荒队员都从这些眼睛里体验到了责任感。我们每一个人都哭了。

哦！我们这些年轻人！

我们是多么珍重责任感啊！

我们是多么容易激动和被感动啊！

第一辆爬犁装载着粮食和行李。第二辆爬犁上搭着帐篷。我们十几个垦荒队员，一个紧挨一个地挤在帐篷里。我坐在扣着的破脸盆上，用膝盖夹着一本翻开的《虹南作战史》。我猜想，它是我们这一行人唯一的精神食粮。不过我并不靠它充塞头脑和思想。我两眼注视着书页上的铅字，却在回忆我所读过的《战争与和平》《约翰·克利斯朵夫》《悲惨世界》《红与黑》……内心深处被书中人物的命运暗暗感动。

身旁坐着我妹妹，她怀里抱着一个柳条编的小笼子，笼子里关着一只小松鼠。一路上，她一句话都没有说，像个哑巴。她的脸色那么苍白，表情那么呆滞，眼神那么凄凉！我没有兄弟也没有姐姐，就只有这一个妹妹。我从小爱她，可是我当时可怜她又恨她，不久前她败坏了自己的名誉，令我丢尽了脸。

对面坐着副指导员李晓燕，身旁坐着铁匠王志刚。他黑，健壮魁梧，有一张线条粗犷的脸，给人一种意志坚定、力大无穷的堂堂男子汉的印象。他使人联想到莎士比亚悲剧中的人物奥赛罗，因此获得了一个“摩尔人”的绰号。他性格孤僻，为人正直，敢于主持公道，不喜欢出风头，但一言一行都在知青中具有潜在的影响力。我嫉妒他在我们知青中那种无形的任何人不能匹敌的威信。他暗暗爱着我们的副指导员李晓燕。这一点许多男知青都知道，他自己也在大宿舍里公开承认过。但却没有一个人敢在这一点上开他一句玩笑。我钦佩他公开承认爱情的勇气和惊人的坦率。从那天起，我把他看成了我的对头。因为我也暗暗地爱着我们的副指导员。他参加到我们这支垦荒队，是副指导员指名道姓点的将。这尤其使我嫉妒极了！而更加使我嫉妒的是，李晓燕此刻竟将头靠在他宽厚的肩膀上，似睡非睡地打盹！

我瞧着她，心中不禁又一次暗问自己：我为什么会爱她？她身上究竟具有什么吸引我的魅力？是因为她美吗？不错，她美。她是个上海姑娘，有一张清秀妩媚的脸，脸上的皮肤白净，五官俊俏，一双眼睛很大，很明亮。眉毛又细又长，和眼睛之间的距离略宽了些，这就使她的脸上永远呈现了一种扬眉凝睇、惊诧不已的表情。自从我第一次见到她，就再也不能不注意她。她太自然地使我联想到了意大利画家包尔第尼的杰作《玛尔波公爵夫人肖像》。我甚至不能判断究竟是那幅肖像更酷似她，还是她更酷似那幅肖像。她的身材也很优美，修长，苗条，亭亭玉立。据说她是上海芭蕾舞学校小班的尖子学员，许多部队文工团和地方文艺单位争着招收过她，她都拒绝了，却自愿报名来到北大荒。我见过、接触过、结识过的容貌美丽的姑娘，绝不仅只她一个。我不是那么容易被姑娘们的外表美所迷惑、所倾倒、所动心的人。越是在美丽的姑娘们面前，我越会表现出一种孤傲的清高来。我的座右铭是：绝不轻率地做爱情的俘虏。那么，是不是她那严肃庄重的性格引起了我的好感呢？也不。我更喜欢性格热情爽朗的姑娘，我甚至认为她那种严肃和庄重是做作的虚伪的，我曾因此而极端地轻蔑过她。她一到北大荒就立下了誓言，为了自觉考验自己扎根边疆的坚定性，三年之内不探家。她对全连女青年提出倡议：不照镜子、不抹香脂、不穿花衣服。她的倡议得到了一致的响应，是否真诚，大可怀疑。据女青年们透露，她经常深为自己的脸那么白嫩而苦恼，夏天里，曾偷偷地跑到小河边，独自躺在僻静的河滩曝晒过，但却只能使她的脸色白里透红，而不能进一步红里透黑。因此她故意在穿着方面比所有的姑娘更男性化，以弥补在"晒黑了皮肤才能炼红了心"这一"接受再教育"标准上的先天不足。她还有意干和男青年们同样劳累的活，想使自己的体形改造得更符合"劳动者的美"。遗憾的是成效甚微，三年来虽然健壮了些，还是那么修长、那么苗条、那么亭亭玉立，像一株挺拔的小白桦。她果真三年没有探家。第一年里她当上了排长，第二年里她入了党，第三年里她当上了我们的副指导员，成了全团知识青年扎根边疆的光荣榜样。

就在第三年的夏季，团里任命她为副指导员不久后的一天傍晚，我支着自制的简易画夹在河边写生，忽然听到小河上游有人在轻轻地唱歌：

九九那个艳阳天来哟，

十八岁的哥哥呀坐在河边……

这首歌当时是列入"黄色歌曲"一类,绝对禁止唱的。是哪一个姑娘在唱呢?她也太忘情太大意了!如果让我们的副指导员听到,少不了又要开展一场"思想意识领域内的斗争"。然而她唱得多好听啊!嗓音那么甜、那么圆润、那么婉转。我完全是出于好奇心,收起画夹,悄悄地顺着河沿朝上游循声觅去。在一株歪脖子老柳树下,在一丛蒿草的掩蔽处,隔着小河我瞧见了唱歌的姑娘,竟是我们副指导员!她坐在河边一块光滑的大青石上,两只赤脚探入水中,裤筒卷在膝盖以上,裸露着一段洁白的小腿。她正在洗衣服,那好听的甜而圆润的歌声,就是她一边洗衣服一边唱出来的:

九九那个艳阳天来哟,

十八岁的哥哥告诉小英莲……

我,痴痴地隔岸望着她,完全呆住了。

她三搓两揉,一淘一漂,洗完了最后一件衣服,拧干,从大青石上站起身,踏上河岸,踮着脚尖,小心翼翼地走过一片鹅卵石,将衣服晾在灌木枝丫上。由于她怕卵石硌脚,因此她的脚抬得高,放得轻,步子很碎,使她小心翼翼走的那几步路,很像芭蕾舞《天鹅湖》里的一段小天鹅舞。她晾好衣服,又以那样的步子走回河边。她随手在河边摘了几朵野花,闻了闻,欣赏地玩弄了一会儿,左三朵右二朵,插进鬓发里了。她蹲下身去,久久地注视着水面。她在欣赏她自己!她在欣赏她的美!她对她自己欣赏了那么久才缓缓地直起身。忽然,她轻盈地跃到那块光滑平坦的大青石上,伸展双臂,优美地旋转了半圈,竟跳起节奏欢快热情而急促的墨西哥民间舞来!

画夹从我手中脱落,掉进河里,顺水漂流!画夹落水发出的轻微声响，令她倏然停止了舞蹈，警觉地朝对岸看来，发现了我，便顿时僵立在大青石上。那姿态像一头疑惑的小鹿，又像一只受惊欲飞的仙鹤。

隔着小河，她望着我，我望着她。

我们都呆愣住了。

我首先恢复了常态，跳到河里，把我的画夹抢救到手，涉着浅浅的河水，装出若无其事的样子，蹚到了对岸。这时，她插在鬓发里的几朵野花已经不见了，卷起的裤筒也放了下来。

"你，你到河边干什么来了？"她主动问我，分明想在心理上先发制人，显出非常自然的样子，竭力掩饰着窘态，竭力保持一个庄重的姑娘在小伙子面前的矜持，竭力保持一个副指导员的尊严。然而，她却没有来得及扣上她那件洗白了的兵团服的衣扣，敞露出了短小而紧束的浅粉色的衬衣。那是一件鸡心领的质地很薄的衬衣。我无意地瞥见了她那雪白的颈子，雪白的一部分前胸和同样雪白而浑圆的肩膀，瞥见了她那在紧束的衬衣下高耸的双乳的优美轮廓。我迅速地移开了目光。在那一瞬间我的心怦怦跳动，脸一阵火热，我竟莫名其妙地产生了一种可耻的罪过感，我竟觉得我亵渎了她，也亵渎了我自己。虽然我可以对天发誓，那一瞬，我心里绝没有萌发一点点邪念，哪怕是一个小伙子对于一个动人的姑娘那种可以原谅的倏忽间的本能的冲动，而这种冲动，是上帝创造的亚当对夏娃也曾萌发过的。

她太敏感了！我的目光仅仅从她身上一掠而过，她就像接受了电子讯号的仪器，立刻下意识地用两只手掩上了衣襟，并且马上转过身去。当她再转过身来的时候，站在我面前的，又是我所熟悉的一位副指导员了。她连外衣的领钩都钩上了，只不过还赤着一双脚。就连这双赤脚,她也在使劲踩陷到河边的泥沙里去,用泥沙掩埋住。

她这些接连的举动,令我感到受了莫大的侮辱!

我想找一句话打破这尴尬的局面,但说出口的却是一句愚蠢之极的话:“你……太美了!”

“什么?……”她的脸红得像一朵彤云。由于我的意外出现,使她从刚才那种自我陶醉的忘情境界之中,陷入眼前这种无法掩饰的窘迫地步,我顿感内疚,也从内心深处对她可怜起来。

“我……我是说,你刚才跳的那段舞,真美极了!如果我没说错的话,那该是一段墨西哥的民间舞吧?”

“跳墨西哥舞?我?!别开玩笑了,我不过是做了一套中学生广播体操!”她伪装出一种迷惑的模样,用那么严肃那么认真的口气加以解释。

“这么说,你也要否认你刚才唱过歌啦?”

“唱歌?我刚才是唱过歌的。这有什么必要否认哪?”她脸上的表情,在伪装的迷惑之外,又增添了伪装的坦率。

一道清河水,一座虎头山,

大寨就在那个山那边……

她又唱了两句,说:“我刚才就是唱这支歌,怎么,你听到了?……”

这时,她脸上的绯红已消失,神态也变得自然了。

我感到她简直是在把我当成一个瞎子一个聋子加以公然的愚弄!

我愠怒了,冷冷地说:“不!我听到你唱的不是这支歌!你唱的是‘十八岁的哥哥惦记着小英莲’!”

"十八岁的哥哥？什么小英莲？你别瞎说！我听都没有听到过这支歌！"她那两条又细又长的眉毛扬了起来，使她本来有一种诧异表情的脸，显出不但诧异而且惊愕的表情来。仿佛我当面说她是一个贼！

这么富有魅力的动人的一张脸，几次虚伪的变化的表情就浮现在这张脸上。

我惊怪地凝视着这张脸，在她面前僵立了。我对她再也无话可说。她在我眼中仿佛是埃及的狮身人面怪物斯芬克司(Sphinx)，斯芬克司也要比她坦白！因为斯芬克司对所有的人都说同一句话："猜不中我的谜，我将吃掉你！"斯芬克司也要比她知道羞耻！因为斯芬克司被俄狄浦斯猜中了谜语后，毕竟从巍峨的岩石上跳下去摔死了！

而她，竟要使一个神经正常的人相信自己大白天活见鬼！

我几乎是恶狠狠地对她说出这两个字："虚伪！"

我猛转身，怀着对她似乎永远也无法消除的鄙视，悻悻地大步走了。

"等等！"她叫住了我。

我站下，并没有转过身，但却想象得出她是怎样慌张急促地追到了我身后，也感觉到了她那惴惴不安的呼吸。

"你，你要汇报给连里知道吗？……"她讷讷的语调中，带着难于明言的苦苦哀求。

我心软了，背对着她，摇摇头。我走出很远，情不自禁地回头望了一下。她，她仍站在小河边，像一尊石雕，一动也不动……

我没有对任何人说过这件事。

我还不至于那么卑劣！

从那以后，过每一次团组织生活，当她诲人不倦地对我们进行种种思想意识方面的教育时，一接触我的目光，语调和神态就不自然起来……

这倒使我觉得有些对不住她了。

不久，我收到了母亲病重的电报。连里没有批假，理由很简单——正值夏收季节，我是康拜因手。其实我知道，主要的原因是，连长不相信这封电报的真实性。某些想父母想得厉害的知识青年或者他们的父母，曾用父母病重、病危，甚至病故之类的电报，使我们的连长上了好几次当。连长是个典型的经验主义者，对这样的人，解释和哀求都是没有用的，效果只能适得其反。但我却不能对这封电报无动于衷。我父亲去世得早，母亲是街道小五七厂的工人。她在困苦的生活中把我和妹妹拉扯大是多么不容易！谁也不能比我更体谅她为我们兄妹操碎了的那颗心。如今我和妹妹都来到了北大荒，将她一个人孤苦伶仃地撇在了家里。她是个刚强的女人，无论多么想念我和妹妹，她都不会采取欺骗手段的……

我必须立刻回到母亲身边！

我在当天就悄悄地离开了连队……

啊！我的母亲！这一辈子受尽了生活的辛酸磨难的女人！她太刚强太爱她的孩子了！她明明已经病得奄奄待毙，自知将不久于人世了，却只给她的儿子拍了一封“病重”的电报，她怕“病危”这样严峻的字眼儿会惊吓她的孩子。

母亲活在人世的最后五天，我给予了她老人家一个儿子所能给予的最大限度的爱和孝心，也代替我的妹妹，报答她把我们带到这个世界上来并抚养成人的恩情。

五天，短短的五天啊！无论我在这五天内给予她老人家多少爱多少孝心，那也只能仅仅算是一个儿子对母亲的象征性的报答啊！而这种报答却成了永恒的抵消！

母亲死前给我留下的最后一句话是："照顾好你妹妹！她就你一个亲人了！"

我带着一颗悲哀得麻木的心回到了连队。

回去当天，团支部按照连长的指示，讨论给我这个"逃跑主义者"以什么样的处分。事先有人向我透露，要拿我当典型，杀鸡给猴看；处分早已确定——开除团籍。讨论不过是走个组织形式。

而我，却根本对任何处分都无所谓了。

副指导员主持讨论。我想，她这下子该称心如意了！可以堂而皇之地对我实行报复了。我准备一言不发地听她大发一通议论，一言不发地接受她对我的批判。

她让我先谈谈对自己的错误的认识。

我，谁都不看，只漠然地喃喃说了一句："我母亲……死了……三天前……"说完这句话，便低下头，用双手捂住了脸。我凭感觉肯定，所有的人的目光都一下子投注到了我身上。

一刹那间，似乎每一个在场的人都停止了呼吸，宁静得令人窒息，好像空气都凝固了！许久许久，我听到副指导员用极其低微的刚刚能使人听到的声音说了两个字："散会……"

她第一个起身离开了。

当我迈动机械的步子经过连部时，听到里面传出了副指导员和连长激烈的争吵声，她对连长的"指示"从来是奉若神明的，我不禁停下了脚步。

"我是一连之长，难道没有处分一个战士的权力?!"是连长恼怒的四川口音。

“我是团支部书记,如何处分一个犯了错误的团员,这是团组织的权力!”副指导员的声音也那么激动。

“你这样做,是袒护一个逃兵!”

“逃兵?他是从战场上逃跑的吗?他逃到黑龙江对岸去了吗?你知道吗?他母亲已经死了!他在母亲死后第三天就回到了连队!……”

“哦!死了?……”

“连长!我也是一个知识青年,我也有老父老母,他们日夜思念我,我也日夜思念他们。要不是我受自己誓言的约束,我也想立刻就回到父母身边去,但……我不能够!我不同意开除他的团籍!连长!请你设身处地想一想!……”

我听到了她的哭声。

我站在连部外面,顿时泪如泉涌!

我心里对她充满了感激!不是因为她替我辩护,而是因为她说的那句话:“我也是一个知识青年……”

这一句话,完全消除了在此之前我对她的种种误解和偏见。凭这一句话,就足以令我心甘情愿地去为她赴汤蹈火。

这句话,使我看到了一个姑娘高尚的本性!一颗富有同情的心!然而,又是她,亲口告诉了我一件如雷轰顶的事,在两天后……

“我们一块儿走好吗?”

收工之前,她接着我锄完了最后一条漫长的田垄。当我们锄碰锄的时候,她对我说了上面那句话。这是三年来她第二次主动跟我说话。第一次,就是不久前在那条小河边。她脸上阴沉的严峻的表情,令我产生了不祥的预感。

所有的人都扛着锄头列队时,她又当众大声对我说了一句:“你留一步,我们一块儿走!”男女青年,都用异样的目光看着她,也看着我。

当他们走远,她盯着我说:“我没有得到你的同意,就把你妹妹调到我们连队来了。”

“啊!她……她怎么了?快告诉我!”

“在你回家期间,她……”

“说!”

“她做了一次人工流产……”

我的身子摇晃了一下,险些栽倒!

她上前一步,双手扶住了我。

我粗暴地推开她,大吼:“你胡说!”

她踉跄着倒退一步,恐惧地瞧着我,从颤抖的嘴唇间挤出两个可怕的字:“真的。”

我觉得自己朝脚下的土地陷了进去!我想可怕地喊叫出什么,却似乎又有团东西堵住了喉咙!我张大了嘴,只发出一种嘶哑的类似呻吟的声音。我瞪大了眼睛怪异地看着她,她却在我眼前模糊起来。

我突然发了疯似的朝连队飞跑……

那天夜里,当大宿舍响着此起彼伏的鼾声时,我将头蒙在被子里,咬着被角无声地哭了一夜。我想起了母亲弥留之际的叮嘱,而我还没有将母亲的死告知妹妹,她却做出了这种身败名裂的事,还有脸调到我所在的连队来,企图得到我的庇护,不!我要严惩她,以一个哥哥的权力!替死去的母亲!

第二天,我被副指导员叫到连部,在那里见到了妹妹。我当时一定是恶魔附体了！我像凶猛的豹子一样朝妹妹扑过去，双手抓住她的头发，使劲把她的头接连地朝土墙上撞、撞、撞……

“住手！”我听到副指导员变了调的嗓音喝止，冲上前来掰我的手。

我对她大吼：“滚开！”

我折磨的是妹妹，但又像是我自己，我在这种歇斯底里的发作中感到了一种痛快。

“啪！”我脸上挨了一记狠狠的耳光。

我终于松开了手。

第二记耳光比第一记耳光更狠。

这两记耳光顿时把我打清醒了，我不禁倒退数步，下意识地摸着火辣辣的脸颊。

妹妹，从始至终，一声没有吭，没有呻吟，没有叫喊，没有哀求。被我抓得凌乱的头发，遮掩了她那张毫无血色的苍白的脸，那张泪水涟涟的脸，那忍辱吞声的深陷在眼窝中的大眼睛。

副指导员的脸色像妹妹的脸色一样苍白，她紧紧地把妹妹搂在怀里，胸脯剧烈地起伏着，欲以命相搏地瞪着我。

“畜生！”

这是我第一次从她口中听到的一句骂人话。

从那一天起，我爱上了她……

她现在就坐在我对面。搭着帐篷的爬犁，被疲倦的铁牛拖着，在茫茫雪原上挺进……篷帘卷着，灌进来被西北风扬起的雪粉，我们冻得缩手缩脚，但谁也不想把帐篷帘放下来。从帐篷口望出去，始终是白色……白色的大地，白色的山峦，白色的河，白色的林。

“大烟泡”刮起来了，如万千头发了疯的野牛齐头奔突，示威地追逐在大爬犁后面。

副指导员默默环视着每一个人，自言自语地说：“谁来讲个故事？要不就大家一块儿唱支歌！”

没有谁对她的提议做出任何反应。大家疲劳了。

副指导员把目光停在我脸上。

我清了一下嗓子，唱起了《兵团战士之歌》：

兵团战士，胸有朝阳，
一手拿枪，一手拿镐……

没有一个人随声附和，我只得唱了开头两句，便知趣地打住了。

这时，“摩尔人”王志刚吹起了口哨。他唱歌不行，口哨却吹得相当好。令我暗吃一惊的是，他吹的竟是著名的俄罗斯民歌《三套马车》，这个“摩尔人”！简直不把副指导员的存在当成一回事。可他那口哨声真令人着迷，像黑管，又像小号，节奏、曲调吹得准确无误，流露出淡淡的感伤和深沉的忧郁。

不知是谁，竟低声和着口哨唱了起来，接着，第二个，第三个……终于，非常自然地形成了小合唱。

我的妹妹抬起头，瞪大了黑眼睛，愕然的目光不安地瞧瞧这个，瞅瞅那个，又很快地垂下了头。她暗暗发出一声深长的叹息，使我的心灵恻然一动。

我，面对面地注视着副指导员，猜想她立刻就会严肃地加以制止了！

她，却无动于衷。头，仍靠在“摩尔人”肩上。

她竟闭上了眼睛，装出睡意蒙眬的样子。我发现，她放在腿侧的手,分明在偷偷点着拍子!

我的自尊心被刺伤了,紧紧地咬住了嘴唇。

冰雪遮盖着伏尔加河,
冰河上跑着三套车,
有人在唱着忧郁的歌,
唱歌的是那……

夜幕悄悄降临了,暴虐的“大烟泡”不知是自甘屈服,还是被全速挺进的拖拉机远远甩到了后面,荒原那么沉静!

黑暗完全替我们垂下了篷帘……

二

我们的拖拉机像远迁的鄂伦春部落,在茫茫的雪原上奔驶了整整两天两夜。当我们打开地图,一致确信拖拉机履带已经碾在积雪覆盖的“鬼沼”的冰面上时,正是荒原庄严而肃穆的黎明时分。

啊!“鬼沼”!它并非像传说中那么恐怖,也许因为它处在冬眠状态,雪被罩住了它那狰狞的真实面目吧。我们看到了什么?仿佛看到了世界最大的湖泊被冰结在眼前,“满盖荒原”——它平坦得令我们这批垦荒者难以置信,直铺到遥远的地平线。

“魔王!你在哪里?你出来!”我们的一个伙伴大声呼喊。

“魔王”没有出现。

铁匠王志刚突然朝不远处一指:“你们看!”——一根从正中间劈开的圆木桩钉进土地,倾斜地立在那里。

我们都好奇地走了过去。副指导员拂掉木桩上的雪,我们看到了一块木碑,累累斧痕粗糙砍平的劈面上,刀刻的字迹被风雨所侵蚀,只能依稀认出“死于此……”三个歪扭的字。

我相信,我们每个人当时都和我一样,倒吸了一口冷气。

“那里,还有一个!”我的妹妹又发现了同样的不祥之物,她第一个朝拖拉机退去。

副指导员低声说:“我们走吧,别搅扰他们安息了。”

…………

如果有人问我:“你在北大荒感到最艰苦的是什么?”

我的回答是:“垦荒。”

如果有人问我:“你在北大荒感到最自豪的是什么?”

我的回答还是:“垦荒。”

为了寻找有水源有林子的理想地点,我们的足迹几乎踏遍了“满盖荒原”。我们发现了一条在地图上没有标出来的小河,它是“满盖荒原”上唯一洁净的水源,被我们命名为“流浪者”。我们发现它之前,它像流浪汉在荒原上不知徘徊了多少岁月,现在我们在它身边扎下了帐篷。

当冰雪消融的时候,当“流浪者”唱起了《拉兹之歌》的时候,我们闪亮的犁头劈进了“满盖荒原”的胸膛。若非垦荒者,谁能体会拖拉机翻起第一垄处女地时那种喜悦?这荒原上有那么多的狼,光天化日之下,它们三五成群,大模大样地尾随在我们的拖拉机后面,捕食被犁头翻出的肥大的土拨鼠。夜晚,它们就在我们的帐篷四周嗥叫。创业的艰苦,使垦荒队的每一个小伙子都变成了圣徒。副指导员跟我的妹妹,和我们同住在一顶帐篷里。一块毯子分隔开了她们的狭小天地,毯子后面是神圣不可侵犯的“巴黎圣母院”。

一天深夜,我从睡梦中偶然醒了一次,却没有听到拖拉机翻地的轰响。我一下子跳起,来不及多想,只穿着短裤,就闯进了“巴黎圣母院”，将副指导员从被窝里拽了起来。

“你！你要干什么?!”

“拖拉机不响了！‘摩尔人’在翻地！”

“啊！”副指导员顺手就操起了步枪。

拖拉机不响，意味着“摩尔人”出了事。所有的人都惊醒了！正当大家要奔出帐篷，“摩尔人”从外面钻了进来。马灯光下，我们见他身上背着一只狼，两手拽着狼的两只前爪，头顶住狼脖子；那只狼朝天张大着嘴，两只后腿抓在他的腰胯上。

“摩尔人”大声说：“快动手！它还活着！”

我们各自操家伙，棍棒齐下，将那只狼在他背上打死了，好大的一只白毛老苍狼！

“摩尔人”一下子坐在地铺上，喘息了半天，才说：“拴大犁的钢丝绳断了，我回来换钢丝绳，这东西跟上了我，出其不意地将两只前爪搭在我肩上……”他的脸上、手上尽是血痕，棉衣被撕成碎片。他拧着眉脱下棉衣，里面的绒衣和皮肉被狼的后爪抓得稀烂！

副指导员命令我的妹妹：“快，拿医药箱来！”

这时，我们才发现，她仅穿着衬衣衬裤，光着一双腿。她也意识到了什么，在我们的目光下一时显得不知所措。随即，她镇定了下来，从容地说：“都瞪着我干什么？没你们的事了，全睡觉去！”

大家都一个个顺从地钻进了被窝，我没有。我将马灯举在“摩尔人”头顶。

副指导员第一次那么柔情地看了我一眼，一句话也没有说，立刻从妹妹手中接过医药箱，替“摩尔人”小心翼翼地包扎伤处……

我妹妹是垦荒队员的“内务大臣”，给我们做饭、洗衣服。从连队带来的冻菜吃光了，任何一种野菜还都没有从荒原上生长出来。

为了使我们能吃得稍微满足点，她对剩下的两袋面粉发挥了充分的创造性：馒头、发糕、花卷、烙饼；甜的、咸的、又甜又咸的、先蒸后烙的……

如果说我是因为副指导员而参加垦荒队的，妹妹则是因为我才来到“满盖荒原”上的，我是她唯一的亲人。我走到天边地角，她会追随我到天边地角。我那么凶狠地对待过她，她却依然在心理上对我希求着荫庇和保护。我表面上对她仍旧冰冷异常，可感情上早已彻底饶恕了她。

只有自己罪恶深重的人，才不肯饶恕别人。

何况她是我的妹妹，唯一的妹妹！

我有责任保护她。无论在那件可耻的事情发生之后或者之前，我对她尽到过一个哥哥的责任了吗？没有！到北大荒的第一天，当我们经过鹿场，她被鹿群迷住了，她请求我和她一块儿留在鹿场。只要我愿意，那是完全可以的，我却没有留在她身边。为什么？我不愿和妹妹在一个连队。我觉得她太娇气又太任性，同在一个连队会给我添无尽的麻烦。为洁身自好，我逃避一个哥哥的责任，而在她成为舆论和道德严厉谴责的对象后，我首先想到的又是她败坏了我的名声。因此我憎恨她，不肯给予她半点怜悯和同情……

在“满盖荒原”上无数个不眠之夜里，我内心进行着深刻的反省，我认识了自己的真实面目。我忏悔我是一个多么自私的哥哥，一个多么可鄙多么卑劣的人！

有一天，当帐篷里只有我和妹妹的时候，我叫了她一声：“小妹！”

她正在案板上揉面，听到我叫她，立刻抬起头。她怔怔地望着我，脸上浮现出无比激动的表情，一双黑眼睛里顿时充满了泪水。

“小妹，你还生我的气吗？”我轻轻走到她身边。

泪水，大颗大颗的泪水，慢慢从她的黑眼睛里淌出来，顺着她苍白的脸颊滴落到案板上，被她的双手一下一下地揉进了面团里。

“小妹！……”我的声音哽咽了。

她倏地转过身，扑在我身上，沾满面粉的双手紧紧抱住我的脖子，头偎在我怀里，放声大哭起来。

泪水从我眼中簌簌而落。

许久，她才止住了哭声。她问我的第一句话是：“妈妈的病好了吗？”

我的心像被捅了一刀！

哦，母亲！如果你在九泉之下听到了妹妹这句话，肯定也会老泪纵横的吧！

但愿你听不到这句话，但愿你不再为你的儿女们伤心，可我又多么希望你能够听到这句话呀！妹妹比我更爱您啊！

我没有勇气实告小妹，母亲已不在人世了！她那脆弱的情感、脆弱的心灵是经不起重击的。

我低声回答小妹：“妈妈没有生病，妈妈太想念太惦记我们了，我告诉她我们都很好，她就放心了。”

妹妹嘴角挂上了一丝笑容，一丝苦涩的笑容，几天来的第一次笑，如果那种惨然的表情也能算是笑容的话。

“告诉我，那个人是谁？我要教训他！”

妹妹坚决地摇了摇头。

“你……爱他？……”

妹妹无语地点了一下头。

“他呢？……他也爱你吗？……”

妹妹又点了一下头。

我注视着妹妹。她脸上呈现出一种天使般圣洁的表情，那是心灵的反射。我茫然了。

妹妹忽然肯定地问：“哥哥，你爱她？”

“谁?!……”

“副指导员。”

“你听什么人胡说的？”

“我看出来了。她……也挺喜欢你的！”

“真的？……”我双手紧紧抓住了妹妹的两条胳膊。

“真的。”

“不，我知道她喜欢的是‘摩尔人’！”

“她只是信任他，我也信任他，他是一个值得信任的人，任何一个姑娘都会信任像他那样的人。但她喜欢的是你！她说你是个具有诗人气质的小伙子，是个雪莱型的小伙子。她说她喜欢雪莱，不喜欢拜伦，虽然他们都是天才的诗人。她还说拜伦只能评定一个女性外表的美丑，而雪莱却能窥察一个女性内心的善恶。她也知道你在爱她……”妹妹突然住口了。

我们几乎同时发现副指导员不知何时呆呆地站在帐篷门口，她显然听到了我和妹妹的谈话内容。

“哎呀，我晾在河边的衣服还没收回来！”我找了个借口逃出帐篷，在荒野上盲目地奔跑，我觉得“满盖荒原”成了世界上最美好的地方。

当天，吃过晚饭以后，我们又围聚在帐篷里，讲起故事来，这成了我们精神生活的唯一方式。我们什么故事都讲：神、鬼、荒诞的、恐怖的、风趣的……我们每个人,包括副指导员在内,都摆脱了在连队的种种束缚,真正成了"满盖荒原"上"顶天立地"的人。

副指导员娓娓动听地讲了希腊神话《奥德赛》中的一段故事:伟大的俄底修斯攻打下了特洛伊城以后,率领他手下的勇士们从海上返回家乡伊塔克,结果被逆风吹到了一个孤岛上。岛上的居民专靠吃一种"忘忧果"度日,他们热情地把"忘忧果"捐送给俄底修斯和他的勇士们吃。勇士们吃了"忘忧果",完全被那种诱人的果实的甘美迷惑住了。他们忘记了自己的家乡和父母,忘记了兄弟姐妹和妻子,忘记了一切朋友,竟无忧无虑地长久留在了孤岛上……

我惊讶地发现,她讲故事的水平超过我们所有的人,她并不绘声绘色,只是娓娓道来。但那语调中流露出来的感情,是能够打动到人的心灵深处的。

她讲完了,我们都陷入沉思。只有妹妹叹息了一声,自言自语地说:"我真想获得许多许多那种'忘忧果'……"

副指导员,又是和"摩尔人"坐在一起,又是那样地将头靠在他的肩上。大铁炉子里的火光,将她的脸映照得那么红。火光一闪一闪,她那张美丽的脸忽明忽暗,浮现着一种虚幻的憧憬和淡淡的愁思。

我不禁对她充满了同情。如果不是三年前她立下的誓言束缚了她,她早该回家探家了,三年啊!她一定比我们每一个人都更加思念她的父母和亲友。

我打开画夹,说:"别动,'摩尔人',我给你们画张像!"我的本意是,要给她画一张肖像。因为此时此刻的她,那么美丽那么楚楚动人,但我没有勇气坦白说出。"摩尔人"显然错误地认为我的话是对他的当众揶揄,他顶不能容忍的就是这个。所以,当副指导员下意识地将头从他肩上移开时,他一把抓住了她的手,冷冷地盯着我,说:“别动!叫他画,别扫他的兴!”语势中隐含着挑衅。副指导员,又顺从地将头靠在了他肩上,微微一笑,也注视着我。

我再没说什么,认真地画了起来。我看她一眼,画一笔,暗想,我一定要画得十分像。我从来没有画得那么好过,真的!最后一笔,我存心一顿,把笔尖顿折了。

“没画好!”我把画夹递给了副指导员。

大家都围拢来欣赏,赞叹:

“像!像极了!”

“嘿!没看出来你还有招不露!什么时候也给我画一张?”

“咦,你就画了我自己呀!”副指导员看了“摩尔人”一眼。

“我的笔尖断了。”我脸上微微一红。

副指导员拿着肖像端详了一会儿,问:“送给我?”

“送给你!”我大胆地盯着她。

她垂下了眼睑,说:“我会仔细保存它的。”

这时,“摩尔人”站了起来,一声不响地钻出了帐篷。从那一天起,他更加沉默寡言了……

然而,什么都可以转让,唯独爱情。

我要执着地追求,绝不弃她别爱,绝不……

三

第一场春雨降临了。

我们开垦的乌油油的沃土,贪婪地吸吮着大自然母亲的乳汁。

人们都习惯把春天比作花枝招展的少女，可是当她在“满盖荒原”上旅行时，却更像一位庄重的夫人，脚步懒散而从容，带着唯一的颜色——淡绿，所到之处，漫不经心地随意点染，画出了绿的世界。

副指导员有一天昏倒在“流浪者”河边，她病了。她接连两天昏迷不醒。在昏迷中，她时时念叨着两个字：“麦种，麦种……”医药箱里所有的药，都不能减退她的高烧。第三天，她稍微清醒了一些，首先把妹妹唤到地铺前，问：“还有多少粮食？”

妹妹回答：“只剩一点点了！”

她亲切地环视着我们，微笑了，说：“伙计们，我代表连队谢谢大家。我要建议党支部，给大家都记一功，放进档案里。现在，这里留下几个人就够了，其余的全部回老连队去，帮助老连队迁移来……一定要赶在‘鬼沼’开化之前！”她轻轻地拉着妹妹的一只手，“你留下吧，没有你在身边，我会寂寞的。”

妹妹说：“副指导员，我留下！”

我说：“我也留下。”

“摩尔人”看着副指导员，问：“如果你同意，我也留下。”

副指导员默默地点了点头。

“满盖荒原”上就留下了我们四个人。

一天，两天……四天过去了，连队没有到达。整整一个连队，几百口人，搬迁到这里来不是一次简单的行动，会有许许多多的困难。在这四天之内，“鬼沼”彻底开化了！“流浪者”河，这条我们在“满盖荒原”上信任的朋友河，它出卖了我们！它跟“鬼沼”卑鄙地联合了起来，向我们示威！当我、妹妹、“摩尔人”第四天早晨走出帐篷时，都被惊慑得呆住了！清可见底的“流浪者”河，不知从哪里汇集了那么多水，隔夜之间变成了一匹脱缰的野马，浊流湍急，打着漩涡，夹杂着雪坨、冰块儿、枯枝断树，甩了一个直角弯，奔泻而下，河水溢出河床，灌进沼地，“鬼沼”一片汪洋！

妹妹忧愁地说：“今天连队再不到达，我们就一点吃的也没有了。”

我和“摩尔人”同时看了她一眼，都没说什么。我们担心着更严峻的事情——连队将如何涉过“鬼沼”？

妹妹一声不响地又钻进帐篷里去了，我和“摩尔人”也跟进帐篷，见她坐在副指导员的地铺旁，瞧着昏迷中的副指导员垂泪。我们进来，她赶紧抹去眼泪站起来，拿上一把镰刀和一个小土篮，说：“我去挖野菜。”

将近中午，妹妹的喊声突然从远处传进帐篷：“哥哥，哥哥，快来呀！……”

我和“摩尔人”同时跳了起来，奔出帐篷，但见妹妹像一只小猎犬，在追赶一头弱小的狍子。她一扬手，将镰刀飞抛出去，砍中了狍子后腿，狍子一头栽倒。她猛扑上去，却扑了个空。那小动物挣扎着跳了起来，带着伤向沼地里逃窜，妹妹跟在后面紧追不舍。小狍子在沼地边沿停了一下，似乎还回头看了她一眼，跃进了沼地，一拐一拐地向沼地深处逃去。

“站住！”

“小妹！”

我和“摩尔人”对妹妹大声喊。

妹妹追到沼地边，欲罢难舍，焦急地来回奔跑。她终于停住了，望着陷住四蹄寸步难移的狍子，迟疑了一下，小心翼翼地向“鬼沼”迈出了一步。

“回来！危险！……”“摩尔人”高吼一声。我和他同时朝妹妹跑去。

妹妹回过头来望了我们一眼，挥动了一下手臂，好像是在任性地说："你们别管我！……"她跑进了"鬼沼"。

当我和"摩尔人"追到沼边时，她已捕住了小狍子。她和那小动物在沼泥中扑斗了几下，一眨眼间，忽然深陷了下去，一下子被吞陷到胸部！还没等我和"摩尔人"有所反应，沼泽中便只露出了她的一只小手。那小手也只来得及在空中抓了几下，倏忽间便从眼前消失了！

"哥哥！别过来……"她留在这世界上的最后一句话，击响我的耳鼓！

"小妹！"我发出一声可怕的叫喊，不顾一切地向沼泽冲去。

"摩尔人"两条有力的手臂，从后面紧紧将我搂抱住了。我挣动了几下，眼前一黑，昏倒在他怀里。

当我醒来的时候，已经躺在帐篷里了。妹妹的那只小手像电影中的叠印镜头一样，重复地在我眼前出现。我耳边又响起了母亲临终的叮嘱，泪水唰的一下子淌了出来。我硬撑起身，看见"摩尔人"那高大的身躯，一动也不动地伫立在帐篷外。惨白的月光照在大地上，将他的身影衬托得格外分明。"鬼沼"那边，传来了令人毛骨悚然的怪异的鸟叫，也许是"收魂鸟"将妹妹的魂灵收走了吧？我虽然并不迷信，但这种迷信的思想却在我头脑中闪过。我盯着"摩尔人"的身影，心中突然对他产生了强烈的憎恨！甚至思路狂乱起来。如果不是他搂抱住我，我相信我是一定可以救出妹妹的！对小妹的死他是有罪过的！

我站了起来，一步一步走出帐篷。"摩尔人"听到我的脚步声，缓缓地转过身来。他骇然地瞪大了眼睛，也许他看到了我怒不可遏的狂乱的脸色,本能地朝后退了一步。

我霍然对他扬起了拳头。

“你！……”他惊愕地朝后退了一步。

“我恨你!”我咬牙切齿地说出了这三个字。

他的目光,盯在我脸上,低沉地说:“如果是因为你的妹妹,那我有权替自己辩护。你以为我有一颗魔鬼的心吗？你以为我就不为你妹妹的死难过吗？如果当时我的生命能换取她,甘愿躺在沼底的是我！如果你是因为她……”他朝帐篷里看了一眼,“那你尽管动手！只要我活着,只要她还没有宣布做你的妻子,我就有权爱她,并且追求她!”

他的话,令我的双手发抖了。好像为我的小妹志哀,我垂下了头。宁静的夜晚,荒原显得更加沉寂,连“收魂鸟”那种怪异的叫声也听不到了。

“摩尔人”注视了我一瞬间,慢慢朝我背转了高大的身躯,朝荒原黝黑的深处走去,消失在黑夜的巨口中。

“你们吵嚷什么?”

我扭回头,见副指导员站在帐篷口。四天内,她病得虚弱不堪,如果她松开拽着帐篷帘的那双手,一定会无力地瘫软在地。

我半天才从双唇间挤出了一个字:“狼……”

“狼？……”她怀疑的目光久久地审视着我,追问,“你一定有什么事情瞒着我！‘摩尔人’呢？你妹妹呢？他们到哪儿去了？快告诉我,发生了什么事?!”

“我妹妹……她、她、她死在‘鬼沼’里了！……”我双手捂住脸,克制不住巨大的悲痛,失声号啕了。

副指导员像被猛击了一锤,发出短促的一声“啊”,昏倒在帐篷口。

深夜,“摩尔人”还没有回来,他到哪里去了?在我缺乏理智地对待了他之后,他会不会也恨我呢?他还会回来跟我同住在一顶帐篷里吗?他会不会遭到什么不幸呢?如果他真遭遇到了什么不幸,那杀害他的就是我了……

我后悔极了,不安极了,我感到黑夜的漫长。我守护着昏迷中的副指导员,第一次体验了在这广袤无垠的荒原上,孤独是一种多么可怕的处境。我整夜没有合眼。

黎明时,一阵急促的马蹄声由远而近。我奔出帐篷,“摩尔人”已经在帐篷外跳下了马背。

“马?哪来的马?……”我忘记了我们之间发生过的一切不愉快的事,亲切地跟他说话。

他说:“前几天,我曾在树林中发现了被猎刀砍断的树枝,断定这附近可能有鄂伦春猎人。昨天夜里我找到了他们,向他们借了这匹马。副指导员怎么样?”

“还是昏迷不醒。”

“鄂伦春猎手们说,可能染上了出血热。”

“出血热?!……”

我的心顿时冷却了。我听说过这种病,夺走一个人的生命,像秋风吹落一片树叶。

“摩尔人”又说:“你立刻骑上这匹马,顺着我们的来路护送副指导员回去!你一定能迎到我们的连队,副指导员就有救了!”他完全是命令的口气。

“不!你护送她,我留在这里!”

“我的身体太重,半路上非把这匹马压垮不可。它已经跑得够累了！由此向西五十里，可以绕过‘鬼沼’，你们沿沼地向西走吧！”

再争执就是卑劣的虚伪。

“摩尔人”用行李绳将昏迷中的副指导员缚在我后背，扶我跨上了马鞍。

“把枪带上。”他把步枪递给了我。

“你留下！”

“你带上，以防万一。”他将步枪挂在马鞍上，拉着马缰掉转马头，用充满信赖的目光看了我一眼，在马屁股上猛擂了一拳。

那马嘶叫一声，撒开四蹄，朝西疾驰而去。

朝西虽然比朝东少绕三十里路，但却要经过一片“塔头”甸子。幸亏那马是纯种鄂伦春猎马，在“塔头”地里也行走如飞。这种马体形矮小，其貌不扬，但能吃苦耐劳，是猎人之友，是荒原上的骆驼。

绕过“鬼沼”，仍一路不停地踢着马腹。那马仿佛体谅我的心情，速度毫不懈慢。又疾驰了大约三十里路，我的棉裤被马身上的汗湿透了。突然它打了几个响鼻，四腿发抖，蹄步摇摆起来，它似乎还想全力奔驰，但前蹄却跪倒了。我的双腿刚刚离开马鞍，在地上站稳，它便侧身一卧，伸长了脖子——它彻底累垮了！马腹忽起忽落，鼻孔喷出热气，嘴里吐出白沫来。这有灵性的动物，在倒下时，也绝不用身子压住骑者的腿，它那双琉璃眼，歉意地悲哀地望着我。

“放下我，放下我！这是什么地方？我们为什么在这里？你要把我背到哪儿去？……”

副指导员从昏迷中清醒过来了，她在我背上挣动着被缚住的身子。

我解开绳子，将她轻轻放在地上，让她的头和肩靠在我的胸前。

我轻轻地对她说："副指导员，我要护送你迎接连队，你病得很严重！"

她喃喃地问："我要死了，是吗？"

听我所爱的人说出这种话，我如万箭穿心，难受极了！我大声回答她："不，你不会死的！"

她吃力地微笑了一下："我不怕死，真的。你忘了，我们的扎根誓言中，不是有这样两句话么，'埋骨何须故土，荒原处处为家。'遗憾的是，我再有几个月就可以回家探望我的爸爸妈妈了，我真想他们啊！他们想我，大概都想疯了呢。我已经给他们写了信，保证我们在'满盖荒原'上秋收之后……"

我呜咽了，眼泪一滴一滴落在她脸上。

"别哭，"她轻轻握住了我的一只手，"如果我真的死了，就把我埋在'鬼沼'旁，我要和你的妹妹做伴。她是个好姑娘，我喜欢她。我只有一点请求，在我的碑上，在我的名字前面，刻上'垦荒者'三个字……"一大滴泪水，从她的眼角慢慢淌了出来。

我紧紧搂抱着她，放声大哭。

"你看，那是什么？多像书上写的那种忘忧果！你给我折一枝来，好吗？"她那双美丽的大眼睛忽然闪亮闪亮的，盯着附近的什么东西。

我顺着她的目光，发现了一丛紫红的尚未开放的达子香花。我将她靠在马鞍上，站起身去折那丛达子香。待我折了一束花回到她身边时，她已经闭上了眼睛。

她和那匹鄂伦春猎马同时停止了呼吸！

大地在我脚下旋转,蓝天变成了黑色。

我擦干了眼泪,将那束达子香别在她衣扣里,跪了下去,在她渐渐消失着血色的双唇上,长久地亲吻着。我相信,她若有灵,是不会嗔怪我的。

我又背起她,继续朝前走。

这时,在地平线上,我看到了我们搬迁的连队的带状的影子……

全连队为副指导员默哀了许久许久。

每一个人都流出了真诚的眼泪。

…………

当我们全连队的马车、爬犁、拖拉机和团里支援我们搬迁的卡车所组成的车队行进到“鬼沼”前,冥冥的暮色开始在荒原上织成了帏幔。有人发现了一顶棉帽子,挂在倾斜的作为坟碑的木桩上,还压着一块石头。我首先走过去取下那顶帽子,认出是“摩尔人”的狗皮帽。帽兜里有一张纸,上面写着这样几行字:“我探出了一条涉过‘鬼沼’的路,以树枝为标记,由此向东,一里远处……”

当天晚上,我们将可能陷没的车辆停在了原地,全连队的人都平安地涉过了“鬼沼”。可是我们却到处也寻找不见“摩尔人”。

第二天黎明,在“流浪者”河边,发现了“摩尔人”的血迹斑斑的衣片,一柄大斧,三只死狼……周围的一切,都无声地向我们作证,这里曾进行过怎样触目惊心的人与兽的搏斗!可以想见,强壮勇猛的“摩尔人”是怎样拼搏尽了最后的气力才倒下去的……

我们在悲痛的日子里,开始在“满盖荒原”上播种。

按照副指导员的遗嘱,我们将她埋葬在“鬼沼”旁。我们从百里外的驼峰山上运回了一块大青石,连队的老石匠将它凿成了石碑，碑文上刻着：垦荒者李晓燕和她的战友王志刚、梁珊珊长眠于此。

我们从驼峰山上伐下了上千棵义气松，沿着“摩尔人”做的标记，在“鬼沼”上铺了一条垦荒者之路。第二年，又有好几个连队建点在“满盖荒原”上。

“鬼沼”，它终于被征服了！

当我带着垦荒者的胜利，在一个黄昏默默走到“垦荒者”墓前凭吊的时候，一个陌生的青年也在那里。我发现墓碑上放着一束达子香花；那是妹妹生前最喜爱的花。

我立刻明白，他是妹妹生前所爱并爱过妹妹的那个人！

他脸上的表情令我深信，他是永远也不会离开“满盖荒原”的了！

我们对望了一眼，他便掉头缓缓离去了。

我没有叫住他，没有问他的姓名，甚至没有想到问问他是哪一个城市的青年……

他是我们那一代中的一个，这一点足够了。

我们经历了北大荒的“大烟泡”，经历了开垦这块神奇的土地的无比艰辛和喜悦，从此，离开也罢，留下也罢，无论任何艰难困苦，都决不会在我们心上引起畏惧，都休想叫我们屈服……啊，北大荒！

（原载《北方文学》1982 年第 8 期）

作者简介：梁晓声（1949— ），原名梁绍生，山东荣成人。著有长篇小说《浮城》《雪城》《人世间》，中短篇小说《今夜有暴风雪》《父亲》，剧本《年轮》等。

高山下的花环

李存葆

记不清哪朝哪代哪位诗人，曾写过这样一句不朽的诗——“位卑未敢忘忧国”。

——作者题记

引　子

在哀牢山中某步兵团三营营部，在赵蒙生的办公室里，我和他相识了。

寒暄之后坐下来，便是令人难挨的沉默。赵蒙生是这三营的教导员，他出生于革命家庭，其父是位战功赫赫的老将军，其母是位“三八”式的老军人；三年前在“对越自卫反击战”中，他荣立过一等功；三年多来，他毫不艳羡大城市的花红柳绿，默默地战斗在这云南边陲；另外，他还动员他当军医的爱人柳岚，也离开了大城市来到这边疆前哨任职。

在未见到他之前，军文化处的一位干事简介了上述情况之后，对我说：“您要采访赵蒙生，难哪！他的性格相当令人琢磨不透。他的事迹虽好，却一直未能见诸报章，原因就是他多次拒绝记者对他的采访！”

脾气怪？搞创造的就想见识一下有性格的人物！

见我执意要去采访，文化处那位干事给赵蒙生所在团政治处打罢电话，又劝我说："李干事，算了，别去了，去也是白跑路。团政治处的同志说，三天前赵蒙生刚收到四张汇款单，汇款额为一千二百元。那些钱是从你们山东沂蒙山区寄来的。赵蒙生为这事两宿未眠，烦恼极了！"

几张汇款单为啥会引起将门之子的苦恼，这里面肯定有文章！于是，我更是毫不迟疑地乘车前往。

此时，我虽见到了他，但他一句"没啥可谈"，便使我吃了"闭门羹"。

坐在我们一旁的是营部书记①段雨国。像是为了要打破这尴尬的局面，他起身给我本来是满着的茶杯，又轻轻添进一丝水。

赵蒙生仍是一声不吭。他是个非常英武的军人，从体形到面容，都够得上标准的仪仗队员。显然是因为缺乏睡眠的缘故，此时他那拧着两股英俊之气的剑眉下，一双明眸里布满了血丝，流露着不尽的忧伤和悲凉。难道还是为那汇款单的事而苦恼？

也许他也受不了这样的沉闷，他摘下了军帽。我这才发现他额角右上方有道二指多宽的伤疤。我正琢磨着该怎样打破这僵局，想不到他竟开口了："听口音，您像山东人？"

"对。我老家离沂蒙山不远呢。"

"您在济南部队工作？"

"我是济南部队歌舞团的创作员。"

"那么，您怎么会来这云南……"

我连忙告诉他，三年前的初春，在总政文化部的统一组织下，我曾有幸来过这云南前线跟随参战部队，经历了那场世界瞩目的

“对越自卫反击战”。我这次来的目的,是想访问一些三年前在战场上涌现出来的英雄人物,如今又是怎样生活和战斗的……

“噢。”他出于礼貌点了点头。

见采访火候已到,我忙说:“赵教导员,您能否给我谈一谈,您是怎样说服您的爱人柳岚同志来边疆的……”

“啥?让我瞎吹柳岚呀!那真是可悲可叹!”他连连摇头,自嘲地接上道,“柳岚回去休探亲假去了,她现已超假二十多天未归队!我们正准备打报告给她处分。小段,你证实,这可不是瞎说吧!”

书记段雨国约有二十三四岁,白皙的脸蛋上挂着书生气。他认真地对我说:“对,柳军医超假已二十二天了。可她有病假条。”

“那病假条绝对是骗人的鬼把戏!”赵蒙生愤慨地对我说,“柳岚军医大学毕业后分到我们这里还不到一年,就多次嚷着要脱军装转业,说这里绝对不是人住的地方。看来,要让她继续留在这边防,那是‘蜀道之难,难于上青天’!”

他说罢,又陷入了痛苦的沉思之中。

眼下是三月,我临离开济南时刚见过一场大雪,而这地处亚热带的滇边,竟是酷热难当了。屋外,树上知了的叫声响成一片,我心中涌起阵阵燥热。看来,我这次采访也将是毫无收获了。

过了会儿,他竟又开口了:“既然您是从山东来的,那么,先请您看看这……”

他递给我的,正是那四张汇款单!汇款单是从山东沂蒙山区枣花峪大队寄来的。其中一张汇款单上写有简短的附言:

> 蒙生:这是三年多来你寄给梁大娘的钱,总计是一千二百元。现如数给你寄回,查收。

“汇款单是前天寄来的。我真搞不清梁大娘为啥把钱全部退给我……”赵蒙生用拳头捶了下头，脸抽搐着，痛苦异常。

沉默了一大会儿，他才静下心来对我说：“在自卫反击战前前后后，我有过非同寻常的经历。也许有了那段经历，我才至今未离开边防前哨。”稍停，他望着我，“您要有兴趣的话，我倒可以把那段经历讲给您听听。”

我连连点头：“好。您讲吧。”

他站起来：“先请您看一下这两幅照片——”

我这才发现，他的办公桌上方的墙上，并排挂着两帧带相框的照片。他指着左边的相片说：“这张放大了的六寸免冠照，是我要讲述的故事中的主人公，他名叫梁三喜，老家在沂蒙山，原是我们三营九连连长，在反击战中壮烈殉国。当时，我是九连的指导员。”

还未等我仔细端详烈士的遗容，他又指着右面那张十二寸的大照片说：“这是梁三喜烈士一家在他墓前的留影，这衣服上打着补丁的白发老人，是烈士的母亲梁大娘。这身穿孝服的年轻媳妇，是烈士的妻子韩玉秀。玉秀怀中抱着的是梁三喜未曾见过面的女儿，名叫盼盼。”

我们又坐下来。赵蒙生的表情仍很沉重。

我从旅行包里取出小型录音机，轻轻装上了磁带。然而，赵蒙生却向我摆了摆手：“别急，在我讲述之前，我得向您提出三点要求，当您认为我的要求您能接受时，我才有可能对您讲下去。”

“哪三点呢？”我轻声问。

“其一，当您把我讲述的故事写给读者看的时候，我希望您不要用华丽的词藻去打扮这个朴实的故事。要离部队的实际生活近些，再近些。文学是要有审美价值的，而朴实本身不就是美吗？”

想不到跟前这位教导员竟如此有文学修养！他说的全乃行家

之言，我当即点头同意。

“其二，当前读者对军事题材的作品不甚感兴趣。我看其原因是某些描写战争的作品却没有战争的真情实感，把本来极其尖锐的矛盾冲突磨平，从而失去了震撼读者心灵的艺术力量。别林斯基说过，缺乏戏剧性的长篇小说，是生气索然而沉闷的。这话有道理。但有的作者为追求戏剧性，竟凭空编造故事，读来则更令人感到荒诞不经。这里先请您放心，我的亲身经历，本身已具备了戏剧性。不过，在我进行必要的铺垫和交代时，您开始会感到有点儿沉闷，但希望您不要打断我的讲述。我请求您耐心地听下去。您最终便会知道，这个真实生活中发生的故事，即使石头人听了也会为之动情，为之落泪的！”说罢，他望着我，“您能不加粉饰地把它记录下来吗？”

我再次点头表示从命。

“其三，在这个故事中，我和我妈妈都扮演了极不光彩的角色。您必须如实描绘生活中的‘这一个’，如果您稍将‘这一个’加以美化的话，这个故事不是大减成色，便是不能成立了。因此，这是三点中至关紧要的一点。”

我大惑不解。

这时，书记段雨国对我说：“在教导员讲述的故事中，我也是个很不光彩的角色。我也诚恳地企望，您切莫对我笔下留情！”

啊，又出来一位“这一个”，我更不解了！

“我提的三点，尤其是第三点，您能接受吗？”赵蒙生催问我。

我急于听到下文，连忙点头同意。

以下，便是赵蒙生的讲述——

一

我记得非常清楚，那是一九七八年九月六日。

我离开军政治部宣传处，下到九连任指导员。我原来的职务是宣传处的摄影干事，那可是既美气又自在的差事呀。讲摄影技术，我不过是个“二混子”。加上我跟宣传处的几位同志关系处得也不太好，我要求下连任职，是他们巴望不得的事。

我不多的家当，两天前就由团后勤处的卡车捎到了九连。当团里用小车送我到九连走马上任时，我随身只带着个小皮箱。皮箱里装着一条大中华烟，还有一架“YASHICA”照相机。那架进口照相机，是我八月份回家休假时，妈妈托人给我从侨汇商店里买的。当我把公家的照相机移交之后，高兴时我还可以玩玩这“YASHICA”。

当时，九连的驻地并不在这边防前哨，离这里少说也有千里之遥。营房也是设在阒无人迹的深山沟里。

我和梁三喜及九连的排长们第一次见了面。

梁三喜两手紧紧握着我的手，煞是激动：“欢迎你，欢迎你！王指导员入校半年多了，我们天天盼着上级派个指导员来！”

看上去，梁三喜是个“吃粮费米、穿衣费布”的大汉，比我这一米七七的个头，少说要高出两公分。那黝黑的长方脸膛有些瘦削，带着憨气的嘴唇厚厚的，绷成平直的一线。下颌微微上扬。一望便知，他是顶着满头高粱花子参军的。

他望着我：“指导员，有二十六七岁了吧？”

我说：“咱可不是‘选青’对象，都三十一啦！”

“这么说咱俩是同岁，都是属猪的。”他笑着，“可看上去，你少说要比我小七八岁呢！”

“连长，你也学会‘逢人减岁，遇货加钱’啦！”站在我身旁的一位排长对梁三喜说罢，又滑稽地朝我一笑，“行啦，一个黑脸，一个白脸，你俩这一对猪，今后就在一个槽子里吃食吧！”

梁三喜忙给我介绍说：“这是咱连的滑稽演员，炮排排长！”

“靳开来，靳开来！”炮排长靳开来握着我的手，“不是啥滑稽演员，是全团挂号的牢骚大王！”

梁三喜接着把另外三位排长一一给我介绍。

外表比我老气得多的梁三喜，又诚笃地对我笑着说：“行呀，今后你吹笛儿，我捏眼儿，一文一武，咱俩配个搭档吧！”少停，他叹口气，“咳！副连长进了教导队，副指导员因老婆住院回去探家了。这不，连里就我和这四员大将连轴转。你来了，就好了，要不然，今年我探亲的假就休不成了！”

靳开来接上道：“连长，干脆，明天你就打探家报告，争取下个星期就走！别光给韩玉秀开空头支票了，让人家天天盼着你回去！”说罢，他转脸对我，“奶奶的，连队干部，苦行僧的干活！”

看来，我的搭档们都不是“唱高调”的人。这，还算是对我的心思。

紧急集合号声骤起。那唰唰的脚步声告诉我，要让我“宣誓就职”了。

“同志们！”梁三喜郑重地把我介绍给大家，“这是新来的赵指导员！”

如雷的掌声过后，队列里鸦雀无声。

我当摄影干事时曾下连拍摄过队列照片，但如此整齐的队列，我却第一次见到。四行队伍成四条笔直的一线，个个收颌挺胸，纹丝不动。连队是连长的镜子，我顿时觉得梁三喜可能是位带兵极严的干部……

“同志们，赵指导员是主动要求下到我们九连的！他从大机关里来，文化高，有水平！”他用威严的目光扫视了一下队列，与适才那轻言慢语的声调判若两人，“同志们不要有丝毫的误解，赵指导员既不是下连代职锻炼，更不是到这里来体验生活的，上级正式任命他为我们九连的指导员！他的行李和组织关系等等，全一锅端来了！今后，大家遇事要向他多请示，多报告。军人嘛，服从命令是天职，大家要坚决服从指导员的指挥！请指导员讲话。”

掌声又起。可爱的士兵们鼓掌也总是拿出拼刺刀的劲头！

“同志们！我……水平不高，我缺乏经验，我……愿和大家一起，把咱连的工作搞好。我……讲完了。”

我本是个侃侃而谈的人，但众目睽睽之下，我的“就职演说”却是如此简短可笑。全连解散后，我仍觉得脸上热辣辣，心跳如鼓。柯涅楚克在《前线》一剧中塑造了一个绝妙的艺术典型客里空，眼下我在生活中正充当着客里空的角色。但我又缺乏客里空的演技——撒起谎来可以百倍认真而心不跳、脸不红。

演戏，我分明是在演戏！滑稽剧？恶作剧？还是真正的悲剧？指导员——党代表，我是在亵渎这神圣而光荣的称号啊！

有些城镇入伍的战士把参军当成“曲线就业”，我甘愿从军机关下到九连任职，玩的是“曲线调动”的鬼把戏。

我出生于军人之家。授衔时爸爸是少将，妈妈是中校。记得我上四年级时，我曾跟一位同龄的伙伴，为争论谁爸爸的官大而大动干戈：

“赵蒙生,别瞎吹,再吹你爸爸也是一个豆!俺爸爸是‘双铁轨’,四个豆!”

“‘双铁轨’顶啥用!”我反驳说,“我爸爸一个豆是金豆,是将军豆!你爸爸四个豆是银豆,是校官豆。银豆比起金豆来,差远了!”

“你瞎吹!”

“瞎吹?你回去问问你爸爸,我爸爸让他立正,他不敢稍息!”

…………

于是乎,拳来脚往,俺俩打得不可开交。

这事让我爸爸知道了,我挨了他一顿好揍,我从来没见他发那样大的火。我哭着到妈妈怀中撒娇,谁知妈妈竟也一把推开我,让我站好,严厉地训斥我:“什么官不官的,官再大也是人民的勤务员!记住,你是红军的后代,长大了要为人民服务!”……

那阵儿,爸爸妈妈对我要求极严。他们坐的小车从来都不让我坐,我穿的衣服也是姐姐穿下来之后改做的。妈妈经常给我讲述战争年代的艰辛生活和英雄人物,还有意识地给我买些这方面的图书。我印象最深的是《卓娅和舒拉的故事》,还有盖达尔的《帖木儿和他的伙伴们》。读了之后,我和小伙伴们便像帖木儿那样去做好事。清晨送身残的同学上学,放学后给烈军属买粮食,大冬天到教室里帮助工友生炉子。每逢暑假,老师带我们在郊外夏令营,面对熊熊燃烧的营火,我们憧憬着未来,崇拜卓娅和舒拉,更崇拜董存瑞……

一九六五年军衔取消了。然而,用童心可以拥抱生活的岁月却变得浑浊了。

一九六七年我参军时,爸爸已被关押起来。几经交涉,妈妈领我见到爸爸。妈妈悄声对爸爸说:“总算有门路了,蒙生可以当兵了!”

爸爸从铁栅栏里伸出手,颤抖地抚摸着我的脸:"孩子,莫哭,战士有泪不轻弹嘛。去吧,北上吧,到有枪声的地方去锻炼!要记住你为啥叫蒙生,要记住你是军人的儿子!"

就这样,我来到了这个军。这个军是当年从山东南下过来的,军、师、团三级现任领导中,不少人是我爸爸的老部下。我曾洒泪感激正直豪爽的军中前辈,在爸爸蒙难之时,他们念及战争岁月的生死之交,对我精心关照……

十年动乱,摧残了多少人才。权力的反复争夺,又使多少人茅塞顿开,学得"猴精"呀!人为万物之灵,极具谋求生存的本领,是适应性最强的动物。在那你死我活的政治旋涡中,心慈的变得狠毒,忠厚的变得狡猾,含蓄的变得外露,温存的变得狂暴……造物主催化万物的奥妙,是在一个"变"字呀!

职位再高的人也是人,人都具有可塑性。妈妈本是军区卫生部副部长,不知从何时起,她已像"外交家"一样极善于周旋了。当五千年古国文明史上首屈一指的"演员"林彪摔死之后,我爸爸"华野山头黑干将"的问题澄清了,又恢复了职务。妈妈的"外交才华",更是熠熠生辉……

妈妈的"外交内容"事无巨细,颇为繁杂。比如为老战友搞些难搞到的药品啦,补养品啦;又如哪位老同事想当候鸟,随着季节的变换要由北去南或由南去北疗养啦,妈妈便不遗余力地挂长途电话联系,把求上门来的老同事安排到称心之地……最能体现妈妈"外交才华"的是送女同胞参军,那阵儿,城里的父母们一面高呼"广阔天地,大有作为",一面却在为子女们苦苦寻求出路。尤其是女孩子,不管是高墙深宅的闺秀还是普通人家的千金,大都把穿上军装当作梦寐以求的最高理想。我的姐姐是六二年凭考分进了上海军医大学的，用不着妈妈再操心。我的两个妹妹是同一天穿上军装的，我们家一下便成了“全家兵”。

有人暗中估算过，说通过我妈妈的关系穿上军装的姑娘，足能编一个“红色娘子军连”。这太夸张了。不过，妈妈送走的女兵也差不多能编一个“娘子军排”。这，我是清楚的。

“送几个孩子当兵犯什么法？保卫祖国是她们神圣的权利和义务！”妈妈常在人面前这样说，“现在超级大国、霸权主义者到处挑衅，当兵是去准备流血牺牲的！杨家将，一齐上。打起仗来，让你们瞧瞧俺赵家的全家兵！”

我当然不再相信妈妈的话是出自内心。但我却常常为有妈妈这样的大树作为荫庇，感到莫大的欣幸和自豪！

然而，大也有大的难处。因我爱人柳岚上大学的事，妈妈竟遇上了难劈的柴。

一九七七年夏天，S军医大学来我们军招生，名额只有两个，原则上是通过推荐和考试择优录取。柳岚在军门诊部工作，妈妈费了好大的劲才使柳岚刚刚由护士提升为医助，这时，她又想上大学。于是，远在外军区的妈妈打长途电话来，把柳岚推荐上了。参加考试的有二十多位“娘子军”，柳岚考了个倒数第三，却被录取了。“娘子军”可是不好惹，一旦她们发现自己仅仅是些“陪衬角色”时，她们联名写信到处揭发，说柳岚提医助就是走的关系，这次上大学又走后门。什么“这次招生根本不是才华与智慧的选拔，而是权力与地位的竞争”，言辞尖刻得很。有人提出要组成联合调查组，揭开这次招生的内幕，坚决把柳岚追回来……

妈妈接到我的告急电话之后，像基辛格往返中东搞穿梭外交那样，火速赶到军里。

听我说明事态后，妈妈显得有点紧张，转眼便神态自若。她带着我，先后看望了爸爸的两位老部下。

“……老干部活到今天容易吗？是不是有人嫌我和蒙生他爸挨斗挨得还不狠，受罪受得还不够？是不是军里有人生个法子想整我们？群众有情绪，可以开导教育嘛。柳岚的事我是不管，你们看着办！”临别，妈妈朝对方笑了笑，“哎，忘了对您说了，您那老三在我们军区司令部干得很出色哪，群众威信蛮高崃。听说快提副科长了。”

妈妈对爸爸的另一位老部下说：“……柳岚考试分数是低了点，那还不是十年动乱造成的！她爸妈都是地方干部，前些年受的罪更是三天三夜也说不完。正因为柳岚文化差，才更应该让她上大学深造嘛！不然，没有过硬的技术，怎能让她更好地为人民服务这些话，你们当领导的得出面给同志们解释呀。”临别，妈妈握着对方的手，“呃，忘了跟您报喜了。您那四丫头在我们总院内二科，根本不用人操心，全凭自己干得好，前几天已入党了。对了，她可是到了找对象的年龄了。可怜天下父母心，这种事，我这当大姨的是得给你们老两口分点忧哪。放心，你们放心。”

一切都在谈笑之间。既不像低级说客那样赤裸裸地进行交易，更不像小商贩那样为头高头低去煞费苦心地拨弄秤砣。然而，我却深悉妈妈话中的潜台词：“外交关系”按惯例都是对等的，有来无往非礼也！

柳岚的事总算平息下去了。

前两年要不是活动和等待柳岚提升医助，我和她早就调回爸妈身边去了。当柳岚上大学之后，我的调动便列入了妈妈的“议事日程”。

谁知这时，人称“雷神爷”的雷军长在十年靠边站之后，又重新回到军里任军长了！

对他的到任，我曾喜出望外。因为妈妈给我讲过，在抗日战争期间，她曾拼死救过“雷神爷”的命。现在只要你“雷神爷”点个头，我赵蒙生可以大摇大摆地调回去！

哪知“雷神爷”一到军里，便电闪雷鸣，嘁里咔嚓，又是搞党委整风，又是抓机关整顿，那架势，即使是亲娘老子他也不买你的账！

团以下干部跨军区调动，在过去是极为罕见甚至是没有的事。可这些年，战士跨军区调动也不是奇闻了。按说，连职干部的跨军区调动，也是需要通过军区干部部的。可某些单位为了给某些人以方便，连职干部从师里便可直接调往外军区。这当然是违反规定的。鉴于这种情况，有人在电话上给我妈妈出点子，说我要想调回去，得赶紧离开军机关，躲开“雷神爷”，千万不能在“雷神爷”眼皮底下干这种事！

干部处的花名册告诉我，这九连的指导员是空位。于是，通过关系，我便冠冕堂皇地来上任了。

…………

这一切，连长梁三喜还蒙在鼓里呢！

吃过午饭，他领我围着营房到处转，看了连队的菜地、猪圈、豆腐坊，边看他边给我当解说员。当他安排完下午各排的训练课目后，又回到连部给我介绍整个连队的思想状况……

他真的把我当成来九连扎根的指导员了！我俩面对面坐着，他轻言慢语地说，我装模作样地在小本上记……

不过，客里空的角色很难扮演，我真不知道这“曲线调动”的戏该怎样收场！

二

熄灯号响了。我和梁三喜隔着一张办公桌，各自躺在自己的铺上。

他告诉我：明天是星期二，早操课目是“十公里全副武装越野”。还说我乍从机关来到连队，怕一时难适应紧张的生活，他让我越野时只带上手枪就行，背包啥的就不必带了……

九连执行全训任务，是全团军事训练的先行连。除本连的建制外，营属炮连的两个八二无后坐力炮班，配属我们九连训练。步兵全训连队，往往比搞生产和打坑道的连队更艰苦，更消耗体力。对此，我当时既不甚了解，也没有吃大苦的思想准备。

我睡得正酣，猛觉有人在晃动我。听声是梁三喜：“指导员，快，吹号了！”

我一骨碌爬起来，懵懵懂懂摸过军装穿上。想打背包也谈不上了，我连衣服扣儿都没顾上扣，提起手枪就蹿出连部。我已尽了最大努力，自认为动作也够麻利的了。可赶到集合点一看，梁三喜早已带着披挂整齐的战士们，像一队穿山虎一样嗖嗖远去了……

“指导员，连长让我留下等你。”说话还带着又尖又嫩的童音的司号员金小柱，边跑边不时回头呼唤我，“指导员，我认识路，快！”

启明星还没隐去，眼前黑魆魆的。蜿蜒山道，崎岖不平，看不清哪处高，哪处低。跑着跑着，我脚下打了个滑，一头摔倒了。全副武装的小金，不得不折回身来捡起我……

我在军机关工作时，散漫邋遢是出名的。我天天早晨睡懒觉，有人开玩笑说我是政治部里的“一号卧龙”。我从来赶不上在机关食堂里吃早餐。柳岚从营养学的角度多次对我说,早饭特别重要。我也曾研究过人体每天需要多少“卡路里”,当然不会让自己的体内缺乏热量。每天睡足之后爬起来,先来一杯浓浓的橘子汁,再来两块美味巧克力或蛋糕啥的……咳!我“一号卧龙”啥时吃过眼前这种苦!不过,为了装装样子,我得咬紧牙关坚持一番……

当我跟在司号员小金身后,上气不接下气地爬到一架大山的半腰,离山顶还有一大截子路时,梁三喜已带着全连返回来了。

他在我面前停下,轻声对我说:“比上次越野,又提前了两分多钟到达山顶。”

汗水已浸得我眼也睁不开。我抬起右臂用袖子抹了下脸,发现他携带着背包、挎包、手枪、水壶、小铁锹、指挥旗、望远镜等全副装备;另外,身上还挂着两支步枪,肩上还扛着一架八二无后坐力炮筒。

想不到这“瘦骆驼”样的连长,真能“驮”!

这时,三个掉队的战士赶到他身边,很难为情地把该属于他们携带的铁家伙,从连长身上取走了。

全连一个个都像刚从河里捞出来一般。梁三喜让炮排长靳开来头前带队,他和我走在队伍的后面。

“别着急,慢慢就适应了。”他谦和地对我说,“人嘛,总是各有特长。今后,军事训练方面我多抓些,你集中精力抓思想方面的工作。”

看来,他是个很能宽容人的人。

“行。”我有点受感动,点头答应着。

我身上仅带着一支手枪,返回连队途中,却直觉得双腿像灌满了铅,身子像散了架。出现了低血糖症状,“卡路里”消耗殆尽。

后来,我精确计算过,在全副武装越野时,连里步兵班战士的负重尚不值得惊叹,八二无后坐力炮班的战士,每人负重是八十九斤!他们如牛负重,还得像战马一样火速驰骋,拼命冲杀呀……

在我下连之前,连里已进行了两周时间的轻武器射击预习。按规定,连里的干部也要参加射击考核,并须掌握本连的各种武器。

我既怕打得太差丢人现眼,也想过一次“枪瘾”,便耐着性子和战士们一起,胸贴大地背朝天,苦苦地熬了三天。

星期五这天,第三季度轻武器精度射击考核开始了。

梁三喜第一个上阵,取得了“全优”成绩。然而,战士们谁也没有感到惊讶。看来,这是连长的拿手戏,大家早已多次目睹。

我过去喜欢拨弄手枪,那不过是玩新鲜。眼下却使我没丢大丑。手枪射击我“猎”了个良好,除了轻机枪射击不及格,别的都及格了。

梁三喜脸上漾着笑:“指导员,你还行哩!就预习了三天,不错,打得还算不错!”

接着,从一排开始逐班进行考核。一班、二班打得很理想,临到三班打靶时,战士段雨国九发子弹,只打了十七环……

讲到这,赵蒙生转脸对段雨国:“喂,小段,你当时是个啥形象,你自己塑造一下吧。”

段雨国朝我笑了笑,说:“说起我当时的形象,那真是令人啼笑皆非。我是从厦门市入伍的,爸爸是工艺品外贸公司的经理,妈妈也在外事口工作。我当时哪能吃得了连队生活的苦哇!因我读过几部外国小说,便自命是连里的才子。甚至还曾妄想要当中国的雨果。我当时尤其看不起从农村入伍的兵,说他们身上压根没有半个艺术细胞,全身都是地瓜干子味。结果,大家便给满身'洋味'的我起了个绰号——'艺术细胞'。连里所有的人都不在我眼里。一次,王指导员给全连上政治课,我在下面听我的袖珍收音机,使课堂骚动不安。王指导员让我站起来,命令我关死收音机。我当即把收音机的音量放得更大,并油腔滑调地说:'听,这是中央台,是党中央的伟大声音!怎么,不比你指导员那套节目厉害得多吗?'……仅此一事,您就能想象出我当时是个啥德行!好啦,在这个故事中,我是一个很次要的小角色,还是让教导员接下去对您讲吧。"

赵蒙生淡淡一笑,继续讲下去——

当时,三班战士围着小段,一片讥讽。

"喂,请问'艺术细胞',你把子弹艺术到哪里去啦?"

"新兵老秤砣,每次打靶都拽班里的成绩!"

"呸!这种玩意儿还叫人,脸皮比地皮都厚!"

"嘴干净些!"段雨国抹了把他那在全连里唯一的长头发,用蔑视的目光望着众人,"不就是飞了几发子弹嘛,老子不在乎!再说,打不准也不怪我,是枪不好!"

梁三喜走过来:"你的枪咋不好?"

"不好就是不好呗,准星歪了!"段雨国挑逗般地望着梁三喜,"怎么,能换支枪让咱再打一次吗?也像你们连干一样,过过子弹瘾!"

梁三喜那厚厚的嘴唇嚅动了几下,我猜他必该动怒了。

然而,他二话没说,一下从小段身上抓过那支步枪,把九发子弹压进弹仓。他没有卧倒在靶台上，举枪便对准靶子，采用的是更见功夫的立姿射击。

一声哨响，靶场寂然。

“叭！叭！叭叭……”他瞬间便射击完毕。

战士们眼睛不眨望着正前方，等待报靶员挥旗报靶。只见报靶员从隐蔽处跃到靶子前瞧了会儿，扛起靶子飞也似的跑过来……

“让……让中国的雨果先生……”报靶员气喘吁吁，“自己瞧瞧！”

战士们围着靶子，欢呼雀跃：“七十八环！七十八环！”

“喂，‘艺术细胞’，瞧瞧这是不是艺术呀！”

“可爱的雨果先生，过来，过来瞧瞧哟！”

面对战士们的讥笑，段雨国原地不动，故意把头歪在一边：“打八十环也没啥了不起！”

“你说啥?!”随着一声吼，只见炮排长靳开来拨开围成圈的战士们，像头发怒的狮子闯到段雨国面前。

靳开来中等偏上的个头，胖墩墩的；眉毛很浓，眼睛不大，眼神却像两道闪电似的，又尖又亮；他周身结实得像块一撞能出声的钢板，战士们说他是辆“轻型坦克”。他用两个指头点着段雨国的鼻尖儿：“段雨国，又有啥高见，冲我靳开来说！”

段雨国眼皮一耷拉，不吱声了。

“说呀！”靳开来把两个指头收回，攥成拳头，“幸亏你段雨国不在我炮排！要是你在我炮排，两天内我不治得你‘拉稀’，我就不是靳开来！”

是慑于“轻型坦克”的威力，还是识时务者为俊杰？段雨国乖乖地低下了头……

三

风吹日晒，摸爬滚打，我好不容易熬到星期六。

晚上，团电影组来连队放电影，片子是老掉牙的《霓虹灯下的哨兵》，我懒得去看。司号员小金帮我从伙房提来一大桶温水——再不冲个澡，我实在受不了啦！

下连六天来，尽管我流的汗水比连长梁三喜，甚至比战士段雨国都要少得多，但我的军装也是天天湿漉漉没干过。要不是昨天小金把我塞到床下的军装和内衣全洗了，眼下连衣服也没得换。

冲完澡，觉得身上轻松些了。我想把堆在地上的那全是汗碱的军装和内衣涮洗一下，但双臂酸疼懒得动手。我用脚把它们踢到床底下。也许明天小金又要抢去帮我洗，那就让他去学雷锋吧……

我晓得指导员应该是个艰苦朴素的角色。下连后我把抽烟的水平主动降低，由抽带过滤嘴的“大中华”降为“大前门”之类。趁眼下没人在，我打开我那小皮箱，先看了看那架“YASHICA”照相机，又取出一盒“大中华”拆开。点上一支烟，我倚在铺上吸起来。闭上眼，那五光十色“小圈子”里的生活，又频频向我招手——

前不久，七八月份，在军医大学的柳岚放暑假，我也趁机休假了。我和她同时回到了爸妈身边，回到了那令人向往的大城市。

孩提时的伙伴和朋友，纷纷登门邀请我和柳岚，到他们那个“小圈子”里光顾一番。

在部队里，我和柳岚已被人们视为“罗曼蒂克派”，可跟那“小圈子”里的红男绿女一比，才深感自惭形秽，才知道我俩还不是“阳春白雪”，仍是“土八路”，“下里巴人”！

“穿‘黄皮’吃香的年代早过去了，快调回来吧！”

“喂，两位‘老解’，还在部队学雷锋呀，瞧瞧我们是怎样学的吧！”孩提时的伙伴们，很友好地戏谑我和柳岚。

“小圈子”里举行家庭舞会：探戈、伦巴、迪斯科、贴面舞……

“小圈子”里比赛家庭现代化：小三洋、大索尼、雪花牌电冰箱……

香水、口红、薄如蝉翼的连衣裙，使看破红尘的男女飘飘然；威士忌、白兰地、可口可乐，令一代骄子筋骨酥软……

我和柳岚眼花缭乱。她以“患流感”为由续假在家多玩了十天，我也以“发高烧”为借口晚十天才回到军里。

理性告诉我，那“小圈子”里的生活是餍足而又空虚，富足却又无聊。但转念一想：我和柳岚完全具备可以那样生活的条件，何乐而不为！

…………

“指导员，快出来！”炮排长靳开来进屋便喊道，“来，甩老K！”

听来头是电影散场了。初来乍到，出于礼貌，我摸起一盒没开封的“大前门”烟，从内屋走出来。

梁三喜和另外三位排长，也都进来了，大家围着四张长方桌拼起来的大办公桌坐了下来。

“砰”，靳开来把两副扑克按在桌上，顺手摸起我的“大前门”抽出一支，又朝桌中间一拍：“指导员抽烟的水平不低，弟兄们，都犒劳犒劳！”说罢，他从口袋里掏出一盒没启封的“三七”，也朝桌子中间一放：“今晚两盒烟抽不完，这场老K不罢休！”

看来他很讲义气。我发现，这“轻型坦克”完全不是发怒时的样子了，面部表情很生动。

梁三喜早已点起一支小指头肚般粗的旱烟，他重重地吸了一口，说：“算了吧，都挺累的，今晚上不甩了。”

“我知道看了这场电影，你就没心思甩老K了！”靳开来斜觑着梁三喜，“怎么，要早躺下梦中会‘春妮’呀！”

梁三喜淡淡一笑，轻轻地吐着烟。

“指导员，你还不知道吧，要是《霓虹灯下的哨兵》在这里连放一百场，连长准会看一百次的。你知为啥？”靳开来先卖个关子，接上说，“别瞧连长这副穷样儿，命好摊了个俊媳妇。媳妇姓韩名玉秀，长得跟电影上演春妮的演员陶……陶啥来？”

“陶玉玲。”显得最年轻的一排长说。

“对。全连一致公认，韩玉秀长得比陶玉玲还水灵。心眼嘛，比电影上的春妮还好。”靳开来朝我使了个眼色，“喏，你瞧，一提春妮，连长的嘴就合不拢了。”

的确，梁三喜的脸上已漾起美滋滋的笑。下连以来，我首次发现他的笑容是那样甜美。

“奶奶的！陈喜也不撒泡尿照照自己，摊上春妮那样的好媳妇还闹离婚！”靳开来仍饶有兴味地谈论刚看的电影，“要是咱摊上春妮那模样又俊、心眼又好的人当媳妇，下辈子为她变牛变马也值得！哪像咱那老婆，大麻袋包，分量倒是有！”

一排长“嘻嘻”地笑着：“这话要是叫你老婆听见……”

“听见咋啦？她充其量不过是公社社办棉油厂的合同工，我靳开来的每句话，对她都是最高指示！”他说罢，抓起扑克，“不谈老婆了。来，甩老K！争上游？还是升级？”

见梁三喜和我都没有甩老K之意，靳开来把扑克又放下了。他一本正经地对梁三喜说："连长，别苦熬了，你是该休假了。"

梁三喜看看我："等指导员再熟悉一下连队情况，我就走。"

"要走你得早些走，韩玉秀可是快抱窝了。"靳开来笑望着梁三喜，掰着指头算起来，"小韩是三月份来连队的，四、五、六……嗯，她是十二月底生孩子。你等她抱窝时回去，有个啥意思哟！"他诡秘地一笑，骂道："奶奶的！夫妻两地，远隔五千里，一年就那么一个月的假，旱就旱死了，涝就涝死了！"

三位排长笑得前仰后合。

梁三喜说："炮排长呀，你说话就不能文明点儿？"

"甩老K你们不干，谈老婆你又说不文明。那么，这星期六的晚上怎么熬？好吧，我说正事儿。"靳开来站起来，郑重其事地对我说，"指导员，你刚来还不了解我，我正想找你谈谈心。现在当着大家的面，我把心里话掏给你。你到团里开会时，请你一定替我反映上去，下批干部转业，说啥我靳开来也得走！为啥？某些领导对咱看不惯，把咱当成'鸡肋'！鸡肋嘛，吃起来没啥肉难啃，嚼嚼没味儿可又舍不得扔。我靳开来不想当这种角色，等人家嚼完了再扔掉！转业回去不图别的，老婆孩子在一块儿，热汤热水！算了，不说了，回去挺尸睡大觉！"说罢，"牢骚大王"扭头而去。

不欢而散。另外三位排长见老K甩不成，也都走了。

梁三喜对我说："炮排长这个人呀，别听说话脏些，作风很正派。他当排长快六年了，讲资格是全团最老的排长了。论六〇迫击炮和四〇火箭筒的技术，在全团炮排长中是坐第一把交椅的；他对步兵连的战术，也是呱呱叫；管理方法虽说生硬了些，但他对战士很有感情，实干精神那更是没说的。"停了会儿，梁三喜叹了口气，“咳！这人就是爱发牢骚，爱挑上面的刺，臭就臭在那张嘴上。连里和营里多次提议，想让他当副连长，可上面就是不同意。”

我没吱声。梁三喜面部悒郁地愣了会儿神，说：“以后慢慢就互相了解了。不早了，休息吧。”

我俩回到内间屋，他搬过一个大纸箱，打开翻弄着，说要找出衣服明天好换洗一下。

他连个柳条箱也没有，看来这是他的全部家当。纸箱里，他的两套军装全旧了，有一套还打着补丁。下连后我听战士们反映，步兵全训连队的军装不够穿，他这当连长的当然也不例外。我见他纸箱里有个大塑料袋，塑料袋里装着件崭新的军大衣，便问他：“这大衣是刚换发的？”

“不是。是去年‘十一’换发的。”

他这当连长的为啥连块手表也没有？他为啥总是抽黑乎乎的旱烟末儿？我已知道他老家是沂蒙山，而我也是在当年炮火连天的沂蒙山中出生的呀！按说，我们这一文一武有好多话题可闲聊，然而，既然他还不晓得我是高干子弟，压根还不知我为啥要颠到这九连来，我可懒得跟他去谈啥沂蒙山……

躺在铺上，我浑身酸疼睡不安宁，听他也不时轻轻翻身。他大概认为我睡着了，划火柴抽起烟来。像他这样的人并不怕吃苦，大概也是感到寂寞难熬吧？是想“春妮”了？我猜。

……我不知不觉地迷糊过去了。外面哗哗的雨声又将我唤醒。蒙眬中，我听见他下床了，那扎腰带的声音告诉我，他要冒雨去查铺查哨。

当他轻手轻脚地走出去后，我心中涌起阵阵恻隐之情。是的，像他这样的连长，以及那些土头土脑的战士，无疑都是忠于职守的。对他们,我可以表示同情,怀有怜悯,甚至还可以赞美他们!但是,要让我长期和他们滚在一块儿,我却不敢想象……

咳!这被称为“熔炉”的连队,这真正的“大兵”生涯!没有“苦行僧”的功夫,我该怎样继续熬下去!我又恨起“雷神爷”来,要不是为了躲开他,我何用“曲线调动”来九连“修炼”呀!

四

单兵爆破、土工作业、排连进攻、刺杀对抗、周末会操……团司令部下连按“操典”逐一进行验收,指导员竟毫无例外地要做一名战斗员接受考核。

支部建设、季度总结、“双学”评比、党团发展、谈心次数……团政治处要求政治工作渗透在练兵场,指导员的工作包罗万象,很难胜任。

最令我望而生畏的是每星期二早晨那“十公里全副武装越野”,尽管我几次都没跑到过目的地,但每遭下来,小腿肚儿准转筋,有一次还差点虚脱过去。另外,可供转化为“卡路里”的一日三餐,也常使我感到度日如年。馒头、大米、玉米面倒可放开肚皮吃,就是副食太差。我真不晓得造物主赐给人的胃都一样,为啥梁三喜他们竟吃得那般香甜。我几次试图让炊事班长改善一下生活,炊事班长叫苦不迭,说伙食标准没增加,物价日见上涨,要改善伙食也只能做些“金银卷”(白面、玉米面合制),把碗中菜用皮儿包起来(大包子)。

连队驻在深山沟,我有钱也没处下馆子。一次,我到团部开会时从服务社买回两包点心,人面前不敢吃,每次都是趁人不在时慌忙吞两块,那滋味就跟偷了人似的……

掰着指头数日子,我下连差两天还不到一个月。照照镜子:脸黑了!摸摸腮帮:人瘦了!

每次冲澡时我都发现,身上的皮一层一层朝下蜕……

我已两次给妈妈写信,让她尽快展开“外交攻势”。妈妈来信说,她那头好说,准备安排我到军区新闻科当摄影记者,只是我这头还不行。她已给师里有关领导同志写过信打过长途电话,得到的回音是:眼下不是前几年,调动之事切不可操之过急,过急了太显眼,太显眼容易出娄子。让我在连队干半年再调不迟……

天,半年?那我就熬成“瘦骆驼”了!

这天中午,我到营部开会回连,全连已吃过午饭。我到饭堂把炊事班留给我的饭菜胡乱吃了些,便回到宿舍倚在铺上想心事。

猛然间,紧急集合号响了。我忙扎好腰带,走出连部。

只见全连列队站在饭堂门前,梁三喜面对全连,脸上“乌云翻滚”:“……不像话!简直是不像话!”

想不到他的脾气竟是这样大,我第一次见他如此动怒。我不知连里出了啥不像话的事,便悄悄站在队列里洗耳恭听。

“馒头,有人把雪白的一个半馒头扔进了猪食缸!”他用手拍了拍心口窝,“同志们,扪心问一问,感情,我们还有没有劳动人民的感情?嗯?还有没有?!”

我呆了!适才我吃午饭时,炊事班给我留了三个馒头在碗里,我只吃了一个半,便把剩下的扔进了猪食缸……

“解散!”梁三喜怒吼着,把手一挥:“现场参观!”

战士们围着饭堂旁边的猪食缸,叽叽喳喳地议论着。

靳开来把目标对上了段雨国:“段雨国,你这花花公子,说,这是不是又是你干的!”

段雨国大眼一瞪:“吃柿子单拣软的捏,你就看我好欺侮!面对上帝起誓,谁扔的谁是乌龟蛋!”

三班长出面证实,说中午吃饭时没见段雨国扔馒头。靳开来才不吱声了。

梁三喜余怒未息:“谁扔的,可个别找班长、排长讲一下。今晚各班都要召开班务会,好好议一下这种少爷作风!”

也许我对“公子”“少爷”这样的字眼尤为敏感,我当下便认定是梁三喜借一个半馒头整我,是想转着圈子丢我的丑。我心中拱着一团火,扭头疾步回到连部,气鼓鼓地倒在铺上。过了会儿,梁三喜进来了。我怒气冲冲地对他说:“连长同志,要整我,明着来!不必效仿‘文化大革命’先来个发动群众!一个半馒头,是我扔的!”

“指导员,我……不知你去营部开会已回来了。我确实不知那馒头是你扔的。要知道是你,我会同你个别交换意见的。”梁三喜尴尬地解释。

我“腾”一下转过身去,把脸对着墙壁,又听他叹口气说:“指导员,千万别为这事影响团结。我不是表白自己,我这个人……还没搞过那种背后使绊子的事。我和原来的王指导员共事三年多,俺俩争也争过,吵也吵过,有时也脸红脖子粗,但俺俩始终如同亲兄弟,团结得像一个人。”

我仍不吱声。停了阵儿,他喃喃地说:“我这就让司号员小金去通知各班,晚上的班务会,不……不开了。”

为这事我三天没理梁三喜。

这事发生后的一天中午,三班战士段雨国趁梁三喜不在时溜进了连部。

“指导员,别理那‘七撮毛’!”段雨国察言观色地望着我,“大上个月我把吃剩的一块馒头扔进了猪食缸,也是挨了‘七撮毛’一顿好整!”

“什么‘七撮毛’?”

“嘿嘿……是我用艺术手法给连长起的绰号。”段雨国得意地笑着。他从梁三喜那破旧的绿色军用牙缸里取出一支牙刷,“指导员,你瞧瞧,他用的这支牙刷像从垃圾堆里捡来的。一撮,两撮,三撮……哟,不是七撮,是九撮……这不,又掉下一撮来,那么,就叫他‘八撮毛’吧!”

我没搭腔。和梁三喜一个月的相处,我虽没数过他用的牙刷还剩几撮毛,但我早已觉得他是个地地道道的乡巴佬,连一分钱也舍不得乱花。

“每月六十元钱的军官,他连支新牙刷都舍不得买!”段雨国把那“八撮毛”的牙刷扔进牙缸里,“攒钱,就知道攒钱,典型的小农意识!世界已进入高消费的时代,听说日本人衣服穿脏了连洗都不洗,扔进垃圾堆里就换新的。可咱这里,‘八撮毛’竟然借一个半馒头整人,真是滑天下之大稽也!”

看来段雨国是来寻找“同盟军”,跟我搞“统一战线”来了。尽管我对梁三喜已怀有成见,但指导员这职务的最起码的约束,我也不会跟段雨国这样的战士搞在一起。

见我不吭气,他又搭讪道:“指导员,你还不赶快调走呀!”

我一惊:“你听谁说我要调走?”

他笑笑:“这还用谁说,我自己估计呗!”

我沉下脸来:“你……”

“这怕啥哟。”少停，他问我，“指导员，听说你爸爸官挺大，是六级，还是七级？”

“你瞎说些啥！”我有些火了。

“嘿嘿……你的事我多少知道一点呢。”他仍嬉皮笑脸，“事情明摆着，咱们跟‘八撮毛’这些乡下佬在一起，哪有共同语言？哪有共同向往？年底，我就打报告要求复员！”他说罢，又跟我套近乎道，“指导员，你要买大彩电和收录机啥的，给我说一声就行。我爸妈都在外事口工作，买进口货对我段雨国来说，是小菜一碟！价格嘛，保准比市面上便宜一半……”

“我啥也不会托你买！请回吧。”

见我冷冰冰的样子，段雨国才怏怏而去。

…………

十月中旬，梁三喜的休假报告批下来了。他几次打点行装要动身回沂蒙山，但几次又搁下了。

想走又觉得不能走，我看出他的心情是极为复杂和矛盾的。显然，他早已觉出我是个十二分不称职的指导员，他担心他走后我会把连队搞得一团糟……

这天，他去团部参加为期一天的军训会议返回连里，已是晚上八点多了。

灯下，他把军训会议的精神简要对我讲了一下，说转眼就是年终考核，劲可鼓不可泄。说罢，他望着我：“指导员，我想明天就动身休假。这样，回来还误不了年终考核。你看呢？”

“那就走呗！”我漫不经心地回答他。

他把黑乎乎的旱烟末卷起一支，吸了两口，很难为情地对我说：“指导员，我这个人有话憋在心里怪难熬的。前些日子我就听说过，这次去团部开会，我又听到关于你要调走的风言风语。”

我打了个愣。

他接上道：“我想，这也可能是有人瞎传。不过，你真要调走的话，这假我暂时不休了。如果没有那回事，那我明天就动身。”

事情既已点破，我也就不在乎了。我没好气地对他说：“休不休假，你自己看着办！至于有人议论我，舌头长在他们嘴里，我任凭他们说长道短！反正组织上还没通知我，让我调走！”

他没有再说啥。第二天，他没有动身。以后，他再也不跟我提休假的事了。

我和梁三喜以及连里其他干部之间的隔阂，越来越明显了。每逢星期六晚上，连部里空荡荡的，他们早就不愿和我凑到一块儿甩老K、谈老婆、逗笑取乐了。

一天，这里进行正常性的战备教育，按团政治处拟定的教育内容是：把越寇近年来在我广西和云南边境多次进行的武装挑衅，综合起来给战士们讲一次，以激发大家的练兵热情。我便找来一些报纸，念了几篇有关这方面内容的消息、通讯，以及我外交部对越南当局的照会等等。我毫无个人发挥，完全是照本宣读……

下课后，炮排长靳开来竟一本正经地对我说：“指导员，你讲得很不错！飞机上挂暖瓶，你水平高得很哧！放心，啥时打起仗来，我们保证跟着你这当指导员的屁股后头，一个劲地往前冲！”

面对他的讥讽挖苦，我扭头而去……

我调动的事，妈妈抓得越来越紧了。每隔几天，我总会收到她的信。她在信中不断向我说明调动一事的进展，叹息她从来没遇到过这么难办的事……

我本想“曲线调动”的事连里是不会知道的，可世上没有不透风的墙。这时,尽管这里还没谁了解全部内幕,但我来九连是为了调走这一点,不仅连里干部全知道,连消息灵通的部分战士也挤眉弄眼地晓得了。

我苦熬硬撑到十一月底。这天,我又收到妈妈一封信,她在信中告诉我,调动的事总算有眉目了。她让我一旦接到调令,务必尽快离开连队。她在信的结尾部分,煞是神秘地告诉我,说她听说我们这支部队可能有行动。但告诫我:切莫声张!切莫瞎传!

面对两个带叹号的"切莫",我琢磨不透我们这支部队能有啥行动。不错,南边的形势是够紧张的,但那是小打小闹,枪声离我们这里还远着呢!我竟违背了妈妈的叮嘱,趁没人时悄悄把电话挂到师里那位帮我办调动的领导家里,当我把意思拐弯抹角地说明后,对方哈哈笑了起来,说他压根还没听到啥,说我妈妈的神经太过敏了……

我放心了。但我却一天也不愿在连队里熬了。我天天盼着调令快来!

那是一个星期六的晚上,我心烦意乱地到山溪边散了会儿步返回营房。当我走到连部窗前时,听屋内梁三喜和靳开来在高声谈论,我便悄悄停下来。

靳开来:"连长,除了那件大衣是新的,你总共就那么点破家当,又穷鼓捣啥!"

梁三喜:"伙计,你也抽空拾掇拾掇吧,看来是快开拔了。"

靳开来:"开拔?见鬼,往哪开拔?"

梁三喜:"往南边!你不觉得该打一仗了?"

靳开来:"仗看来是要打的。可全国这么多军队,你咋知我们这支部队要往前开?"

梁三喜:“你别问了,等着瞧就行了。”

靳开来:“连长,是不是上面已给你透风了?……怎么,对咱还保密呀!”

梁三喜:“上面没谁给我透风。该咱连级干部知道的事,老百姓也差不多知道了。”

靳开来:“那,你是……”

梁三喜:“我是从指导员他母亲那里得来的消息。”

靳开来:“活见鬼,那老娘们儿能给你啥消息!”

梁三喜:“你真是个直肠子。你就没想想,为啥她对指导员的调动抓得那么急?我听团里的干部干事说,这些天指导员的母亲几乎天天往师里打电话……”

靳开来:“嗯,有道理!听说那老娘们儿神通广大,她知道消息要比师长、军长还早呢!”

梁三喜:“这不就得啦。我看部队在十天、八天之后要上前线!这事你千万要保密,决不能瞎嚷嚷。”

靳开来:“奶奶的!只要是共产党坐天下,那老娘们儿胆敢在部队上前线时把她儿子调回去,看我靳开来不自费告状到北京!”

…………

十天之后我终于拿到了调令!

然而,想不到梁三喜竟能料事如神!当我就要离开连队时,一声令下,我们这支部队果真要上前线,要开拔!

当天,炊事班一下便宰了四头猪,但却来不及吃了!

进亦难,退更难。我处在万分矛盾当中!

“滚蛋,你给我赶快滚蛋!”忠厚人梁三喜一下变成靳开来,他面对我劈头盖脸地痛骂,“奶奶娘!你可以拿着盖有红印章的调令滚蛋，我可以再请求组织另派一位指导员来！但是，养兵千日，用兵一时！军人，你不会不知道你穿的是军装！现在，你正处在一道坎上，上前一步还好说，后退一步你是啥？有的是词儿，你自己去想！你自己去琢磨！”

五

长龙般的专列闷罐车载着武器和士兵，昼夜兼程。在九连坐的两节闷罐子里，有我这拿到调令没敢退却的指导员。

不用梁三喜直接骂，我当然也晓得，军人效命沙场，应当义无反顾。倘若我在这种时候离开这支部队，那将是对军人称号的最大玷污！众口啐我是“逃兵”算是遣词准确，破口骂我是“叛徒”也毫不过分……

部队开到云南边防线，大家才知道这所谓边防实际上是有边无防。可红河彼岸，我们用肉眼便可看到一个挨着一个的永备性、半永备性的碉堡工事。如果拿起望远镜，就能清晰地看见那瞄准我们胸膛的黑洞洞的射击孔。而我们这边，多年来却一直高喊把自己的国土，当作对方“最辽阔的大后方”……

如今，在迫不得已的情况下进行还击，一切都显得紧迫而仓促。一下涌来这么多部队，安营首先成了大问题。团以上指挥机关挤进了地方机关的办公室；连队则分散在深山沟里，用青竹、茅草、芭蕉叶和防雨布，搭成了各式各样的“营房”；为防空防炮，还常常住进那刚挖的又潮又湿的猫耳洞……

当我们九连听了边民有家不能归的控诉，现场参观了河口县托儿所被越寇用机枪横扫后的惨状后，求战书像雪片一样飞到连部。尽管上级不提倡写血书，连里还是有几位战士咬破了中指……可我这个当指导员的，人虽跟着九连来了，心里却仍在打小鼓。我懊丧自己自作自受，我后悔当初不该放着摄影干事的美差不干，来到这九连搞啥“曲线调动”！眼下，我唯一的希望是离开这战斗连队，回到军机关……

于是，我便悄悄找军里和我要好的同志，让他们侧面反映一下，以工作需要为名，把我重新调回军机关。恰在这时，军党委做出一个十分严厉的决定：凡在连队和基层单位的高干子女，一律不准调到机关里来。已经调的要坚决送回基层，个别因有利于打仗确实需要调的，不管他是干部还是战士，均需军党委审批才能调动。否则，按战时纪律予以追究。

我听后，心里凉了半截。

梁三喜对我的态度倒还够意思。在他骂我滚蛋时我没还嘴，见我跟着连队来了又没离开连队，他不仅没再向我投来鄙视的目光，反而像我刚下连时那样主动找我商量工作。我还觉察到，他已给连里的其他干部做过工作了。当我们坐着闷罐车朝前线开时，一路上靳开来曾不时地说些风凉话给我听，扬言说战场上他将摽着我，一旦发现我有叛变的苗头，他会给我一粒“花生米”尝尝……而眼下，他见到我尽管脸还放不开，但大面上也总算说得过去了。

连队进入了临战前的突击性训练。为适应在亚热带山地丛林中作战，团里让我们九连练爬山，练穿林。这比那“十公里全副武装越野”，更够人喝一壶的。梁三喜累得嗓音嘶哑，眼球充血，嘴唇龟裂，那瘦削的脸膛更见消瘦了。就连被誉为“轻型坦克”的靳开来，脸颊也凹陷了。至于我，那就更不用提了。我累得晚上睡觉连衣服都懒得脱，常产生那种“还不如一颗流弹打来，便啥也不知道才好”的念头……

我和妈妈已有二十多天中断了联系。来到前线后，料她也无神通可施展了，我也就懒得再给她去信。这天，从后方留守处转来连队一批信件，其中有我三封。一封是柳岚从军医大学写来的，她在信中质问我为啥接到调令后还不回去，讥笑我是不是想当什么英雄了。她毫不掩饰地写道：现在的大学生宁肯信奉纽约伯德罗埃岛上的铜像（自由女神），也决不崇拜斯巴达克斯……另外两封信是妈妈写来的。头一封信她让我离开连队动身时给她拍个电报，她好派车到车站接我回家。第二封信她已觉出事情不妙，似乎也深知在这种时刻调我回去的利害关系。她问我是否因周围有不良反应才没走成，如果觉得实在不能调走，那就无论如何也得离开连队，重回军机关工作方为上策。

妈妈的“上策”和我的心思吻合了。

此时，我多么想赶快离开九连回军部啊！而重回军部的希望，只能寄托在雷军长身上。这时，我想起了妈妈多次给我讲过的她救过“雷神爷”一命的往事：

一九四三年秋，近三万名日寇纠合吴化文、刘桂堂（即刘黑七）等部的皇协军，对山东沂蒙山区进行大规模的拉网扫荡。当时，雷军长是山东军区独立团的一营营长，妈妈是团所属“地下医院”的指导员（因医院的所谓床位不过是一些堡垒户的炕头，故称地下医院）。一营在掩护山东分局机关和渤海银行机关转移时，被敌包围了。人称“雷神爷”的雷营长，率全营四百余众与敌展开血战。战斗从上午十时许打响直到黄昏，机关安全转移了。这时，“雷神爷”所率的四百余众尚存不足百人，而且大都挂了彩。“雷神爷”也多处负伤,奄奄一息倒在血泊中。担负救护任务的妈妈,借着暮色的掩护,冒着纷飞的弹雨,在一片死尸堆里寻找还未死去的伤号。当妈妈用手一捂“雷神爷”的嘴,觉出“雷神爷”还有一丝呼吸,便将他背在身上,从死尸堆里一步一步爬了出来……

为躲过敌人的清剿,妈妈把“雷神爷”安置在一个非常隐蔽的山洞里。妈妈把一头乌发推成光头,从乡亲们那里借得一顶瓜皮式旧毡帽戴在头上,腰缠一根猪鬃绳腰带,扮成一个看山林的穷小子,日夜守护着“雷神爷”。妈妈千方百计地为“雷神爷”寻找药物。没有绷带,她把自己唯一的一床被面用开水消毒后,撕成了条条……

一个电闪雷鸣的雨夜,妈妈听到洞外有声声怪叫。出得洞来,借着一道闪电,妈妈发现有四五只狼睁着绿森森的眼睛,嗥叫着向洞口涌来。显然,是“雷神爷”的伤口腐烂,让野狼嗅到了味儿。妈妈将驳壳枪上了顶门火,但怕暴露目标又不敢鸣枪。她便抓过一把镐头立在洞口,与饿狼对峙到天色破晓……

妈妈承受了一个女同胞极难承受的艰险,精心护理“雷神爷”,终于使“雷神爷”死而复生。

在“雷神爷”康复归队那天,他紧紧攥着我妈妈的手说:“有恩不报非君子,我雷神爷走遍天涯海角,也忘不了你这女中豪杰!”

这真是生死之交!没有妈妈,你“雷神爷”能活到今天当军长吗?!要知道,我是妈妈唯一的儿子,尽管你“雷神爷”摆出副“铁面包公”的架势,可妈妈在最关键的时刻求你点事,难道你真会不帮忙吗?再说,我本来就是军机关里的人,军机关也要参战,调我回去并不是啥出大格的事嘛!只要你“雷神爷”说一句“这是工作需要”,那就名正言顺了!

想到这些,我忙给妈妈写了封信,火速发出。

我们在阵地上度过了春节。这时,各连的干部配备进行了较大的调整。我们九连的副连长调到团司令部作训股任侦察参谋去了,曾发牢骚说自己是“鸡肋”的炮排长靳开来,被任命为副连长……

一个星期又熬过去了。我估计妈妈已收到我的信,我盼着妈妈快写信给“雷神爷”!

战前的训练已停止,各连都在反复检查携带的装备,开始养精蓄锐了。

迟了! 我调回军部的事看来是办迟了!

二月十四日晚上(后来才知道,此时距十七日凌晨发起进攻,只有五十小时),师里组织排以上干部看内参电影《巴顿》。

看完电影,已是夜里十一点了。师参谋长通过扩音器大声宣布,说军长正忙着最后审定我们师的作战方案,让大家静坐等待,一会儿军长要来讲话。

“嗬,我们的巴顿要来讲话了!”不知是谁这样小声喊了一句。

我知道,在座的好多人看完《巴顿》后,是很容易把军长跟巴顿将军联想在一起的。

少顷,人们探头探脑地说军长来了。我一瞧,正是“雷神爷”驾到!

雷军长身高顶多有一米七〇出头,是个干练的瘦老头儿,绝没有巴顿将军的块头。但他却比巴顿更令他的同僚和部属敬畏。他平时走路也按“每步七十五公分”的“操典”进行,腰板笔直,目光平视,一举一动都显出军人的英武和豪迈,将军的自信和威严。

他捷步登上土台子,师参谋长忙把麦克风给他左右矫正了一下。

军长用目光环视了一下这设在山间的露天会场，那俯瞰尘寰的架势告诉人们，他，他统率的这个军，永远是天下无敌的！

这时，只见他脱下军帽，“砰”地朝桌子上一甩，震得麦克风动了一下。

仅此一甩帽，会场便骤然沉寂。静得像无波的湖水，连片树叶儿落下也会听得见。

在我们军里，谁没听说过雷军长“甩帽”的轶事啊！

那是一九六七年“一月风暴”席卷神州之后，军机关所在地C市的左派要夺市委的大权，“中央文革小组”顾问康生亲自打电话给军里，让军方支持C市左派夺权，并指出军里可派一名主管干部，任C市“三结合”红色新政权的第一把手。在此之前，军里派出的支左观察小组已把得来的情况报告过军长，军长已知道参加夺权的那位造反派头头，是个偷鸡摸狗的人物；而准备参加“三结合”的那位革命老干部，则是军长早就一见就烦的“滑头派”……

军长主持召开军党委会，把军帽猛地朝桌上一甩：“不怕罢官者，跟我坐在这里开会！对那帮乌合之众要夺市委的大权，我雷某决不支持！怕丢乌纱帽者，请出去！请到红色新政权中去坐第一把交椅！”……

甩帽的后果：他丢了军长的职位，被押进了学习班。

C市左派夺权后搞得实在太不像话。一年之后，连“中央文革”也不喜欢他们了，军长这才从禁闭式的学习班回到军里。但是，军长的职位早有人占了，他便成了个无行政职务的军党委常委。接着，林彪抓什么“华野山头”，他又一次在军党委会上甩帽，为陈老总评功摆好……

根据军党委会议记录，十年中军长曾四次甩过军帽。对于甩帽的后果，有几句顺口溜作了描述：“军长甩军帽，每甩必不妙，不是蹲班房，就是进干校。”

眼前，这“雷神爷”为何又甩帽？人们目瞪口呆！

只见他在台上来回踱了两步又站定，双手叉腰，怒气难抑。

终于，炸雷般的喊声从麦克风里传出：“骂娘！我雷某今晚要骂娘！！”

谁也不晓得军长为啥这般狂怒，谁也不知道军长要骂谁的娘！

他狂吼起来：“奶奶娘！知道吗？我的大炮就要万炮轰鸣！我的装甲车就要隆隆开进！我的千军万马就要去杀敌！就要去拼命！就要去流血！！可刚才，有那么个神通广大的贵妇人，她竟有本事从几千里之外，把电话要到我这前沿指挥所！此刻，我指挥所的电话，分分秒秒，千金难买！可那贵妇人来电话干啥？她来电话是让我给她儿子开后门，让我关照关照她儿子！奶奶娘，什么贵妇人，一个贱骨头！她真是狗胆包天！她儿子何许人也？此人原是我们军机关宣传处的干事，眼下就在你们师某连当指导员！……”

顿时，我脑袋“嗡”地像炸开一样！军长开口骂的是我妈妈，没点名痛斥的就是我啊！

骂声不绝于耳：“……奶奶娘！走后门，她竟敢走到我这流血牺牲的战场上！我在电话上把她臭骂了一顿！我雷某不管她是天老爷的夫人，还是地老爷的太太，走后门，谁敢把后门走到我这流血牺牲的战场上，没二话，我雷某要让她儿子第一个扛上炸药包，去炸碉堡！去炸碉堡！！……”

排山倒海的掌声淹没了“雷神爷”的痛骂，撼天动地的掌声长达数分钟不息……

军长又讲了些啥，我一句也听不清了。

那一阵更比一阵狂热的掌声，送给我的是嘲笑！是耻辱!! 是鞭笞!!!

…………

我差点晕了过去。我不知是梁三喜还是谁把我扶上了卡车，我也不知道下车后是怎样躺进连部的帐篷的。

当我从痴呆中渐渐缓过来，我放声大哭。

"哭啥，哭顶个屁用！"梁三喜愤慨地说，"不像话，你母亲实在太不像话！她走后门的胆子太大了！"

我仍不停地哭。梁三喜劝慰我说："谁都会犯错误，只要你能认识到不对，就好。仗还没打，战场上有改正错误的机会。"

眼泪哭干了，我又处于痴呆的状态中。

天将破晓了，一片议论声又传进帐篷：

"军长骂得好，那娘们儿死不要脸！"

"战场上谁敢后退，就一枪先崩了他！"

是谁在这样说啊，声音嘈杂我听不真。

"奶奶的！说一千，道一万，打起仗来还得靠咱这些庄户孙！"是靳开来在大声咋呼，"小伙子们，到时候我这乡下佬给你们头前开路，你们尽管跟在我屁股后头冲！死怕啥，咱死也死个痛快！"

"哼，连里出了个王连举，咱都跟着丢人！"啊，那又尖又嫩的童音告诉我，说这话的是不满十七岁的司号员金小柱！我下连后，小金敬我这指导员曾像敬神一般！可自打我拿到调令那天起，他常噘着小嘴儿朝我翻白眼啊……

"别看咱段雨国不咋的，报效祖国也愿流点血！咱决不当可耻的逃兵！"

啊，连"艺术细胞"段雨国也神气起来了……

我麻木的神经在清醒，我滚滚的热血在沸腾！奇耻大辱，大辱奇耻，如毒蛇之齿，撕咬着我的心！

我乃七尺汉子，我乃堂堂男儿！我乃父母所生，我乃血肉之躯！我出生在炮火连天的沂蒙战场上，我赵蒙生身上不乏有勇士的基因！我晓得脸皮非地皮，我知道人间有廉耻！我，我要捍卫人的起码尊严！我要捍卫将军后代的起码尊严！！

我取出一张洁白的纸，一骨碌爬起来冲出帐篷。

我面对司号员小金："给我吹紧急集合号！"

小金惊呆了，不知所措。

"给我紧急集合！"

梁三喜跟过来轻声对小金说："吹号。"

面对全连百余之众，我狂呼："从现在起，谁敢再说我赵蒙生贪生怕死，我和他刺刀见红！是英雄还是狗熊，战场上见！"

说罢，我猛一口咬破中指，在洁白的纸上，唰！唰！唰！用鲜血写下了三个惊叹号——"！！！"

说到这，赵蒙生两手捂着脸，把头伏在腿上，双肩在颤动。我知道，他已陷进万分自责的痛苦中。

"咔"的一声响，又一盘磁带转完了。过了会儿，我才轻轻取出录好的磁带，又装进一盘。

良久，赵蒙生才抬起头来，放缓了声调，继续对我讲下去——

六

我们团受领的任务是打穿插。即在战幕拉开之后，全团在师进攻的正面上，兵分数路从敌前沿防线的空隙间猛插过去，楔入纵深,断敌退路,在保证大部队全歼第一道防线之敌的同时,为后续部队进逼敌人第二道防线取得支撑点。

我们三营任团尖刀营,九连受命为营尖刀连。这就使我们九连一下在全团乃至全师居于钢刀之刃、匕首之尖的位置上!

上级交给我们九连的具体任务是:在战幕拉开的当天,火速急插,务必于当天下午六时抵达敌364高地前沿,于次日攻占敌364高地,并死死扼守该高地。

从地图上看:由无名高地和主峰两个山包组成的364高地,距我边境线直线距离有四十余华里。位于通往越南重镇A市的公路左侧,是敌阻击我南取A市的重要支撑点。

据情报得知:364高地上有敌一个加强连扼守,阵地前设有竹扦、铁丝网,布有地雷,高地上有敌炮阵地,多梯次的堑壕和明碉暗堡……

是军长要实践他第一个让我炸碉堡的诺言,还是因九连是全团军事训练的先行连,才使这最艰巨的任务一下便落到我们九连的头上?(全营各连曾为争当尖刀连纷纷求战,而营、团两级几乎是毫无争议地便拍板定了我们九连,并说是军长点头让九连先上。)对于这些,我不愿去琢磨了。

全连上下都为当上了尖刀连而自豪。但大家更明白:摆在我们九连面前的,将是一场很难想象的恶仗!

按照步兵打仗前的惯例:全连一律推成了锃亮的光头,一是为肉搏时不致被敌揪住头发,二是为头部负伤时便于救治。

炊事班竭尽全力为全连改善生活,并宣布在国内吃的最后一顿饭将是海米、猪肉、韭菜馅的三鲜水饺。我发现,即使每月拿六元津贴的战士,会抽烟的也大都夹起了带过滤嘴的高级香烟。连从来都抽劣等旱烟末的梁三喜，竟也破例买了两盒“红塔山”。靳开来对我已明显表示友好，他不知从哪里买来两瓶精装的“五粮液”，硬拉我和其他连、排干部一起醮一口……

人之常情啊，这一切都在告诉我，大家都想到将去决一死战，都想到这次将会流血牺牲。而在告别人生之前，要最后体味一下生活赐予人的芳香！

连里已决定一排为尖刀排。党支部再次开会，商定连干部谁带尖刀排。

团里搞新闻报道的高干事列席了我们的支委会。当上级把尖刀连的重任交给我们连之后，他便来到连里搜集求战书和豪言壮语。显然，一旦我们九连打出威风，那将是他重点报道的对象。

支委们刚刚坐下，靳开来便站起来说：“这个会根本不需要再开嘛！查查我军历史上的战例，副连长带尖刀排，已是不成条文的章程！既然战前上级开恩提我为副连长，给了我个首先去死的官衔，那我靳开来就得知恩图报！放心，我会在副连长的位置上死出个样子来！”

高干事没有在他的小本上记，这些牢骚话显然毫无闪光之处。

我沉痛表示：“执行军长让我第一个炸碉堡的指示吧，这尖刀排，我来带！”

“指导员，你……”梁三喜严肃地望着我，“咋又提起那件事？尖刀排，哪能让你带！”

靳开来接上道：“指导员，我靳开来已觉出你是个有种的人！已过去的事我不提了，也不准你再提起！从现在起，我们将患难相依，生死与共！指导员是连队的中枢神经，要死，第一个也轮不到你！”

他的话充满真诚的感情，我眼里一阵发热。

梁三喜刚提出要带尖刀排，就被靳开来大声喝住："连长，少啰唆，要带尖刀排，比起我靳开来，你绝对没有资格！"

我和高干事都一愣。

靳开来接着对梁三喜道："当然，讲指挥能力，我靳开来从心里服你；论军事素质，你也比我靳开来高一筹！我说的资格是：我靳开来兄弟四个，死我一个，我老父老母还有仨儿子去养老送终，祖坟上断不了烟火。可你梁三喜，你家大哥为革命死得早，二哥为他人死得惨，惨啊！就凭这，不到万不得已，你梁三喜得活下来！"他转脸对我和高干事，"你们不知道连长家的事……咳！我这个人，就愿意把话说得白一些，尽管说白了的话难听……"

我心里沉甸甸的。下连这么久了，我竟对连长的身世一无所知！看来，连长家中不知遇到过啥样的不幸。而眼下我们已来不及去聊那些事了。

靳开来擦了擦发湿的眼睛："连长，我说句掏心话，全连谁'光荣'[②]了，我都不会过分伤心，为国捐躯，打仗死的嘛！唯独你，如果有个万一……你那白发老母亲，还有韩玉秀怎么办……咳！小韩该是早已经生了，可你还不知她生的是男是女啊！"

梁三喜摆了摆手，声音有些颤抖："副连长，别说那些了！"

我眼里阵阵发潮。怪我，都怪我这不称职的指导员，使连长早该休假却没休成！

"行了。别开马拉松会了。顺理成章，带尖刀排的事，是我的。"靳开来拍板定了音。

接着，我们又进一步设想行动后可能遇到的难题，议论着对付困难的办法。

散会时,靳开来对高干事笑了笑:“喂,笔杆子!一旦我靳开来‘光荣’了,你可得在报纸上吹吹咱呀!”说着,他拍了拍左胸的口袋,“瞧,我写了一小本豪言壮语,就在这口袋里,字字句句闪金光!伙计,怕就怕到时候我踏上地雷,把小本子也炸飞了,那可就……”

梁三喜:“副连长!你……”

靳开来:“开个玩笑嘛!高干事又不是外人,怕啥?”……

一切都准备好了,但一切又是何等仓促。

二月十六日下午,从兄弟部队调到我们团一大批战斗骨干,都是班长以下的士兵。团里照顾我们这尖刀连,一下分给我们十五名。显然,他们是日夜兼程风尘仆仆刚刚赶到前线。抱歉的是,我们既没有时间组织全连欢迎他们,甚至连他们的名字都来不及登记,就三三两两地把他们分到各班,让他们和大家一起去吃“三鲜水饺”去了!

夜幕降临,我们全连伏在红河岸边待命。

战斗打响前,最大权威者莫过于表的指针,人们越是对它迟缓的步伐感到焦急,它越是不肯改变它那不慌不忙的节奏。当它的时、分、秒针一起叠在十二点上时,正是十七日凌晨。

骤然,一声炮响,牵来万声惊雷,千百门大炮昂首齐吼!顿时,天在摇,地在颤,如同八级地震一般!长空赤丸如流星,远处烈焰在升腾,整个暗夜变成了一片深红色。瑰丽的夜幕下,数不清的橡皮舟和冲锋舟载着千军万马,穿梭往返,飞越红河……

此时,一种中华民族神圣不可侮的情感在我心中油然而生,我更感到自己愧为炎黄子孙!

全连在焦急的等待中迎来了破晓。早晨七时半,冲锋舟把我们送到红河彼岸。

刚过河,就看到从前沿抬下来的烈士和伤员,连里几个感情脆弱的战士掉泪了。

靳开来不知从哪里搞来一把傣家大刀,他把银灼灼的大刀当空一抡:“掉啥泪?哭个尿!把哭留给吃饱了中国大米的狗崽子们!看我们不揳得他们鬼哭狼嚎!”说罢,他转脸对为我们九连带路的华侨说,“老哥,你在身后给我指路,一排,跟我来!”

尖刀排沿两山间的峡谷朝前插去。梁三喜和我率领大家急速跟进。

刚插进不多远,便遇上一群被我正面攻击部队打散的敌兵。他们用平射的高射机枪、枪榴弹、冲锋枪,三面朝我连射击。

“卧倒!”梁三喜一把将我摁倒,厉声下达命令:“三排,占领射击位置,打!”

梁三喜手中的冲锋枪打响了。少顷,三排的轻、重机枪一齐“咕咕咕”叫起来。

我刚端枪瞄准敌人,梁三喜转脸对我喊道:“我带三排留下掩护,你带大家尽快甩开敌人!”

“我留下!”说着,我射出一串子弹。

“执行预定方案,少废话,快!”

梁三喜的话是不容反驳的。我的指挥能力,怎能同他相比啊!

我带二排和炮排匍匐前进躲过敌射界,纵身跃起,紧紧尾随尖刀排上前急插……

十时许,梁三喜才率三排跟了上来。他用袖子抹了抹满脸硝烟和汗水,沉痛地告诉我,有两名战士牺牲了,一名战士负了重伤。烈士遗体和伤号已交给担任收容任务的副指导员……

越南北部山区,草深林密,路少坡陡。杯口粗的竹子紧紧挤在一块,砍不断,推不倒,硬是像道道天然屏障。芭茅草、飞机草高达两米以上。草丛中夹着杂木,杂木中盘着带刺的长藤。节令还不到“雨水”,这里的气温竟高达三十四五摄氏度。这一切,都给我们急速穿插的尖刀连带来不可想象的困难。

我们心急火燎地沿无路可寻的山沟插进,只见尖刀排在前面停住了。跟上去一看,面前是三米多宽、两米多高的木薯林,钻过去无空隙,爬上去又经受不住人。靳开来手抡傣家大刀,左右横飞,为全连砍通道路……

这时,营长在报话机中呼叫,问我们九连的位置,梁三喜忙展开地图,现地对照。一个扛着八二无后坐力炮的战士凑过来,瞧了几眼地图,一下用手在地图上指点说:“在这儿,错不了,这就是我们九连的位置。”

梁三喜点了点头,看了看眼前这位昨天下午刚补进我连的战士,便对着报话机向营长报告了九连所处的位置。

报话机中传来营长焦急的声音:“太慢!太慢!加快速度!要加快速度!”

“是!”梁三喜回答营长后,站定身对全连命令道:“把背包、多余的衣服,统统扔掉!尖刀排继续头前开路,二、三排和连部的同志,协助炮排携带弹药!”

战士们立即照办了。梁三喜的决定无疑是十分正确的。步兵排每人负重六十多斤,炮排每人负重九十多斤,要加快穿插速度,是得扔掉一些不急需的玩意儿才行啊!

当这一切办完之后,梁三喜问眼前那位识图能力极强的战士:“你,是从哪个部队调来的?”

“北京部队。”

“叫啥名字？”

“嘿，说名字一时也记不准。我们刚补进来的十五名同志，就我自己是从北京部队来的。干脆，就叫我‘北京’好了。”

这自称“北京”的战士，稍高的个头，长得挺秀气，浓眉下的眼睛一闪一眨，热情，深邃，奔放，显得煞是聪敏。

“那好，你就跟在我身边行军。”梁三喜说。显然，他已觉得身边急需这位很有一套的战士。

我们加快了穿插速度。在通过一道山梁时，又两次遇到小股敌人的阻击。仍是由梁三喜率三排断后掩护，我们很快就甩开了敌人，拼死拼活地往前插……

营长不时地在报话机中询问我们的位置，每次都嫌我们行动迟缓。

下午三时许，营长又一次呼叫我们。战士“北京”又很快在地图上找到了我们的位置。

梁三喜向营长报告后，报话机中的营长火了：“师、团首长对你们行动迟缓极不满意！极不满意！如不按时抵达指定位置，事后要执行战场纪律！执行战场纪律！！喊赵蒙生过来对话。”

梁三喜移动了一下，我蹲到报话机旁。

“赵蒙生！赵蒙生！你战前的表现你清楚！刚才军长在报话机中向我询问过你的表现！你要当心，要当心！政治鼓动要抓紧，要抓紧！不然，战后你跳进黄河洗不清，洗不清！……”

我的头皮又嗖嗖发麻。梁三喜推开我。

“营长同志，政治鼓动很重要，很重要！但是我们没空多啰啰！有啥指示，你快说！”

“梁三喜，你别嘴硬！战场纪律，对谁都是无情的！”

营长的喊话停止了。从尖刀排位置折回身来的靳开来，牢骚开了："娘的！让他们执行战场纪律好了！枪毙，把我们全枪毙！他们就知道用尺子量地图，可我们走的是直线距离吗？让他们来瞧瞧，这山，是人爬的吗？问问他们，路，哪里有人走的路！……"

"副连长，少牢骚！"梁三喜额角上的青筋一鼓一跳地蠕动着。

靳开来不吱声了。

梁三喜厉声对战士们命令："武器弹药携带好，每人留下两顿饭的干粮，另外是水壶，水壶绝对不能丢！其余的，统统扔掉！"

…………

没有亲身经历这场战争的人，压根儿想象不出我们这尖刀连在穿插途中的窘迫之状。为争取按时抵达指定地点，我们冒着酷热在亚热带高山密林中穿行，上山豁出命来爬，下山干脆坐下连滑加滚，一个个衣服全扯碎了，身上青一块、红一块……

太阳沉下去了，四周影影绰绰，我已辨不出东西南北。腿早已不打弯了，我跟着大家死死地往前蹿。当听见梁三喜说已到达指定位置时，我一头栽倒了。

梁三喜架起我做惯性运动。我定了下神，见全连绝大部分战士也都倒在了地下。

梁三喜边架扶着我边命令："都起来，互相协助，活动一下。"他突然松开我，轻声呼唤，"小——金，小金！"

我一看，只见司号员小金栽倒在面前的草丛中。

梁三喜晃动着小金："小金！金小柱……"

听不见小金的声音。

我和梁三喜忙把小金身上的装备卸了下来：冲锋枪、子弹带、十二枚手榴弹、飘着红缨穗的军号、两包压缩饼干、水壶，另外，还有沉重的四发八二无后坐力炮弹——显然,这是他在穿插途中,遵照连长的指示,从炮排战友身上,背到了他的背上……

梁三喜坐下把小金扶起,让小金倚在他怀中。他取过小金的水壶晃了下,听见有点响声,便将水壶对上小金的嘴:"小金,醒醒,喝点水……"

小金嘴唇紧闭,毫无反应。

我忙给小金做人工呼吸,但无济于事。

我用手一摸,小金的心脏已停止了跳动!

梁三喜眼中涌出滴滴泪珠。他用毛巾擦拭着小金脸上的泥垢和汗渍。小金那长长的睫毛垂了下来,胖乎乎的两腮上,各有一个浅浅的小酒窝……

他还没来得及为全连进攻吹响冲锋号,他没能杀敌立功,就这样安详地睡去了,永远地睡去了。

事后,我反复想过,如果小金不给炮排背那四发炮弹,他也许不会……也许因为他太年轻,也许他的心脏或身体的某个部位本来有点小毛病,使他承受不了如此剧烈的穿插所带来的劳累。啊,这位不满十七岁的士兵是累死在战场上的!

此刻,我抚摸着他那圆鼓鼓的手,抽泣着。我下连后,就是这双手,曾天天早晨给我打好洗脸水,把牙膏都给我挤在牙刷上;就是这双手,曾给我一次次地洗军装;也是这双手,在那"十公里全副武装越野"时,将摔倒的我扶起来……我年龄几乎比他大一倍,可我……小金呀,原谅我吧,我不会是个永远都不称职的指导员!

战争期间,时间是以分秒计算的。当我们到达 364 高地前沿时,已是晚上八点零二分。比上级指定的到达时间,误了一百二十二分钟!

然而,我们九连是问心无愧的。

七

梁三喜命令各班检查了装备,武器弹药没有丢损,只是大部分战士已把水壶和干粮全扔在穿插途中了。他让各排把仅有的干粮和水集中起来分配。吃了一顿半饥不饱的共产式的"大锅饭"之后,全连基本上粮尽水绝了。

我的水壶和干粮也在穿插途中扔掉了。梁三喜塞给我半包压缩饼干我没接,我瞒他说自己还有吃的。他把小金留下的水壶硬是塞给了我。我怎忍心喝小金留下的水啊!我把那半壶水连同小金为炮排背来的四发炮弹,一起交给了炮排……

夜,黑得像看不到边、窥不见底的深潭。

山崖下的灌木丛中,梁三喜召集各班、排长围拢在一起,研究下一步的行动。他在暗夜中铺开地图,借着圆珠手电笔那圆圆的光点,用手点了点由无名高地和主峰两个山包组成的364高地。接着,他让那位带路的华侨,谈一谈364高地敌人设防的情况。

我们的向导,是位三十四五岁的庄稼汉。穿插途中,我们派两位体格最棒的战士空手拉扯着他,才使他和我们一起赶到目的地。他是在越南当局反华、排华时蒙难回国的,他原来的家离这364高地不远,但遗憾的是,他对敌军事方面的布防所知甚少。他仅告诉我们,从七四年春开始,就看到有越南鬼子在前面的两个山包上构筑碉堡和工事,别的,他啥也不知道了……

面对敌人苦心经营的364高地,大家思忖着。

梁三喜已把战士"北京"视为连里的"高参",此时,他对挨在他身边的“北京”说：“‘北京’同志，先谈谈你的想法吧。”

“那好。我先谈点不成熟的设想，以便抛砖引玉。”战士“北京”说，“我连现已脱离大部队，孤军揳入敌腹。在缺乏强有力炮火支援的情况下，要攻占面前的两个山头，谈何容易！敌人居高临下，以逸待劳，颇有‘一夫当关，万夫莫开之势’。这就决定了我们的打法，切莫强攻，必须巧取。”

“说得很有道理。”梁三喜催促，“继续说下去。”

“现在我连已断粮缺水，一时又不能补充，行动必须迅速，趁敌尚未察觉我们，我建议战斗不应在明日，而宜在今夜展开。先拉开一个小小的战斗序幕。”

“序幕？”梁三喜问。

战士“北京”接上说：“对。孙子云：‘知己知彼，百战不殆。’这小小的序幕是：一、先设法破坏敌阵地前沿的雷区，撕开一道豁口，以便全连接敌；二、以步兵排实施火力佯攻，引敌暴露火力点的位置；三、我炮排和步兵排的爆破组，借暗夜接近敌火力点，在隐蔽好自己的前提下，离敌火力点愈近愈佳。这样，待明晨拂晓，便可以迅雷不及掩耳之势，夺下无名高地，取得立足点。然后，才有可能考虑下一步。”

想不到这年轻的战士“北京”，竟对兵家之事如此谙熟，我颇有些折服了。

大家小声议了一阵，一致认为战士“北京”的设想，切实可行。

这时，“北京”又说：“入伍后，我一直在步兵营八二无后坐力炮连当战士。在北京部队时，我参加过几次师里组织的山地进攻实弹演习。要讲摧毁敌火力点，‘八二无’堪称一绝。它最大射程是一千米③，绝就绝在进行肩炮直瞄发射时，我们可以把炮口当刺刀！

山地作战,每块岩石下都可隐蔽自己。我打过多次百米内肩炮射击,其准确程度如同把枪口直指敌人的肚皮,百发百中。眼下,我们是山地攻坚,如果采用远射程射击,倘若一炮打不准,敌碉堡里的机枪饶不了冲锋的步兵战友!我看,四〇火箭筒也定要在五十米,甚至是三十米的距离上发射,做到弹无虚发。可别小瞧越南鬼子,他们打了多年的仗,拼起来是些亡命徒!因此,我们非得冒风险,下绝法子治他们不可!"

梁三喜说:"'北京'同志说得十分有理。'八二无'和四〇火箭筒发射时要近些,再近些!必须做到一炮摧毁一个敌碉堡!不然,后果大家都清楚。一排长,行动还是从你们尖刀排开始,你们先用成捆的手榴弹,引爆敌人的地雷……"

靳开来急不可待:"娘的!说干就干!先来十捆手雷,每捆五枚!"

梁三喜按住要行动的靳开来,又周密地进行了具体分工。

末了,梁三喜对我说:"指导员,战斗要提前打响,按说应该报告营里。可在敌人鼻子底下用报话机呼叫,那就等于把我们的行动报告给了敌人。你看怎样?"

我当即说:"不必报告了。两座山头反正得我们去攻,早攻下来总比晚拿下来好!"

战士"北京"说:"指导员说得极是。将在外,君命可有所不受。"

行动开始了。

靳开来率尖刀排把一捆捆手榴弹甩往雷区。随着手榴弹的爆炸,引来阵阵地雷的爆炸声……

迎着爆炸后呛人的梯恩梯味儿,全连在炸开的豁口上,迅速、安全地爬过了雷区。

这时,实施火力佯攻的三排,轻、重机枪早已一齐响起来。无名高地上敌各处的火力点喷吐出火舌。霎时间,山上山下一片枪声……

我默数着敌火力点,对梁三喜说:“十二个,有十二个敌火力点。”

“不,还多,最少是十三个。”

按打响前的分工,梁三喜和我各带炮排的两个班和步兵排组成的爆破组,从无名高地左右两侧朝前运动,去潜伏到敌人的碉堡下。

靳开来和我一起行动。有他在,我心里坦然多了。此时,他这炮排长出身的副连长,手握着火箭筒,身背着火箭弹,跃跃欲试要去炸碉堡了。

三排的轻重机枪打打停停,各处的敌碉堡不时喷吐出火舌,为我们指引着行动的目标……

我正上前爬着,靳开来扯扯我的衣服,悄声对我说:“别慌,你跟在我后面!”

近了,不时喷出火舌的碉堡,离我们越来越近了……

午夜时分,无名高地上完全静了下来。

“啾儿,啾儿……”“唧唧,唧唧……”纺织娘、金钟儿、蛐蛐儿,还有一些不知名的虫儿,轻轻奏起了小夜曲。

我和靳开来偎依在山岩下的茅草丛中。

他是个不甘寂寞的人,他贴着我的耳根问:“指导员,你,在想啥?”

“我……没想啥。”

他突然冒出一句:“你,没想你老婆吗?”

“这种时候,我可顾不上想她了。”

“你老婆肯定很漂亮吧? 洋味的?”

“带点洋味。不过,还是土气点的厚道。”

过了会儿,他又悄声自言自语:“我那小男孩四岁了,长得跟我一个熊样。下月六号是他的生日。咳……真想能抱过他亲他几口。”

我们开始闭目养神。这时,我才觉出,被汗水多次浸透的军装已硬似铁甲,双腿沉得像两根木椽一样不能打弯,周身热辣辣的胀痛。

“丁零零……”头顶上传来电话铃声。接着是咿里哇啦的喊叫声。噢,是敌堡里的敌人打电话。神经一收缩,身上的疲惫感顿然消失了。

置身于敌人的碉堡之下,我才深深地感到,这里已绝对没有啥将军后代和农民儿子的区分了。我们将用同样的血肉之躯,去承受雷,去承受火,去扑向死神,去战胜死神,一起用热血为祖国写下捷报!

八

乳白色的晨雾像纱幔一样轻轻飘散,东方显出了朦胧的光亮。三颗红色信号弹腾空而起,梁三喜发出了冲锋的信号!

这时,卧在我身边的靳开来早已跃起身,他倚在岩石一侧,肩扛四〇火箭筒,眨眼间便扣响了扳机。但闻“轰”的一声巨响,敌碉堡刚喷出一缕火舌,便腾空飞上了天!

几乎是同时，离我有三十余米远的战士“北京”也扛起“八二无”，只见他身子一动，肩后便喷出长长的火龙④。

“指导员，隐蔽！”随着靳开来的喊声，我忙卧倒在岩石下。被炸碎的敌碉堡水泥块儿，像雨一般唰唰落在四周。

一声声巨响接二连三地传来，无名高地上腾起一股股硝烟气浪。显然，从左侧接敌的梁三喜他们，也进展顺利……

靳开来和战士“北京”朝前跃进，我率火力掩护组迅速占领了有利地形。这时，无名高地顶端右侧，又有两个碉堡喷出火舌……

“打！”我趴在轻机枪后扫射着，掩护组一齐压制敌火力，把敌人的火力引过来了。

靳开来和“北京”各扛着自己的家伙，分别绕到敌堡一侧，真是炮口当刺刀，他们离敌堡都只有五十米左右的样子。只听两声巨响，又见两个敌堡飞上了天！

声声巨响过后，我们纷纷跃起身，饿虎扑食般冲上了无名高地。这时，从左侧出击的梁三喜他们也扑过来了。

扼守在堑壕中的敌人想负隅顽抗，我们劈头盖脸便是一顿猛扫，既来不及喊啥“诺松空叶”（缴枪不杀），也来不及呼啥“宗堆宽洪毒兵”（我们宽待俘虏），敌人还没明白过来是咋回事时，便死的死，窜的窜了……

战斗进行得如此干净利落。前后只用了十多分钟。

梁三喜激动地拍着战士“北京”的肩说：“行！真不愧是从北京送来的战斗骨干！战后，我们首先为你请功！”说罢，他大声命令大家：“赶快清理阵地，进入堑壕，防敌反冲锋！”

大家立即进入敌人遗弃的堑壕，做好战斗准备。

我当时万万没想到，战斗从这时起便进入了极其残酷的时刻。

事后，我们才清楚，仅这无名高地上就驻有敌一个加强连，而主峰上则是敌人的营部和一个101迫击炮排。

眼下，主峰上的敌人把一发发炮弹倾泻到无名高地上。炮弹呼啸着，在我们占领的堑壕周围炸开。浓密的烟雾，像一团团偌大的黑纱，罩在我们头顶上，遮住了太阳，遮住了蓝天。泥土、石块、敌人丢弃的枪支，和着炮弹片的尖叫声，狂飞乱迸……

每当炮击过后，敌人便从三面发起冲锋。

由于我们取得了立足点，敌人的头两次反扑，很快便被我们压下去了。但是，连里已有八名同志牺牲，十一名同志负了伤。

敌人又一次极为疯狂地炮击之后，第三次反扑开始了。

我和靳开来每人抱着一挺轻机枪，带领一排扼守在阵地西侧。这时，三十余名敌人在他们的火力掩护下，喊着、叫着，分梯次向我们扑来。

我们向敌猛烈扫射。因敌三次反扑的时间相隔太短，不大会儿，我们的枪管都打红了，不能继续射击了。

“快，拿手榴弹来！多，要多！”靳开来把帽子一丢，亮出了光头。

幸好，敌人丢弃的阵地上，到处是成箱的弹药和横七竖八的枪支，而且全是中国制造。我忙搬过一箱手榴弹，递给靳开来几枚。

“拧开盖，全给我拧开盖！”靳开来吼叫着，顺手便甩出了几颗手榴弹，“换枪，都快换枪！”

眼前有靳开来这样的勇士，懦夫也会壮起胆来！是的，越怕死越不灵，与其窝窝囊囊地死，倒不如痛痛快快地拼！

我把手榴弹盖一个个拧开，靳开来两手左右开弓，把手榴弹“嗖嗖”甩向敌群。战士们抓紧时机换了枪……

敌人射来的子弹暴雨般在我们面前倾泻，蝗虫般在我们身边乱跳。有几个战士又倒在堑壕边牺牲了。每分钟内，我们都承受着上百次中弹的危险！

……战争，这就是战争！它把人生的经历如此紧张而剧烈地压缩在一起了：胜利与失败、希望与失望、亢奋与悲恸，瞬间的生与死……这一切，有人兴许活上三十年、五十年，不见得全部经历到，而战争中的几天，甚至几小时、几分钟之内，士兵们便将这些全部体味了！

阵地前又留下一片横倒竖歪的敌尸，敌人的第三次反扑，又被我们打退了。

主峰上的敌人已停止炮击，战场沉寂下来。

我和靳开来走至堑壕中间地段，碰上了梁三喜，见他左臂上缠着绷带，便知他在刚才打退敌人反扑时挂花了。我和靳开来忙察看他的伤口，他抬起左臂摇了摇："不碍事，子弹从肉上划了一下，没伤着骨头。"

战士们把烈士遗体一个个安放在堑壕里。初步统计，全连伤亡已接近三分之一……

没有人再流泪了。是的，当看惯了战友流血时，血不能动人了！当看惯了生命突然离开战友时，活下来的人便没有悲伤了！只有一个念头，复仇！！

这时，梁三喜见三班战士段雨国倚在三班长怀中，便问："怎么，小段也负伤了？"

"没有。"三班长说，"他晕过去了，渴的。嘿，小段也算不简单，拂晓进攻时，他只身炸了一个敌碉堡。"

"看不出这小子也算有种！"靳开来不无夸奖地说。

我们坐了下来。梁三喜把他的半壶水递给三班长:“快,全给他喝下去。”

三班长不接,梁三喜火了:“战场上,少给我婆婆妈妈的!”

三班长把水壶里的水慢慢倒进段雨国的嘴里。过了会儿,段雨国苏醒了。

三班长对小段说:“这是连长的水,全连就他这半壶水了!”

段雨国慢慢睁开眼,望着梁三喜。他的嘴嚅动着,泪水顺着脸颊淌下来……

我们尝到了上甘岭上的那种滋味。

在敌人反扑的间隙,梁三喜已两次派出战士在这无名高地周围到处找水,找吃的。别处均没发现有水,就敌人营房旁边有口井,但是,经过卫生员化验,井中已放上毒了。敌人已撤离的营房里,大米倒不少,一麻袋一麻袋的,麻袋上全印着“中国”的字样。可没有水,要大米有啥用啊!

时已中午,赤日当头,烤得我们连喘气都感到困难了。

三班长望了望我和梁三喜,嗫嚅地说:“山脚下……有一片甘蔗地……”

靳开来像是没听见三班长的话,朝我伸出手:“指导员,还有烟吗?娘的,我的烟昨天穿插时跑丢了!”

我摇了摇头。出发前我带着两条烟,穿插时被我扔掉了。

梁三喜掏出他的“红塔山”,一看,还剩两支。他递给靳开来一支,将另一支折一半给了我。

靳开来点起烟,贪婪地吸了两口:“指导员,是否让我去搞点‘战斗力’回来?”

我当然知道他说的“战斗力”是什么,便站起来说:“让我带几个战士去吧，搞它一大捆来！”

靳开来站起来把我按下：“还用你去？你当指导员的能有这个话，我就高兴！这犯错误的事，我哪能让你们当正职的去干！反正我靳开来没有政治头脑已经出了名，如果不死在这战场上，回国后宁愿背个处分回老家！”

战前，上级曾严厉地三令五申：进入越南后，要像在国内那样，坚决执行三大纪律八项注意，不准动越南老乡的一针一线。违者，要加倍严肃处理。

靳开来又牢骚开了：“自己的老百姓勒紧了裤腰带，却白白送给人家二百个亿！今天，奶奶的，我不信二百个亿就换不了一捆甘蔗！”说罢，他转脸对三班长，“带上三班，跟我走！”

靳开来跃出堑壕，带三班走了。

我和梁三喜有气无力地在堑壕里走着，察看各班、各排的情况。全连又有三个伤号，因流血过多和缺水牺牲了。活下来的同志们个个口干舌燥，偎依在烈日下的堑壕里，连说话的劲都没有了……

渴得要命。水，在这种情况下，不也可以说是战斗力的重要组成部分吗?!

梁三喜也坚持不住了，他和我坐下来。他倚在堑壕边上，长吁了口气。

猛然间，从高地右下方传来“轰”的一声响，我和梁三喜认为是主峰上的敌人又要进行炮击前的试射，忙一下站起来，让战士们进入射击位置，做好击退敌人反扑的准备。可等了会儿，却不见一点动静。

这时，三班长扛着一大捆甘蔗，跑进堑壕：“不，不好了！我们回来的路上，副连长踩响了地雷！他……他干啥事都非得他走在前头不行，他……”三班长放声哭了。

不大会儿，三班的战士们把靳开来抬到堑壕边沿，我和梁三喜忙上前把靳开来接进堑壕里。

他躺在地上，左脚被炸掉了，浑身到处是伤。我们忙为他包扎。

他极度痛苦地翻了下身，把我们推开：“不，不用包扎了……我，不行了。让……让大家吃……甘蔗吧……”

“副连长，你……”梁三喜一头扑在靳开来身上，抽泣起来。

靳开来用手抓摸着梁三喜的肩：“连长，你……多保重！我……死了也没事，还有他们弟兄三个……”

“副连长……”我呜咽着。

靳开来侧脸望着我：“指导员，我……是个粗人，说话冲，你……多原谅……”

“副连长……”我哭出声来了。

他吃力地用手指了指他左胸的上衣口袋：“指导员，帮我拿……拿出来，不是什么豪言壮语，是……是全家福……”

我脑中倏地闪过他跟高干事说过的话，忙将手伸进他的口袋，拿出一看，是一张照片。照片上有他、他的妻子和一个四岁左右的小男孩……

我含泪忙把照片拿到他眼前，他用颤抖的手接过照片：“我……要去了，让我最后再……再看一眼……”

赵蒙生哽咽着，讲不下去了。

过了会儿，他擦了擦泪对我说：“副连长靳开来就是这样牺牲的。现在想起他来,使我揪心难过的并不全在于他的死。”

段雨国插话:“回国后评功评模,指导员多次向团里为副连长请功。但是,副连长连个三等功也没能立上!”

赵蒙生接上说:“如果按个人取得的战果评的活,我们副连长绝对可以评为战斗英雄!如果他口袋里果真有一小本豪言壮语,那就更能宣扬出去!可当我们如实把他在战场上的英勇表现写成材料报到团里,团里有人说:‘靳开来此人,思想境界一贯不高,是个牢骚大王。战前提他当副连长,他说让他去送死!再说,他是为一捆甘蔗死的,严重地破坏了三大纪律八项注意且不说,死得不值得嘛!’”

“值得,他死得完全值得!”段雨国嚷起来,“是人都会有缺点,他发牢骚也不是没缘由的!不管别人怎么说,副连长在我们九连的心目中,永远是大义凛然的英雄!没有他搞来的那捆甘蔗,我们当时都渴晕了,我们能攻上364高地主峰吗?!”

我们三人都沉默了。

过了一大阵子,赵蒙生长叹了口气,接下去讲述这场未完的战斗。

九

战斗愈来愈残酷了。

当我们每人把分到的两根甘蔗刚刚嚼完,主峰上的敌人居高临下,又一次向我们实施炮击。这次炮击比前几次更疯狂,更凶狠,炮击持续了长达半小时之久。无名高地上,我们作为依托和立足点的堑壕,前后左右,到处弹坑累累。扑面的硝烟使我们睁不开眼,浓重的梯恩梯味儿呛得我们喘不过气。

炮击刚停,主峰山半腰的两个敌堡,用平射的高射机枪、轻重机枪,向我们这无名高地扫射……

显然,敌人是要从南面反扑了!

“三排,压制敌火力!”梁三喜大声喊道。

我们刚从堑壕里探出头,便见一群敌人已爬上堑壕前的陡崖,离我们只有十几米了!

“打!”梁三喜边喊边端起轻机枪,对着敌群猛扫!全连奋起向偷袭过来的敌群开火,瞬间,阵地前的敌人便被我们打得如同王八偷西瓜,滚的滚,爬的爬……

这群敌人是从主峰上下来的。他们趁炮击时我们无法观察,便越过主峰和无名高地间的凹部,偷袭到我们的阵地前沿。真险啊,如果我们稍迟几秒钟发现他们,他们就扑进我们的堑壕里来了!

当敌人的反扑又被我们打退后,敌我双方又平静下来。

这时,报务员跑到梁三喜跟前,说营长在报话机中呼叫九连。

梁三喜极其简要地向营长报告了我们攻下无名高地的经过。营长在报话机中告诉我们:营指挥所和营所属另外三个连队,离我们这无名高地直线距离还有十华里左右。预定的穿插计划因战局发展被打乱,他们已不能按预定方案按时到达预定位置了。眼下,三个连队正分头扼守山口要道,阻截从第一线溃逃下来的敌兵,保证大部队全歼逃敌。因此,他们一时腾不出兵力来支援我们。营长还收回了他昨天对我们的批评,并传达了师、团首长对我们九连的嘉奖令,说我们昨天的穿插速度是相当惊人的!……

是的,当他们也在我们昨天的穿插路上走一走时,他们便会晓得我们九连为啥误了一百二十二分钟!

"困难,你们有啥困难吗?"营长问。

"伤亡已超过三分之一,断粮断水!"梁三喜喊道,"水,主要是缺水!"

"坚持,你们想办法坚持!要坚持到明天头午,我们才能上去!"少停,营长喊道,"团首长指示,如果攻下主峰有困难,你们就坚守在无名高地上,等我们上去再说!"

"不行,我们不能在这无名高地上坚持!要死,也只有到主峰上去死!"

"怎么?你是梁三喜还是靳开来,牢骚不轻呀!"

"报告营长,靳开来已经牺牲,我是梁三喜!"梁三喜脸色铁青,"主峰上有敌人的迫击炮阵地,一个点地朝我们头上打炮。如果在这无名高地上坚持到明天头午,九连必将全连覆没!"

…………

跟营长通罢电话,梁三喜对我说:"指导员,召开个党员会吧。"

我忙通知党员开会。这时,一些不是党员的战士,也纷纷把他们早写好的火线入党申请书递到我手上,问我可不可以列席参加党员会。我心里一热,忙说:"可以,绝对可以!"

此时要求入党,绝不是去领取一张谋取私利的通行证,而是准备向党献出一腔热血!

梁三喜对围拢过来的党员、非党员说:"我们不能再被动挨炮了,要主动出击!我提议组成党员突击队,去拿下面前的主峰,去占领敌炮阵地!"

战士"北京"接上说:"连长的话极有道理。看来主峰上敌兵力并不多,他们主要是靠炮来杀伤我们。只有我们站在敌炮阵地上,我们九连才能有点安全感。”

梁三喜望了望众人，宣布了两道命令，任命战前刚提升的炮排长为代理副连长，任命战士“北京”为代理炮排长。

说罢，他问我：“来不及碰头商量了。指导员，你看怎样？”

我连连点头同意。眼下让谁升官，既不需升官者为自己“走后门”，更不需有人为升官者当说客，说文了叫“受命于危难之际”，说白了便是靳开来的话，给你个带头去死的差事！

战士“北京”对梁三喜说：“连长，这种时候我是不会谦虚的。说实话，让我指挥一个炮排，我还是颇能胜任的。不过，我用‘八二无’去炸敌碉堡还有点绝招，因此，我觉得让我作为一名炮手去行动，更能见成效。”

梁三喜一听有理，点头同意了“北京”的要求。

以党、团员为主的突击队组成了。

梁三喜当即决定：由新任命的代理副连长和他带队，分头从主峰左右侧去攻占主峰。他让我和三排留下扼守无名高地，掩护他们出击……

“连长，你的胳臂已负过伤了！”我吼了起来，“如果你觉得我赵蒙生还有种，这突击队由我来带！”

“少废话！你有没有种，战场上大家不都看见了吗！”梁三喜的眼里射出不容分说的光，“可讲指挥能力，你还不过关！行了，趁敌还未炮击，要分秒必争！”他转脸对战士“北京”一挥手，“带足炮弹，你和弹药手们先顺坡滑下去，速度越快越好！”

无名高地和主峰间是个“V”形，我阵地面前的坡崖坡陡七十多度，而坡崖又完全暴露在主峰之敌的射界下。当战士“北京”抱着“八二无”炮身，和弹药手们急速从坡崖上滑下去时，主峰山半腰的两个敌碉堡,便开始不停地封锁扫射……

“三排,压制吸引敌火力!”梁三喜命令。

三排对准敌碉堡开火,但狡猾的敌人并不理会,仍不时地朝我面前的坡崖实施拦阻扫射……

要通过这完全暴露在敌射界之下的坡崖,谈何容易啊!

梁三喜皱起眉头。稍停,他对突击队员们大声喊道:“看着点!都按我的样子办!”

说罢,只见他把一挺轻机枪抱在怀中,趁敌射击间隙,飞身跃出堑壕,猛地朝山下滚进,滚进……

我惊呆了!一个基层指挥员在战斗最紧要的关头,他把忠诚、勇敢和智慧所包含的全部内容变为沉着,继而从沉着中又产生出这果断而不惜赴汤蹈火的行动!

他成功了。

突击队员们学着他的样子,瞅准敌射击间隙,一个个先后“噌噌”跃出堑壕,滚进,急速朝坡崖下滚进……

过了会儿,敌人停止扫射。无名高地上安静无事,我心中越发不安。我问自己:“你不是立誓要血洗自己的耻辱吗?那你为啥不像梁三喜那样去冲锋?!”

敌人又开始拦阻扫射了。我抓过冲锋枪抱在怀中,对三排喊道:“你们坚守,我过去!”

我大步跨出堑壕,横身倒在坡崖上,拼命往山下滚进……

我当时想的是:都是爹娘生的,连长梁三喜是人,我也是人,他能去做的事,我这当指导员的也应照着去做,才算称职!

也怪,滚到山间,除了感到周身麻木外,竟不觉得疼。

主峰上下全是一人多深的芭茅草,一接近它,便躲过了敌人的射界。我火速爬着赶上了梁三喜他们。梁三喜见我来了,也没责怪我。

三排仍不时向敌人射击,敌人也不断还击。我们在草丛中攀援而上,去接近敌堡……

爬了一大阵子,猫起腰便看见敌堡了。

战士“北京”对梁三喜说:“连长,距离最多有五十米。放心,绝对不用打第二炮,干吧!”

梁三喜点头同意。

弹药手当即把炮弹装进炮膛。少顷,战士“北京”肩起“八二无”炮身,“噌”地站起来,扣动了扳机!然而,没见炮口喷火!

战士“北京”一下卧倒在地。敌人的子弹“嗖嗖”从我们头顶上飞过……

“怎么?是臭弹?”梁三喜问。

“嗯。是发臭弹。”“北京”说着,回脸望了望弹药手。弹药手赶忙爬过来开栓退出臭弹,将另一发炮弹装进了炮膛。

稍停,“北京”又肩起炮,猛地站起身,又一次扣响了扳机,却又一次没见炮口喷火!

“嗒嗒嗒嗒……”敌人一串子弹射来,战士“北京”一头栽倒在地上!

“‘北京’!‘北京’同志……”我和梁三喜同声呼唤着。

一切都发生在瞬息之间!

战士“北京”倒在血泊中,身上七处中弹。中的是平射过来的高射机枪子弹,处处伤口大如酒盅,喷出股股热血……

啊,倒下了,一个多么优秀的士兵又倒下了!他连哼一声也没来得及,眨眼间便告别了人生!他二十出头正年轻,芬芳的生活正向他招手！他是那样机敏果敢，他是多么富有才华！昨天晚上，他还以将军般的运筹帷幄，为我们攻打无名高地献出了令人折服的战斗方案！可此刻，他竟这样倒下了！他从北京部队奔赴前线补到我们连，到眼下才刚刚两天，我们还不知道他叫啥名字啊！五十米的距离上，他不瞄准也绝对有把握一炮一个敌碉堡！可臭弹，该死的两发臭弹！！

梁三喜怒对爬到眼前的弹药手："他的死，你要负责任！"

弹药手沉下头不吱声。我知道，梁三喜这是由极度悲恸产生的激怒，而激怒又变为这无谓的埋怨！在同生共死的战场上，有哪位弹药手愿意出现臭弹啊！

"怎么两发都是臭弹？嗯！"

"早晨打无名高地时，就已出现过一发臭弹。"弹药手伤心地回答梁三喜，"为啥是臭弹，你看看弹身上的标号就晓得……"

梁三喜从战士"北京"身下的血泊中，取过那发退出膛的臭弹看了一眼，递给了我。我一看，只见弹身上印着：一九七四年四月出厂。

弹药手嘟囔说："'批林批孔'的年月里出的东西，还能有好玩意儿！那阵儿，到处都停工停产搞大批判，军工厂的工人也都不上班……"

啊，我心里一阵冷飕飕！那令人不寒而栗的动乱年月，不仅给人们造成了程度不同的精神创伤，还生产出这样的臭弹！如今臭弹造成的恶果，竟让我们在这生死攸关的战场上来吞食！

"奶奶的！"梁三喜气得像靳开来那样骂娘了，"要是再为了争权夺利，今天你搞他，明天他整你，甚至连死了两千多年的孔老二也拉出来批，我们就没个好！不用敌人打咱们，自己就把自己搞垮了!”

这时,山左侧传来一声令人振奋的巨响,不用问,那是新上任的代理副连长带着战友们,把敌碉堡炸掉了!

我们上面敌堡中的枪又急骤地响起来,一串串子弹从我们头顶上掠过……

梁三喜问弹药手:“还有几发炮弹?”

弹药手说:“还有九发。有六发是七四年四月出厂的。”

“真他娘的见鬼!扔了,把那六发全给我扔掉!”梁三喜气极了,厉声对弹药手,“你动作快点,给我拿发好弹来!”

梁三喜从战士“北京”身下双手摸过血染的炮身,把那发还在炮膛中的臭弹一下退出,愤然放在一边。弹药手赶忙拿起一发炮弹,一下装进了炮膛。

梁三喜肩起炮身,说时迟,那时快,他猛地站起来,眨眼间便见炮口喷火!炮弹“轰”地炸开,敌碉堡被炸得粉碎……

碎石泥尘还在唰唰下落,我们便跃起身,迎着硝烟气浪向前扑去!

上来了!上来了!从左右两侧出击的突击队员,还有从主峰正面待机冲锋的步兵一排,一齐呐喊着,冲上了山顶!

我们,终于站在了364高地主峰上!

“注意搜索残敌!”梁三喜命令说。

我放眼望去,山顶上敌堑壕里一片狼藉,空无一人。位于山顶右侧的炮阵地上,有十几门横倒竖歪的101迫击炮,遍地是待发的炮弹,还有那一箱箱未开封的炮弹箱摆在周围……这时,我才更觉出梁三喜判断的准确,决策的正确!如果不攻占这炮阵地,我们坚守在无名高地上是会全连覆没的!

山顶上到处是巉岩怪石。我们沿着堑壕南边向西搜索。

段雨国兴冲冲地来到我和梁三喜身边:"连长、指导员,胜利啦,我们终于胜利啦!这次战斗,能写个很好的电影剧本!"

我望着段雨国那副乐样儿,真没想到他也攻上了主峰!

"隐——蔽!"只听身后的梁三喜大喊一声,接着我便被他猛踹了一脚,我一头跌进堑壕里!跟着传来"嗒嗒嗒"一阵枪响……

当我从堑壕里抬头看时,啊!梁三喜——我们的连长倒下了!

我不顾一切地扑过去。

"连长!连长!"我一腚坐在地下,把他扶在我怀中……

他微微睁开眼,右手紧紧攥着左胸上的口袋,有气无力地对我说:"这里……有我……一张欠账单……"

一句话没说完,他的头便歪倒在我的胳臂弯上,身子慢慢地沉了下去,他攥在左胸上的手也松开了……

我一看,子弹打在他左胸上,打在了人体最要害的部位,打在了他的心脏旁!他的脸转眼间就变得蜡黄蜡黄……

"连长!连长!"战士们围过来,哭喊着。

"连——长!"段雨国扑到梁三喜身上号啕起来,"连长!怪我……都怪我呀……"

梦,这该是场梦吧?战斗就要结束了,梁三喜怎么会这样离开我们!当理智告诉我,这一切已在瞬息间千真万确地发生了时,我紧紧抱着梁三喜,疯了似的哭喊着……

讲到这,赵蒙生两手攥成拳捶打着头,泪涌如注。他已完全置身于当时的场景中了。

我用手擦着不知啥时流下的泪,为梁三喜的死感到极为惋惜和沉痛。

过了良久,赵蒙生才抬起泪脸,喃喃地对我说:“子弹,是一个躲在岩石后面的敌人射过来的。显然,梁三喜最先发现了敌人,如果他不踹我那一脚的话,他完全来得及躲开敌人,可为了我,他……”

段雨国内疚地哽咽说:“怪我,都怪我啊!怪我当时让胜利冲昏了头脑,才使指导员光顾了跟我说话,才使连长他……”

停了会儿,赵蒙生接上说:“痛哭过后,我想起梁三喜临终前没说完的那句话,我从那热血喷涌的弹洞旁边,从他那左胸的口袋里,发现了这……”赵蒙生说着,从一本硬皮日记本里,拿出一片纸,用瑟瑟发抖的手递给我,“你……你看看……”

我接过一看,这是一张血染的纸条。这纸条是三十二开笔记本纸的小半页,四指见方。烈士的笔锋刚劲,字迹虽被血浸染过,但依然清晰可辨。只见上面写着:

我的欠账单

借:本连司务处120元

借:团部刘参谋70元

借:团后勤王处长40元

借:营孙副政教50元

……

梁三喜烈士留下的这张欠账单上,密密麻麻写着十七位同志的名字,欠账总额是六百二十元。

我顿感头皮麻嗖嗖的!眼下,我虽还不知梁三喜为啥欠了这么多的账,但我已悟出,为啥赵蒙生在前面的讲述中,一再讲到梁三喜抽的是黑乎乎的旱烟末,连块手表也没有,用的牙刷只剩“八撮毛”……

赵蒙生叹息了一声，对我说：“三年多来，这血染的欠账单一直像沂蒙山中那古老的碾盘一样，重压在我的心上。每每看到它，我便百感交集。我常常这样想，梁三喜临终前那句没说完的话是：‘这里有我一张欠账单，我欠的账还没偿还，还没偿还啊……’”

我们又陷入沉默中。

过了会儿，我问：“那么，最后战斗是怎样结束的？”

赵蒙生仍在擦泪，没有回答我。

段雨国说：“当时，一串子弹射来之后，我见连长倒在地上，我误认为连长是就地卧倒隐蔽。我抬头一望，见前面岩石上有个黑影，一晃便不见了。我跑过去一看，也没见敌人在哪里。这时，又过来几位战士，我们一齐搜索，才发现岩石右下侧有个洞口。我反回身来想报告连长时，见连长已牺牲在指导员的怀中。我扑上去就哭起来……当我含泪告诉指导员敌人已钻洞，指导员疯了般地站起来，喊着要手榴弹……”

赵蒙生摆手制止段雨国：“算了，算了！不必讲那些了！”

“实事求是嘛！总得让如实记录这个故事的作者同志，对这场战斗有个大概的了解。”段雨国接上对我说，“……指导员把十几枚手榴弹捆在一起，谁也拽不住他，他像疯了一样跑到洞口边，一下就钻进洞去。过了会儿，我们先是听到一阵枪声，接着是闷雷般的巨响。当时大家心想，指导员肯定牺牲了。我们打着手电，一个个钻进洞中，先把指导员抬了出来，见他额角上流着血，臀部也负了伤，他人事不省了。接着，我们呼啦啦拖出九具敌尸，洞中的九名敌人，全让指导员那捆手榴弹给报销了！……”

“行了，别塑造我的形象了！”赵蒙生内疚地说，“比比梁三喜、靳开来、战士‘北京’、司号员小金，我算个啥？我不过是让军长和战友们骂上战场的懦夫而已！如果说我还没有愧为炎黄子孙，那是烈士们用热血净化了我的灵魂。”停了停，他望着我，“不过，使我的心灵受到更大更剧烈震动的事情，还不是在战场上，而是在打完仗之后发生的。那石头人听了也会为之动情的故事，我当时万万没有想到，你现在也绝对猜不到。那么，让我给您继续讲下去吧——”

十

我们九连就打了这一仗。

当我抱着手榴弹闯进敌洞时，洞内漆黑啥也看不见。我贴着洞壁朝前摸，摸进十几米，才听见里面有动静。敌人显然也听到我进来了，射来一串子弹，却没有打中我。借着洞中一块岩石的掩护，我将一捆手榴弹拉了弦，扔了过去。之后，我就啥也不知道了。

后来，是代理副连长带领大家，像掏老鼠洞一样又掏了两个敌洞，又炸死了十三个敌人，战斗便胜利结束了。

我是被自己甩出去的那捆手榴弹炸晕的。由于那块岩石遮挡，我伤得并不重。这时，我们营的七连奉命赶到364高地，接替了我们九连。

我先是被送到师战地医院，接着又转到国内。十几天后，我的伤就痊愈了。

整个部队班师回国，凯旋门前是人海鲜花，颂歌盈耳；庆功宴上是玉液琼浆，醇香扑鼻。当活下来的我重新体味生活的美好和芳香时，一想起连里殉国的英烈们，我的心情就分外沉重。

部队展开了评功活动。军里决定报请军区，授予我们九连“能攻善守穿插连”的荣誉称号。经过群众评议，我们九连党支部决定报请上级党委，分别授予梁三喜、靳开来，还有不知姓名的战士“北京”为战斗英雄称号……

对梁三喜和“北京”同志，团里没有争议。对靳开来，不管我们党支部怎样坚持，却连个三等功也不批！这时，有人竟提议授予我英雄称号，说我在战斗最困难的时刻，第一个只身闯进敌洞炸死九个敌人，称得上什么“模范指导员”！

我被刺眼的镁光灯和接踵来访的记者包围了。

记者们对我好像尤其感兴趣，连我的名字也具有特别的诱惑力。有位记者说我当年出生在沂蒙战场上，现在又在战场上立了功，很值得宣传。他以抢新闻的架势找到我，对我进行单独采访。并说他已想好了一篇通讯的题目：正题是《将门生虎子》，副题——记革命家庭熏陶下成长起来的英雄赵蒙生。他让我围绕着这个题目提供材料。我当即把我参战前后的情况如实给他说了一遍，一下打乱了他的构思。但他仍坚持要宣扬我，并说了一大套理由：什么报道要有针对性啦，用材料要去芜取精啦，因此不需面面俱到，要以正面表扬为主……

我坚决拒绝了他：“要写，就真真实实地写，别做‘客里空’式的文章！”

是的，战争刚刚结束，烈士尸骨未寒，我怎敢用烈士的鲜血来粉饰打扮自己！

评功活动完结后，接着进行烈士善后工作。我们连在全团是伤亡最大的连队。团里派出专门的工作组，来帮助我们做这项工作。

烈士善后工作进行极为顺利。烈士的亲属们深知亲人是为国捐躯,个个深明大义,没有谁向我们提出过任何超出规定的要求。他们最关心的是亲人怎样牺牲的。我向他们一一讲述烈士的功绩,并把授给烈士的军功章捧献给他们……

但是,当我面对靳开来的妻子和那四岁的小男孩时,我为难了。我向烈士的遗孀和幼子,讲述了副连长怎样带尖刀排为全连开路,怎样炸毁了两个敌碉堡,又怎样坚守无名高地消灭敌人。当然,我省去了副连长带人去搞甘蔗的事,我只说副连长在阵地前找水踩响了地雷……

当靳开来的遗妻抬起泪眼望着我,对这位来自河南禹县一个公社社办棉油厂的合同工,我已无言安慰。所有烈士亲人都有一枚授予烈士的军功章(大部分是三等功),唯独她没有……

我拭泪把我的一等功军功章双手捧给她:"收下吧,这是我们九连授给一等功臣靳开来烈士的勋章!"

这位憨厚纯朴的女合同工,双手接过军功章捧在胸前凝望着。过了会儿,她才把这军功章连同靳开来烈士留下的那张全家福一起包进手帕,小心翼翼地珍藏起来。

她带着那四岁的小男孩,不声不响地离开了连队。

谢天谢地,她并不晓得连队是无权决定给谁立功的(哪怕是记三等功)!我默默祝愿,祝愿那枚军功章能使她在巨恸中获得一丝慰藉,也企望那四岁的孩童在晓明世事之后,能为父辈留给他的军功章而感到自豪!

烈士亲属们都一一返回了,唯独不见梁三喜和"北京"同志的亲属来队。团政治处已给山东省民政部门发了电报和函件,请他们尽快通知梁三喜烈士的亲属来队。战士"北京"的真实姓名,在部队回国后我们通过查找对号，得知他叫薛凯华。参战前一天从兄弟军区火速赶来的那批战斗骨干，团军务股存有一份花名册。当时把他们急匆匆分到各连后，几乎所有的连队都没有来得及登记他们的姓名。因此，全团有好几个连队都出现了烈士牺牲时不知其姓名的事情……

团、师、军三级党委，决定重点宣传梁三喜的英雄事迹，让我们连多方搜集梁三喜烈士的遗物、照片、豪言壮语以及有宣传价值的家信等等，以便送到军区举办的英雄事迹展览会上展出。

当我着手组织搞这项工作时，确实作难了。

梁三喜的遗物，除了一件一次没穿过的军大衣外，就是两套破旧的军装。团里派人把两套旧军装取走了，因那打着补丁的军装，足能说明烈士生前身先士卒，带领全连摸爬滚打练硬功。团里听说梁三喜有支"八撮毛"的牙刷，又派人来连寻找，因那"八撮毛"的牙刷，足能说明烈士生前崇尚俭朴。然而，很可惜，在那拼死拼活的穿插途中，梁三喜已把牙刷、牙缸全扔在异国的土地上了……

至于照片，我们到处搜集，也没能找到梁三喜生前的留影。最后，我们从师干部科那里，从干部履历表中，才找到一张梁三喜的二寸免冠照。这为画家给烈士画像，提供了唯一的依据……

我是多么悔恨自己啊！我曾身为摄影干事，下连后还带着一架我私人所有的"YASHICA"照相机，却未能为梁三喜摄下一张照片！

至于梁三喜写下的豪言壮语和信件，我们也一无所获。梁三喜是高中二年级肄业入伍的，按说他应该写下很闪光的文字，但是，我们只找到一本他平时训练用的备课笔记本，全是些军事术语，毫不能展现烈士的思想境界……

参战前后，他在戎马倥偬中为我们留下的，就是那张血染的欠账单！

这天，我把欠账单拿到团政治处，想让团领导们看一下。然而，无独有偶，团政治处的同志告诉我，这样的欠账单并不罕见。在全团牺牲的排、连干部中，有不少烈士欠着账。五连牺牲了四个干部，竟有三个欠账的。这些欠账的烈士，全是清一色从农村入伍的。他们欠账的数额不等，其中，梁三喜的欠账数额最多。

看来，我对从农村入伍的排、连干部，以及那些土里土气的士兵们的喜怒哀乐，是多么不知内情啊！

时间又过去了几天，仍不见梁三喜烈士的母亲及妻子来队。我多次催团政治处打听联系。这天，政治处来电话告诉我，他们已数次给山东省民政部门去过长途电话，查问的结果是：梁三喜烈士的母亲梁大娘、妻子韩玉秀，她们抱着个刚出生三个多月的女孩，起程离家已十多天了。

啊，十多天了？乘汽车、坐火车，再乘汽车……我掰着指头算行程，她们祖孙三代早该赶到连队来了呀！莫不是路上出了啥事？那可就……

我后悔自己工作不细，恨当初为啥不建议团政治处，让连里派人赶往山东沂蒙山，去接她们祖孙三代来连队……

我们连驻地不远有公共汽车停车点，我派人到停车点接了几次没接到，我更是忧心忡忡，日夜不安……

这天中午，师里的吉普车开进连里。我一看，是妈妈来了！

我忙把妈妈迎进宿舍里，给她倒了杯水：“妈……今天刚赶来？”我不知说啥是好。

“咳！坐飞机，乘火车，师里派车在车站接到我，我到师里待了一会儿,就来了。”

我与妈妈相对而视,沉默无语。

妈妈比我临下九连回家休假见她时,明显消瘦了。她脸上失去了往常那乐悠悠的神采,眼圈周围有些发乌。

“你……怎么不给妈写信?”

“回国后事情太多。”

“你……你知道妈这些日子是怎样熬过来的吗!”妈妈眼泪汪汪,“妈是从报纸上……看到你们九连……妈才知道你没……”

我无言对答。

“那天晚上,妈要了三个多小时的电话,才……才好不容易要到‘雷神爷’。谁知,竟挨了他一顿……臭骂!打那,妈就夜夜做噩梦,一会儿梦见‘雷神爷’用手枪指着你,让你去……去炸碉堡,一会儿又梦见你满脸是血,呼唤着妈妈……”妈妈抹着泪,“妈知道在那种时候打电话也不应该,可‘雷神爷’他……他也太不讲情面了!妈是往六十岁上数的人了,生来也不是怕死鬼!可妈就你这么一个儿子呀,要死,妈宁愿替你去死!……”妈妈伤心地抽泣起来。

我该说啥呀?我没有资格责怪亲爱的妈妈!

妈妈的老家在皖北。早年间外祖父一家一贫如洗,妈妈八岁上就卖给了地主当丫头。一九三八年,国民党政府为躲过日寇南逃,炸开了花园口黄河大堤,造成了豫东、皖北骇人听闻的黄泛。咆哮的洪水使外祖父一家全部丧生。妈妈当时十六岁,她是抱着地主家一只洗衣的木盆,才大难未死!当年秋,她只身流浪到沂蒙山投身革命,后来当过团卫生队的卫生员、护士长、“地下医院”的指导员、师卫生科长……再后来她随大军打济南,战淮海,长驱南下……妈妈参加过上百次战斗,满满一手帕勋章闪耀着她光辉的经历。她那九死一生的传奇经历，能写一部比砖头还厚的书啊！……

而我，只不过刚刚参加了一次战斗！

我感到心中燥热难挨，便摘下了军帽。

“天！这……这是怎的？”妈妈发现了我额角上的伤疤，“是……是枪伤？”

“不是。是被手榴弹片儿划了一下。”

“天呀！一点点……只差那么一点点就……”妈妈的声音在打抖，“疼，还疼吗？”

我摇了摇头。

望着不时拭泪的妈妈，我心中像打翻了个五味瓶。妈妈是那样宠我，疼我，爱我，到眼下还把我当成小伢儿一般！我也曾为有这样的妈妈，感到无比自豪、幸福、温暖！可眼下，妈妈的一举一动，竟使我有种说不出的滋味。就连戴在妈妈手腕上那块“欧米格”坤表，和那熠熠生辉的表链，过去我觉得那样受看，眼下却觉得有些刺眼了。

“蒙生呀，咱不穿军装往回调啦，省得央这个，求那个！”妈妈擦干泪说，“血，你也为祖国流了！问心，咱也无愧了！边境线上看来还安稳不了，干脆就脱了军装转业吧！”

我摇了摇头。

妈妈吃惊地望着我：“怎么？你……”

“……”我不知该如何回答妈妈。

此时，我只是觉得：母爱是神圣的，也是自私的！

十一

我妈妈来队的第二天傍晚。

我正和妈妈一起在宿舍里吃晚饭,段雨国急匆匆地闯进来:"指导员,快,连长的一家来队了!"

我扔下碗筷,赶忙跟着段雨国来到接待烈士亲属住的房子里。

战士们正你出他进地忙乎着。见我进来,梁大娘和韩玉秀站了起来,床上睡着那刚出生三个多月的女娃。

段雨国对梁大娘说:"大娘,这是我们指导员!"

老人直朝我点头:"唔,唔。让你们操心了……"

梁大娘看上去年近七十岁了,穿一身自织自染的土布衣裳,褂子上几处打着补丁。老人高高的个儿,背驼了,鬓发完全苍白,面孔干瘦瘦的,前额、眼角、鼻翼,全镶满了密麻麻的皱纹。像是曾患过眼疾,老人的眼角红红的,眼窝深深塌陷,流露出善良、衰弱、接近迟钝的柔光,里面像藏着许多苦涩的东西。如果是在别的地方偶然遇上,我怎么相信这就是连长的母亲啊!

我连忙双手扶着老人:"大娘,您快坐下吧。"

我把大娘扶到床沿坐下,转脸对韩玉秀:"小韩,您也坐下。"

玉秀刚坐下,床上的孩子醒了,哇哇直哭。玉秀忙转过身去给孩子喂奶,轻声哄着啥事还不知的孩子:"盼盼,好闺女,莫哭,莫哭……"

"大娘,听说你们上路十几天了,怎么才到……"

没待我说完,段雨国贴着我的耳根告诉我,大娘她们下了火车,是步行赶来连队的!

“啥?!”我心里打了个寒噤。

从火车站到连队驻地一百六十多华里,难道这祖孙三代是翻山越岭,一步一步挪来的?这时,我发现大娘和玉秀的鞋上、裤脚上全沾满了南国殷红色的泥巴。昨天刚落过一场雨,路该是多难走哇!

段雨国对梁大娘说:“大娘,下了火车站不远就是汽车站,汽车能直接开到我们连的山脚下。怎么?你们没打听着有长途汽车站!”

玉秀小声说:“打听着了。”

大娘接过话:“庄稼人走点路,不碍事。”

“你们在路上走了几天呀?”段雨国又问。

“四天带一过晌。”玉秀边给孩子喂奶边说,“要不是老打听路,走得兴许还快些。”

我忙给段雨国递个眼色,不让他再问了。

在邀请烈士亲属来队时,团里已寄去了足够用的路费。这祖孙三代下了火车步行而来,是将路费用在别的事上了,还是为了省出几块钱?!梁三喜留下的那六百二十元的欠账单,足以使我晓得梁大娘一家的日子过得该是有多难……

炊事班长带着几个战士,端着刚出锅的面条和四碟儿菜走进来。他们把面条盛进碗里,让大娘和玉秀坐到桌前吃饭。

这时,大娘从床上摸过一个包干粮的包袱。包袱是用做蚊帐用的那种纱布缝的,沾满了旅途上的尘埃。大娘解开快空了的包袱,我一看,里面包着的是些黑乎乎的碎片儿,还有几个咸萝卜头。大娘用手抓着那些碎片儿,朝面条碗里放……

炊事班长上前抓住大娘的手:“大娘!别吃这烂瓜干做的煎饼

了！瞧，都挤成碎渣渣了……”

“带在路上吃没吃完。孩子，吃了不疼撒了疼，用汤泡泡还能吃。”大娘说着，又把那煎饼渣儿往碗里捧……

我眼睛湿了。此时，只有此时，我才真正明白，梁三喜生前为啥因我扔掉那一个半馒头而大动肝火啊！

…………

大娘和玉秀安歇后，我打电话报告团政治处值班室，说梁三喜烈士一家已来到连队。

接电话的是搞报道的高干事。他告诉我：一个月前，团政治处已给梁大娘和韩玉秀去过两次信，让她们来队时一定带上梁三喜生前的照片和写的家信。高干事让我务必抓紧时间问一问照片和家信带来了没有。因为军区举办的“英雄事迹展览会”即将开馆展出，梁三喜烈士的照片和遗物都太少，军、师政治部已多次来电话催问此事……

次日早饭后，我又去看望大娘和玉秀。

屋内已坐着几位战士和几位班、排长。玉秀去年三月间曾来过连队，他们跟她早就认识。

玉秀显得很是年轻，中上等的个儿，身段很匀称。脸面的确跟靳开来生前说的一样，酷似在《霓虹灯下的哨兵》中扮演春妮的陶玉玲。秀长的眉眼，细白的面皮，要不是挂着哀思和泪痕的话，她一定会给人留下一种特别温柔和恬静的印象。她上身穿件月白布褂，下身是青黑色的布裤，褂边和裤脚都用白线镶起边儿，鞋上还裱了两绺白布（后来我才知道，她是按古老的沂蒙风俗，为丈夫服重孝）……

见我进屋，她站起来点了点头，脸上闪出一丝笑容，算是打招呼。然而,那丝笑就像在暴风雨中开放的鲜花一样,转眼便枯萎了,凋谢了,令人格外伤感。

大家都默默地抽烟,好像都不知该对烈士的老母和遗妻说啥才好。

昨天晚上,我已对全连讲过,关于梁三喜留下"欠账单"的事,谁要是有意无意地透露给烈士亲属知道,没二话,都要受处分!大家含泪拥护我定的"土法令"……

此时,我琢磨着该怎样把话题引出来。我想应该先向大娘和玉秀介绍连长在战场上的英雄壮举,然后再问及照片和家信的事。但一看见床上躺着的那才三个多月的女娃和低头不语的玉秀,我的心就隐隐绞痛。

如果不是我下到九连搞"曲线调动",上级派别的指导员来九连的话,梁三喜怎会休不成假啊!那样即使他在战场上牺牲了,他与妻子不也能最后见一面吗?再说,战场上梁三喜如果不是为了救我,他也不会……

"秀哪,队伍上不是打信说要三喜的照片啥的。"大娘对玉秀说,"你还不赶紧找出来。"

玉秀忙站起身,从床上拿过个蓝底上印着白点点的布包袱,从衣服里面找出半截旧信封递给我:"指导员,别的没有啥,他就留下过这两张照片。一张是他五岁那年照的,一张是他参军后照的。"

我接过半截信封,先摸出一张照片,一看是梁三喜的二寸免冠照,这和从他的干部履历表中找到的照片,无疑是一个底版。

当我取出第二张照片看时,那变得发黄的照片使我一怔:照片上有位三十五六岁的农家妇女,墨黑的头发,绾着发髻,慈祥的笑脸,健康丰满。在她的怀前,偎依着两个一般大的小男孩。照片上方有行字：

大猫小猫和母亲合影留念　1952 年 5 月于上海

“啊!”我像触了电一样惊叫一声。这照片我不也有一张吗?就夹在我上高小时用的那本相册里……

我脑子嗡嗡响,转身对着梁大娘:“大娘,这照片上……”

大娘探过身来,用手指着照片:“这边这个孩子叫大猫,就是俺那三喜。那边那个孩子叫小猫,是队伍上的孩子。这照片,是大娘俺有一年到上海去送小猫时,抱着两个孩子照的……”

霎时,我觉得眼前一阵发黑,周身像处在飘悠悠的云端里!啊,命运之神,你安排过芸芸众生多少幕悲欢离合啊……

在我十几岁之前,妈妈不止一次对我讲过:

那是一九四七年夏,国民党向山东沂蒙山区发动了重点进攻。孟良崮战役之后,为彻底粉碎敌人的进攻,我主力部队外线出击去了。

这时,我出生了。妈妈生下我第三天,她患了“摆子病”(沂蒙土话:即疟疾),一点奶水也没有。我饿得哇哇直哭。地方政府派人把妈妈和我送到蒙山⑤脚下的一个山村里。村中有位妇救会长,是当时鲁中军区的“支前模范”。她也生了个小男孩,那男孩比我大十天。就这样,那位妇救会长用两个奶头喂着两个孩子。为躲过还乡团的搜查,她把她的孩子取名大猫,叫我是小猫,说大猫小猫是她生的一对双胞胎……

妈妈也曾多次对我说过:那妇救会长待人可好啦,有奶水先尽我这小猫咂,宁肯让大猫饿得哭。妈妈在那妇救会长家中过了满月,治好了“摆子病”,接着又随军南下了……

直到我将近五岁时，那妇救会长才把我送到上海，送到爸妈身旁。当那妇救会长带着大猫悄悄走了之后，有十几天的时间，我天天哭着找娘，哭着找大猫哥哥……

“指导员，你……”

“指导员，你怎么啦？”

恍惚中，我听见战友们在喊叫我。

“大娘！”我大喊了一声，扑进了梁大娘怀中。

大娘轻轻推开我：“孩子，你……你这是咋啦？”

“大娘，我……我就是那个小猫！”

“啥？！”大娘一下放开我，用手擦擦红红的眼角，望望我，摇了摇头，“不，不会……吧。”

“是！大娘，我真是那个小猫！”我哭喊着。

“你……你真个是当年赵司令的孩子？”

“嗯。打孟良崮时，他是纵队司令员。”

“你妈姓吴？叫……”

“嗯。她名叫吴爽。”

大娘又愣了会儿，当我又伏进她怀中时，她用手抚摸着我的头，喃喃地说：“梦，这不是梦吧……”

我伏在梁大娘怀中，心潮翻涌：啊，梁大娘，养育我成人的母亲！啊，梁三喜，我的大猫哥！我们原本都不是什么龙身玉体，我们原本分不出高低贵贱！我们是吃一个娘的奶水长大的，本是同根生啊！……

十二

这意外的重逢，使我的心灵受到多么剧烈的震动，是可想而知的。

当我拿着那颜色变得发黄的照片让妈妈看时，她也蓦然惊呆了。

妈妈让我领她来到梁大娘一家住的房子里。

梁大娘慢慢站起来，和妈妈对望着。显然，她俩谁也很难认出谁了！

一九五二年五月，当梁大娘把我送交爸妈身边后，头几年我们两家还常有书信往来，逢年过节，妈妈总忘不了给梁大娘家寄些钱。我家也常常收到梁大娘从沂蒙山寄来的红枣、核桃、花生等土特产。后来，妈妈给梁大娘家写信逐年减少。“十年动乱”开始后，更是世态炎凉，人情如纸，两家从此便音讯杳然，互不来往了……

“梁嫂，您……”颇具“外交才华”的妈妈，此刻竟笨口拙舌了。

“老吴，果真是老吴不成?”梁大娘满脸皱纹绽出了笑容，“当年，你管俺叫梁嫂，让俺喊你爽妹子，是吧?”

“是。”妈妈应着。

“老吴!”梁大娘上前挪动了两步，用枣树皮般的双手，激动地抚摸着我妈妈的两只胳臂，“前些年那么乱腾，你能好胳臂好腿地活过来，不易哪！那帮奸臣，天打五雷轰的奸臣，可把你们整苦了哇……”

妈妈无言以对。

梁大娘上下打量着我妈妈：“一晃眼快三十年没见了。嗯，你没显老,没显老呀。赵司令(她称的是我爸爸当年的职务),他也好吧?”

“嗯。好。”妈妈点头应着。往常,每当别人说起爸爸挨斗的事,妈妈可总是滔滔不绝的呀。

“只要你和老赵都好,俺和村里人也就放心啦。”梁大娘叹口气,“咳!刚乱腾那阵,有人到俺那里调查你和老赵,问你们是不是投过敌,俺当场就没给他们好颜色!沂蒙山人嘴是笨些,可不会昧着良心说话呀。在俺那一块儿,谁不知你和赵司令!好人,你们是天底下难寻的好人啊。打天下那阵,你们流过多少血哪……唉……唉……”梁大娘撩起衣襟擦了擦眼睛。

“梁嫂……您,坐下吧。”妈妈扶着梁大娘坐下。

我和玉秀也坐了下来。

此时,我看出妈妈的神情是极其复杂的。梁大娘对我们越是无怨言,我和妈妈越觉不是味。

妈妈望着梁大娘:“梁嫂,您一家也都……”

“这不,俺一家子都来了。”梁大娘心平气和地说,“这坐着的是儿媳妇玉秀,那睡着的是孙女盼盼。”

沉默。

“咳——”梁大娘长叹一声,对我妈妈说,“俺那老大你没见过他,可你知道他。他小名叫铁蛋,当儿童团长时起大号叫大喜。大喜八岁就给咱八路跑交通,十二岁叫汉奸抓了去……”

梁大娘不朝下说了。

这时,我想起童年时,妈妈曾给我绘声绘色地讲述过那铁蛋送信的故事。铁蛋八岁就当小交通员,送过上百次信,没出一次差错,老交通和首长们常夸铁蛋机灵。铁蛋十二岁那年,一次送情报让汉奸发现了,当铁蛋把纸条儿搓成团吞进肚里时,让汉奸抓住了。鬼子逼铁蛋的口供,汉奸用锤子把铁蛋满口的牙一个个全敲掉了,铁蛋没吐一点风声。鬼子把刺刀戳在铁蛋的鼻尖上,说再不开口就挑死他。铁蛋啥也没说,被鬼子用刺刀活活地挑死了……

啊,沂蒙山的母亲!你不仅用小米和乳汁养育了革命,你还把自己的亲骨肉一个个交给了民族,交给了国家,交给了战争啊!

半晌,妈妈又问梁大娘:“梁嫂,您不是还有个比蒙生他们大两岁的儿子,叫……叫栓……”

“你说俺那栓牢呀,他大号叫二喜。”梁大娘转脸对玉秀,“秀儿,二喜他是哪一年没的?”

“六七年‘反逆流’的时候,二喜哥他……”

“这流那流俺说不上来,反正是那年夏天。那阵沂蒙山中老虎拉碾,一下子乱了套!老干部一个个都挨批挨斗,越是庄户人觉得好的老干部,越是没个好。你要不跟着他们去反啥流,他们就把你往死里揳!庄户人看不过,便护着老干部,成群结队地沿着沂河往南奔,躲进了大南边的马陵山……

“一天深夜,当年在俺家住过的张县长躲进俺家来了。家里哪能藏住他,二喜便护着他连夜走了。他俩白天藏,夜里赶,一起上了马陵山……

“没多久,从济南府用大卡车拉来了‘棒子队’,说是要剿灭‘上了马陵山的土匪’。那‘棒子队’多得看不到头,望不见尾。那架势,比蒋该死当年重点打咱沂蒙山半点也不差,甩了手榴弹,动了机关枪,也放了大炮。二喜是让人家用炮打死的。听说那一炮就打死了十多个庄稼汉,就地挖坑埋了。到现今,连二喜的尸首也不知埋在哪里……

"唉,不细说了。过去了,这些都过去了。唉……"

也许梁大娘的眼泪在早年间已经流尽,也许是因二喜的惨死已时隔十余年,老人轻声慢语讲这些事时,毫不像诉说她自己的命运,而像在讲述古老的《天方夜谭》。

妈妈用手帕擦了擦泪汪汪的眼。过了会儿,她声音发颤地对梁大娘说:"难道梁大哥他,他也是在……动乱中……"

"你说三喜他爹呀。他是在杀树挖坑那一年——"

玉秀轻声打断婆婆的话:"是'批林批孔',不是杀树挖坑。"

"不管是咋说法,反正是'割尾巴'杀枣树那年春天,三喜他爹才得的气臌症。"梁大娘转脸对我妈妈说,"老吴,蒙生离开俺枣花峪时还小,记不得事。你知道俺枣花峪为啥叫枣花峪,就是仗着枣树多呀。光村南半山坡上那片枣林子,就有两千三百多棵枣树呀。每逢枣花开时,喘口气都是香喷喷的。那片枣林子是俺村的命根子,当家的打油买盐指望它,大闺女小媳妇扯块花布也指望它呀……

"老吴,你知道,俺家三喜他爹推着小车往淮海运军粮时,腿上挨过蒋该死的炮弹片儿。办初级社后,他别的重活干不了,就一直在村南半山坡上看枣林子。那片枣林子,大炼钢铁时被伐了一些炼了铁,但还没有挖坑刨根。后来又栽上了枣苗,那片枣林子越长越喜人了……

"可到了杀树挖坑那年,上面派来了'割尾巴'小分队,硬逼着俺们伐了枣树修大寨田。眼看着枣树一棵棵被伐倒,三喜他爹心疼地趴在地上嗷嗷大哭。山上有棵最老的枣树,是蒋匪军当年上山伐木修工事时漏下的,村里人都叫它'老头树'。三喜他爹搂着那棵'老头树',说啥也不让人家伐,说他宁可跟'老头树'一块遭斧头。结果,人家一脚把他蹬了个大轱辘子,他滚到一边就爬不起来了。他当场气晕了……

“左邻右舍用门板把他抬回家,打那他就得了气臌症。天天躺在炕上,‘噗——噗——’,一口一口,不停地朝外掏气。

“转年夏天,一场大雷暴雨下来,全村老少修了一年的那大寨田,被大雨冲了个溜溜光。泥土全随着雨水流进了沂河,别说再回过头来栽枣树,山坡上连棵草也不爱长了……

“这事,村里人谁也没敢告诉三喜他爹。他躺在炕上一个劲地掏气。他一病就是两年多,可把在队伍上的三喜拽拉苦了。三喜一心想把他爹的病治好,一次次邮钱来,让我给他爹去抓药。那阵,三喜跟玉秀还没成亲,可多亏了玉秀忙里忙外地跑呀。洋药吃了又吃中药,熬了多少中药,玉秀最清楚不过了。到头来,钱花够了,三喜他爹也咽了气……”

啊,直到眼下,我才明白,梁三喜为啥会留下那六百二十元血染的欠账单!

停了会儿,梁大娘对我妈妈说:“三喜他爹临死那阵还叨念,说杀枣树那当口,如果赵司令在就好了。按赵司令那脾气,准会给那帮人一顿匣子枪不可。”

我和妈妈都没作声。即使我爸爸当时在场,他又有啥法子呢?我清楚,这些年来,我爸爸也说过不少违心话,办过不少违心事啊!他当年那带棱角的“脾气”,早已在“大风大浪”中磨平了。像雷军长那样一次次敢“甩帽”的战将,毕竟是少见的啊!

“老吴,一见面,俺不该给你提这些陈芝麻烂谷子的事,让你听了也伤心。”梁大娘望着我妈妈,“好啦,现在好啦!听说是毛主席过世时留下话要抓奸臣,托他老人家的洪福,共产党总算把奸臣抓起来了,一个个都抓起来了!往后,庄户人又有盼头,有盼头啦!”

这时，睡着的盼盼醒了，哭了起来。

玉秀忙起身把盼盼抱在怀里，给盼盼喂奶，盼盼仍不停地哭。

妈妈忙站起来："咋啦，别是孩子生病吧？"

"不是生病。"玉秀说着，用手轻轻拍打着怀中的盼盼，"好闺女，莫哭，莫哭……"

梁大娘说："是缺奶水。玉秀刚出满月，就听到了三喜的事。打那，奶水就不够孩子吃了。"

妈妈和梁大娘家见面后，又看了梁三喜留下的欠账单，她难受得直掉泪。让我脱军装转业的事，她再没提起过。

对梁大娘家，我和妈妈商量该怎样帮助她们。妈妈这次来，身上没带几个钱，因我一直想调回去，手头上也没有存款。

这天下午，炊事班长要到团后勤跟卡车进城拉菜。我便将我的"YASHICA"照相机交给他，让他想法到委托商店里卖掉。我还让他以连队的名义先从团后勤借一千元现金，我有急用。

妈妈一再嘱咐炊事班长："呃，别忘了，买十袋奶粉，买四瓶橘子汁，再买个奶锅、奶瓶。"

新建的烈士陵园就在我们九连驻地的山腰间。梁大娘一家来队的第三天上午，我和连里的同志们，陪梁大娘祖孙三代去祭奠了梁三喜烈士的墓。她们婆媳俩像所有的烈士亲属来队时一样，只是默默地站在亲人的墓前，没有当着我们的面流一滴眼泪。所不同的是，梁大娘和怀抱着盼盼的玉秀，像举行仪式那样，围着梁三喜的坟，左转了七圈，右转了七圈。后来，我才明白，那是她们按沂蒙山古老的祭俗，给亲人"圆坟"……

两天后，炊事班长回来了。他把从团后勤借来的一千元现金和买来的奶粉等物全交给了我。加上手头上还有的一点钱，我留出六百二十元准备为梁三喜烈士还账，又凑够五百元，准备交给梁大娘。

我和妈妈又来到梁大娘一家住的屋子里。

妈妈拿过一袋奶粉拆开，给玉秀讲着奶粉和水的比例应是多少。然后，她往奶锅里倒一点奶粉，开始调制。弄好后，她将奶装进奶瓶，试了试冷热合适，便抱起盼盼，给盼盼喂奶。

盼盼大口大口地咂着……

梁大娘站在旁边，乐了："在家时听他们年轻人说城里有这玩意儿，俺还不信哩。啧啧，这玩意儿是好……啧啧，人可真有本事，造的那奶头跟真的一样……啧啧，是好，是好……"

不大会儿，盼盼便咂饱了。妈妈把盼盼放在床上。盼盼睁着乌亮亮的眼睛望着我们，咧开小嘴，甜甜地笑了……

梁大娘更乐了，转脸对玉秀："秀哪，这下可不愁了，不愁了！"

此时，梁大娘愈是高兴，我愈是心酸。毋庸讳言，现代文明离梁大娘她们，还是何等遥远啊！

过了会儿，我把那五百元钱拿出来，放在大娘面前："大娘，这点钱，请您收下。"

"孩子，这……这可使不得！"梁大娘用那枣树皮样的手拿起钱，"使不得，这可使不得！"她硬是把钱塞回我的口袋里。

我三次把钱掏出，梁大娘十分执拗地又三次把钱塞还给我。

"梁嫂……"妈妈伤心地说，"您如果……还看得起我和蒙生，您就……把钱收下吧！"

"老吴呀，这你可就把话说远了！"梁大娘忙说，"你给盼盼买来了这么多奶粉，这就帮了俺的大忙了，哪好再花你们的钱。庄户人过日子好说,俺手头上还行,还行。不缺钱。"

当我和妈妈离开这屋时,我又把那五百元钱放在了床上。

玉秀火急地追出屋来:"指导员,不行,这可不行。不但俺婆婆不依,俺也不能收。快,您拿着……真的,俺还有钱,有钱。"

我回到自己的屋里,有种说不出的难受。

妈妈喃喃自语:"山里人,山里人的脾气哟……"

啊,山里人!难道我们不都是从山沟沟里出来的吗?我们的军队,是在山沟里成长壮大。人民的政权,是从山沟里走进高楼。山沟里养育出我们的一切啊!

前些年我曾一度把拜金主义当作《圣经》,此时,我才深深感到,人世间总还有比金钱和权势更珍贵的东西,值得我加倍去珍爱,孜孜去追求!

极度内疚中,我看了看另外那准备为梁三喜还账的六百二十元,我心中掠过一丝儿慰藉。然而,这慰藉很快又变为更难言状的悔恨。

是的,梁三喜烈士欠下的钱,我有财力悄悄替他偿还。可我和妈妈欠沂蒙山人民的感情之债,则是任何金钱珠宝所不能偿还的呀!

十三

这天下午,高干事骑着自行车来到连里。

一见面,他车子还没放稳,就很激动地对我说:"大有文章可做,大有文章可做呀!"

丈二和尚摸不着头脑,我不知他为何如此兴奋。

“战士‘北京’的亲属找到了!”

“在哪里?”我急问,“薛凯华的亲属来队了?”

“你先猜猜,你们的英雄战士‘北京’,也就是薛凯华烈士……”高干事非常神秘地望着我,“你猜他的爸爸是谁?”

我摇头不知。

“雷军长!薛凯华是雷军长的儿子!”

“啊!!”我大为震惊。过了会儿,我有些不解地问:“那么,凯华咋姓薛?”

“军长的老伴姓薛呀,凯华是姓母亲的姓!”高干事滔滔不绝地说,“我听军里一位干事说,军长有四个女儿,只有凯华一个儿子。军长的大女儿和凯华姓薛,另外三个女儿姓雷。军长的大女儿姓薛,是因为战争年代,军长的家乡曾多次遭敌人的血腥屠杀,凡是军属都在劫难逃,所以他的大女儿便随了外祖父家的姓氏。至于凯华为啥姓薛,听说是因为军长对他唯一的儿子管教极严,当儿子上学取大名时,军长问儿子是喜欢爸爸还是喜欢妈妈,儿子毫不含糊地说喜欢妈妈。军长哈哈大笑了一阵,说:‘那好,像你大姐一样,你也跟你妈姓吧!’于是,便给儿子取名薛凯华……”说到这,高干事突然问我,“呃,军长到你们连来了。怎么,你还没见到他?”

“没有。”

“这就怪了。”高干事愣了会儿,“军长乘吉普车先到的团里,他离开团时说要到你们九连来,我是跟在他的吉普车后头,一个劲地蹬车赶来的!”

我一听,忙和高干事走出屋,围着营区转了一圈,既没见有吉普车,也没见军长的影子。

回到连部,高干事这才顾上蘸湿了毛巾,擦了擦满脸的汗。

“听说军长早就得知凯华牺牲了，但直到眼下，他还没把儿子牺牲的消息写信告诉老伴。”稍停，高干事接着对我说，“凯华同志留下了一纸遗书，遗书是师里烈士收容队在埋葬他的遗体时，从他的上衣口袋里发现的。因遗书上署名只有‘凯华’两字，当时谁也没想到他是军长的儿子。遗书原件现已在军长手里，这里有师宣传科的打印件。”说着，高干事拉开采访用的小皮夹，把一纸遗书递给我，“你看看吧，一纸遗书才华横溢，内涵相当深，相当深！”

我接过薛凯华的遗书，急切地读下去。

亲爱的爸爸：

我从北京部队赶赴前线，与您匆匆一见，未及细述。儿知道，爸爸战前的时间，可谓分秒千金也。

遵爸爸所嘱，我已来到这担任穿插任务的九连。等待我们九连的将是一场啥样的恶仗，现在不管对您还是对我们九连来说，都还是个“X”。

去年冬，爸爸在《军事学术》上读到我写的两篇千字短文，来信对我倍加鼓励，并夸我有可能是个将才。不，亲爱的爸爸，您的凯华不瞒您说，我不但想当未来的将军，更想成为未来的元帅！

嗬，您二十一岁的凯华口气多大呀！不管此乃“野心”也罢，雄心也好，反正我极推崇闻名世界的这一兵家格言：“不想成为将军的士兵不是好士兵。”诚然，绝非所有的士兵都能成为将军和元帅。举目当今世界，眼花缭乱的现代物质文明，对我们这一代骄子有何等的诱惑力呀！但是，我的信条是：花前月下没有将军的摇篮，卿卿我我中产生不出元帅的气质；恋栈北京的士兵，则不可能成为未来的元帅！未来的元帅应出自深悉士兵涵义的士兵，应来自血与火的战场上！基于此种认识，我才请求离开京都，奔赴前线，来做一场“未来元帅之梦”。

亲爱的爸爸，您去年推荐我读的几部外国军事论著，我大都早已读过。爸爸年已五十有七，尚能潜心研究外军，儿感到可钦可佩。爸爸在写给我的信中云：“一介武夫，是不可能胜任未来战争的！”此语出自爸爸笔下，儿感到尤为振奋！有人把军人视为头脑最简单的人，错了，大错特错了！且不说张翼德的丈八蛇矛和关云长的青龙偃月刀，即使小米加步枪的时代也一去不返了！现代科学技术日新月异，世界列强又把科学尖端首先运用于军事。小小地球，日行八万里，转速何等惊人！现代战争，向我们的元帅和士兵，提出了多少全新的课题！如果我们的双脚虽已踏上波音747的舷梯，但大脑却安睡在当年的战马背上，那是多么危险呀！前些年儒家多遭劫难，但我却企望，我们的元帅和将军，个个都能集虎将之雄风和儒家之文采于一身！

亲爱的爸爸，写到这里，我不能不对我的父辈们怀有隐隐怜心。当新中国的礼炮鸣响之时，你们正值中年，如果从那时，你们便以攻克敌堡的精神去攻占军事科学高峰，那么，现在的你们则完全会是另一番风采！然而，一场场政治运动的角逐，一次次“大风大浪”的漩涡，既卷走了你们宝贵的年华，也冲走了中华民族多少物质的和精神的财富啊！更有甚者，有人乱中谋私利，把人民交付的权力当作美酒啜饮，那就更令人可悲可叹了！

爸爸，我知道，用牢骚去对待昨天是无济于事的。那么，让你们老一代带领我们新一代，赶紧去抢救明天吧！

亲爱的爸爸:马上就要集合了,您戎马生涯大半生,打仗意味着什么,儿毋庸赘言。如果战场上我作为一名士兵而献身,当然不需举国为我这"未来的元帅"举行葬礼。不过,能头枕祖国的巍巍青山,身盖南疆殷红的泥土,我虽死而无憾,也无愧于华夏之后代,黄帝之子孙了。

此次战争胜券稳操,凯旋指日可待。

祝爸爸健康长寿!

您的爱子:凯华敬上

1979 年 2 月 16 日下午四时

爸爸:参战前连里包的"三鲜"水饺,眼下尚未出锅,容我再赘几笔:假如我在战斗中牺牲,望爸爸缓一些日子再把我牺牲的消息告诉我最亲爱的妈妈。如果说爸爸那种"棍棒底下出孝子"的严厉父爱不会使儿沦为纨绔子弟的话,那么,妈妈的拳拳慈母之情,则更使儿倍觉人间的温暖。此时,一想起妈妈,儿就泪溅信笺。在爸爸蒙难之时,是妈妈带我闯过了生活的险关驿站!妈妈的心脏不太好,她实在承受不了更多的压力了。

另:妈妈曾多次让我改为父姓,一旦我牺牲,儿愿遵从母命。望爸爸转告组织。

再:当爸爸站在我墓前的时候,我望爸爸切莫为儿脱帽哀悼,只要爸爸对着儿的墓默默望几眼,儿则足矣!这是因为,爸爸脱帽容易使儿想起爸爸"甩帽"。"十年"中,爸爸每次"甩帽"都横遭大祸!儿在九泉之下,祝愿爸爸永远发扬"甩帽"精神,但儿却惧怕那常常惹爸爸"甩帽"的年月会卷土重来!不过，谁要再想给中华民族酝酿悲剧，历史已不答应，十亿人民也决不会答应。看来，我的担心又是多余的。

儿：凯华又及

一纸遗书，令我荡气回肠！

“赵指导员，你……”高干事见我热泪滴滴，有些不解。

我并非感情脆弱，我在战场上目睹了凯华的大智大勇，此时捧读他的遗书所产生的激动，是局外人压根儿不能体味的呀！

屋外传来吉普车响。我和高干事出屋一看，正是军长坐的吉普车，却不见军长在车中。司机告诉我们，军长从团里又到了营里看了看，他现在已到烈士陵园去了，一会儿就到连里来。

我和高干事沿着新修起的路，直奔山腰间新建的烈士陵园。

只见军长站在写有“薛凯华烈士之墓”的石碑前，默默为薛凯华致哀。许是遵照儿子的遗言，他没有脱帽。过了会儿，他后退一步，庄重地抬起右手，为长眠的儿子致军礼。良久，他才把右手缓缓垂下……

我和高干事轻轻走过去，只见军长老泪横流，大滴大滴的泪珠洒落在他的胸前……

“遵照凯华的遗愿，你们给团政治处写份报告，把凯华的姓……改过来吧。”军长声音嘶哑地对我说，“另外，我拜托你们，给凯华换一块墓碑，把‘薛’字改为‘雷’字……”

我擦了擦泪眼，连连点头应着。

这时，高干事打开照相机，要为军长在烈士墓前拍照，被军长挥手制止了。

“你，是团里的报道干事？”

“是！”高干事立正回答。

"宣传凯华一定要实事求是。"

"是。"

"不要在凯华改随父姓这事上做文章,报道中还是称他为薛凯华。"

"是。"

"凯华就是凯华,文章中不要出现我的名字。半点都不要借凯华来吹捧我。"

"是。"

"关于九连副连长靳开来没有立功的问题,请你给我搞份调查报告。"

"是。"

"十天之内寄给我。"

"是。"

"战场上,靳开来打得不错嘛!"

"是!"

"你俩先回去吧,"军长对我和高干事说,"我在这里再停一会儿……"

我和高干事离开了烈士陵园。当我俩走出十几步回头望时,只见军长低头蹲在凯华的墓前,一手按着石碑,周身瑟瑟颤抖。当我们转身朝山下走时,隐隐约约听见军长在抽泣……

十四

我把凯华是军长之子的事告诉了妈妈,妈妈先是愕然,后是叹息,半晌没说一句话。

我从妈妈住的屋里走出来,站在营区外的路旁等候军长。不大会儿,军长从山上下来了。

军长先看望了梁大娘一家,才来到连部坐下。他让我向他汇报了梁大娘一家的遭遇,并看了梁三喜留下的欠账单。他指示让我抽空多跟梁大娘和韩玉秀唠唠家常,连里要尽量帮助梁大娘一家解决些具体困难,有些长期需要解决的问题,可通过部队组织反映给地方政府……

开晚饭时,军长亲自去把梁大娘一家请到连部里,陪着梁大娘一家吃饭。军长让我喊我妈妈一块儿来就餐,但妈妈推说她身体不舒服,没来……

吃过饭,军长让我带他到我妈妈住的屋里。

“吴大姐,大驾光临,有失远迎呀!”军长进门便嚷道,“不过,我知道你吴大姐是有意躲开我!”

半倚在床上的妈妈忙坐起来,朝军长点了点头。

“我这次到九连来,一是想在凯华的墓前站站,但主要还是想见见你这吴大姐!不过,有言在先,我老雷可不是来负荆请罪的!”军长说罢,坐了下来。

妈妈尴尬无语。

“吴大姐,老实对你说,我老雷早有思想准备。准备打完仗后,你哭着来跟我算账,跟我来要儿子!”军长点起一支烟,重重地抽了一口,“蒙生虽没死在战场上,但也是九死一生吆!”

“老雷,您别……”

“不。你听我把话说完。不错,我在电话上臭骂了你一通,我那是忍无可忍!你可以恨我‘雷神爷’不近人情,但我老雷至今不悔!吴大姐呀,你的胆量可真不小呀!你出面打电话,你为啥不让我那指挥千军万马的老首长跟我打交道？他可以给我下指示，让我执行嘛！但是，我谅他不会，也谅他不敢！那种时候，你竟敢占用我前沿指挥所的电话，托我办那种事，你……你，你就没想想其中的利害关系吗?!”军长激动地用手指“咚咚”敲打着桌面。压了压火，他接上说，“要是时间后退三十几年，如果我‘雷神爷’托你吴大姐办那种军人最忌讳的事，你会咋办？骂我一通，扇我两耳刮子，那是轻的！给我一粒枪子儿，算我活该！当年是个啥样情景？‘妻子送郎上战场，母亲送儿打东洋’嘛！那首歌，还是你吴大姐一句一拍教我唱会的，唱得热血沸腾嘛！”

“老雷，您别说了……”妈妈啜泣起来。

“不，我今晚的话多着呢！你这次来，我满足你的要求。我老雷没有忘记我当年说过的话：有恩不报非君子！没有你吴大姐把我从死尸堆里背出来，我‘雷神爷’能活到今天当军长吗?!”军长一下拧死烟蒂，站了起来，“行呀！只要蒙生本人也同意，你这遭来可以把他领回去！穿着军装回去可以，脱掉军装回去也行！我老雷办事图干脆，这次，我签字！我画圈！”

“老雷……”妈妈哭出声来了。

“但是，签字画圈之后，我的吴大姐呀，我老雷得让你扪心问一问！那么办了，是报你的恩呢，还是把你往泥坑里推呢？那么办了，死去的烈士会不会答应？养育我们的人民能不能答应?！别的不说，单说四三年秋在沂蒙山的那场突围战，我带的那个营是整整四百人哪！可一仗下来，当吴大姐你把我从死尸堆里背出来后，活下来的有多少？只有四十三个幸存者，刚过十分之一呀……”

军长的声音沙哑了。他掏出手帕擦了擦发湿的眼睛，又坐了下来。他又点起一支烟，轻轻地喷吐着。

妈妈不停地拭泪，军长看看她，放缓了声调："在延安整风的时候，我们曾学过郭老写的《甲申三百年祭》。那时候体会还不深。现在回过头来看，打天下，坐天下，居功自傲，贪安逸，图享受，会毁掉一切的！前些年我靠边站，得空啃了几本古书，我反复诵读过杜牧的《阿房宫赋》，杜牧就秦王朝的灭亡，发出这样的感叹：'秦人不暇自哀，而后人哀之。后人哀之而不鉴之，亦使后人而复哀后人也。'我们党作为工人阶级的先进部队，当然不可与历代农民起义相提并论。不过，两千多年封建特权的劣根性，资产阶级腐朽发霉的毒菌，在我们党内还是很有些市场啊！我们还有没有'倒退'之虞呢？是否还要让我们的后人来'哀'我们呢？这完全取决于我们自己！"军长抽了口烟，看看我，"经过十年动乱后，现在有人指责青年一代'看破了红尘'，那么，我们这些老家伙中有没有所谓'看破红尘'的？依仗权势，胡作非为，互开后门，损公肥己……发展下去，不得了哇！老百姓有句土话，叫作上梁不正下梁歪。我们这些老家伙不做出样子来，咋去教育青年一代？蒙生现在是功臣了，我不好再批评他。他过去之所以那样，固然有他自己的原因，可吴大姐呀，难道你这当妈妈的就没有责任吗？"

妈妈含泪点了点头。

军长望着我妈妈："你八岁卖给地主当丫头，我七岁就给东家放牛。现在给青年人忆苦思甜，怕是起不到明显作用了。但我们这些老家伙常想想过去的苦。那还是很有好处的。'忘记过去，就意味着背叛'，列宁算是把话说到家了！"军长弹了弹烟灰，又吸了口烟，"六五年我到北京开会时，和陈老总进行过一次长谈。当谈到我们当年在山东时，陈老总意味深长地说，在他进棺材之前，他忘不了山东父老！当然，我们的陈老总不单是指山东父老，他指的是人民！要说报恩，我们要一辈子报答人民的大恩大德，而不是把我们当成人民的救世主！革命，是人民用小米喂大的；胜利，是人民用小车推出来的呀！"

一弯月儿在窗棂上探出头来，投进点点银辉。屋内，静极了。

"今天见到梁大娘，别提我心里是啥滋味儿。"军长深沉地说，"吴大姐，你的蒙生是吃着梁大娘的奶长大的。可你看看梁大娘穿的那身衣裳，你再看看梁三喜留下的那欠账单，你就不难想象出，她们还过着啥样的日子啊……"

军长的眼里闪着泪光，妈妈也在抹泪。

"不错。吴大姐，十年动乱中，你我这些老家伙们都吃过苦，挨过整。可我要说，受苦受难最厉害的不是我们，是梁大娘那样的老百姓！不必隐讳，就是我在蹲班房时，我吃的用的也比梁大娘她们好得多，甚至可以说没法比……咳！"军长喟然长叹一声，"我那凯华十五岁时和他四姐一起，到延安志丹县插队，住在我当年的一个老房东家里。七七年春那阵我还没复职，我专程去志丹县看望我那老房东。谁会相信呀，老房东全家八口人，却只有五个吃饭的碗，他们连吃饭的黑碗都买不全。当时，我……延安，那更是养育革命的圣地啊！"

"老雷，别……别说了……"

"我……不说了。说起来我真想大哭一场！前些年老百姓身上的肉早已不多，可'尾巴'倒不少，一个劲地割，割，割！自己'出有车，食有鱼'，过得舒舒服服的，咋就不睁眼看看老百姓？别说党性了，问问我们的良心何在?！革命，共产党因为穷才革命。治穷，本是共产党人的天职啊……"

屋内的空气又凝结了，沉重的气氛像铅块，压得我透不过气来。

我轻声对军长说:"这次打仗,我们团里有许多烈士留下了欠账单,他们都是从农村入伍的。"

"这件事情,我们是要向中央报告的。"军长说,"极'左'路线,可把老百姓害苦了。"

过了五六分钟,军长的情绪才平静下来。这时,他问起我们九连的战斗情况,我一一作了汇报。并向他重点介绍了梁三喜和靳开来参战前和战斗中的表现……

军长听罢又站起来:"这真是位卑未敢忘忧国!像梁三喜他们,尽管十年动乱给他们留下了难言的苦楚,但当祖国需要他们的时候,他们一个个都以身许国!"军长激动地挥着右手,"我们的民族是伟大的,这就是伟大之所在!我们的事业是有希望的,这就是希望之所在!鲁迅说'唯有民魂是值得宝贵的',梁三喜他们,真正称得上是我们的民族之魂!"过了会儿,军长又坐下来。他看了看表,"不早了,差十分就十二点了。"

他又简单地问起凯华牺牲时的情况,我回答了他。但那两发臭弹的事,我却压根没敢告诉他。我不忍心让这位虎将再怒发冲冠地"甩帽"了。

这时,炊事班长推门进来,慌慌张张地对我说:"指导员,韩玉秀不见了!"

我一听,急忙奔出屋。见梁大娘站在院子里,我问她是咋回事,她说她打了个盹,拉开灯睁眼一看,就不见玉秀了……

边境线上时有越寇的特工队员潜进来活动。我顿时慌得六神无主。战士们也都起来了,我忙带大家在营区周围寻找,也没见玉秀在哪里。

“玉秀她,会不会到三喜的坟上去了。”梁大娘对我说,“自打听到三喜没了,玉秀怕俺伤心,她没敢当俺的面哭过……”

我忙带着几个战士赶到烈士陵园。

一钩弯月斜挂中天。当我们离梁三喜的坟还有十几米远时,见一个人趴在坟上。无疑,那是玉秀。我让大家停下来。

山崖下,竹林中,草丛里,传来虫儿的声声低吟,却听不见玉秀的哭声。

过了一大会儿,我们才轻轻走近梁三喜的坟前,只见玉秀把头伏在坟上,周身战栗着,在无声地悲泣……

“小韩,您……哭吧,哭出声来吧……”我呜咽着说,“那样,你会好受些……”

玉秀闻声缓缓从坟上爬起来:“指导员,没……没啥,俺觉得在屋里闷……闷得慌……”她抬起袖子擦了擦泪光莹莹的脸,“没啥。俺和婆婆快该回家了,俺……俺想来坟上看看……”

满天星斗像含泪的眼睛,一闪一眨。苍穹下的一切,在我面前全模糊了。

十五

次日,军长离开连队到军区开会去了。临行前他又一再嘱咐,让我们好好关照梁大娘一家。

梁大娘和韩玉秀在连里又住了一个星期,便说啥也待不住了,非要回去不可。我知道是无法挽留她们了。再说,住在连里,举目便是烈士新坟,这对她们无疑是精神的折磨。我想,一切留待今后从长计议吧,让她们早些回去,或许还好些。团里也同意我的想法。

梁大娘一家明天早饭后就要离开连队了。

这天下午，团政治处主任来到连里，一是来为梁大娘一家送行，二是要代表部队组织，问一下梁大娘家有哪些具体困难。因为，对于像梁三喜烈士这样不够随军条件的直系亲属及子女，抚恤的事需部队和地方政府联系商量。据我们了解，在农村中，对家中有劳力的烈士父母，一般是可照顾可不照顾；对烈士的爱人及子女，按各地生活水准不同，有的每月照顾五元，有的每月照顾八元……情况不等。团里想把梁大娘一家无依无靠的情况，向地方政府充分反映一下，以取得民政部门对梁大娘一家特殊的照顾。

梁三喜烈士没有给他的亲人留下什么遗产。他的两套破旧的军装被作为有展览价值的遗物征集之后，团后勤又补发了两套新军装。再就是他生前用塑料袋精心保管的那件军大衣。

我拿着那件军大衣和两套新军装，准备交给韩玉秀。

当我和政治处主任走到梁大娘一家住的房前时，玉秀正坐在水龙头下洗床单和军衣。这些天来，不管我和战士们怎样劝阻，玉秀不是帮炊事班洗涮笼屉布，就是替战士们拆洗被子，一刻也闲不住……

“小韩，快别洗了。”我对玉秀说，“快进屋来，主任代表组织，要跟您和大娘谈谈。”

玉秀不声不响地站起来擦擦手，跟我和主任进了屋。

我把那两套新军装和塑料袋里的军大衣，放在玉秀的床上：“小韩，这是连长留下的……”

玉秀用手一触那盛军大衣的塑料袋，“啊”地尖叫一声，扭头跑出屋去。

我忙跟出来:“小韩,您……怎么啦?”

玉秀满脸泪花,把两手插在洗衣盆里,用劲搓揉着盆中的衣服。

“小韩……您?主任要跟您谈谈。”

她上嘴唇紧咬着下嘴唇,没有回答我。

“蒙生啊,你让她洗吧。”屋内的梁大娘对我说,“俺早就跟同志们唠叨过,玉秀要干活,你们谁也别拦挡她。她啥时也闲不住的,让她闲着她心里更不好受。洗吧,让她洗吧,明日她想给同志们洗,也洗不成了……”

从玉秀身上,我看到了中国女性忍辱负重、值得大书特书的传统美德!可此时,梁三喜留下的军大衣为何引起她那般伤痛,我困惑不解……

“蒙生,别喊她了。有啥话,你们就跟俺说吧。”梁大娘又说道。

我和主任面对梁大娘坐了下来。

主任把组织上的意图,一一给梁大娘讲了。

大娘摇了摇头:“没难处,没啥难处。”

我和主任再三询问,大娘仍是摇头:“真的,没啥难处。如今有盼头了,庄户日子好说。”

面对憨厚而执拗的老人,我和主任无话可说了。

过了会儿,梁大娘望着我和主任:“有桩事,现在说还早了些。等过个一年半载后,大娘想请你们打封信帮俺说说。”

“大娘,您说吧。”主任打开小本,郑重地准备记下来。

“咳!”梁大娘叹了口气,“说起来,俺梁家真是祖上三辈烧过高香,才摊上玉秀那样的好媳妇呀!你们都见了,要模样她有模样,要针线她有针线。家里的事她拿得起,外面的活她拢得下。她脾气好，性子温，三村五疃都夸俺命好有福……”大娘撩起衣襟擦了擦眼，“可一说起玉秀，大娘心里就难受，俺这当婆婆的对不起她呀！她过门前，三喜他爹病了两年多，俺手头上紧……她过门时，别说给她做衣服，俺连……连块布头都没扯给她，她就嫁到俺梁家来了……”

梁大娘难受得说不下去了。

停了阵，梁大娘又断断续续地说：“……去年入冬俺病了，病了一个多月。俺本想打封信让三喜回去趟，可玉秀怕误了三喜的工作，说来回还得破费，就没给三喜打信说俺病了。那阵玉秀快生了，是她拖着那重身子，到处给俺寻方取药，端着碗一口一口喂俺吃饭……又擦屎又端尿的……唉，大娘这辈子没有闺女，就是亲生的闺女又会怎样，也……也比不上她呀！眼下，媳妇待俺越是好，大娘俺心里越是难受……”

梁大娘不停地用衣襟擦着眼角，我心里涌起阵阵痛楚。良久，她抬起脸来看着我和主任：“玉秀她今年才二十四岁，大娘俺不信老封建那一套。再说，三喜也留下过话，让玉秀她……可就是有些话，俺这当婆婆的不好跟媳妇说。你们在外边的同志，懂的道理多，到时候你们帮俺劝劝玉秀，让她早……早寻个人家吧……”

“娘！您……”玉秀一下闯进屋，双膝“扑通”跪在婆婆面前，猛地用手捂住婆婆的嘴，哭喊着：“娘！您别……别说……俺伺候您老一辈子！”

梁大娘紧紧抱着儿媳：“秀哪，那话……当娘的早晚要……跟你说，娘想过，还是……还是早说了好……”

“娘！……”玉秀又用手捂着婆婆的嘴，把头紧紧贴在婆婆怀里，放声哭着。

“秀,哭吧……把憋在肚里的眼泪全……全哭出来吧……”梁大娘也流泪了,她用手抚摸着儿媳的头发,“哭出来心里就好受了……”

玉秀戛然止住哭声,抽泣起来。

主任已转过脸去不忍目睹,他手中的记事本和笔不知啥时落在了地上。我用双手紧紧捂着脸,只觉得泪水顺着指缝间流了下来……

炊事班长三天前便得知梁大娘一家要回去,他借跟团后勤的卡车进城拉菜的机会,买回了连队过节也难吃到的海米、海参、木耳、冰冻对虾等,准备做一餐为梁大娘一家送行的饭。

是的,世上任何山珍海味,珍馐佳肴,大娘和玉秀都有权利享用,也应该让她们尝一尝!

翌日晨,团里派来了吉普车,要把梁大娘一家直接送到火车站。

营首长来了。我妈妈也过来了。各班还选派了一个代表,和大娘一家一起就餐。

桌子上摆着二十多盘子菜。炊事班长说“起脚饺子图吉利”,还包了不少水饺。

我妈妈替玉秀抱着盼盼,用奶瓶给盼盼喂奶。

我们不停地把各种菜夹到大娘和玉秀碗里,让大娘和玉秀多吃点菜。但是,夹进碗里的各种菜都冒出了尖,大娘和玉秀却没动一下筷子……

在场的人谁心里都明白,这桌菜并不是供大家享用的,其作用只不过是借劝饭让菜,来掩饰大家心中的伤感罢了。

在大家一再劝让下,大娘只吃了两个饺子,喝了几口饺子汤。

玉秀只吃了一个饺子,喝了一口汤,便说她早晨吃不下饭,她不饿,她饱了。

战士们已陆陆续续来到连部,要为大娘一家送行。昨晚,我已给大家讲过,在大娘一家离开连队时,让大家把眼泪忍住……

这时,段雨国竟第一个忍不住抹起泪来。他一抹泪,好多战士也忍不住掉泪了。

梁大娘站起来:"莫哭,都莫哭……庄稼人种地,也得流几碗汗擦破点皮,打江山保江山,哪有不流血的呀!三喜他为国家死的,他死得值得……"

大娘这一说,段雨国更是哭出声来,战士们也都跟着哽咽起来。有人捅了段雨国一下,他止住了哭。大家也意识到不该在这种时候,当着大娘和玉秀的面流泪。

屋内静了下来。

"秀哪,时辰不早了。别麻烦同志们了,咱该走了。"停了停,大娘对玉秀说,"秀,你把那把剪子拿过来。"

玉秀从蓝底上印着白点点的布包袱里,拿出做衣服用的一把剪子,递给了梁大娘。

大娘撩起衣襟。这时,我们发现,大娘衣襟的左下角里面缝进了东西,鼓鼓囊囊的。大娘拿起剪子,几下便铰开了衣襟的缝……

我们不知大娘要干啥,都静静地望着。

只见大娘用瘦骨嶙峋的手,从衣襟缝里掏出一沓崭新的人民币。放在了桌上!

我们一看,那全是十元一张的厚厚一沓人民币,中间系着一绺火红的绸布条儿。

接着,又见大娘从衣襟缝隙里,摸出一沓发旧的人民币,也全是十元一张的……

大娘这是要干啥？我惊愕了！大娘身上有这么多钱，可她们祖孙三代下了火车竟舍不得买汽车票，一步步挪了一百六十多华里……

大娘看看我，指着桌上的两沓钱说："那是五百五十块，这是七十块。"

这时，玉秀递给我一张纸条："指导员，这纸条留给您，托您给俺办办吧。"

我接过纸条一看，是梁三喜留给她们的欠账单！这纸条和那血染的纸条是一样的纸，原是一张纸撕开的各一半……

顿时，我的头皮发麻！

梁大娘心平气静地说："三喜欠下六百二十块的账，留下话让俺和玉秀来还上。秀哪，你把三喜留下的那封信，也交给蒙生他们吧。"

玉秀把一封信递给了我。

啊，我们在此时，终于见到了梁三喜烈士的遗书！遗书如下：

玉秀：

你好！娘的身子骨也很壮实吧？

昨天收到你的来信，内情尽知。因你的信是从部队留守处转到这里的，所以从你写信那天到眼下，已过去一个月的时间了。

你来信说你很快就要生了。那么，我们的小宝贝眼下该是快出满月啦。我遥遥祝福，祝福你和孩子都平安无事！娘看到她的小孙子（或小孙女）呱呱问世，准是乐得合不拢嘴了。

秀：从去年六月开始，我每次给你写信都说我很快就回家休假,你也天天盼着我回去。然而,由于种种原因,眼下新的一年又过去一个月了,我却没能回去。尽管你在来信时对我没有丝毫的抱怨,但我从心里觉得,我实在对不起你!

一个月前,我给你去信时说我们连要外出执行任务,别的没跟你多说。现在我告诉你,我们连离开原来的驻地,坐火车赶到这云南边防线来了。来到一看,越南鬼子实在欺人太甚,常常入侵我领土,残杀我边民!我们国家十年动乱刚结束,实在腾不出人力、物力来打仗,但这一仗非打不可了!别说我们这些当兵的,就是普通老百姓来这里看看也会觉得,如再不干越南小霸一家伙,我们作为中国人的脸是会没处放的!

当你接到这封信时,我们就已经杀上自卫反击的战场了!

秀:咱俩出生在同一个山村枣花峪,你比我小八岁,虽说不上青梅竹马,可也是互相看着长大的。自咱俩建立关系和结婚以来,只红过一次脸。你当然会清楚地记得,那是去年三月你来连队后的一天夜里。我跟你开了个玩笑,说我说不定哪一天会上战场,会被一颗子弹打死的。想不到这话惹恼了你,你用拳头捶着我的胸膛,说我"真狠","真坏"!之后,你哭了,哭得是那样伤心。我苦苦劝你,你问我以后还说不说那样的话,我说不说了,你才止住了泪。你说:"两口人,谁也不能先死,要死,就一块儿死!"

秀:我知道你爱我爱得那样无私,那样纯真,那样深沉!

但是,军人毕竟是战争的产儿,没有战争就不会有军人!

秀:现在我可不是跟你开玩笑了,我不得不告诉你,这极有可能是我写给你的最后一封信了!

秀:咱俩结婚快三年了。连我回家结婚那次休假在内,我休过两次假，你来过一次连队。我们生活在一起的时间.总共还不到九十天！去年你来连队要回去的最后一个晚上，你悄悄抹了一夜泪。(眼下看来，那很可能是我们最后一次见面和最后一次在一起了。)我知道你是那样舍不得离开我，我也很想让你多住些天。但你既挂着咱娘一个人在家不行，又惦着农活忙，还是起程了。当你泪汪汪一步三回头地上了车，我当时心里也说不出地难受。艰苦并不等于痛苦，平时连队干部的最大苦衷，莫过于夫妻遥遥相盼，长期分居两地呀！我当时想过，干脆转业回老家算了，咱不图在部队上多拿那点钱，那点钱还不如你来我往扔在路上的多！家中日子虽苦，咱们苦在一处，不是比啥都好吗?！但转念一想，如果都不愿长期在连队干，那咋行？兵总得有人带，国门总得有人守，江山总得有人保啊！

秀：我赤条条来到这个人世间，吸吮着山村母亲的奶汁长大成人。如果从经济地位来说，我这“土包子”连长同他人站在一起，实在够“寒碜”人的了！但我却常常觉得我比他人更幸福，我是生活中的幸运儿！之所以有这样的感觉，那是因为有了你，我亲爱的秀！每当听到战友们夸奖和赞美你时，我心里就甜丝丝的。又岂止是甜丝丝的，你，是我莫大的自豪和骄傲！但是，每当想起你，阵阵酸楚也常常涌上我的心头。一是因为我家的那些遭遇，更是因为咱的家乡还太贫穷，你跟上我，没过一天宽裕日子呀！尽管我是被人们称为“大军官”的人，又是个月薪六十元的连职干部，可我却没能给你买过一件衣服，更别说什么像样的料子和尼龙了。然而，你却常常安慰我：“有身衣裳穿着就行了，比上不足，比下咱还有余呢！”……

秀:此时想起这一切,我真不知该怎样感谢你,我只能说,你对我,你对俺梁家的高恩厚德,我在九泉之下也绝不会忘记的!

头一次给你写这么长的信,但仍觉话还没有说尽。营里通知我去开会,回来抽空再接上给你写。

玉秀:如果我在战场上牺牲,下面的话便是我的遗嘱:

当我死后,你和娘作为老革命根据地的人民,深信你们是不会给组织和同志们添麻烦的。娘只有我这么一个儿子了,她本人也曾为革命做出过贡献,一旦我牺牲,政府是会妥善安排和照顾她的。她的晚年生活是会有保障的。望你们按政府的条文规定,享受烈士遗属的待遇即可。但切切不能向组织提出半点额外的要求!人穷志不能短。再说我们的国家也不富,我们应多想想国家的难处!尽管十年动乱中,有不少人利用职权浑水摸鱼已捞满了腰包(现在也还有人那么干),但我们绝不能学那种人,那种人的良心是叫狗吃了!做人如果连起码的爱国心都没有,那就不配为人!

秀:你去年来连队时知道,我当时还欠着近八百元的账,现在还欠着六百二十元。(欠账单写在另一张纸条上,随信寄给你。)我原想三四年内紧紧手,就能把账全还上,往后咱们的日子就好过多了。可一旦我牺牲,原来的打算就落空了。不过,不要紧。鼓照规定,战士、干部牺牲后,政府会发给一笔抚恤金,战士是五百元,连、排职干部是五百五十元。这样,当你从民政部门拿到五百五十元的抚恤金后,还差七十元就好说了。你和娘把家中喂的那头猪提前卖掉吧。总之,你和娘在来部队时,一定要把我欠的账一次还清。借给我钱的同志们大都是我知心的领导和战友，他们的家境也都不是很宽裕。如果欠账单的名单中，有哪位同志也牺牲了，望你务必托连里的同志将钱转交给他的亲属。人死账不能死。切记！切记！

秀：还有一桩比还账更至关紧要的事，更望你一定遵照我的话办。这些天，我反复想过，我们上战场拼命流血为的啥？是为了祖国人民生活得更美好！在人民之中，天经地义也应该包括你——我心爱的妻子！

秀：你年方二十四岁，正值芳龄。我死后，不但希望你坚强地活下去，更盼望你美美满满地去生活！咱那一带文化也是比较落后的，但你是个初中生，望你敢于蔑视那什么“忠臣不事二主，烈女不嫁二夫”的封建遗训，盼你毅然冲破旧的世俗观念，一旦遇上合适的同志，即从速改嫁！咱娘是个明白人，我想她绝不会也不应该在这种事上阻拦你！切记！切记！不然，我在九泉之下是不会瞑目的！！

秀：我除了给你留下一纸欠账单外，没有任何遗产留给你。几身军装，摸爬滚打全破旧了。唯有一件新大衣，发下两年来我还一次没穿过，我放在一个塑料袋里装着。我牺牲后，连里的同志是会将那件军大衣交给你的。那么，那件崭新的军大衣，就作为我送给你未来丈夫的礼物吧！

秀：我们连是全训连队，听说将担任最艰巨的战斗任务。别了，完全有可能是要永别了！

你来信让我给孩子起名儿，我想，不论你生的是男是女，就管他（她）叫盼盼吧！是的，“四人帮”被粉碎了，党的三中全会也开过了，我们已经看到了未来美好的曙光，我们有盼头了，庄户人的日子也有盼头了！

秀:算着你现在已出了月子,我才敢将这封信发走。望你替我多亲亲他(她)吧,我那未见面的小盼盼!

顺致

军礼!

三喜

1979年1月28日

捧读遗书,我泪涌如注,我怎么也忍不住,我号啕起来……

我用瑟瑟发颤的手拿起那五百五十元的抚恤金,对梁大娘哭喊着:"……大娘,我的好大娘!您……这抚恤金,不能……不能啊……"

屋内一片呜咽声。在场的人们都已完全明白,是一桩啥样的事发生了!

战士段雨国大声哭着跑出去将他的袖珍收音机拿来,又一下撸下他手腕上的电子表,"砰"一下按在桌子上:"连长欠的钱,我们……还!"

"我们还!"

"我们还!!"

"我们还!!!"

……泪眼小,我早已分不清这是谁,那是谁,只见一块块手表,一把又一把人民币,全堆在了我面前的桌子上……

当一片撕心裂胆的哭声渐渐沉下,我嗓音发哽地哀求梁大娘:"大娘,我是……吃着您的奶长大的……三喜哥欠的钱,您就……让我还吧……"

梁大娘用手背抹了抹眼睛,苍老的声音嘶哑了:"……孩子们,你们的好意,俺和玉秀……领了,全都领了!可三喜留下的话,俺这当娘的不能违……不然，三喜他在九泉之下，也闭不上眼……”

不管大家怎样哭劝，大娘说死者的话是绝对不能违的！她和玉秀把那六百二十元钱放下，上了车……

我妈妈已哭得昏厥过去，不能陪梁大娘一家上火车站了。战士们把东倒西歪的我，扶进了吉普车内……

走了！从沂蒙山来的祖孙三代人，就这样走了！

啊，这就是我们的人民，我们的上帝！

尾　声

赵蒙生讲述的往事，已深深把我打动了。

我们啜泣着，谁也不再说话。

良久的沉默过后，赵蒙生擦了擦发红的泪眼，声音发涩地对我说：“就是因为那些，三年多来，我一直把梁大娘视为亲娘。我每月领到薪金后的第一桩事，便是给梁大娘写一封问安的家信，并汇去三十元钱。自然，我是有条件一次给大娘汇去上百元，甚至几百元的，但我没有那样做。我知道梁大娘并不稀罕别人的钱，我所以这样，是为了让大娘得到些精神上的安慰，让她老人家时时知道，边防线上还有一个她当年用奶汁喂大的儿子，还月月没忘了向她老人家尽一点点孝心呀！可眼下，大娘她……”赵蒙生拿起放在桌上的那一千二百元的汇款单，用手拍了下头，“为哈？大娘为啥把钱全给我退回来了？难道大娘一家的生活，真的不需要点添补吗？不是，不是啊……”

段雨国望着我，轻声说：“去年春天，我那阵还在九连当文书，连里推选我当代表，让我和教导员一起，专程去沂蒙山看望过梁大娘一家。由于实行了生产责任制,经济政策放宽了,梁大娘一家不再为吃犯愁了,穿得也比过去好些了。但是,我和教导员也都看到了,大娘家铺的炕席,竟有十几处补着蓝布补丁。大娘和玉秀,连领新炕席都舍不得花钱买呀!”

“为啥?这到底是为啥?”赵蒙生面对汇款单,又大声自问,“难道大娘是不宽恕我这不肖子孙吗?不会,不会的!再说,这三年多来,我没有啥事瞒着过大娘呀……”

“那是绝对不会的!”书记段雨国对赵蒙生说罢,转脸对我说,“李干事,你回山东后快去采访梁大娘吧,梁大娘真是有颗菩萨般的慈母心啊!去年春上,我和教导员去看望她老人家时,甭提大娘对我们有多好啦。吃,她怕我们吃不好;睡,她怕我们睡不宁。顿顿尽力给我们做好吃的,还悄悄把那下蛋的母鸡也宰了两只!不然,我和教导员还会多住两天的,怕再住下去把大娘累垮了,我们才不敢多停留。”

赵蒙生对段雨国说:“小段,你再帮我琢磨琢磨,大娘她为啥把钱全给退回来啊?”

段雨国长长的睫毛忽闪了两下,“前几天,我读过一篇小说。小说中的主人公说过:‘接受施舍会使人变得卑微,被人怜悯是最痛苦的事情。’梁大娘和韩玉秀是很有骨气的人,会不会……”

“啥?!”赵蒙生霍地站起来,一把抓起段雨国胸前的衣扣,“你这小知识分子,你说的啥?!你……你……”

面对骤然狂怒的教导员,段雨国结结巴巴地说:“教导员,我……我……”

赵蒙生放开段雨国,满脸火辣猩红:“施舍?怜悯?别说我小小赵蒙生,我要放声问,谁,谁有权力施舍梁大娘?!谁,谁有资格怜悯梁大娘?! 天经地义,她早就应该过上好日子,顺理成章,她有权利也有资格享受幸福的晚年!”

说罢,他一下坐在椅子上,两手按着额头,又痛苦地沉默了。

段雨国低下头,自责地说:“教导员,我……我说错了。”

吃晚饭的时间早过了。这时,通信员进来送给赵蒙生几份报刊和一封信,催我们去吃饭。

赵蒙生拆开信看了会儿,把信递给我:“你,看看这封信吧。”

信是赵蒙生的母亲吴爽同志寄来的。大意是:柳岚这次超假,确系患病。柳岗患的是急性肺炎,已住院二十天,绝不是通过关系开啥病假条欺骗组织。这,她当妈妈的愿以老党员的党性来证实。信中说柳岚现已病愈,近几天便可归队。但说柳岚的思想问题仍很严重,一心想脱军装回城市。当妈妈的希望赵蒙生不要光是吹胡子瞪眼。要多做柳岚的思想工作。吴爽同志在信中还写道,她已办了离休手续,近些天她准备起程到沂蒙山,去看望梁大娘一家……

见我看完信,赵蒙生说:“去年夏天,柳岚从军医大学毕业时,一心想分配到爸妈身边。我和她进行了反复的思想交锋,甚至闹到要离婚的地步,她才不情愿地来到这边防前哨。在这件事上,我妈妈还是起了好作用的,她提前把柳岚要回城市的后门全堵死了。我对柳岚的态度,也许有些过火。别说她,就是我本人又怎样呢?我也毕竟是生活在现实中的人啊! 三年多来,在脱不脱军装转业回城的问题上,我也动摇过,彷徨过。但是,一想起牺牲的烈士们,一想起梁大娘一家,我就感到无地自容。不过,要让柳岚也住这里待下去,看来是难,难哪!”

我在部住了一夜。九连的营房离营部只有一溪之隔。第二天，赵蒙生带我来到九连。

头午，我召开了个座谈会。过午，全连停课采集花卉，我也参加了。

明天是清明节，九连要用鲜花扎成花环，敬献到烈士墓前。

云南边陲，四季花事不败。清明前后，又是花事最盛的时节。山上山下，路旁溪边，到处是花儿绽蕾舒萼。风里飘着幽香，空气里含着甜汁。傍晚时分，采集花卉的战士们汇集到溪边来了。

晚霞映照着从深山中流来的一泓清溪，溪中溢红流彩。大家坐在溪旁，用火红的攀枝，洁白的山茶，金黄的云槐，天蓝的杜鹃，还有一束束颜色各异的野花，扎成一个个五彩缤纷、群芳荟萃的花环。然后，大家把扎好的花环立在溪中，将一串串珍珠般的溪水，洒落在花环上……

段雨国从营部跑过来，对赵蒙生说："教导员，梁大娘来信了！信我已看了，那汇款单的事……干脆，让李干事先看看吧！"

我接过信，读起来：

蒙生：

你身体好，同志们的身体也都好吧！

每次给你回信，都是玉秀写。这次因为大娘要说到她的事，就让俺村小学的孙老师给俺写这封信。

前两天，大娘托人到邮局把你三年多来汇给俺的钱给你寄回去了，总共一千二百元，你收到了吧？

蒙生：俺村老少没有不夸你的，说你心眼好，一直没忘了你大娘。大娘把钱给你寄回去，你可别多心呀。

一是因为大娘家的日子，现在是确实好过了。公家每月发给俺、玉秀、盼盼每人五元钱，合起来就是十五元。加上现在搞责任田，大娘一家三口包的地，收的也不少。村里有拥军优属小组，你大娘家包的地，都是种时先种，收时先收，不等俺和玉秀动手，他们就抢着给干了。老解放区，有这么个传统。现在你大娘不但不欠钱了，左邻右舍急着用钱时，还常常从你大娘这里拿几块呢！

二是前线上一直还不安稳，你们风里雨里站岗放哨，多么不容易啊！三喜当连长回家时对俺说过，连里有不少战士有困难，家里遇上啥病呀灾的，有的战士就犯难。可三喜那时手头上紧巴，拿不出钱来帮他们救急。所以大娘掂量来掂量去，还是把你三年多来寄来的这一大笔钱给你寄回去。万一哪个战士家遇上难处，你把这些钱铺排在他们身上，让他们安心保国，大娘觉得更合适。

蒙生：往后你可千万别再给大娘寄钱了。你心里有你这个大娘，大娘俺就觉得啥也有了。

另外，去年大娘打信跟你要柳岚的相片，你寄来了。大娘一瞧她那俊眉俊眼的模样，就喜得受不了，你来信说她在前线不安心，你说她的那些话，大娘俺不依你！你可别虎二呱唧地老训她。女人家比不上你们男子汉，夜里你可别让她也去站岗！别说她是城里长大的，连俺玉秀都说，让她在那深山老林里住，她夜里都害怕。这些，你可得依着大娘的话去办！

再就是，这些日子大娘遇上了顶欢喜的事，玉秀的事已有着落，见眉目了。俺村里有个民办教师小陈，两年前他父母都过世了。小陈还没成家，他和俺玉秀是同岁。小陈心眼实，人长得也受看，配俺玉秀正合适。村里人撮合着要把玉秀许给小陈，小陈挺愿意，还说要上门来养俺的老。可就是玉秀心里还总惦念着三喜，一直不点头。也算巧了，你妈最近来信说她退休了，就要来看俺，俺本不想让你妈来回破费，但眼下俺盼着你妈来。她来了让她开导开导玉秀。只要你妈一来，大娘俺不管玉秀她点不点头，由俺和你妈给她做主，立时就欢欢喜喜地把她的婚事办了。

到那时，你大娘这辈子就啥心事也没有了。没有了……

清明节到了。

朝阳，头顶着一抹橄榄色的云冠，露出了慈祥的笑脸。霞光给青山绿水披上了斑斓的彩衣。

赵蒙生带领着九连全体同志和我，抬着一个个用鲜花编织成的花环，缓缓来到烈士陵园。

大家把花环一个个敬献在烈士墓前。

松柏掩映的烈士陵园里，到处有人工精心培育的花丛。在梁三喜烈士的墓前，是一簇叶茂花盛的美人蕉。硕大的绿叶之上，挑起束束俏丽的花穗，晨露在花穗上滚动，如点点珠玉闪光……

和梁三喜烈士的墓碑并排着的是：九连副连长靳开来烈士的墓碑、八二无后坐力炮班战士雷凯华烈士的墓碑、不满十七岁的司号员金小柱烈士的墓碑……

默立在这百花吐芳的烈士墓前，我蓦然间觉得：人世间最瑰丽的宝石，最夺目的色彩，都在这巍巍青山下集中了。

注释：

① 营部书记是做文书工作的，相当于排职干部。

② 前线战士们把“光荣”作为牺牲的代用词。

③ 这里指采用空心装药破甲弹的射程。如采用杀伤爆破榴弹，最大射程

2600 米。

④ 八二无后坐力炮发射时两头喷火，从后面喷出的火柱长达二十五米。

⑤ 沂蒙山是由沂山和蒙山两道纵横数百里的山脉组成的。

（原载《十月》1982 年第 6 期）

作者简介：李存葆（1946—　），山东日照人。1964 年入伍。著有报告文学《将门虎子》《沂蒙九章》，小说《高山下的花环》《山中，那十九座坟茔》等。